Dearly, Departed

O amor nunca morre.

Dearly, Departed

O amor nunca morre.

Lia Habel

tradução de Ana Luisa Astiz

editora

Coordenação editorial – Lenice Bueno da Silva
Assistente editorial – Patrícia Capano Sanchez
Tradução – Ana Luisa Astiz
Diagramação – Cristina Uetake e Vitória Sousa
Revisão – Mari Kumagai
Coordenação de edição de arte – Camila Fiorenza
Pré-impressão – Alexandre Petreca, Everton L. de Oliveira Silva, Hélio P. de Souza Filho e Marcio H. Kamoto
Impressão e acabamento – Corprint Gráfica e Editora Ltda.

Música: Little One (página 92)
Autor: Porter, Cole (CA)
Editora: Chappell & Co., inc.
Subeditada por Warner Chappell Edições Musicais Ltda.

Dados Internacionais de Catalogação na Publicação (CIP)
(Câmara Brasileira do Livro, SP, Brasil)

Habel, Lia
Dearly, departed : o amor nunca morre / Lia Habel ; traduzido por Ana Luisa Astiz. – São Paulo : Moderna, 2012.

Título original: Dearly, Departed.

ISBN 978-85-16-08037-2

1. Ficção norte-americana I. Título.

12-06895 CDD-813.5

Índices para catálogo sistemático:
1. Ficção : Literatura norte-americana 813.5

Editora Moderna Ltda.
Rua Padre Adelino, 758, Belenzinho – 03303-904 – São Paulo, SP
Vendas e atendimento: Tel.: (11) 2790-1300
Fax: (11) 2790-1501
www.editoraid.com.br
Impresso no Brasil, 2012

De acordo com as novas normas ortográficas

Para minha mãe, que me ensinou cedo que damas de verdade podem dar ordens, cavalheiros de verdade podem acatá-las e zumbis de verdade não comem cérebros.

"Conta-se que Buda, partindo para contemplar a vida, sentia-se muito assombrado pela morte. – Eles comem uns aos outros! – exclamou, e chamou isso de mal. Este processo eu examinei, mudei o verbo e disse: – Eles alimentam-se uns aos outros. – E chamei isso de bem."

Charlotte Perkins Gilman (socióloga e escritora norte-americana em sua autobiografia *The Living of Charlotte Perkins Gilman*).

"Não são muitas as meninas que se sentem felizes sobre o passado, e o passado é muito bonito. Muito bonito."

Barnabas Collins (vampiro, personagem da série de televisão norte-americana *Dark Shadows*, do produtor Dan Curtis, 1967).

PRÓLOGO • Bram

Fui enterrado vivo.

Quando o elevador rangeu e parou no meio do poço de rocha, soube que tinha sido enterrado vivo. Aprisionado milhares de metros abaixo da superfície da terra e centenas acima do fundo, pendurado em uma gaiola de três por três metros, nas entranhas da mina. Eu havia ficado tão aliviado de conseguir trabalho ali.

Levantei e puxei para o lado meu melhor amigo, Jack, para bater no botão de controle do elevador. Soquei até machucar a mão. Nada. A luminária de vidro que balançava no teto piscou à medida que o querosene acabava, como se tentasse adiar sua própria morte com explosões exageradas de vida.

O medo se tornou uma coisa sólida, queimando-me por dentro, algo com vontade própria torturando minha carne, acelerando meu coração e fazendo minha pele ficar pegajosa de suor. Vomitei no chão, dobrado sobre mim mesmo. Jack, calmamente sentado ao meu lado com as órbitas dos olhos ensanguentadas e o corte aberto na garganta, parecia zombar de mim, zombar da minha tentativa de resgatá-lo. Parecia um palhaço macabro de trem-fantasma. A represa arrebentou, e eu finalmente comecei a gritar. Com Jack. Com Deus. Com tudo. Não havia nada mais a fazer além de gritar. Eu não havia gritado quando os monstros nos atacaram. Nem quando tive que fugir deles, ou lutar contra eles, ou quando arrastei o Jack até o elevador, com o sangue jorrando do buraco aberto no pescoço dele. Tudo aconteceu tão rápido que não tive tempo de gritar.

Os monstros. Loucos, animalescos, descoloridos, arrebentados e desfigurados por se arremessarem contra suas vítimas como uma pessoa aprisionada abaixo da superfície de um lago congelado, depois de bater contra o gelo na busca desesperada por ar... só dentes e famintos...

Escorreguei contra a parede do elevador e cobri o rosto com as mãos ensanguentadas, que coçavam. O cheiro do sangue me nauseou. Recostei-me, mas não senti alívio. O elevador estava encharcado com o sangue do Jack. *Eu* estava encharcado com o sangue do Jack. Havia mais sangue no meu colete do que o que restara, estagnado, nas veias dele. Meu velho relógio barato estava empastelado de sangue. Até a câmera digital ainda presa na mão fechada dele estava empastelada de sangue. Droga de geringonça neovitoriana. Eu sempre reclamava de Jack ser tão apegado a essa câmera. Não dava nem para tirar as fotos lá de dentro, não sem um computador, e ninguém *por aqui* tinha um computador. Se o xerife por acaso ficasse sabendo que tinha entrado contrabando na casa dele, o Jack estava perdido – então, pra quê correr o risco?

Ainda assim, ele tinha tanto orgulho da câmera, e das fotos instantâneas que tirava. E eu posava para ele, obediente, toda vez que me pedia.

Devagar, tremendo, soltei a câmera dos dedos grudentos do Jack.

A luz enfraqueceu. Tentei não entrar em pânico. Descobri como ligar a câmera, na fútil esperança de que as teorias conspiratórias fossem verdadeiras – que os neovitorianos fossem capazes de rastrear cada pequena porção de tecnologia que o povo usava, cada letra digital, praticamente cada pensamento. Não se dizia que eles punham chips nos seus cidadãos, marcando-os como se faz com gado? Talvez funcionasse, se o contrabandista que tinha atravessado a fronteira com a câmera não tivesse mexido com ela e eliminado a tal função. Talvez.

No mínimo eu podia gravar uma mensagem.

Quando descobri como se fazia para gravar um vídeo, a luz morreu, me deixando em uma escuridão, perfeita, quase palpável. Engoli um soluço e falei alto, a garganta em carne viva, a voz parecendo a de um fantasma na tumba.

– Se esta coisa está funcionando... meu nome é Bram Griswold. Tenho dezesseis anos. É... 4 de julho de 2193. Eu moro na Fazenda Griswold, Long Road, West Gould, Plata Ombre, no Brasil controlado pelos punks. Trabalhava aqui, na mina Celestino, para ajudar minha mãe e minhas irmãs.... E essas coisas, essa *gente*... eles estavam comendo... comendo o Jack...

Comecei a chorar. Cravei as unhas nas feridas, nos lugares onde os monstros haviam mordido, tentando desesperadamente que a dor me ancorasse na realidade, para fazer a minha mente voltar da beira do abismo.

Não funcionou.

Disse *aquilo*.

– Tenho certeza que vou... morrer aqui. Emily, Addy... sinto muito. – Lágrimas escorreram até a minha boca, um alívio estranho depois do gosto de vômito. – Sinto muito.

1 nora

Afastei as dobras do veludo pesado com a mão enluvada.

– É ele?

– Não – respondi.

A menina de pé atrás de mim soltou o ar, e ajeitou, impaciente, os punhos da roupa.

– Você é tão sortuda de ter a sua própria carruagem. O transporte público me enerva. Se ele atrasa, você começa a suspeitar que o perdeu, e se adianta, você já o perdeu...

– Então por que está aflita? Você não vai *pegar* transporte público. Vai para casa comigo.

– Porque estamos aqui há quase uma hora! Você me conhece, fico ansiosa sempre que tenho que esperar, seja lá o que for que estou esperando. Lembra daquela vez que as nossas notas finais atrasaram um dia por causa de um problema com o computador? Meu Deus, achei que ia morrer.

Mal prestei atenção à conversa nervosa da Pamela, meu olhar escapando para o pátio lá fora. Os portões de ferro fundido da Escola St. Cyprian para Meninas estavam totalmente abertos e uma procissão constante de carruagens elétricas passava por eles – mais elegantes e arredondadas que aquelas dos primeiros vitorianos, e feitas para que o motorista viajasse do lado de dentro. As que pertenciam às famílias das alunas de classe alta da escola tinham um formato elegante, feitas de liga de metal em um tom roxo que lembrava tinta, ou então em marrom mogno, e brilhavam como vidro. Algumas das meninas mais ricas tinham suas próprias carruagens, e essas eram branco perolado, para indicar a pureza – mais imaginada que real – das suas passageiras.

A carruagem que viria me buscar não seria branca, então me senti compelida a acrescentar: – E não é minha, Pamma. Pertence a minha tia.

– Eu sei.

Pamela Roe, minha melhor amiga desde a infância, voltou a sentar-se sobre o seu baú. Ela tinha ascendência indiana e aparência comum, com olhos pretos e doces e cabelo comprido cor de chocolate.

– Podíamos levar os baús para o pátio – sugeri.

Era o último dia do semestre, e os corredores da escola estavam mais barulhentos do que de costume. Todas estavam indo para casa passar as férias de fim de ano. Um mar de baús e saias rodadas passavam em frente ao nicho da janela onde Pam e eu havíamos nos instalado, apertadas, com nossas coisas. Tínhamos dali uma boa vista do pátio lotado, abaixo.

– Acabaríamos nos amassando. – Pamela passou os olhos pelo corredor. – Isso não é nada apropriado para uma dama. Prefiro esperar por um carregador.

– Vamos ficar uma eternidade aqui, então. É melhor ir se acostumando. – Todos os carregadores que eu tentara conseguir estavam ocupados naquele dia, dedicados a atender uma ou mais meninas da classe alta. A St. Cyprian era uma das mais prestigiosas escolas particulares dos Territórios, um edifício imponente em meio a uma grande propriedade de terra bem cuidada. Tinha sido construído em estilo meio-vitoriano, em pedra e madeira verdadeiras, e com uma população de estátuas e gárgulas equivalente à de uma cidade – nada de plástico, nada de projetores holográficos. Durante os anos que passei ali, muitas vezes senti que meu destino era ficar para sempre, imóvel e sozinha, no meio da aula diária de dança... e hoje esse sentimento estava mais forte. Pamela e eu estávamos empoleiradas sobre nossas coisas, vestidas com roupas relativamente simples, enquanto aquelas jovens mais afortunadas e seus serviçais passavam por nós. Os pertences delas eram mais importantes do que os nossos, seus destinos finais mais glamourosos.

Pam ficou quieta, encostada na madeira que revestia as paredes. Eu me entreti desenhando na tela do diário eletrônico que estava sobre o meu colo. Estava fazendo o trabalho final de história. Meus ombros encurvavam quando eu escrevia, um hábito que a minha mãe nunca conseguira corrigir em mim.

Nora Dearly, escrevi no topo da página. Dezessete de dezembro de 2195. Trabalho Número 14. Início da História Neovitoriana.

– Como você se sente usando cor de novo? – perguntou Pamela.

A questão, abrupta, ecoou na minha cabeça como um tiro de revólver. Relaxei os ombros e deixei a caneta cair. Vestia um traje com gola alta em tafetá vermelho que havia colocado poucas horas antes, sob a insistência dela. Ela o havia escolhido. Na verdade, havia arrumado o meu baú com todos os vestidos pretos, tinha colocado os lenços brancos para tomar ar e escondido os de borda preta, e feito tudo o possível para facilitar minha transição. Quando se tratava de arrumar coisas e cuidar de pessoas, Pamela era dotada da velocidade e da invisibilidade de uma mãe nata. Hoje fazia um ano e um dia que meu pai morrera, e eu não estava mais de luto.

Pelo menos não do lado de fora.

Agora, podia usar cores novamente. Dançar, sentar na primeira fila da igreja, visitar amigos, tudo com a aprovação Daqueles que Teoricamente Eram Mais Sábios. Mas isso não mudava o fato de que eu, na verdade, não tinha vontade de fazer nada daquilo.

– Estou bem – mas não soou nada bem. – Quero dizer... claro que estou feliz em poder usar cor de novo.

Pamela não se convenceu. Ela detectava toda e qualquer mentira minha, desde sempre. Odiei-a, respeitei-a e amei-a por isso. Ela olhou meu diário: – Você está ignorando o seu trabalho de novo, não é? Não tem que entregá-lo em duas horas?

Já tinha ouvido aquilo, e não estava com vontade de ouvir de novo.

– Pamma, você tem seus próprios trabalhos para se preocupar. Não se preocupe comigo. Farei tudo o que é preciso fazer.

– É só que eu... me preocupo – suspirou ela. – Tenho recopiado as lições de matemática e entregado no seu lugar. Você fica olhando as holografias do seu pai o dia todo... Fica lá olhando, deixando a vida passar. Fico preocupada com você. Você estava bem há algum tempo, mas nas últimas semanas tenho tido que inventar desculpas de novo.

Coloquei a mão no braço dela. Seu vestido, já gasto de tanto lavar, era de algodão azul.

– Verdade, Pam. Está tudo bem.

Ela mordeu a bochecha por dentro.

– Não devia esconder as emoções, é o que quero dizer. Não é saudável. O período de luto terminou, e ninguém mais vai abrir exceções para você. Mas não deixe que isso a torne... fria.

Ouvir isso da pessoa que foi meu lenço humano incontáveis vezes desde a morte do meu pai? *Ha*. Decidi deixar passar, mas não pude deixar de comentar: – Não estou escondendo minhas emoções, Pam. Eu as estou guardando para a tia Gene.

Ela farejou outra mentira, mas, resignada, me reprovou só com o olhar e não insistiu. Em vez disso, um momento depois, disse: – Você sabe que se explodir com ela é melhor registrar. Não só em áudio, em vídeo também. Ou, no que me diz respeito, não terá acontecido.

Senti que havia sido desculpada.

– Se eu explodir, você será a primeira a saber. Mostrei a carta dela, não mostrei? – Bem, para ser honesta, devo dizer que eu jogara a tal carta na Pam, vociferando sobre a audácia que era minha tia ter ido a um baile no mesmo *dia* em que terminara o luto pelo meu pai.

Pam assentiu. Foi quando seus olhos desviaram para a janela, e ela saltou do baú, batendo no chão as botas de cano alto com botões.

– Lá está ele!

Ainda bem. Respirei fundo e fechei a capa de couro do diário.

Uma rápida olhada no corredor revelou que ainda não havia carregadores disponíveis. Ajudei a Pamela a carregar o baú pelo hall, descer a escada e atravessar as portas de madeira ornadas.

A carruagem da tia Gene era um Modelo V comum preto, sem graça em comparação com as demais. Quando conseguimos chegar com o baú da Pam, o motorista, Jorge Alencar, que trabalhava meio período para a tia Gene, havia encontrado lugar para estacionar e vinha andando a passos largos pelo gramado, em nossa direção.

– Senhorita Dearly, há quanto tempo! – disse, com um tom afetuoso. Era um homem alto, de uns cinquenta anos, com uma pele que parecia couro e cabelos acinzentados que já rareavam. – Senhorita Roe, prazer em vê-la também. Se as senhoritas quiserem se acomodar, vou subir os baús.

– Obrigada. O meu está na alcova daquela janela estreita, ali.

Com as instruções dadas, Pamela deu-me o braço e começamos a andar em direção à carruagem. A família dela não possuía nenhum tipo de veículo, e ela sempre apreciava um passeio. Por que, eu não fazia ideia. Ela geralmente caía em um sono profundo no momento em que a carruagem começava a andar.

– Bom, vamos tentar nos focar nas férias – disse ela.

– Não há muito em que focar – protestei. – Dia diferente, mesma...

Pam me repreendeu com o olhar, e continuou como se eu não a tivesse interrompido.

– Devíamos planejar algo divertido, como uma festa. Podíamos organizar umas brincadeiras, colocar uma moeda dentro de um bolo, coisas assim. Vamos convidar meus primos...

– Ah, senhorita Dearly, sempre saindo do seu caminho para ajudar os necessitados – disse uma voz conhecida, atrás de nós.

Pam esqueceu o resto da frase e pronunciou meu nome como uma advertência quando estanquei.

– Nora.

Meus dedos apertaram seu pulso.

– Senhorita Mink. – Soube quem era sem olhar. Vespertina Mink, com seu cabelo amarelo. Uma das mais populares e poderosas alunas nos olhava como quem observa um inseto interessante.

– Sim. Que astuto de sua parte.

Não estava com ânimo para entrar no jogo dela, mas virei-me.

– O que você quer?

Ela abriu um sorrisinho malicioso e moveu a cabeça no que pareceu a sombra de um cumprimento.

– Só queria dizer que é maravilhoso ver uma de nossas melhores e mais interessantes alunas literalmente dando a mão para uma menos privilegiada. – Levantou os olhos para Pam, e seus lábios se entreabriram, fingindo surpresa. – Oh, perdão, senhorita Roe. Não a vi de pé aí.

Pamela manteve a cabeça erguida.

– Senhorita Mink.

– Terminou, Mink? – Os olhos dela voltaram para mim em uma fração de segundo. Queria que me olhasse. A Pamela era uma bolsista, um caso de caridade, e eu me esforçava para receber em seu lugar toda agressão dirigida a ela. Faltavam a nós duas habilidades políticas que pareciam natas na maior parte das meninas bem-nascidas que frequentavam a St. Cyprian. Mas, ao contrário de mim, Pamela precisava se preocupar com o que as pessoas pensavam dela.

– Na verdade não, Dearly. – Ela deu um passo, aproximando-se. Também não estava usando o horrendo uniforme listrado cinza, e a barra de seu vestido verde-esmeralda fazia barulho quando arrastava na grama. – Tenho uma pequena boa notícia para compartilhar com você.

– É? Seja rápida. Temos que estar em outro lugar.

Vespertina continuou sorrindo na minha frente.

– Você sabia que minha mãe se integrará à direção da escola no mês que vem?

Com ameaças claras eu podia lidar. Ergui o queixo.

– É? Que interessante. Diga-me... A senhora Mink é *mais* ou *menos* maliciosa que você?

Pamela a interrompeu, com a voz fraca: – Senhorita Mink? Vespertina não lhe deu atenção, ficou parada me olhando com um misto de ódio e nojo. *Dez pontos para mim.*

– A senhorita Roe está falando com você.

– Quem se importa com isso? – perguntou ela.

– Senhorita Mink? – Pamela repetiu, e chegou mais perto de mim.

A cabeça dela se virou com a velocidade de um chicote estalando, e o cabelo acompanhou o movimento.

– O que foi?

Pamela pareceu hipnotizada por Vespertina por um instante, e eu temi que tivesse esquecido fosse lá o que estava se preparando para dizer. Nunca achei a Pam especialmente hábil em respostas rápidas. Mas, depois de um segundo, ela sorriu, e perguntou, com ar inocente: – Há alguma razão especial pela qual sua família celebra o ano de 2178? Alguma conquista notável, talvez?

Vespertina franziu a testa.

– Cale-se.

Pamela fez um beicinho, lindamente fingindo surpresa.

– Ofendi a senhorita? Era só curiosidade minha, já que isso foi há quase vinte anos. – Levou o olhar ao lugar onde estava a carruagem marrom e sem graça dos Mink – e que tinha o ano de 2178 gravado nas portas. – Sua família possui... umas *catorze* carruagens sem cavalos, não é? Nossa, isso é muito.

Dancei de felicidade por dentro. Ninguém sabia por que a família Mink mandava aquela coisa antiga todas as vezes para buscar Vespertina, a menos que fosse uma forma perversa de lhe ensinar humildade. Se fosse esse o caso, eu apoiaria totalmente na ideia e tatuaria a data na testa.

Mink jogou a cabeça de novo.

– Muito bem. Façam seus joguinhos infantis idiotas. Estou cheia de falar com gente da sua laia. Dearly, se eu fosse você tomaria cuidado. – E lançou um último olhar maldoso, antes de marchar para o pátio, de onde seu séquito de colegas bem vestidas nos olhava.

– Ficarei esperando ansiosamente! – gritei, quando nos deu as costas. Pamela abriu a porta da carrugagem. – Não acreditei no que você disse – exclamei, sem conter a satisfação.

– E eu não acredito que você fala assim com ela sempre – disse Pam, com uma expressão que ia se tornando preocupada. Ela me fez entrar na carrugagem e subiu em seguida. – Foi uma coisa incrivelmente idiota de se fazer, mas ela bem que pediu.

– Não me importo com o que a Mink pensa de mim. Ela é uma figura horrorosa.

– Eu sei. Mas preciso dela. Preciso de todo apoio que eu possa conseguir. – Pam olhou pela janela. Sempre me surpreendia ao observar, discretamente, que ela já tinha rugas nos cantos dos olhos. O bom humor que eu havia sentido dois minutos antes se esvaiu.

Tentei pensar em algo que a fizesse se sentir segura.

– Deixe-me lidar com ela, Pamma. Ela é minha inimiga, não sua. Não fique aflita. Se eu conseguir manter a atenção dela em mim, logo vai esquecer este episódio. Eu a enfrento há anos... desde que ela tentou pela primeira vez me transformar em sua lacaia de carregar livros. Isso é velho para mim.

Ela assentiu com a cabeça, emudecida. Senti que ainda estava aborrecida.

Ao detectar passageiros, a tela plana instalada dentro da carruagem se acendeu. A data foi entrando em foco, em letras douradas. Depois, as notícias, com aparência de papel e letras escritas em tinta marrom que começaram a formar as manchetes na página. Aquilo era uma afetação boba, na realidade. À parte livros antigos e correspondência muito oficial, tudo era digital hoje em dia.

– Olhe só – disse, reclinando-me no assento de couro falso. – Notícias. Confirmação da existência de realidade exterior. – O propósito de St. Cyprian era criar damas que flutuassem ao andar, tocassem um pouco de piano e fossem charmosas e inócuas. Por causa disso, era um ambiente protegido. A televisão era proibida e acesso à Aethernet, rigidamente controlado.

Pamela tirou o chapéu e pegou a tela.

– Maravilhoso! – Pronto. Já havia se distraído.

– Aproveite – murmurei, pegando meu digidiário e a caneta enfeitada com uma pena que havia na carruagem. Calculei que conseguiria terminar meu trabalho em uma hora e pouco, e não queria perder a linha de raciocínio. Percebi um leve balanço quando Alencar acomodou um dos baús.

– Nora, veja.

– Partiremos em alguns minutos. – Senti a carruagem se estabilizar de novo. – Isso foi o outro baú.

– Não, Nora. Olhe. – Ela puxou a manga do meu casaco, olhando fixamente para a tela. Olhei também. As manchetes ainda estavam ali.

> CONSTRUÇÃO DOS CAMPOS ELÍSEOS SUSPENSA DEPOIS DE DESASTRE COM ÁGUA.

DATABASES DE IDENTIDADE DO GOVERNO
PODEM TER SIDO DANIFICADAS,
AFIRMAM FONTES ESPECIALIZADAS.

Achei especiamente interessante uma delas.

FORÇAS PUNK AVANÇAM NA FRONTEIRA SUL DEPOIS DE ATAQUE TERRORISTA

Registrei vagamente o fato de que Alencar havia ocupado o assento do condutor e que o anteparo decorado que separava as partes da frente e de trás da carruagem subia lentamente. Quando o motor começou a funcionar, uma corrente elétrica percorreu as janelas, e a visão que tínhamos do exterior foi substituída pelo meu reflexo na superfície que se tornara espelhada. Surpreendida pela mudança, encarei meus próprios olhos, e vi minha própria expressão preocupada.

Parecia que o mundo tinha virado um inferno desde que eu fora para a escola.

Meu desejo era descobrir sobre os últimos movimentos dos punks, mas Pam estava mais interessada em pânico e tubulações. Deixei que comandasse os botões.

Vimos tudo o que estava disponível no canal NVIC da carruagem. Era um produto limitado que oferecia uma seleção de notícias da última hora, aproximadamente, e dos programas da noite anterior.

O assunto que ocupou mais tempo foi o boato sobre a falha de segurança nas bases de dados do governo. Não havia evidência de que o roubo de identidades tivesse ocorrido efetivamente, mas isso não impedira os apresentadores de vociferar longamente a respeito. O povo, via de regra, adora um bom pânico moral.

O primeiro ministro, Aloysius Ayles, ainda não havia se manifestado. Eu o considerava praticamente um inútil quando comparado ao antecessor, seu pai, lorde Harvey Ayles. Sendo assim, não analisei em profundidade sua ausência nas notícias.

Em relação à explosão do dique – havia pouco a entender, exceto que exigira horas extras de centenas de trabalhadores da cidade. Mas, como de costume, Pam tinha que ficar tensa.

– Não estou certa de que você deva ir para casa, Nora – disse ela olhando a tela, enquanto pressionava ritimadamente a base do polegar com uma unha.

Minha casa ficava nos Campos Elíseos. Gerações atrás, o governo neovitoriano iniciara a tradição de dar parcelas de terra àqueles que haviam contribuído significativamente para a nação. Mesmo com o advento das tecnologias formadoras de terra, o solo era um recurso limitado. Na época em que meu pai ganhou seu lote, o governo havia começado a explorar o subsolo, construindo a partir de abrigos que já existiam desde os anos de guerra. Os Campos Elíseos eram o maior desses abrigos, e lá viviam cerca de trezentas famílias. Em breve seria aberto um segundo nível de subterrâneos.

– Isso é bobagem – disse. – Você sabe como são esses jornalistas da imprensa sensacionalista. Agarram qualquer rumor em busca de espectadores. Quanto mais controvérsia conseguem colocar em uma única frase, maior a audiência.

– Mesmo assim não estou gostando. – Olhou para o pulso onde havia um chip de identidade, instalado no nascimento. Todo mundo tinha um. – E aquele assunto do roubo de identidades é assustador. Quer dizer, não dá para viver sem o chip, dá? A ideia de que alguém possa interferir nessas informações me arrepia. Meu pai diz que existe até um registro dos leitores pelos quais passamos, e eles podem saber onde cada um está.

Dei de ombros.

– Acreditarei quando um dos Ayles aparecer e disser que é verdade. Até lá, preciso me concentrar em outras coisas. – Descruzei as pernas e me ajeitei para recomeçar o trabalho de história.

Pamela assentiu, olhos fixos no programa de novo. Depois de alguns instantes, perguntou: – Você conversa com lorde Ayles de vez em quando?

Mantive os olhos no meu diário.

– Não. Não desde o funeral.

Pam ficou quieta. Forcei-me a escrever. Quando olhei de novo, ela adormecera com o balanço da carruagem.

Aproveitei o silêncio a meu favor, e, apesar da minha capacidade de adiar as coisas, concluí a tarefa bastante rápido usando a taquigrafia que Salvez me ensinara. Entregaria ao professor de história o mesmo que entregava a todos os professores que me pediram trabalhos sobre esse assunto desde que eu começara a frequentar a escola. Verdade seja dita, somente um ou dois realmente se importaram com o que eu tinha a dizer. A maioria estava mais preocupada com minha caligrafia.

"Somos filhos de uma nova Era de Ouro", comecei. *"O mundo foi atacado tanto por fogo quanto por gelo, e ainda estamos aqui. Nós, como povo, escolhemos sobreviver."*

2 • nora

O mundo era um lugar aterrorizante cento e cinquenta anos atrás.

Uma longa lista de horrores havia se abatido sobre a raça humana então. Os polos da Terra haviam desaparecido novamente sob camadas letais de gelo, e os invernos haviam se tornado longos e rigorosos para um número cada vez maior de nações. A humanidade fora forçada a migrar massivamente em direção às novas zonas temperadas do Equador. Países inteiros haviam sido varridos da face da Terra por tempestades catastróficas. Cuba, Indonésia, Inglaterra, Japão. Desaparecidos.

O planeta inteiro havia sofrido, mas as Américas, acredito, enfrentaram uma cota maior de desastres. Refugiados do Canadá trouxeram uma nova cepa de *influenza* que matou uma em cada quatro pessoas contagiadas. E então ocorreu a Segunda Guerra Civil Americana, e a destruição nuclear.

Ninguém venceu aquela guerra. Os Estados Unidos deixaram de existir. Os sobreviventes se abrigaram onde puderam, agrupando-se em novas tribos que não se baseavam em raça, classe ou nacionalidade.

Mas o pior ainda estava por vir.

Foi a erupção do supervulcão sob a região de Yellowstone que finalmente esvaziou os EUA. Em uma última aposta pela sobrevivência, diversas das tribos mais fortes se uniram e decidiram rumar em direção ao sul. Eram meus ancestrais.

Tratava-se de um grupo diverso, formado por remanescentes de militares americanos e canadenses. Sendo religiosamente conservadores, suas mulheres vestiam saias longas e seus filhos eram educados a partir de livros que a maior parte da humanidade havia esquecido há muito tempo. Havia também homens de milícias mexicanas. Sobreviventes, eram gente endurecida que ainda erguiam as bandeiras de seus países mortos. Eram, basicamente, qualquer um que havia conseguido *permanecer vivo*.

Meus ancestrais dirigiram-se para a América Central como um exército de Genghis Khan. Não acho que isso foi uma coisa ruim – estou aqui, afinal. Khan é geralmente considerado um homem mau, mas, na realidade, foi o maior motivador que o já existiu. Uniu metade do mundo conhecido ao permitir que os vencidos dividissem o que havia sido saqueado. Meus antepassados fizeram praticamente o mesmo, permitindo que os povos que conquistavam se juntassem a eles no avanço em direção ao sul. Deram a todos o mesmo objetivo – a expansão.

Funcionou bem, por algum tempo. Nas Guerras Coloniais contra as tribos latino-americanas que avançavam rumo ao norte a partir da Bolívia e do Brasil, conseguiram conquistar uma boa porção de terra do México até a corcunda norte da América do Sul. Mas, após alguns anos, haviam se expandido até o máximo que possível. Quando o Tratado de 2055 foi assinado, todos os exércitos envolvidos estavam nas últimas. Sobrevivência havia se tornado mais importante que supremacia.

Foi assim que conseguimos os Territórios, e as tribos do sul concordaram em repartir o que sobrou. Meu povo assistiu às lutas tribais que se seguiram, observaram a eclosão de guerras menores, e ficou claro que era preciso se unir.

Foi assim que se fez a paz nos Territórios. Meu povo se assentou e começou a reconstruir. E a reconstrução foi *extremamente* benfeita. À medida que os anos passavam, renasceram tecnologias que pareciam perdidas para sempre, como a habilidade de produzir biocombustível e usar energia solar. Rotas comerciais foram restabelecidas e expedições partiram para o norte em busca de recursos e antiguidades. Mas essa sociedade ainda era primitiva, e o país ainda não estava completamente unificado. Era mais um emaranhado de vilas e pequenas cidades habitadas por fazendeiros e artesãos, governados e protegidos por militares. Depois que a primeira geração lançou raízes, os líderes começaram a falar da necessidade de criar um verdadeiro governo e uma verdadeira nação.

E, enquanto discutiam, a vida nas vilas seguia seu curso.

Não aconteceu da noite para o dia. Não foi uma moda nem uma febre. O povo, sendo sobretudo conservador, nunca havia esquecido o passado. À medida que transcorriam os anos, parecia que mais o recordavam e redescobriam. Enquanto as tribos do sul vislumbravam para si utopias futuristas reluzentes, ou sucumbiam à desorganização e às rixas, nós nos tornávamos cada vez mais antiquados. Vestidos longos para as mulheres passaram a ser a norma. A etiqueta transformou-se em passatempo nacional. Comportamento grosseiro e violência eram repudiados. Esperava-se respeito em relação aos superiores, assim como entendimento sobre qual o lugar que cabia a cada indivíduo na sociedade.

Em poucas décadas, o povo abraçou oficialmente a era vitoriana como modelo de civilidade, ordem e prosperidade. Quando chegou o momento de ratificar a Constituição e dar nome ao país, votou-se massivamente em "Nova Victoria".

Por quê? Estudiosos tentam explicar o fato há anos. A melhor teoria que encontrei é que... bem, a era vitoriana estava *tão* distante no tempo que nenhum de nossos antepassados podia ter, realmente, uma ligação emocional com ela. E como poderiam, depois de centenas de anos de pragas e tempestades, guerras e fome? Apesar disso, a maior parte das pessoas sabia do que se tratava. Tinha alguma imagem formada na memória, ou havia ouvido falar sobre algum personagem público ou da família, ou conhecia alguma história... como *Drácula* ou *Moulin Rouge*. Muitos edifícios, livros e filmes antigos que perduraram continham fragmentos de "vitorianismo". É preciso lembrar ainda que, naquela época, embora as cidades pequenas estivessem crescendo, e que as vilas, aos poucos, estavam se transformando em cidades, a maior parte da população ainda vivia no campo. A linguagem rebuscada dos vitorianos parecia naturalmente elegante e inteligente para as pessoas; as roupas lembravam as vestimentas da realeza; as maneiras e a moral pareciam perfeitas, quase divinas.

Conhecia-se apenas o suficiente para considerar aquele tempo uma espécie de Era de Ouro. Não viam o lado feio. E era isso o que *queriam* – era disso que precisavam. Uma nova Era de Ouro. Uma história sem lado escuro. Até mesmo a Primeira Guerra Civil Americana parecia refinada, em comparação com a Segunda.

Tendo lutado tão intensamente e por tanto tempo, aquele povo queria se acalmar. Queria conhecer tranquilidade e estabilidade. Queria conhecer beleza.

E, sendo assim, escolheu criá-las.

Por algum tempo, houve paz. O comércio floresceu. A tecnologia tornou-se abundante e barata. A cultura se expandiu. Foram estabelecidas tradições que continuam até hoje.

Foi quando surgiram os punks.

Inicialmente, tinham muitas vozes e nenhum nome. Na realidade, recusavam qualquer autodenominação, forçando seus inimigos a dar-lhes nome. Pessoalmente, acho "punk" um termo bastante sem graça, mas meus ancestrais acharam que era apropriado.

O movimento punk rejeitava a nova aristocracia que lentamente emergia da estrita ordem social. Para eles, nenhum título elevava um homem acima do outro. Apesar do crescimento, desejavam que o poder político permanecesse nas pequenas cidades e nas vilas do campo – nas mãos do "povo", como eles o viam. Rejeitavam o uso cada vez mais extensivo dos computadores, argumentando que a dependência em relação às "máquinas pensantes" faria com que a nação se tornasse intelectualmente fraca. Desprezavam os bens produzidos em larga escala nas fábricas, e elogiavam os artesãos que ainda criavam coisas com as próprias mãos.

Mas foi o renascimento da tecnologia holográfica o que realmente os enfureceu. O homem que se tornaria seu líder, Jeremiah Reed, a chamava de "a bela mentira que vai roubar o pão de verdade da boca tanto do pedreiro quanto do bardo."

Aos olhos deles, nossa sociedade estava repetindo todos os erros do passado ao criar uma classe superior que dominava uma inferior menos privilegiada, em busca de conforto e luxo fúteis.

O movimento cresceu. Atacaram fábricas, queimaram residências de políticos, tomaram as ruas. O auge ocorreu no Massacre de Reed, quando uma centena de punks em protesto ocupou uma fábrica de camisas para destruir o maquinário computadorizado, e o exército neovitoriano atirou contra eles. Seguiram-se três dias de revolta civil, e os punks foram expulsos de nossas terras. Foram empurrados para o sul, para morrer ou criar sua própria civilização – o que ocorresse primeiro.

No entanto, não partiram pacificamente. Continuam acontecendo confrontos ao longo da Zona de Fronteira até hoje. A única razão pela qual não foram aniquilados é que, no fundo, ainda são nossos irmãos. Carne da nossa carne. E também, como dizia um professor, *"nós somos mais numerosos em dez para um, e é mais barato matar um por vez. Também faz com que pareçamos melhores perante as outras tribos."*

Fim.

Reescrevi o trabalho em letra cursiva e mandei-o por conexão sem fio para o endereço do professor na escola. Depois que pressionei o botão de enviar, o minúsculo ícone do relógio no canto da tela deu as cinco horas. Cumpri por pouco o horário limite de entrega. Satisfeita, afundei a mão no bolso de trás do casaco de lã preta, tirei um biscoito da embalagem e levei-o à boca. Trabalho e recompensa. Valores eternos.

Inclinei-me para a frente e removi a tela da carruagem do suporte. Apoiei-a no colo e abaixei o som, percorrendo as reportagens com os dedos. Havia me comportado normalmente enquanto Pam olhava as notícias, sabendo que ela não ia gostar das imagens que provavelmente apareceriam. Sentia-se mal vendo sangue. Algumas das outras redes levavam ao ar programas especiais para damas, desprovidos de qualquer coisa "indelicada", mas NVIC não era uma delas.

E como é que eu sabia disso tudo?

Meu vício secreto, nada apropriado para uma dama, era ver documentários sobre guerras e programas de notícias.

Era algo que eu compartilhava com meu pai.

"Fontes militares informaram esta manhã que forças punks estão se organizando ao longo da fronteira do Brasil e da Bolívia. Apesar da forte oposição das nossas tropas, parecem ter aumentado em número, provocando preocupação nos analistas. Isto ocorre na sequência do ataque terrorista à cidade de Shaftesbury, ocorrido em 15 de dezembro."

Confusa, senti a tensão tomar meus ombros. Shaftesbury era um aglomerado rural neovitoriano de duzentos habitantes, no Equador. Por que os punks atacaram *ali*, se já haviam avançado tanto no nosso território? Por que não escolheram um alvo maior?

A tela brilhou perante meus olhos, mostrando um mapa do conflito e o precário e trêmulo vídeo doméstico da luta, nas ruas, entre os invasores e a milícia dos habitantes da cidade. Apesar de sua política, ou do sangue de verdade que corria todos os dias na Fronteira, parte de mim não podia deixar de admirar a maneira como os punks lutavam. As roupas eram farrapos, as máquinas, primitivas – mas aqueles homens do deserto que viviam de sucata atacavam com gritos selvagens e não obedeciam regra alguma. Não se escondiam na água, nem nas árvores. Eram capazes de criar artefatos bélicos a partir de *qualquer coisa* – tanques que andavam sobre pernas imensas feitas de partes de trens enferrujados, bombas manufaturadas a partir de ferro velho que envolvia qualquer coisa que explodisse.

Era fascinante. Estranhamente excitante. Não era algo que devesse interessar a uma *menina*.

Era a minha droga preferida.

Olhando o vídeo, porém, comecei a perceber que os punks aparentemente não tinham um plano ofensivo. Estavam simplesmente atacando, mirando as armas na direção de qualquer coisa que se movesse. Não se comportavam como homens em uma missão.

No entanto, estavam completamente irados.

Chocada, observei como se engalfinhavam em confrontos corpo a corpo com os aldeões neovitorianos. Na verdade, poucos pareciam estar *portando* armas. Simplesmente entravam em confroto, agarrando e socando. Vi até mesmo um homem morder outro. Estavam sob uma tempestade de balas, mas poucos caíam. O resto seguia avançando em direção à milícia.

A transmissão passou a mostrar cenas da Fronteira, onde os punks estavam atacando de maneira parecida, atirando-se contra nossas tropas com qualquer coisa que tivessem nas mãos. Nunca havia visto tantos em um confronto. Era possível ver as bombas caseiras explodindo, espalhando estilhaços incandescentes ao longo de um arco amplo que atingia suas próprias fileiras – algo idiota, para dizer o mínimo. Eu os considerava selvagens *antes*. Nunca os havia visto agir com tamanha intensidade.

– Por que vocês estão tão furiosos? – sussurrei para mim mesma.

Os outros noticiários não davam muito mais informação. A opinião geral parecia ser de que era necessário atacá-los com mais vigor que até agora, e mandá-los de volta para suas terras para pensar no que haviam feito. Ninguém debateu por que a intensidade dos ataques havia aumentado, ou o que os punks esperavam conseguir com aquilo.

Coloquei as mãos atrás da cabeça e recostei-me. Era estranho. Simplesmente não fazia sentido. A tela escureceu com a falta de atividade e observei meu reflexo sob a luz fraca que iluminava a cabine.

Destesto meu rosto, e acho que sempre o detestarei. Meus traços são tão infantis que às vezes temo nunca me tornar adulta, apesar dos meus quase dezessete anos. Minha pele é pálida, meus olhos são marrons e amendoados. Meu cabelo escuro chega aos ombros sempre tensos, e forma grandes cachos apesar do meu esforço constante para ensiná-lo a não se enrolar.

Sobretudo, odeio o fato de que meu rosto não é o rosto de uma moça que estuda guerras e história, em vez do comprimento de saias. Não é o rosto de quem está em primeiro lugar da aula de tiro ao alvo. Não é o rosto de quem sabe se defender, de quem perdeu quase todos seus defensores e que não mais os quer – que almeja ser deixada em paz para viver o melhor que puder.

No entanto, é o rosto que tenho.

Tia Gene gostava muito de espelhos e apreciou essa característica do Modelo V. Outra prova de que era louca.

Em vez de ficar pensando nela, deixei minha cabeça cair sobre o ombro da Pamela e tentei juntar-me a ela no sono.

Sonhei com ele.

Quando sonho com meu pai, sempre é aquele dia feio e agitado em que sua vida terminou – o dia em que nada mais o separava da morte exceto umas poucas centenas de respirações dolorosas. Àquela altura veias aparentes se espalharam sobre seu rosto como uma teia de aranha e seus lábios ficaram azuis. Ele se afastava de mim sempre que eu me aproximava.

Então eu *ficava* perto. Deitada ao lado dele enquanto dormia, segurava sua mão teimosamente. Eu o teria agarrado, exceto pelo fato de que sempre havia colegas dele ou médicos no cômodo e a tia Gene insistia que mantivéssemos algum nível de decoro. Horatio Salvez, assistente de meu pai em suas pesquisas e também meu tutor informal, era a única presença constante que eu não detestava.

Meu pai e eu havíamos perdido minha mãe quando eu tinha nove anos. Ele me conduziu com segurança ao longo daquele período, meu primeiro encontro real com a dor da perda. Não teria conseguido sem ele. Permitira-me chorar, deixara-me explodir; até deixara que proferisse minhas blasfêmias infantis sem dizer nada, enquanto eu amaldiçoava Deus e destruía minhas bonecas de porcelana, no esforço de fazer que objetos inanimados, representantes do mundo exterior, compartilhassem a dor comigo.

Eu o acompanharia agora. Teria feito o caminho no seu lugar, se a Morte tivesse se materializado no quarto e me permitido escolher.

Sempre ficava quieta no quarto dele. Na verdade, era seu estúdio, mas quando ele não conseguira mais subir as escadas uma cama havia sido colocada ali. Era um espaço escuro e masculino, onde tudo era entalhado e dourado. As pessoas se moviam ali como monges no silêncio de um mosteiro.

Naquele dia saí do estúdio, pé ante pé, para vestir roupas limpas. Ao voltar, Salvez me disse que ele estava morrendo. Naturalmente, não foi tão explícito. O senhor Salvez era um homem magro, com um rosto barbado, mas gentil, e uma voz cansada – mais cansada que nunca naquele momento.

– Acho que ele nos deixará em alguns instantes, senhorita Dearly.

Corri para o estúdio, os sapatos batendo violentamente contra o chão do corredor. Quando cheguei à porta, seus colegas a abriram para mim. Apressei-me em chegar à sua cama e procurei por seu rosto nas sombras. Ele estava escurecido, como se fosse um grande hematoma. Meu amor por ele guerreou com o horror que aquela visão provocava.

– Papai?

Quando ele abriu os olhos amarelados, lágrimas saltaram dos meus. Aproximei-me para beijá-lo. Ele tentou, sem forças, me afastar.

– Não, por favor – sussurrei, tentando parar de chorar. Eu havia lutado tanto para não atormentá-lo com minhas lágrimas. Havia me esforçado *tanto* desde que ele voltara de sua última viagem ao sul com aquela doença rara – mas agora não tinha mais vontade de lutar. – *Pare*. Pare de se afastar de mim. Você mesmo disse que não é contagioso – e se fosse, não me *importaria*. Eu te amo... te amo.

Beijei-o, e beijei-o, e beijei-o, e ele permitiu. Depois, envolveu-me com os braços marcados pelas agulhas, embora eu pudesse sentir como estava fraco.

– Também te amo, Nãnã – disse com voz rouca.

Ri involuntariamente, e o som saiu distorcido pelo meu choro. Só ele me chamava de Nãnã. A primeira palavra que eu havia dito quando bebê havia sido “nã”. Minha mãe achou que eu estava tentando dizer meu nome. Só meu pai entendeu que era o início de uma longa carreira em teimosia.

Ficamos um pouco em silêncio, sua mão pousada sobre minhas costas, os botões de sua roupa de dormir marcando meu rosto – era uma dor bem-vinda, porque me assegurava que ele ainda estava ali, debaixo de mim.

– Nora – disse ele –, tenho que te contar uma coisa.

– Tenho mil coisas para te contar.

Fez com que eu me sentasse.

– Não, pequena. Você tem que entender... você é incrivelmente especial. – Sua mão trêmula acariciou meu cabelo. – Meu corpo...

Antes que pudesse terminar, começou. Vi como foi.

Ele morreu com dor, seu corpo se contorcendo como se estivesse tentando se livrar das correntes da morte. Escancarou a boca em um esforço para dizer as últimas palavras, mas somente sons sem sentido saíam de seus lábios, e compreendi que era inútil tentar entender. Chorei por ele como nunca havia chorado antes, até meus pulmões doerem com a mesma dor que a doença havia provocado nele.

Seus colegas deixaram-me ficar com seu corpo por um instante apenas, já que ele não era mais o meu pai, antes de tentarem me obrigar a sair. Quando percebi que me queriam fora dali, virei uma onça. Lutei contra eles, me contorcendo e gritando e lutando por mais um minuto, mas eles não me concederam nem mais um *segundo*. Apesar da minha resistência, pareciam tomados por uma urgência ainda maior. Fui carregada para fora por dois médicos.

Levaram o corpo para o necrotério naquela mesma noite, para esperar pelo sepultamento. Quando tentei segui-los, Salvez prendeu meus braços por trás e me segurou. Já estava muito enfraquecida pela dor para lutar.

Tia Gene, sempre brusca, cumpriu seu luto lidando com o florista, o padre e o homem que talharia a data na lápide. Nunca a vi chorar. Sabia que era seu próprio modo de lidar com a morte do irmão, mas me pareceu tão fria. Ainda não a perdoei por isso.

Retirei-me para o meu quarto. Era grande e alegre, decorado para uma menina pequena, com querubins de gesso enfeitando o teto pintado de rosa, e asas entalhadas nos cantos do piso de madeira. Fiquei escondida na casa de bonecas que havia sido meu altar quando criança, aninhada entre meus bichos de pelúcia e outros brinquedos. Não sei quantas horas passei ali. Lembro-me da luz do sol entrando pelas persianas das pequenas janelas, outras vezes lembro-me do luar. Permaneci ali até que consegui formar uma memória do meu pai que não fosse o horripilante espetáculo da sua morte. Tinha que fazer isso.O que me ajudou foi a lembrança das histórias que ele me contara.

Meu pai havia sido um exímio contador de histórias. Os poemas antigos soavam lindos e vivos, assim como as histórias densas dos primeiros vitorianos, e os contos épicos dos deuses de mil anos. Eu apreciava especialmente ouvir histórias de guerra e de heroísmo – enredos que depois haviam preenchido minhas brincadeiras, aventuras que eu queria viver um dia.

Nos dias que se seguiram, alimentei-me daquelas lembranças. Vesti-me com elas. Levei-as ao funeral. Pensei nas inúmeras vezes em como meu pai havia nutrido minha imaginação de criança, permitindo que eu fosse uma fada, uma sereia, um soldado, um personagem a cada dia. Era proibido às mulheres entrar no exército, claro, mas meu pai havia me contado casos de moças que haviam raspado a cabeça, disfarçado os seios com faixas e se alistado como John ou James. Ele brincava que iria me levar para o exército como contrabando, quando eu brincava de guerra com meus ursos. Havia me treinado no quintal de nossa casa e me ensinado a atirar. Logo eu, uma figura miúda que não pareceria nunca um soldado...

Mas nada daquilo importava agora.

O funeral do doutor Victor Dearly foi um evento de Estado. Meu pai havia sido um herói, condecorado e detentor de diversas honrarias. Ele iniciou a carreira no exército como cirurgião e especialista em doenças infecciosas, muito antes de eu nascer. Quando eu tinha nove anos, ele se destacou como homem de valor. Eu conhecia bem a história. Como parte de um esforço para entusiasmar as tropas, o primeiro-ministro então, lorde Harvey Ayles, fora inspecionar a unidade com a qual meu pai viajava. Os punks atacaram. Ignorando o perigo para sua própria vida, ele protegera o primeiro-ministro com o corpo, e recebera cinco balas.

Os dois sobreviveram. Meu pai foi condecorado e recebeu as mais altas homenagens. Ofereceram-lhe qualquer cargo no governo, ou a posição de diretor do Departamento Nacional de Saúde Pública. Ele recusou ambos para chefiar o Departamento de Saúde Militar. Minha mãe o odiou por isso. O mundo lhe havia oferecido uma posição na elite e ele recusara.

Como ela também estava morta, coube a mim jogar terra sobre o caixão. Lorde Ayles deu-me um punhado. Ele havia sido um homem belo e vibrante, mas o tempo e a doença o haviam transformado em um respeitado recluso. O fato de ter insistido em comparecer ao funeral significou para mim, e para todos ali presentes, que ele ainda nutria grande estima por meu pai. Permaneceu sentado em sua cadeira de rodas, cercado por seus guarda-costas e envolto em um xale, usando óculos escuros e com um chapéu molengo cobrindo-lhe o rosto.

Lorde Ayles me chamava de "senhorita Nora". Disse-me que meu pai era o melhor dos homens.

O pedreiro ainda tinha que talhar a data da morte na lápide. Aquilo me confortou enquanto a terra caía sobre o caixão.

– Senhorita Dearly?

Estremeci quando a voz de Alencar soou pelo interfone e me acordou. Bateu de leve na divisória da carruagem, antes de abaixá-la. Endireitei-me. Pamela mexeu-se ao meu lado.

– Há um problema, senhorita Dearly.

Olhei pela janela à minha direita, que já havia voltado a ficar transparente. Estávamos parados em uma fila de carruagens na área deserta e ondulada que existe entre o bairro das mansões e o extremo oeste da cidade de Nova Londres. Um pouco adiante ficava a entrada dos Campos Elíseos, um pórtico de mármore instalado na lateral de uma colina baixa. A estrada até lá estava repleta de veículos.

– O que está acontecendo? – perguntei.

– Deve ser algo relacionado às notícias – opinou a Pam, com voz sonolenta.

– Não estão deixando os veículos entrar – disse Alencar, digitando rapidamente no celular preto simples. – Somente pedestres. Estão tentando tirar do nível inferior todo o equipamento que puderem. Aparentemente, o segundo nível virou a nova piscina.

Bati de leve no ombro da Pam.

– Viu? Não há problema. – Inclinei-me para a frente e coloquei a cabeça na metade da carruagem ocupada por Alencar. – Deixe-me descer aqui, e leve a senhorita Roe. São poucos minutos até lá. Estarei em casa quando você voltar.

– Nora! Mas sem acompanhante? – Pam perguntou.

Lutei contra minha vontade de virar os olhos, e Alencar ficou do lado dela. – Não, senhorita Dearly. Não posso deixá-la ir a pé sozinha!

– Senhor Alencar, querida Pamela... Vou andando *para casa*. Em um *complexo subterrâneo residencial* repleto de *trabalhadores da cidade*. O que poderia acontecer? Além disso, tia Gene me espera. Estou atrasada.

Pam abriu a boca para falar. Olhando pelo espelho retrovisor, recuei e fiz sinal para Alencar aguardar. Com a outra mão, apertei o botão que subia a separação entre as duas partes da carruagem. – Dê-nos um momento, sim?

– Nora, não quero me preocupar com você. Vamos fazer ao contrário. Você pode vir visitar minha família e voltar para cá em algumas horas.

Respirei fundo quando a divisória terminou de subir.

– Pamela, você precisa parar de se preocupar comigo. Você não é minha mãe. Não tenho mãe e não quero uma.

Ela colocou a mão sobre a minha.

– Nora, você, mais que qualquer um, sabe que dizer para não me preocupar com alguma coisa faz me preocupar mais ainda.

Virei-me e abracei-a. Ela me abraçou de volta.

– Posso cuidar de mim, Pam. Desejo fazer isso. Não quero mais ser um peso para você... percebe? Estou bem, juro. Faz um ano e um dia.

– Nora – objetou ela.

– Vá para casa ver sua família. Cumprimente seu pai por mim. Veremo-nos amanhã. – Afastei-me suavemente e forcei-me a olhá-la nos olhos. – Está bem?

Ela precisou de um momento, mas, quando me soltou e puxou delicadamente um cacho do meu cabelo, percebi que tinha concordado. Era um antigo cumprimento nosso.

Bati com os dedos na divisória, para que Alencar soubesse que eu ia sair. Sua porta abriu-se logo depois da minha. Buzinas soavam.

– Tem certeza de que isto é uma boa ideia, senhorita?

Coloquei as luvas. Levei um momento para me adaptar às luzes que piscavam.

–Sim. De qualquer forma, quero esticar as pernas. – Virei-me e acenei com as duas mãos para Pamela, que me olhava, pensativa, pela porta aberta. – Boa noite, Pamma!

– Boa noite – respondeu ela, baixinho.

Virei-me antes que Alencar mudasse de ideia, e comecei a andar. Atravessei rapidamente a pequena ponte que levava à entrada do túnel. Um policial passou o scanner sobre meu pulso. Assentiu quando o computador me reconheceu como residente, e eu recoloquei a luva.

– Bem-vinda de volta, senhorita Dearly.

3 • nora

O portão estava destrancado e tomei a direção dos Campos Elíseos.

Segui por alguns metros em um túnel de concreto repleto de veículos, antes de sair diretamente na rua principal do primeiro nível. Levei uns segundos para me adaptar quando surgiu a imensa tela de cristal líquido que imitava o céu, proporcionando uma versão artificial do mesmo fim de tarde que eu acabara de deixar lá fora. Cada um dos níveis dos Campos Elíseos teria esse mesmo luxo. O plano era cavar a terra tão profundamente quanto fosse possível, nível após nível, para dar à cidade mais residências e melhorar os abrigos de emergência.

Meu bairro ficava na parte oeste, e chamava-se Violet Hill. Decidi caminhar pelas ruas laterais em vez de andar pela avenida principal, para evitar a marcha de maquinário e de homens usando capacetes vermelhos. Agrupados em torno do portão que levava para o nível mais profundo, puxavam uma escavadeira usando uma rampa e correntes grossas.

Tia Gene sonhava em morar em uma mansão na superfície novamente, mas gostava do subterrâneo. Nas duas ruas principais que formavam um cruzamento no centro do nível, havia lojas e empresas; as ruas menores partiam dali. As casas eram novas, construídas em estilo gótico revisitado, com colunas e janelas em arco. Cada conjunto de quatro casas compartilhava um jardim com uma pequena fonte no centro, exceto pelas casas das pontas, que haviam sido concebidas para proporcionar mais privacidade aos moradores. A nossa era uma dessas. Tinha um gramado amplo na frente e outro na parte de trás, e este terminava em uma parede – embora tivesse sido projetado para parecer que se estendia, virtualmente, até o horizonte. Haviam nos dado até árvores holográficas, que se moviam ao longe na brisa inexistente.

Depois de passar pelos trabalhadores, percebi que as ruas estavam bastante vazias. Cruzei com empregados passeando com os cachorrinhos de suas patroas, e cumprimentei cada um com um aceno de cabeça. Pouco depois cruzei com dois policiais que não se preocuparam em me identificar antes de me saudar tocando levemente seus quepes. Ninguém se aproximou de mim ou falou comigo. Fiquei aliviada. Finalmente conseguia respirar, ainda que meus pensamentos permanecessem um tanto quanto mórbidos depois do sonho.

Depois dos policiais, não vi mais ninguém até que dei com o homem de preto.

Imersa como estava em meus pensamentos, vi apenas uma sombra à espreita sob a luz trêmula da luminária a gás, na última esquina antes de chegar em casa. Quando me aproximei, vi que era alto e vestia uma longa capa com um capuz, impedindo a visão de sua face na luz fraca.

Endireitei os ombros e continuei andando. A vizinhança era segura e foi o bom-senso que me fez parar. Para dizer a verdade, nunca havia sido abordada por ninguém em toda minha vida.

O homem virou-se para mim.

– Senhorita Dearly?

Parei.

Minha mente ficou em conflito entre ser cortês e ficar alerta, mas venceu a boa educação incutida ao longo de anos de escola.

– Sim?

O homem aproximou-se, mancando. Se estava planejando me atacar, não ia se sair bem.

– Peço desculpas pela minha audácia, mas se puder me dar um minuto do seu tempo, prometo não abusar. – Sua fala era lenta e sua voz, seca, mas havia algo de surpreendentemente adorável nela. Algo que acalmava. Como a brisa de outono soprando as folhas das árvores.

Balancei a cabeça em negativa.

– Acho que o senhor deveria ir à minha casa e pedir para falar comigo. Qualquer outra forma de encontro seria inapropriada.

– Por favor – disse. Deu a impressão que ia me seguir. – É sobre seu pai.

Virei-me abruptamente.

– Meu pai? Quem é o senhor? – perguntei, de forma mais rude do que pretendera. Tentei me livrar do fantasma do meu sonho, do incômodo que se contorcia no meu peito.

O homem fez um gesto com a mão enluvada.

– Eu estive... no exército com ele. Ele salvou minha vida.

Estudei-o por um momento antes de deixar que dissesse o que eu já sabia. Sorri um pouco.

– Fico feliz por saber disso. Era um homem nobre.

Ele assentiu com respeito, como se falasse de um santo.

– Ele... *era*... um homem nobre. Um homem dedicado aos demais. – Deu um passo à frente. – Sei que ficaria feliz em vê-la em segurança.

E pulou sobre mim com a velocidade de um raio, me agarrando pelo pulso. Torci o braço para me soltar como meu pai me ensinara, sem conseguir. Chutei sua pelvis, mirando no lugar onde a pele é mais fina sobre o osso, mas ele desviou.

– Solte-me! – gritei. Soquei-o com a mão livre e ele agarrou meu outro braço.

– Senhorita, entenda, por favor! Está correndo perigo! Estou aqui para ajudá-la... seu pai teria querido que eu a ajudasse!

A frase era tão ridícula que, sem pensar, parei de lutar, ainda que por um segundo.

– Meu pai está morto! A menos que tenha vindo do além, tenho certeza de que o senhor não tem a menor ideia do que ele quer!

O homem também parou e disse, em um tom ao mesmo tempo amargo e divertido: – Bem, quanto a isso...

– *Alto lá!*

Os dois policiais com os quais eu havia cruzado pouco antes vinham correndo em nossa direção, com os cacetetes elétricos em punho. Um deles apitou, alertando os colegas e acionando um canhão de luz que iluminou sua posição.

O homem encapuçado me soltou e sussurou: – Você pode achar que isto é uma brincadeira de mau gosto ou que sou louco, mas é a verdade. Juro, você corre perigo. Tem que vir comigo!

Olhei o lugar onde deveria estar seu rosto e, por um instante, a chama da luz da rua iluminou seus olhos.

Eram brancos e opacos, como os olhos de um cego.

Decidi que era um louco.

Corri para os policiais, coração socando o peito. Ao perceber que ficara sozinho, o homem disparou na direção oposta. Um dos guardas ficou comigo, o outro seguiu em seu encalço. Ouvi sirenes.

– A senhorita conhece esse homem?

– Não – estava ofegante. – Deve ser um veterano da guerra... disse que conhecia meu pai, o doutor Victor Dearly. Queria me salvar de alguma coisa. Não acho que fosse me machucar. – O coitado devia ter perdido a sanidade na guerra. Dizia-se que eram "dementes".

O policial repetiu meu relato no comunicador que levava preso à roupa. Depois, acompanhou-me até em casa, a um quarteirão dali. Vigiei o caminho, assustada com as sombras, com o movimento das árvores falsas, com o som do ar reciclado. Pensava, ansiosa, que explicação dar à tia Gene, ao aparecer em casa acompanhada por um guarda. Ela não era um modelo de solidariedade. Para começar, me repreenderia por ter vindo sozinha, e imagine então o que diria por eu ter trocado uma *sílaba* sequer com um estranho... A coisa toda ia virar minha culpa, em vez de apenas a parte em que eu, tola, tinha abandonado a carruagem...

E Pamela ia cortar a minha cabeça. Estava prestes a virar um peru sacrificado na véspera de Natal.

Como o policial ia tocar a campainha de qualquer jeito, sequer tentei convencê-lo de que podia entrar sozinha. Quando ouvi o conhecido "plim--plom", enterrei as mãos nos bolsos e encolhi os dedos dos pés dentro das botas novas, pensando em que poderia usar para comprar o silêncio da Matilda. Nada. O caso dela com o mordomo da casa do lado tinha sido minha moeda, em uma ocasião anterior.

Matilda, uma mulher impressionante, de pele cor de ébano, atendeu a porta. Ou melhor, sua cabeça atendeu. O corpo estava atrás da porta.

– Nora? – O queixo dela caiu ao ver o policial.

Resolvi agir.

– Ai, titia! Você não vai acreditar no que me aconteceu! – choraminguei. Corri para dentro de casa e abracei-a na altura da cintura fina. Foi quando percebi que ela estava usando um vestido de baile vermelho-papula, imagine só.

Deus estava me ajudando.

– Eu... o quê? – gaguejou ela.

Achando que a pergunta era para ele, o guarda entregou o resto da história. Implorei com os olhos a ajuda dela. E, para ter certeza de que estava me entendendo, puxei a manga do lindo vestido. Não tinha a menor ideia da razão pela qual ela estava usando aquilo, mas tive a sensação de que era o que ia me salvar.

Matilda era uma grande atriz.

– *Muito, muito* obrigada por trazer de volta a minha querida menininha.

O policial desconfiou.

– A senhora é a dona da casa?

Matilda encarou o homem, tomando o cuidado de manter as mãos longe do alcance do escaner dele.

– Claro. O senhor está insinuando algo?

Ele tossiu, para disfarçar o constrangimento.

– De forma alguma. É que é estranho a dona da casa atender a porta nestas redondezas.

– Francamente... – disse Matilda, impaciente. Puxou-me para perto dela, um pouco forte demais. – Estou esperando minha sobrinha há *horas*. Estava fora desde setembro. Que tipo de guardiã seria eu se não corresse para a porta, quando achei que finalmente tinha chegado? – O tom era o mesmo que ela usava quando eu roubava biscoitos recém-assados. Naquele momento, pareceu-me que era um dom sem preço.

– Claro, minha senhora. Eu devia ter percebido.

– Ainda mais agora que ela enfrentou um perigo mortal a caminho de casa! – Para minha surpresa, Matilda enxugou uma lágrima de verdade. – Isto nunca teria acontecido quando eu era criança. A sociedade rui à nossa volta! Oh, isto é demais para mim!

– O policial anotou meus dados em seu bloco digital. Quando terminou, Matilda fechou a porta. Virando-nos uma para a outra, exclamamos, em uníssono:

– Que raios significa isto?

Matilda começou.

– Está bem! Estou indo escondida para um baile de máscaras. Só estava esperando você aparecer para sair. Sabia que era você quando vim abrir. O que não imaginei é que viria com a polícia!

– Mas por que vai escondida? Você pode fazer o que quiser no seu tempo livre.

– É que... como a sua tia também vai, as coisas são um pouco complicadas. Manteve-se altiva, mas entendi perfeitamente que a tia Gene *nunca* aceitaria confraternizar com os empregados.

Meu coração ficou incandescente quando ela pronunciou baile, do mesmo jeito que acontecera quando soube do assunto pela primeira vez. Ignorei. Por ora.

– E se vocês se encontrarem?

– Baile de máscaras. Más-ca-ras.

– Ahh.

– E o que aconteceu com você?

– O doido da rua disse que conhecia meu pai, e tentou me levar embora com ele.

– Uau.

– Pois é.

Houve um momento de mútua apreciação silenciosa, os olhos dela nos meus, antes que começassem as negociações.

– Não conto nada para minha tia se você também não contar.

– Feito.

Nossa. Essa foi fácil.

A campainha tocou e demos um pulo. Era o Alencar com meu baú. Ele encarou a Matilda e disse imediatamente: – Não vi nada.

– Bom homem. Nora, vá cumprimentar sua tia antes que ela saia. Tenho que me esconder de novo.

– Por que você me odeia?

Ela apontou para a escadaria.

– Vá.

Respondi batendo de leve nela com minhas luvas e me virei para subir. Matilda estava certa. Mas, a cada degrau, percebia que estava cansada e nervosa, e que tinha sido quase sequestrada por um desconhecido louco a poucos passos da minha casa.

Quando cheguei à porta do quarto da tia Gene, a última coisa que queria era brigar.

Bati.

– Entre.

Abri a porta , fiz uma mesura e cumprimentei-a secamente: – Boa noite.

A senhora Genevive Ortega estava sentada em frente à penteadeira, dando os últimos toques na maquiagem. A saia do vestido, em um tom gelado de azul, esparramava-se à sua volta, e o cabelo, que começava a ficar prateado, estava arrumado em um coque elaborado. Era uma mulher atraente, mas tinha uma rigidez em torno da boca e dos olhos que o irmão não compartilhara. Como meu pai, falava com o sotaque redondo e esmerado do extremo norte.

– Ahh, Nora. Como foi sua viagem?

– Longa.

– Lamento. – Virou-se para mim depois de uma última pincelada de *rouge*.

– Ainda não trocou de roupa?

– Acabamos de chegar.

– Bem, corrija isso imediatamente. Sequer tirou o casaco? Será que Matilda enlouqueceu?

Em vez de discutir, tirei o casaco e dobrei-o sobre o braço. Podia sentir os olhos dela me examinando.

– De onde veio esse vestido? – perguntou.

Dei de ombros.

– Estava no meu armário, na escola.

Tia Gene respirou fundo e informou-me, como quem fala com alguém bem pouco inteligente: – Isso é um vestido de outono, minha querida. E obviamente foi feito para você há muitos anos.

Esforcei-me para dar um sorriso tão impertinente quanto o da Vespertina.

– Curioso você mencionar isso, tendo estado em luto.

Ela levantou e se aproximou. Sem a presença dela, as gavetas da penteadeira fecharam-se automaticamente e as velas elétricas recuaram em direção à parede.

– Realmente. Falando em luto, seria simpático se você arrumasse suas roupas pretas e as desse de presente para sua amiga, a senhorita Roe. Podem ser úteis para pessoas do status dela... É uma cor que fica tão *bem*.

Bela recompensa para quem não queria entrar em uma briga. Aquilo era uma declaração de guerra.

– Muito bem. Vou ao baile de Bertha Cotney esta noite, como lhe disse na carta. Voltarei tarde, com certeza. Matilda estará aqui para ajudá-la, naturalmente.

– Naturalmente. – Tomei fôlego para perguntar: – E por qual razão você acha que realmente *precisa* comparecer a esse baile?

Tia Gene também percebeu para onde estávamos indo com aquela conversa.

– Querida, não estamos mais de luto, como você mesma disse.

– Não estamos mais de luto há poucas *horas*, tia. Sua atitude poderia dar a impressão que você vinha contando os minutos para ele terminar.

A boca dela formou uma linha reta.

– Não vou admitir que uma criança fale assim comigo. Seu pai se envergonharia de você.

A raiva que eu sentia no peito ardia como brasa e senti que se transformava em fogo, embora estivesse me esforçando para manter a compostura.

– Tia Gene, veja. Quando recebi sua carta ontem, minha intenção era vir para casa e fazer uma cena em defesa da memória dele. Mas estou cansada, não muito bem-humorada, e, no final de contas, você é minha parente mais velha... Sendo assim, estou disposta a recolher minhas armas e deixar que se envergonhe sozinha. É isso o que deseja?

Ela me deu um tapa.

Fuzilei-a com o olhar e fui direto ao ponto: – Ele morreu há *apenas* um ano.

– E foi um ano de tempo perdido – retrucou ela.

– Você é completamente...

– Silêncio, sua piralha. Você não compreende. – Ela cerrou os punhos, sua voz assumiu um tom grave e ameaçador. – Seu tio morreu um ano antes do seu pai. Por causa deles, estou afastada da sociedade há mais de dois anos. *Dois anos*. Bons casamentos aconteceram nesse período. Casamentos que poderiam ter envolvido a minha pessoa.

– É só nisso que você consegue pensar? – Levei os dedos ao rosto.

– Isso é tudo no que nós devíamos pensar, Nora! – retrucou ela, exaltada. – É por meio de um casamento que ambas podemos melhorar nossas posições na sociedade. Eu quero sair deste buraco na terra. Quero reassumir meu lugar entre os melhores novamente. Por que é que você não entende isso?

– Não entendo porque estamos perfeitamente confortáveis aqui embaixo!

– Não se trata de viver com conforto, trata-se de viver em prosperidade! – exasperou-se. – O melhor a fazer é internalizar essa noção agora, antes que você vá parar na sarjeta.

Ri um pouco diante do exagero.

– Estamos bem longe de viver na sarjeta.

Ela pareceu disparar punhais com o olhar.

– Estamos? Você tem ideia do que foi sacrificado por você? Seu pai – por culpa dele mesmo, devo dizer – não era um homem muito rico. É a pensão do seu falecido tio que tem nos mantido à tona. Seu pai nos deixou somente seu venerável nome e posição social – nem vale a pena mencionar a pensão dele. Estamos afundadas em dívidas, Nora. – E, como se ela achasse que eu não acreditaria sem prova, foi até a escrivaninha e começou a retirar envelopes de papel verdadeiro. – Veja isto.

Não queria ver, mas não pude evitar. Com o rosto ainda ardendo por causa da bofetada, peguei os papéis. Eram cartas de credores.

O que ela tinha feito?

– A casa está hipotecada – disse ela, tremendo de raiva e jogando as cartas no chão. Peguei uma por uma, com o olhar fixo nas letras miúdas, acusadoras. – Temos contas a pagar em todas as lojas que você possa imaginar. Isso não vai continuar assim para sempre. Haverá dinheiro suficiente para sua educação e *debut*, e depois...

Parei de escutar nesse ponto. Meu corpo todo ficou frio. Eu sabia extamente o que ela estava sugerindo.

Eu deveria ser apresentada à sociedade, e imediatamente depois, encontrar um marido rico – não importando temperamento, personalidade, grau de higiene pessoal, nada – e me casar.

– Não vou me casar – disse eu, simplesmente.

Ela ergueu a cabeça e apontou para o próprio vestido.

– Se você não vai, então eu vou. Mas somente para me salvar. É hora de você crescer, de pensar no futuro de sua família. Não posso ser responsável por você para sempre.

Senti o rosto ficar vermelho.

– Espere um minuto! Foi você quem nos colocou nesta situação. – Tinha a sensação de que minha boca relutava em pronunciar as palavras, em dar voz à fúria que ocupava meu cérebro. Fiquei ainda mais irada. – Você pensou que podia se safar disto? Continuar a viver como tem vivido? É você quem vai resolver, ou eu mesma te enterrarei!

Os olhos da minha tia escureceram.

– Está me ameaçando, sobrinha?

Como queria! Como queria bater nela! Mas uma paciência que só poderia ser sobrenatural me fez calar, embora minhas mãos tremessem, segurando as promissórias.

Satisfeita com meu silêncio, tia Gene pegou a máscara e a estola de pele falsa.

– Sugiro que você pense bem sobre a nossa situação e o seu papel nela. – Puxou o cordão do sino para avisar Alencar que estava pronta. – Boa noite, Nora.

Continuei em silêncio. Não sabia o que poderia dizer se abrisse a boca.

– Boa *noite*, Nora.

– Boa noite – murmurei, mal contendo a raiva.

Ela ergueu o queixo e passou por mim.

Meu cérebro começou a funcionar de novo. Solução? Podia ir ao advogado da família, convencê-lo de que ela havia feito aquela monstruosidade sem me informar. E que, sendo minha guardiã, havia me arruinado. Poderia implorar ao ex-primeiro-ministro e difamá-la publicamente.

Não queria mais pensar. Não queria pensar em nada. Peguei todas as promissórias e fui para meu quarto. Escondi-as na escrivaninha dentro da casa de bonecas. Escrevi uma nota para a Pam contando que havia chegado bem e enviei-a para o telefone dela. Tomei banho e coloquei uma camisola branca rendada.

Porém, não tinha vontade de dormir.

Perambulei pela casa silenciosa, pensando em ir até a cozinha para comer algo. Os empregados geralmente saíam às sete da noite e, como Matilda havia ido ao baile, eu estava completamente só. Apenas algumas luminárias a gás haviam sido deixadas acesas e a casa parecia meio morta, muito perto da total escuridão.

Eu amava esta casa. Amava o acabamento de couro trabalhado que revestia as paredes dos corredores; amava os tons pastéis etéreos dos cômodos onde minha mãe havia vivido, e os tetos pintados com estrelas; amava os murais ilustrados com figuras mitológicas que enfeitavam alguns cômodos. Sob estes tetos abobadados minha mãe havia me ensinado, me repreendido e me amado; meu pai havia me mimado e me inspirado.

Decidi que não podia deixar a leviandade e o egoísmo da minha tia me tirarem tudo isso.

Eu incendiaria a casa antes de deixar que alguém a tomasse de mim.

Na cozinha, havia várias janelas que davam para a rua. Um pão com salame e um chá me fizeram companhia enquanto me remoía.

A rua não me proporcionou muita distração. Eventualmente passava uma ou outra carruagem elétrica, e vi duas pessoas, um homem e uma mulher, andando de braços dados. Ela levava uma sombrinha que tinha no topo uma minúscula luz a gás e que era a última moda. A luzinha era cor-de-rosa, indicando que a moça pertencia a uma família que permitia aos filhos o antigo hábito de namorar. Se fosse branca, significava que a família arranjaria o casamento para a moça, e, se fosse azul, que a dona da sombrinha era casada. Luz verde identificava uma mulher que não se interessava por homens, mas que se viraria para apreciar uma linda saia.

Fiquei me imaginando em um passeio à noite com um rapaz, e mordi com raiva o sanduíche. Todos os meninos que eu conhecia estavam se tornando rapidamente adultos desinteressantes. Haviam me deixado brincar de soldado com eles quando éramos pequenos, mas agora esperavam que eu sorrisse e concordasse sem pensar em qualquer coisa que dissessem. Era impressionante como haviam se enquadrado.

Arrumei a cozinha e voltei a perambular pelo primeiro andar. Atrás da sala de visitas ricamente decorada ficava o cômodo onde meu pai havia morrido. Não havia estado lá desde então. A porta não estava trancada. Abri e entrei.

Parecia que espíritos haviam feito dali sua morada, porque toda a mobília e objetos de arte estavam cobertos por lençóis. Depois de parar por um momento para observar o cômodo como um todo, aproximei-me da cama e puxei os lençóis que a cobriam. As cortinas de veludo haviam sido retiradas. Fora nesta mesma cama de madeira entalhada que meu pai me tomara em seus braços. Deitei-me sobre ela, e desejei desesperadamente sentir de novo os botões da roupa dele machucando meu rosto, em vez da superfície macia do colchão.

Os pensamentos que eu tentara enterrar surgiram de novo. Tentei não imaginar a tia Gene no baile, radiante, flertando. Era boa nisso. Na juventude, havia fisgado o senhor Ortega, um banqueiro de investimentos, quase sem esforço. Aprendera cedo o jogo, tornando-se uma vilã elitista e sorridente sobre quem minha mãe reclamava sempre que se sentia infeliz com sua própria situação social. Porém, perdera a posição por não poder ter filhos. A incapacidade de produzir um herdeiro era uma das poucas razões pelas quais a Justiça concedia um divórcio. Fora um duro golpe para ela.

Quando meu pai morreu, ela realmente não teve muita escolha. Tornou-se minha guardiã, precisava do dinheiro decorrente da responsabilidade. Provavelmente se sentia enganada e abandonada. Creio que conseguia entender a raiva dela.

Ainda assim, parecia-me extremamente injusto que tivesse uma chance muito maior que a minha de recuperar o que *ela* havia perdido.

Com pena de mim mesma, perdida na minha própria tristeza, levei um instante para perceber que havia ouvido um barulho lá fora.

Sentei-me. O cômodo estava escuro e quieto. Lembrei que estava sozinha na casa e que um homem assustador havia me abordado poucas horas antes. O medo que a raiva havia espantado voltou. Senti um calafrio.

Totalmente consciente de todos os barulhos que meu corpo fazia, pus as pernas para fora da cama, e minha camisola cobriu-as quando fiquei de pé. Andando o mais silenciosamente que pude, aproximei-me da cortina da janela. Parei e escutei.

Nada.

Podia jurar que ouvira alguém andando no jardim sobre as plantas que havia sob as janelas, quebrando galhos e pisando folhas secas.

Antes que pudesse mudar de ideia, abri as cortinas abruptamente, como alguém que rasga um pano.

Não havia nada lá fora exceto a luz da lua artificial.

– Calma, Nora – disse a mim mesma –, deve ter sido um bicho ou algo assim. Hora de ir para a cama.

Deixei os lençóis que haviam coberto a cama do meu pai amontoados no chão, fechei a porta e subi a imponente escadaria. Enquanto trancava as janelas do hall do andar de cima, ouvia a gravação do vento balançando as folhas das árvores virtuais lá fora. Consolei-me ao lembrar que ouvira esse mesmo som lá embaixo.

Foi só quando já estava aninhada na cama que me dei conta que a gravação, estranhamente, lembrava a voz do louco.

4 nora

Pamela veio me visitar na manhã seguinte, bem disposta e vibrante, usando um vestido novo de algodão cor de lavanda estampado com violetas. Estava acomodada no banco junto à janela do quarto lendo um livro, e vi as fitas do gorro e da capa dela esvoaçando quando ela se aproximou da porta. Quando me levantei, a cortina de organza fechou-se automaticamente.

Matilda, novamente vestida com seu sério traje preto, abriu a porta. Estava justamente indo anunciar a Pam quando cheguei ao topo da escada.

– Pamma! Sem uniforme hoje! Você está parecendo bem normal!

– Eu sei! – disse ela com um sorriso, enquanto desviava do mordomo. –Você também!

Vi que se arrependeu de ter dito aquilo no momento em que as palavras escaparam. Balancei a cabeça para tranquilizá-la e dei-lhe o braço, conduzindo-a à sala de visitas. Havia vestido um modelo cor de prata escura com um decote quadrado e mangas muito enfeitadas. Não era um alegre conjunto cor de guloseima.

Tia Gene observou-nos, sentada à escrivaninha que ficava sob a escada principal. Ela mantinha esse pequeno escritório ali para vigiar tanto seus e-mails quanto a porta da rua.

Desde a noite anterior, eu resolvera ignorá-la de forma estudada. *Ah, aquela sentada ali é a minha tia? Ah, eu tenho uma tia? Nossa, não sabia!*

– Você já conversou com sua tia? – perguntou Pam, sentando-se graciosamente e removendo o chapéu. Sem esperar por minha resposta, tocou o vidro grosso que recobria a mesa de centro. Apareceram botões digitais que pareciam camafeus. Ao tocar em um deles, as telas em forma de sol instaladas no teto se acenderam. Elas reproduziam o mesmo céu pontilhado de dirigíveis que se via lá fora, e passaram a mostrar o final da programação infantil da manhã. A senhorita Jess Novio, conhecida apresentadora da TV, ainda estava distraindo pequerruchos de todo o país para que suas babás pudessem fazer uma pausa para tomar chá ou costurar.

– É assim que se faz uma reverência! Abaixem-se! *Abaixem-se*!

– Não tenho nenhum vídeo para te mostrar, e vamos deixar o assunto aí mesmo – disse. Havia decidido que não mencionaria uma palavra do que ocorrera na noite anterior – nem fora nem dentro de casa. Até aquele momento, minhas aventuras ainda eram segredo e eu queria que continuassem assim.

Pam estava ocupada mudando os canais. Ela raramente via televisão em casa e costumava ligar a nossa sempre que vinha me visitar. Parou ao ver na tela uma cena do campeonato regional de golfe.

– Meu pai é viciado nisso. Não queria falar de *outra coisa* ontem à noite.

– Como está sua família? – perguntei, me jogando sobre o sofá de almofadas enormes.

– Muito bem. – Virou-se para mim. Sabia que ainda me vigiaria de perto por um bom tempo, então, para deixá-la feliz, sorri. – Você vem jantar conosco amanhã à noite, não é?

– Adoraria – respondi, olhando para as tabelas do campeonato flutuando acima de nós.

– Senhoritas, senhoritas. É assim que aproveitamos bem o tempo? – Pamela e eu olhamos para a porta por onde a tia Gene surgira, envolta em um xale de xantungue roxo. Pam levantou-se e cumprimentou-a respeitosamente. Tia Gene retribuiu delicadamente a deferência.

– Não decidimos ainda o que vamos fazer hoje –, respondi, secamente.

– Ah! Pensei que talvez pudéssemos visitar as lojas no centro. Estão começando a aparecer os tecidos de primavera – disse Pam, sentando-se novamente. – Minha mãe encomendou este vestido para mim – o que você achou, falando nisso? –, mas ela disse que talvez eu ganhe outro.

Aproveitei a oportunidade. – *Gostei muito*, caiu *realmente* bem em você – comentei, na esperança de que nossa conversa de menininha fosse suficiente para fazer minha tia sair.

Mas ela interrompeu.

– Tenho uma ideia melhor. – Fomos obrigadas a parar de falar e olhar para ela, que nos dirigiu um sorriso meloso. – Por que vocês não me acompanham na visita que tenho que fazer à família Allister? Já estava indo me vestir para sair.

Ai, não os Allister. Lorde Allister ficava todo o tempo exibindo sua coleção de pássaros empalhados, e lady Allister quase nunca falava, o que fazia com que todo mundo a sua volta ficasse completamente desconfortável. E o filho deles era no máximo uma torrada. Em comparação com ele, a maioria dos professores parecia um bando de degenerados alucinados.

– Podemos mesmo?

Olhei para a Pam, que havia se animado com a perspectiva.

Tia Gene sorriu mais ainda.

– Claro. Esperem por mim aqui.

Assim que ela se foi, agarrei a Pam.

– Por que raios você quer visitar essa gente?

Pam se desvencilhou de mim, passando, sentida, a mão no braço onde eu a tinha apertado.

– Caso você não tenha notado, o filho deles, Michael, é *lindo*.

– Acho que a fumaça da cidade está te deixando louca. Ele é *tão* chato.

– Mas é agradável de se olhar. Além disso, por acaso alguma de nós estava em condições de escolher aonde ir?

A pergunta me pareceu cifrada. Estaria ela falando da visita de hoje, ou de outra coisa?

Meia hora depois, estávamos dentro da carruagem. Pam arrumava o chapéu compulsivamente, e eu ponderava sobre quais as chances de me matar usando a caneta com pena da cabine.

Os Allister viviam na superfície, a cinco minutos da entrada dos Campos Elíseos e a vinte minutos da cidade. A propriedade, chamada Vermil Park, ficava afastada da estrada e era protegida por altas cercas de latão ornamentadas. Talvez fossem eletrificadas. Podia me jogar contra elas...

– Então, senhorita Roe – disse tia Gene depois de vários minutos de silêncio. – Como vão seus estudos?

Pamela parou de mexer no chapéu e juntou as mãos sobre o colo.

– Muito bem, senhora. Mantive minhas notas e creio que terei permissão para participar na competição de arco e flecha novamente este ano... pelo menos na primeira parte do ano.

– Por que você não conseguiria? – O estranho comentário dela me tirou do devaneio suicida. – Você é sensacional. Poderia ir para a fase nacional. Você consegue derrubar uma maçã da árvore.

– Hmm, hmm – fez Pam. – Minha mãe acha que as meninas devem começar a se concentrar no *debut* com bastante antecedência. Há outras coisas para se pensar. Coisas que podem ser bem mais importantes no futuro.

Achei que aquele discurso havia sido encomendado.

– Você está brincando – eu disse.

– Sua mãe é uma mulher sábia – disse tia Gene, voltando o olhar para mim, que encarava a minha amiga. – Vocês duas estão na idade em que esses assuntos devem ter prioridade.

Ignorei-a, e continuei com os olhos em Pam.

– Quando foi que tua mãe disse isso?

Pam olhou para a janela espelhada.

– Semanas atrás. Achei que tinha te contado.

Eu não tinha a mais remota lembrança sobre o assunto. Onde é que eu havia estado, semanas atrás?

Vendo, ininterruptamente, a coleção de holografias de guerra do meu pai, e chorando até o nariz doer, afundada no travesseiro.

– Pam, eu...

– Quero de vocês o melhor comportamento, meninas – disse tia Gene quando, de repente, a carruagem fez uma curva. Pam tirou os olhos da janela e fitou-me por um instante – instante em que tentei lhe transmitir, telepaticamente, minhas desculpas – até se fixar na bolsa pousada no colo. Tinha perdido a alegria.

A carruagem parou e Alencar ajudou-nos a descer. O mordomo dos Allister estava nos esperando e encaminhou-nos à sala imediatamente, o que me indicou que a visita havia sido marcada com antecedência. Provavelmente era o dia de lady Allister receber visitas, o que era um alívio – significava que ficaríamos ali por uns vinte minutos. Conseguiria aguentar. Meia hora, no máximo, e depois eu poderia pedir desculpas à Pam.

– Bem-vinda, senhora Ortega. – Lady Allister ficou de pé para receber minha tia. Era baixa e atarracada, tinha cachos marrons bem apertados e vestia uma roupa em um tom enjoativo de cor-de-rosa.

Pam e eu esperamos, um pouco afastadas. Como nenhuma de nós tinha debutado, não estávamos "oficialmente" em visita. Tia Gene sequer precisava nos apresentar, se não quisesse. Mas quis.

– Permita-me apresentar-lhe minha sobrinha, a senhorita Nora Dearly, e sua amiga, a senhorita Pamela Roe.

Fizemos uma mesura para cumprimentá-la. Lady Allister nos devolveu um sorriso aguado.

– Naturalmente. Que encantadoras. Por favor, sentem-se.

Sentamos.

E o silêncio que se seguiu engoliu-nos.

Era o papel de lady Allister conduzir a conversa, se estivesse com vontade. Como de costume, não estava. Minha tia aprendera nas visitas anteriores que não adiantava puxar assunto, e a boa educação impedia a Pam e a mim de tentar.

Passamos a estudar cuidadosamente cada peça da sala, para nos distrair. Todos os tecidos eram em tons de framboesa. A lareira, feita de mármore branco, era grande o suficiente para assar duas pessoas, empaladas de comprido em um espeto. Exemplares da coleção taxidérmica de lorde Allister tinham destaque no ambiente, e todos eram espécimes exuberantes – como cisnes e pavões brancos. Parte da fortuna dele estava investida em uma reserva de genes e de animais exóticos de grande porte no norte da Nicarágua, e ele não desperdiçava os que morriam.

No momento em que tentei encarar a Pam de novo, na tentativa de entender se o arrependimento que se via neles provinha de seus próprios problemas ou se era culpa da chatíssima visita, Michael Allister entrou na sala.

– Ah, Michael – exclamou lady Allister. Ela estava acordada, afinal. – Como vai você hoje, meu filho?

Com dezesseis anos e cabelos cor de areia, ele tinha um belo porte, mas eu nunca apreciara seu rosto. Queixo fraco, nariz presunçoso. Sua expressão quase cômica de surpresa desapareceu quando me viu. Abriu um sorriso para mim e voltou-se para a mãe.

– Muito bem, mãe. Peço perdão por entrar abruptamente. Esqueci-me de que era seu dia de receber visitas.

– Não há problema, querido, imagine. Por que você não acompanha as duas senhoritas para uma caminhada? Moças não devem ficar dentro de casa em um dia lindo como hoje – nem rapazes, para falar a verdade.

Percebi pelo olhar da tia Gene que deveria ir. Mais que isso: que deveria me divertir.

Obediente, Michael curvou-se, e esperou por nós. Pamela levantou-se rapidamente, e eu os segui, mais devagar. Saímos por uma porta lateral e Pamela e eu abaixamos o véu de filó de nossos chapéus para proteger a pele do sol.

O gramado da propriedade era amplo e plano, enfeitado por pavões cuidadosamente clonados que passeavam sob as árvores, e patos que flutuavam nos laguinhos artificiais. A vista impressionava.

– Então? – Andando, Michael cruzou as mãos atrás das costas. – Como vão as férias? – Longe da mãe a voz dele parecia mais firme e profunda.

– Muito bem – disse a Pamela.

– Muito... interessantes – defini eu.

Michael assentiu e me olhou.

– Imagino que vocês não comparecerão a nenhuma das festas.

– Não, não. Não debutamos ainda – respondeu a Pam.

Michael olhou para ela de uma forma estranha.

– Eu mesmo me manterei longe delas – disse. – Pensei em combinar de fazer algo para os menores. Caso contrário as festas de fim de ano estarão fadadas a ser terrivelmente chatas. – Olhou em minha direção novamente, e Pamela aproveitou a oportunidade para se aproximar dele.

– Eu havia comentado com a senhorita Dearly justamente a mesma coisa! Seria *esplêndido*. Não seria *esplêndido*, senhorita Dearly? – e olhou diretamente para mim.

Estava em falta com ela. Muito em falta.

– Mmmm. *Esplêndido*.

Pamela ficou satisfeita. Voltando-se para Michael, continuou a conversa com ele.

– Ficarei feliz em ajudar a planejar. Meu pai faz o melhor bolo de Natal *do mundo*.

Mentalmente, cobri o rosto com as mãos. O pai da Pam era padeiro – o que não era a melhor coisa a dizer em uma conversa com um rapaz rico, se ela estava interessada nele. Michael poderia pensar que Pam estava tentando cair nas graças de sua família, em benefício próprio. Mas, observando a expressão dele, não me pareceu contrariado. Longe disso, aparentava estar se divertindo, e assentia com a cabeça.

Transmiti a Pam com o olhar que os dois deviam ficar sozinhos. Acelerei um pouco o passo, levantando a barra da saia para andar com mais facilidade.

Saí do caminho bem cuidado em direção ao gramado onde passeavam os animais. Por falta do que fazer, fiquei brincando de fazer sombra sobre um pavão. O bicho ergueu a pata para se defender quando me aproximei, e mudou de direção, deixando para trás uma longa pena cor de pedras preciosas. Abaixei-me para pegá-la e ela brilhou sob a luz do sol.

Ouvi Michael dizer: – E meu primo está indo para o front. – Aproximaram-se de mim.

Consternada, Pam comentou: – Que pena.

– Em qual batalhão? – perguntei.

Michael olhou para a pena e eu a entreguei a ele. Era propriedade sua, tecnicamente.

– Fique com ela, com meus cumprimentos. Um batalhão novo, o 145.

Estranhei.

– Outro batalhão? Como conseguem? Não somos tantos assim.

Allister deu de ombros.

– Tem sempre alguém querendo se alistar. Os comandantes são bons segundos e terceiros filhos.

Estava certo. Segundos e terceiros filhos pobres. Somente os primogênitos herdavam as propriedades. Os filhos mais moços da elite geralmente iam para as forças armadas ou ingressavam na igreja.

Pamela cruzou os dedos entre as fitas de sua bolsa e olhou para Michael com uma expressão autêntica e gentil.

– Vou rezar para que volte são e salvo.

– Eu também.

– Agradeço as duas. Assim fico livre para rezar que, caso tenha que sofrer, que faça sofrer também pelo menos um bom punhado de punks. – Michael voltou para o caminho do jardim. – Eles não têm a menor chance depois dessa última ofensiva. Porcos imundos – sem moral e sem religião, não pensam no futuro do seu povo. Nojentos.

Andando logo atrás deles, consegui, pelo menos desta vez, não expressar minha opinião. Havia boatos de que os punks casavam-se com mais de um marido ou mulher. Que seus pratos típicos incluíam coisas como besouros e espécies de fungos com formas interessantes. Que sacrificavam crianças em cerimônias secretas em homenagem a máquinas enormes, possuídas por demônios. Tudo bobagem.

Michael dirigiu-se a mim, e Pamela ficou me olhando por trás dele.

– A senhorita Dearly *vai querer* nos ajudar a organizar essa festa, não?

Ela arregalou os olhos quando fui começar a responder.

– Se a senhorita Roe quiser, sim. – O sorriso da Pam valeu pela indignidade da expressão de autossatisfação do rapaz.

– Senhoritas! – Tia Gene apareceu na soleira de uma das muitas portas. – Hora de irmos embora.

– Senhoritas. – Michael repetiu, fazendo uma reverência.

Despedimo-nos também e começamos a voltar pelo gramado.

– Finalmente podemos falar.

– Sobre o quê? – perguntou ela, alegremente.

Suspirei. Havia perdido a atenção de minha amiga.

– Temos que nos apressar, meninas. – Tia Gene conduziu-nos em direção à frente da casa.

– Por quê? – perguntei, desconfiada.

– Temos muitas outras visitas a fazer.

– *O quê?*

Ela deu um sorriso gelado.

– Sobrinha, você certamente não acha que somos tão socialmente patéticas a ponto de ter apenas *uma* visita a fazer.

De volta à carruagem, recomecei a pensar em como acabar com minha vida com a caneta. Provavelmente o melhor seria enfiá-la violentamente no nariz. Com força suficiente, talvez ela perfurasse meu cérebro. Um suicídio apropriado para uma estudante.

– Você sabe que essa pena traz má sorte? – comentou tia Gene depois que deixamos em casa uma Pamela esfuziante de alegria. Não conseguira ficar a sós com ela o dia todo.

Isso é que era má sorte para mim.

Naquela noite, fiquei brincando com a pena, deitada na cama do meu pai. As luzes estavam acesas e eu estava sozinha novamente, pois minha tia havia saído para outra festa. Matilda tinha tirado uma merecida folga para passear com seu amado do momento.

Fechei os olhos. Tia Gene havia retornado muito tarde na noite anterior, e eu ponderava sobre a possibilidade de juntar uns cobertores para passar a noite entre as coisas do meu pai, livros e objetos que haviam sido valiosos para *ele*. Devia fazer exatamente isso, antes que caísse no sono sem perceber. Havia passado o dia todo perambulando de casa em casa, forçada a sorrir e fazer gracinhas para cachorros e bebês. Estava exausta. Nunca mais entraria na carruagem com aquela mulher.

Resmungando, fui procurar roupas de cama em um dos grandes armários do hall. Voltei para o estúdio do meu pai e coloquei os cobertores sobre a escrivaninha para poder arrumar a cama improvisada.

Comecei a pensar na Pam. Tinha que encontrar algum jeito de fazer as pazes com ela. Não queria mandar uma mensagem ou telefonar – queria me desculpar pessoalmente. Talvez uma ida à sorveteria amanhã, bem longe da tia Gene. Queria que ela se abrisse, e queria me abrir *com ela*. Tudo voltaria a ser como antes. Ela estava feliz quando nos despedimos, mas mesmo assim tive a sensação de que precisava consertar alguma coisa.

Uma coisa era estar de luto. Outra coisa era ser egoísta.

Quando peguei o último cobertor, vi o projetor de holografias do meu pai.

Sentei-me em frente à escrivaninha. Tirei o pó das lentes com os dedos e limpei-os no mata-borrão verde que havia sido dele. Era um grande aparelho de alta definição, igual a uma versão menor que ainda estava guardada no meu baú e que Pamela odiava.

Eu havia passado muitas horas felizes com meu pai vendo documentários e holografias de guerra – especialmente *Uma História Definitiva de Nova Victoria*. Quantas vezes havia pedido para ele me mostrar as cenas das batalhas! Quase tantas quanto havia implorado para ele ler para mim *O Livro da Selva*.

Liguei o projetor.

O chip me reconheceu.

– *Olá, senhorita Dearly. Retomando a projeção. Escala 1:1.*

Naturalmente, sabia que os homens que apareceram à minha volta não eram reais. A luz da luminária até os diluía um pouco, fazendo com que parecessem mais ainda mais etéreos. As boas maneiras que minha mãe havia me ensinado quando eu era criança me impediram de andar entre eles. "*Não brinque com o holograma, querida. Irrita as outras pessoas e estraga a ilusão.*"

E assim foi que fiquei olhando a forma como Jeremiah Reed incitava seu povo à rebelião. Apagei as luzes uma a uma, e a cor dele ficou mais vívida.

– Eles darão os empregos às máquinas! – gritava Reed.

– Adiante, 300 segundos – ordenei.

– Confirmado – respondeu a voz feminina do aparelho.

O hológrafo acelerou, projetando nas paredes um redemoinho de luzes. De repente, vi-me no meio da batalha dos punks disputando uns poucos quilômetros de território contra o exército vermelho de Nova Victoria. Havia assistido a essa mesma cena diversas vezes, e ela sempre me encantava, por mais estranho que pudesse parecer.

Tentei sair quando o narrador começou a discorrer sobre tática e geografia, mas a luta me envolvia. Meus pés afundavam nos mortos, balas atravessavam meu peito. Finalmente decidi ficar onde estava, bem no meio do confronto, dos gritos e da violência. Não tinha medo. Aquilo me excitava.

Mesmo que tivessem morrido, esses homens haviam vivido de verdade.

– Para o início. Velocidade 32 – ordenei.

A era do gelo me cobriu de branco. A lava de Yellowstone chegou até meus joelhos, deixei chover sobre meu rosto as cinzas iridescentes que bloqueariam a luz do sol. As flechas que descreviam o movimento da humanidade em direção ao Equador me atravessavam. Nunca havia experimentado algo assim. Era incrível.

Consegui esquecer de mim mesma por alguns instantes.

– De volta para a marca cinco!

Bombas começaram a explodir novamente. Homens do exército de Nova Victoria marchavam por cima de mim. Fechei os olhos para sentir a vibração dos pés, os gritos de comando, e o fogo cruzado. Recitei a narração de cor.

Ele havia morrido havia um ano e dois dias, e honrei sua memória fazendo o que fazíamos juntos. E sorri. Um pouquinho.

Quase imperceptíveis em meio à voz do narrador, ouvi gritos.

Eles não faziam parte da gravação.

Estatelei os olhos. Não conseguia ver nada, pois a luz do hológrafo ainda estava ligada.

– Parar programa. – As figuras à minha volta desapareceram, o escuro me assustou. Fiquei parada, ouvindo.

Certamente algo estava acontecendo lá fora. Ouvia vozes e passos sobre o cascalho.

Aproximei-me da janela sorrateiramente, da mesma maneira que na noite anterior, com o coração batendo forte. Quando cheguei, o barulho havia parado.

Mas estava *certa* de ter ouvido algo.

Segurando a respiração, fiquei imóvel. Não me considerava covarde, e agora era o momento de provar isso a mim mesma. Decidi olhar, como na noite anterior. Nada então, nada agora. Provavelmente eram apenas meninos brincando no escuro.

Abri as cortinas.

Uma caveira me encarou com olhos escuros soltos nas órbitas, sem carne em volta.

E sorriu.

O punho da coisa entrou pela janela. Gritei e pulei para trás. O mundo pareceu explodir, com estilhaços de vidro voando e mais *cadáveres* saltando para dentro do estúdio.

É a única maneira de descrever o que via.

Eram homens. Quer dizer, pareciam homens, pareciam *humanos*, mas, como alguém que já morreu há meses, há anos, estavam em estágios diversos de decomposição – a carne pendia solta dos membros, havia ossos expostos em algumas partes, outros tinham pedaços dos corpos faltando. Alguns usavam uniformes cinza desbotados com insígnias. Desnecessário dizer que não fiquei ali para descobrir a identidade de cada um.

Disparei para fora do cômodo, batendo a porta atrás de mim. Sem a chave-mestra não poderia trancar a porta. Atrás dela ouvia mais coisas entrando, gargalhando, falando.

– Está tudo bem, senhorita Dearly. Não estamos aqui para machucá-la – disse uma delas, bastante alto. A voz parecia resultado de um esforço para fazer passar ar por onde havia tecido. As outras vozes eram baixas e confusas. Alguns rosnavam e gemiam.

– Nosso comandante ficaria muito desapontado se tirássemos esse prazer dele.

Fugi.

Se meu coração tivesse pés, teria chegado ao alto da escada antes que eu. Parei lá por uma fração de segundo, ofegando, para decidir aonde ir. *Quarto do papai*, disse meu cérebro. *Pegue uma arma.*

Obrigada, cérebro.

Quando me virei, já havia vários na escada. Meu Deus, como eram rápidos. No entanto, não pareciam coordenados – quanto mais depressa corriam, mais pareciam cambalear para um lado e para outro. Um deles, porém, vinha pulando por cima dos outros, escalando o corrimão como um macaco raivoso, olhos fixos nos meus. O primeiro que eu havia visto. Seria o líder?

Não importa. Arma.

Disparei pelo corredor, entrei no quarto e me tranquei. Joguei-me embaixo da cama tateando no escuro, em meio ao pó. Ele guardava as chaves do armário de armas embaixo da cama... meu Deus, será que alguém a havia tirado dali?

As coisas se jogavam contra a porta, urrando de raiva ao encontrá-la trancada.

Por favor, por favor...

Meus dedos tocaram metal. Eram as chaves. Cambaleei até o armário, abri-o. Peguei uma espingarda de caça, porque sabia que as balas ficavam em uma caixa bem abaixo dela. Tremendo, comecei a carregá-la.

Queriam arrombar a porta. Batiam nela com ritmo e estavam tentando arrancá-la das dobradiças.

Consegui meter as balas no revólver. Enchi os bolsos da camisola com elas. Então, olhei em volta respirando fundo. Conseguia chegar até o banheiro, mas não havia saída por ali. Portas-balcão de vidro davam para a varanda, mas teria que pular para o jardim... ou subir pela treliça até o telhado.

Com um plano em mente, abri-as. O estúdio ficava bem abaixo, e dava para ver mais criaturas entrando pela janela. Quantas eram? Impensável descer.

Passei a alça da espingarda pela cabeça e comecei a escalar a treliça branca que enfeitava a lateral da casa. Os espinhos das rosas me machucavam e rasgavam a camisola. Começaram a aparecer gotas de sangue nos meus dedos.

A meio caminho, ouvi a porta se quebrar, e os monstros urrarem em triunfo. Não demorou para que chegassem à varanda. Dedos ossudos agarraram minha camisola e a puxaram. Escorreguei um pouco para baixo, e perdi um dos chinelos. Ousei olhar, e vi a coisa arreganhando os dentes – ou o que sobrara deles. Outro monstro, do lado daquele, esticou a língua.

E lambeu meu sangue.

Horrizada, chutei a cabeça do que estava me agarrando. Surpreendido, soltou-me, e voltei a escalar freneticamente. Quando cheguei à borda do telhado, comecei a me erguer. Os monstros grunhiam de raiva.

Virei-me e acertei um no estômago com dois chutes. Ele despencou e bateu na grade da varanda, mas conseguiu se agarrar e voltou a escalar a treliça.

Fiquei estupefata. A coisa devia ter morrido.

– Nooooora! – gritou o líder.

Recarreguei a arma e comecei a chutar a treliça para soltá-la. Não tinha coragem de usar os braços. Apesar do meu esforço, duas, depois três e então quatro das coisas continuavam escalando em minha direção.

– Não acredito! – O peso deles e minhas pancadas tinham que ter feito a treliça cair. Porque ela não caía?

Foi quando percebi que o líder já estava no telhado. Havia escalado por outro lado. Sorriu para mim. – Não quer vir conosco? Você vai ser a garota mais popular da festa.

Fiquei de pé de um salto e mirei nele. A turba abaixo continuava aumentando, uma massa de corpos tentando chegar até mim, quase na barra da minha camisola. O que havia lambido meu sangue estava especialmente agitado, arfando como um cão raivoso.

Mas eu precisava liquidar o sujeito que falava.

Não sei como consegui apertar o gatilho, pois os dedos estavam pegajosos de suor e sangue. Ele cambaleou com o primeiro tiro e o segundo arrancou um pedaço do seu braço, espirrando uma coisa preta. Mas ele não caiu. Sequer gritou de dor.

Mas riu.

– *Por que é que vocês não morrem?* – gritei aterrorizada, com uma voz que não parecia minha.

– Acho que você consegue adivinhar por quê – respondeu a coisa, aproximando-se.

Foi então que alguém me agarrou por trás, e meus olhos ficaram cegos com a luz de lanternas elétricas. Em pânico, gritei e lutei para me desvencilhar, sem conseguir. Ao me virar, vi soldados mascarados vestidos de preto, com raios de luz vermelha que saíam de seus ombros. Ouvi tiros em volta e abaixo de mim. Um dos soldados sacou um poderoso rifle automático e atirou no monstro que falava, abatendo-o com um único tiro na cabeça. Vi o corpo desabar do telhado e ouvi o impacto dele ao bater na fonte do jardim.

A cavalaria tinha chegado?

O soldado que me segurava tirou a máscara e vi aqueles mesmos olhos esbranquiçados, opacos, no rosto de um homem jovem. Mais horrorizada ainda, percebi que o maluco da rua havia voltado para me pegar.

Outro soldado removeu a máscara. Vi ossos expostos e uma órbita vazia.

Meu Deus, meu Deus...

O cego sorriu um pouco.

– Lamento por isto. Talvez da próxima vez você me dê ouvidos.

Um saco preto cobriu minha cabeça. Gritei ao mesmo tempo que vomitava, e desmaiei.

5 Bram

– *Andem, andem, andem!*

Descer do telhado carregando a menina no ombro não ia ser tão fácil quanto subir. Fiz o que pude para prendê-la com o pescoço e usei as duas cordas de rapel. Os outros integrantes do meu grupo esperaram eu chegar ao solo para descer.

A luta começava a esquentar. Estávamos vencendo, claro, porque tínhamos armas. Soldados inimigos caíam à nossa volta. As luzes das casas iam se apagando, quando a vizinhança percebeu o que estava acontecendo e, sabiamente, as pessoas buscaram abrigo.

– Devíamos ter entrado e tirado ela de lá de uma vez – reclamou Tom, atirando.

– Dá um tempo – respondi, ignorando que ele havia dito uma maldita coisa óbvia. Havia sido tão difícil permanecermos escondidos, e aqui estávamos, lutando como uma gangue, no meio da porcaria da capital da realeza.

Iam acabar comigo sem misericórdia quando voltasse.

– O Abutre aterrissou.

Ouvi o guinchar dos freios da van parando na frente da casa, fazendo o favor de atropelar dois inimigos. A porta de trás, onde estava escrito *Veículo Municipal da Cidade de Nova Londres*, se abriu. Havia bancos de metal instalados de comprido. Subi e larguei minha carga no fundo antes de voltar para ajudar meus companheiros a subir.

A van disparou no instante em que Tom tirou os pés do chão. Ele e Coalhouse fecharam a porta, cambaleando por causa do movimento do veículo. Havia munição e equipamentos extras envoltos em redes amarradas no piso.

– Aquilo foi intenso – declarou Coalhouse, mexendo na órbita vazia.

– Esquece – respondeu Tom, ainda irritado.

– Não fala comigo como se eu fosse sua namorada. Você tem uma namorada.

– Se você acha que ele fala assim comigo está muito enganado – respondeu pelo interfone a tal namorada, enchendo o recinto metálico com sua voz. Ela era o motorista. – Ei, Bram, você viu eu atropelar aqueles dois? Foi maaaal. Não planejado. Eu sou assim de sensacional.

Respondi distraídamente.

– Foi mesmo, Cas. – Estávamos todos bem e eu começava a me acalmar. Tentei lembrar que talvez estivéssemos sendo perseguidos, mas de alguma forma aquilo não pareceu importante.

Olhei para a menina. Sabia que Tom e Coalhouse também estavam olhando.

O cheiro do sangue dela estava enchendo a van.

Cas voltou a falar: – Segurem-se, cavalheiros.

Sabia o que ia acontecer. Enquanto os outros sentaram e colocaram os cintos, joguei-me no chão. Quando batemos no portão dos Campos Elíseos, agarrei a menina para absorver o impacto do tranco.

Ela fez um barulho. Parecia engasgada. Gelei.

Será que estava consciente?

Com o barulho do motor enchendo minha cabeça, levantei a borda do capuz preto que Tom havia colocado na cabeça dela. Não queria que tivesse sido assim. Mas também não estivera convencido de que falar sobre o pai dela e pedir educadamente a fizesse vir comigo.

Mas parte de mim tivera esperança.

Quando voltei da tentativa não invasiva de remoção, cansado, aterrorizado e muito, muito bravo comigo mesmo, os outros me gozaram – eu não conseguia nem pegar uma menina. Bem, ela estava comigo agora. Era leve e o calor do seu corpo me queimava.

Tirei o capuz, e me preparei para ouvir um grito.

Ainda estava desmaiada.

Afastei do rosto o cabelo dela e limpei sua boca com a manga.

– Uau, ela é uma graça.

Olhei para Coalhouse.

– Comentário inapropriado.

Ela não era uma graça. Era linda.

A filha de Dearly era tão pálida e miúda que era difícil não compará-la com uma boneca de porcelana. Ainda estava corada pelo esforço da luta, os lábios vermelhos. Era a segunda vez que a via pessoalmente, mas ela me era familiar pelos daguerreótipos prateados e pelas imagens em branco e preto dos monitores, onde o cabelo poderia ser de qualquer tom escuro.

Levei-a para um dos bancos, e prendi-a com os cintos. Precisávamos limpá-la.

– Coalhouse, você está com o kit de primeiros socorros? – Ouvi o falso profissionalismo na minha voz.

– Estou, peraí.

Uma das mangas da camisola havia se soltado, revelando a pele clara do ombro. Coalhouse me deu o kit e comecei a limpá-la.

E a recitar uma longa lista de palavrões dentro do espaço à prova de som da minha cabeça.

Depois de vinte minutos, a van parou. Tom pegou a arma e entreabriu uma das portas, escaneando o entorno com seu visor.

– Não vejo ninguém.

Cas sussurou pelo interfone.

– Não pego nada. Abutre está a trinta minutos. Vão soltar próximo transporte.

Desprendi a garota e peguei-a no colo novamente. Desta vez, como um noivo leva uma noiva.

– Ok, pessoal, vamos ser rápidos, certo? – O time assentiu.

Tom abriu a outra porta da van com um chute e saímos. Esgueiramo-nos pelas docas, pelos barcos, pelos barracões com portas de metal. Estávamos no porto de Nova Londres, que parecia estranhamento vazio, mesmo para aquela hora da noite. A parte do meu cérebro que ainda conseguia processar ironias me informou que provavelmente o mundo todo estaria assistindo às notícias sobre o "sequestro" que acabáramos de fazer, bem debaixo dos narizes deles.

Um dos dois navios blindados que havíamos solicitado para esta missão, o N.V.S. Christine, estava ancorado no porto, no ponto mais afastado das luzes que a cidade emitia. Vencemos a rampa de acesso, que se retraiu imediatamente depois da nossa passagem. Ouvi ordens e barulho de maquinário indicando que a tripulação se preparava para zarpar. Não navegaríamos por muito tempo – era curta a viagem até a Colômbia. Pegaríamos um caminhão para a base em uma hora, no máximo.

Levei a menina para o nível B do navio, onde a equipe médica a esperava. Conforme fora instruído, Coalhouse havia aplicado nela uma injeção de sedativo. Perdi o medo de acordá-la, então segurei-a um pouco mais forte desta vez.

Tudo parecia acelerado. O som de pés contra metal, de computadores sendo ligados. O chefe dos médicos, na ausência do doutor Dearly, era Horácio Salvez. Ele estava no meio da movimentação, apontando para lá e para cá e parando de vez em quando para olhar uma tela onde um funcionário recitava informações. Técnicos vestidos de branco, todos vivos, seguiam suas instruções. Alguns estavam ocupados erguendo as divisórias dos pequenos consultórios onde logo começariam a nos consertar.

– Chegaram! – gritou uma das técnicas. O tom dela era de alívio.

– Detesto ir ao médico. Prefiro ficar submersa brincando de Ofélia[1] – sussurou Cas.

– Mofo – comentou Tom. – Não tem coisa menos atraente em uma menina.

– Ai, isso foi nojento...

Cas e os demais foram sendo encaminhados para os check-ups pós-missão. Havíamos passado os dois últimos dias escondidos no segundo nível dos Campos Elíseos, que estava inundado. Era um tempo longo para gente do nosso tipo ficar sem cuidado médico. Os responsáveis por nós provavelmente haviam surtado durante esse tempo.

Aproximei-me de Salvez. Quando viu o que eu carregava, mandou um assistente sair do caminho e chegou perto.

– Pobre senhorita Dearly. – Tocou suavemente no rosto dela.

Quando vi o gesto, me surpreendi com a vontade que tive de rosnar para ele. Lutei para não deixar transparecer. Disse a mim mesmo que era estresse, e não o jeito da minha doença dizer "*vá buscar seu próprio lanche*".

– Peguem – disse. Precisava me afastar dela.

Salvez apontou para uma maca.

– Coloque-a aqui, por enquanto.

Fiz o que ele mandou. O calor do corpo dela permaneceu nas minhas mãos.

– Vá ver o doutor Evola, ele vai te examinar. – Curvou-se sobre a menina e levantou suas pálpebras para examinar algo. – Vamos aportar logo. Creio que estamos, como se diz por aí, com o pé na tábua.

[1] Ofélia é uma personagem da peça *Hamlet*, de William Shakespeare (1564-1616), que morre afogada. (N.T.)

Charles Evola deve ter ouvido a menção a seu nome, pois estava me esperando. Indicou com a mão que eu entrasse em uma das divisórias, apontando para um monte de cabos enrolados no chão para evitar que eu tropeçasse neles.

– Foi difícil?

– Sim. – Para dizer o mínimo...

Tirei a jaqueta, o coldre, o colete à prova de balas e a camiseta preta. Já sabia o que ia acontecer. Sentei, rígido como uma pedra, enquanto um técnico colocava vários sensores na minha pele cheia de cicatrizes, pontos, grampos e supercola.

– Pena que ainda não acabou. – Charles era um homem jovem, queimado de sol, que usava um monóculo sob a sobrancelha esquerda. Olhando para a tela onde piscavam símbolos cinzas e verdes, digitou uma sequência de comandos em um grande teclado de metal, o que disparou um som de motor entrando em combustão. Uma holografia do interior do meu corpo apareceu trinta segundos depois na tela de um aparelho que ficava em um carrinho.

– Sem ferimentos novos. Boa notícia. Um pouco de distenção muscular, mas consertaremos isso no seu próximo ajuste... não vou te abrir aqui. – Olhou para a imagem por mais alguns segundos e comentou: – De todos os nossos garotos, você é o que tem as juntas em melhores condições. Parecem as de um cara de trinta anos. De um cara *vivo* de trinta anos.

– Puxa, obrigado.

– Para não dizerem que eu nunca elogio ninguém. – Charles desligou a imagem e abriu a primeira gaveta do carrinho. Havia dentro dela diversas seringas prontas, grandes e assustadoras.

– Hora dos drinques.

Levantei o braço sem esperar pelo pedido. Havia uma válvula permanente instalada nele para receber medicamentos, e outra na minha coxa para drenagem. Charles aplicou as injeções com a destreza de quem já repetiu mesmo o procedimento milhares de vezes.

Enquanto ele trabalhava, olhei em volta. Tudo era feito de aço inoxidável e me vi refletido nas superfícies. Achei que estava mais abatido que de costume. Minha pele é branca como mármore, incrivelmente pálida – não só pela falta de sol, mas pela falta de sangue – e fica esticada sobre os músculos do meu rosto. Meus olhos eram azuis, mas ficaram opacos. Ainda tenho cabelo, que é castanho e bem sem graça, mas não posso me queixar, porque alguns caras perdem tudo quando morrem. Devia me sentir um privilegiado.

– Conseguiu pegar a garota, não foi? – perguntou Charles.

– O quê?

Ele sorriu.

– A Dearly nova.

– Ah. Sim.

– Quer um pequeno conselho? Faça com que ela te ouça antes de te encontrar. Pode ajudar.

– Tarde demais.

– Ela te viu?

– Estava no telhado, atirando nos Cinzas.

Charles assobiou, admirado.

– Legal. Então tem estamina. – Aplicou a última injeção. Observei o líquido encher as veias do meu braço. Quando retirou a agulha, o pequeno motor dentro da válvula começou a funcionar para levar a substância para dentro do meu corpo.

Levantei e flexionei o pulso.

– Bom.

O doutor Salvez abriu a cortina.

– Wolfe já está bufando lá em cima. Quer que diga que você ainda está sendo tratado...?

Hora de encarar o show.

– Não. Estou pronto. – De vez em quando, ser um cara morto incrivelmente saudável pode atrapalhar.

– Vai lá – encorajou-me Charles, alcançando minha roupa.

Vesti-a e me espreguicei.

Levei cinco minutos andando até meu próprio enterro. A sala de reunião era no nível A, e havia uma tela do tamanho da parede a estibordo. O rosto barbado e rude de James Wolfe, o comandante da companhia, já estava lá. Nos últimos dias, sua expressão lembrava a de um mestre de artes marciais prestes a destruir uma pilha de tijolos.

Eu era o único ali. Parei na porta e bati continência.

– Capitão.

– Griswold, você vai me explicar exatamente o que acaba de acontecer – disparou ele, sem preâmbulo. As sobrancelhas cerradas ruivas e o nariz torto me pareceram mais ameaçadores que de costume – havia pouca iluminação de onde quer que estivesse transmitindo. A voz dele retumbou pelos alto-falantes, embora, para dizer a verdade, o impacto dela fosse exatamente o mesmo ao vivo. Como não ordenou que descansasse, abaixei o braço mas mantive-me em posição.

– Senhor, com todo respeito, a situação não era tão simples quanto imaginamos.

Na tela, o capitão Wolfe apertou a base do nariz.

– E eu pedi para ouvir desculpas? Não, senhor, não pedi.

Obriguei-me a encará-lo.

– Encontramos as vans do município há dois dias, como combinado. Não houve complicações. Chegamos aos Campos Elíseos por volta de meia-noite e nos infiltramos até o segundo nível. Ao ver que os vivos haviam deixado a área, dei ordem para que alguns homens confirmassem se estávamos seguros. Foi quando descobrimos que *não*. Os inimigos já estavam lá. Haviam se instalado em uma das mansões pré-fabricadas. Pelo menos cem. Permita-me lembrá-lo de que eu tinha cinquenta homens.

Wolfe cerrou o punho.

– O que você fez?

– Dei ordem para que os patrulheiros voltassem. A última coisa que queria era começar um confronto lá embaixo. Não sabíamos sequer se todos os Cinzas estavam na casa, nem conseguíamos confirmar se tinham armas ou não. Atacar ou incendiar o lugar poderia alertar os sentinelas deles, ou até mesmo outra companhia que estivesse próxima, iniciando um combate. Podiam ter ido buscar a garota. Ou os vivos no primeiro nível.

– Você é um idiota – rosnou Wolfe.

– Opinião respeitosamente registrada. – Continuei: – Mandei um homem para o primeiro nível para encontrar a residência da senhorita Dearly e manter vigilância lá. Ele não viu sinal dela. Então, esperamos. No dia seguinte, o segundo nível foi inundado... Não sei dizer se os Cinzas foram responsáveis ou se foi um acidente. Os vivos apareceram para retirar os equipamentos e nós recuamos até onde foi possível. Não podíamos atacar com centenas de trabalhadores lá embaixo – já estava bastante difícil ficar adiante deles para que não nos vissem. Naquela noite, nossos sentinelas enfrentaram alguns Cinzas corpo a corpo, e foi assim que percebemos que eles haviam nos detectado também.

Pronunciando cada palavra alto e devagar, como um turista mal-educado, Wolfe perguntou: – Por que vocês não contra-atacaram?

– *Porque* – repeti –, a última coisa que precisávamos era uma guerra entre zumbis acontecendo bem na frente de centenas de vivos. Já há episódios vazando nas notícias! Por sorte, alguém no exército está dizendo que são ataques normais dos punks. Olhei para o piso preto. – Naquele dia tentei interceptá-la. Saí escondido.

Destilando sarcasmo, Wolfe quis saber: – E como foi essa parte?

– Ela não acreditou na minha história.

– Tenho certeza que não – retrucou, ironizando.

Cravei as unhas na perna bem lentamente, para me obrigar a falar mais devagar do que o meu cérebro.

– Ela passou o dia seguinte na superfície. Havíamos planejado ir buscá-la esta noite. Estávamos a caminho quando o sentinela que eu havia deixado na casa avisou por rádio que os Cinzas tinham o mesmo plano. Meu time a tirou de lá e o resto ficou para trás, lutando. Então, no final, o senhor teve a sua batalha, capitão.

– Griswold, cale a boca.

Obedeci. Wolfe esfregava as mãos no rosto na tentativa de se acalmar. Sim, eu havia errado ao deixar que um confronto ocorresse no primeiro nível do complexo – mas tentara evitar até o limite do possível. Wolfe parecia achar que devíamos ter entrado atirando para todo lado, o que teria sido algo incrivelmente idiota de se fazer.

Uma lâmina de luz entrou na sala, esmaecendo um canto da imagem na tela. Vi meu time entrar e bater continência antes de se perfilar atrás de mim. Cas sorriu, solidária, quando passou por mim.

– A garota está no navio? – perguntou Wolfe, com as mãos ainda cobrindo o rosto. Não havia visto a chegada deles.

– Sim, senhor – respondi. – Estamos a caminho da Base Z Beta. ETA[2] duas horas.

Wolfe voltou a me encarar.

– De agora em diante, você seguirá exatamente minhas ordens. Se eu mandar fazer algo especificamente, você nem sequer pensará em outra coisa. Qualquer missão terá instruções detalhadas. Você as seguirá e, se sobrar tempo, vai se encostar na parede mais próxima e fingir que é uma vassoura, à espera de ordens de uma pessoa viva, comportando-se como a ferramenta que você é. Fui claro? E isto vale para todos vocês!

Não olhei para meus companheiros. Temi que a raiva que sentia escapasse.

– Sim, senhor.

– Excelente. Agora, levem a garota para a Z Beta e coloquem-na nas instalações do pai. Somente vivos devem falar com ela e não devem dizer-lhe

[2] ETA são as iniciais da expressão em inglês "*estimated time of arrival*", tempo estimado de chegada. Termo usado no âmbito dos meios de transporte aéreo, terrestre ou aquático para informar quanto tempo falta para a chegada ao destino. (N.T.)

nada de importante até que eu chegue. Ela deve ficar segura, alimentada e desinformada. Entendido?

– Entendido, senhor.

– Muito bem. Chegarei em trinta e seis horas. Até lá, vou gastar meu tempo varrendo até o fim do mundo em busca do pai dela. Manterei contato com o doutor Elpinoy. Griswold.

Fiz continência de novo e a tela ficou escura. Lâmpadas acenderam ao longo do teto de metal, iluminando a sala. Não me virei imediatamente, mas relaxei as costas. Odiava ter de acatar ordens de Wolfe daquela forma, em especial na presença de outras pessoas.

Cas foi a primeira a falar.

– Você sabe que ele é um idiota, não sabe?

– Um idiota classe A – concordou Coalhouse.

Balancei a cabeça.

– Sei. Mas temos que fazer o que ele diz. Pelo menos até encontrarmos o doutor.

– Não.

Virei-me para olhar para Cas. Ela olhou de volta com seus olhos pretos. Não usava sobrenome – porque, segundo ela, o nome "Castidade" já era ruim demais. Alta para uma moça, tem ascendência colombiana, cabelo descolorido e pele que um dia foi cor de caramelo, mas que agora tem um tom azul. A parte da frente do seu maxilar foi destruída em uma batalha, um ano atrás. Os técnicos optaram por tirar fora o que sobrou de osso e de dentes e colocar no lugar uma placa de metal. Desde então, ela gravou vários desenhos ali, incluindo uma roseira cheia de espinhos.

– Não podemos fazer isso com a filha dele, Bram. Não é culpa dela. Ela tem o direito de saber o que está acontecendo.

– Por mais que eu concorde com você, Cas, a esta altura isso seria insubordinação.

Ela passou o dedo lentamente ao longo da gola da camiseta.

– Oh-oh, que palavrão. Fala de novo. Não sei o que significa, mas soa tãããão sujo. – Esforcei-me para conter uma gargalhada cruzando os braços, sério.

Tom girou o pescoço para relaxar. Ele é baixo, mas forte. Carregava canhões individuais no exército punk e seus braços ainda musculosos são a prova. No lugar do nariz, tem um enxerto de pele tirada da coxa, pois o buraco aberto seria bem assustador. Por causa disso, da careca e dos olhos pretos, parece um tubarão.

– Concordo. Temos que contar a ela. Senão, vai ficar louca e aí *isso* vai ser culpa nossa também.

– E, como o Wolfe não está aqui, é você quem tem a mais alta patente na base – disse Coalhouse[3].

Este descendente de africanos, dono de um corpo robusto, provoca repulsa em quem olha por causa do rosto apodrecido. O lado direito, onde falta um olho, é mais ossudo que o esquerdo, e o cabelo crespo marrom falta em várias partes da cabeça.

– Você é o chefe. Dane-se o que ele disse sobre obedecer ordens. As coisas *mudam*. Você sabe disso, e tem de mudar também. Pode contar com a gente.

– Pela primeira vez em toda a história conhecida, eu concordo com Coalhouse – emendou Tom. – Mas, só para registrar, se a coisa ficar feia, vou dar no pé e deixar vocês apodrecerem, tá?

Agora não consegui segurar um sorriso. A lealdade deles era muito importante nessa noite.

– Então, o que fazer com ela? Estou aberto a sugestões. Não quero dizer que vou *usá-las*, mas estou aberto.

Tom apontou para mim: – Vamos para o teu quarto.

Na lista de ideias que eu esperava ouvir, essa estava bem lá embaixo.

– Por que o *meu* quarto?

---

[3] "Coal" significa carvão em inglês. Coalhouse ("casa de carvão") é um apelido que brinca com a cor negra da pele dele.

– Por causa do seu plano de contingência.

Imediatamente percebi aonde Tom queria chegar – e, pensando bem, era uma ideia bem melhor que a do capitão Wolfe. Muito mais seguro para ela. *Ah, que doce, doce desculpa.*

– OK, meu quarto. Deixamos que ela acorde, se situe, sinta que tem um pouco de controle das coisas.

Cas pegou cigarro e fósforos no bolso da calça militar.

– Exatamente. É isso aí.

– E, enquanto isso, eu vou pra onde? Passear no parque?

Tom sorriu.

– Você não vai ficar na rua por muito tempo. Cara, fico lembrando dela lá no telhado com aquela roupa bonita atirando naquelas coisas malditas. Foi... lindo. Falando sério, tão lindo que só pode ser explicado pela existência de algum deus incrível. Encontrei a salvação, irmãos.

– Mesmo assim ela é da realeza – lembrei a eles. – Vocês sabem como são as meninas deles. Sem ofensa, Cas.

– Por que me ofenderia? Sei que não sou uma delas – grunhiu ela, riscando um fósforo no queixo de metal.

– Escreve o que eu vou te dizer – retrucou Tom. – Daqui uma hora ela vai acordar, bater continência e pedir um uniforme.

Cas fingiu ficar séria.

– Uau. Talvez eu é que devia namorar *ela*.

Respirei fundo e fui me refugiar nos pensamentos. Desobedecer completamente ao capitão Wolfe e enfrentar a corte marcial. Por que não? Já havia falhado e sido humilhado. A semana não podia ficar muito pior. Pelo menos ele não poderia me pegar nas próximas trinta e cinco horas e quarenta e cinco minutos.

Fora isso, tinha duas horas para mim. Para esquecer a encrenca toda e ignorar o desconforto que sentia por, talvez, estar tomando a decisão errada.

Dez minutos depois, estava ao lado da senhorita Dearly. Ela havia sido higienizada e estava em uma maca em um dos compartimentos separados por cortinas na área onde os médicos e os técnicos trabalhavam. Entendi por que a haviam deixado ali.

Nenhum morto estava de plantão.

Dentro do meu corpo, acontecia outra batalha. Tentei ignorar que todos os meus sentidos estavam alertas, e que minha pele formigava. Cruzei as mãos.

As sombras que se moviam atrás das cortinas me lembraram de que não estava sozinho com ela. Fiquei em silêncio, ouvindo sua respiração ritmada e os médicos trabalhando, abaixo da linha da água, no casco de um navio.

Conseguia pensar em um monte de coisas para dizer a ela. Fiz incontáveis promessas na minha cabeça de morto, enquanto a tripulação lá embaixo jogava carvão nas fornalhas e rumávamos para um porto mais seguro.

6 • wolfe

Desliguei o botão do comunicador, encerrando a videoconferência com Griswold. Tentei não arrancar o guidão da moto para destruir a porradas o objeto mais próximo.

Algum dia eu ainda ia decepar pessoalmente a cabeça daquele garoto.

Guardei o aparelho e me ajeitei no banco da moto. A máquina parecia um esqueleto de canos e engrenagens, e era toda desmontável para facilitar a armazenagem. Não tinha sido feita para alguém do meu tamanho. Devia voltar para meus homens antes que cedesse por causa do peso. A última coisa que queria era ter que dar um passeio no escuro com zumbis me perseguindo. Ainda havia muito a fazer, e pouco tempo.

Meu corpo, porém, não estava prestando muita atenção ao cérebro. Continuei parado, cercado pelas árvores, ouvindo insetos e sapos. Nuvens de pernilongos iam e vinham em volta da luz amarela que eu havia instalado na frente da moto, ainda no acampamento. A cena era ao mesmo tempo excitante e assustadora.

A primeira rodada do jogo tinha acabado. Ainda estava furioso e confuso, desesperadamente confuso. Inconscientemente, rezava, inclinando o corpo para a frente em reverência a alguma divindade que pudesse realizar meus desejos.

Mas o pior terminara. Podia respirar aliviado por um segundo.

Uma sequência rápida de explosões me arrancou daquele instante de paz.

Liguei o motor e disparei rumo ao leste, com pernilongos me atacando. Podia senti-los na barba, nas bordas do uniforme – uma centena de insetos famintos. Os mortos não serviam para eles. E eu era a única coisa viva em um raio de muitos quilômetros.

A ideia não me deixou nada confortável.

Menos de um quilômetro depois, as árvores começaram a ficar mais espaçadas. Parei. Desta vez, nosso campo de batalha havia sido uma cidade antiga, provavelmente abandonada nas Guerras Coloniais. Não haviam sobrado edifícios de pé, apenas ruínas aqui e ali, como uma muralha coberta de musgo, ou o entulho de uma casa derrubada. O mato havia tomado conta do lugar.

Bombas recentemente detonadas haviam deixado pequenos fogos ainda queimando em meio à vegetação. A luz das chamas me permitiu vislumbrar uma formação dos meus soldados. Vestidos de preto, emitiam luzes vermelhas. Estavam abatendo os últimos zumbis inimigos da missão – recebemos ordem para acabar com os rastejantes que brotam espontaneamente quando há uma batalha, criaturas podres e mutiladas que se arrastam pelo chão na esperança de encontrar algo comestível.

Tirei a pistola do coldre ao descer da motocicleta. Acabei com o sofrimento de umas poucas criaturas enquanto cruzava o terreno em direção aos homens.

Cabo Franco foi o primeiro a me ver. Guardou a arma antes de se aproximar. Era um homem morto de estatura notável, rosto coberto pela máscara obrigatória.

– Senhor, permissão para falar, senhor!

– Fale. – Disparei outro tiro contra um rastejante, e o sangue preto do cérebro semiliquefeito espirrou no chão. – O que está acontecendo?

– Com certeza este foi o grupo de zumbis que nos mandaram eliminar, senhor. Os mais saudáveis fugiram para as árvores, e depois de terminar aqui vamos pegá-los. – Coçou o nariz. Perguntei-me se os zumbis sentiam coceira, afinal. – Vamos dar uma volta com os lança-chamas daqui a pouco.

– Alguma ideia de onde vieram?

– Não, mas tem um caminhante *grande* na clareira adiante. Aposto que eram punks. Provavelmente foram emboscados por um grupo de selvagens.

Franco tirou do bolso do colete um pequeno telescópio noturno. Peguei-o e olhei para onde ele indicava. Vi o tanque caminhante que ele mencionara, duas pernas e parte da cabine visíveis acima da linha das árvores, alguns metros adiante. Estava certo – era enorme. Claro que os zumbis o tinham atacado. A coisa chamava a atenção a quilômetros de distância.

Devolvi o telescópio.

– Quando amanhecer, faça com que levem o tanque para a base. Estou voltando para o acampamento. Faça seu trabalho para que eu não tenha que gritar com você mais tarde. A lista de gente com quem tenho de gritar já está grande o suficiente.

– Sim, senhor!

Voltei para a moto e comecei a rodar, desta vez para o noroeste. Meus homens se afastaram para eu passar, erguendo as armas e batendo continência. Não prestei muita atenção.

Mas passei por cima de uns quantos zumbis, para descontar.

O acampamento não era mais que um lugar de parada. Além dos caminhões de equipamentos e da van de comunicações, erguéramos apenas minha barraca e uma tenda coletiva para os mortos. Os zumbis que não haviam sido convocados para a batalha fingiam dormir, à espera da hora de render os companheiros, ao amanhecer. Alguns estavam do lado de fora, e me cumprimentaram quando passei. Se fossem humanos talvez tivesse parado para falar com eles, mas não valia a pena, porque mortos não têm moral que possa ser levantada e também não podem ser leais.

– Não é hora de estar aqui – grunhi sem olhar para eles. – Voltem para dentro.

– Senhor – respondeu um deles, dando uma tragada.

Desperdício de bom tabaco. Desperdício de tempo, de esforço, de recursos, de palavras. Os mortos são um tremendo desperdício.

Caminhei até a van de comunicações, afastando a tela anti-pernilongos que havia sido colocada na porta para me proteger. Três zumbis estavam monitorando telas repletas de símbolos e palavras. Ergueram-se quando entrei, e mandei que se sentassem antes mesmo que batessem continência.

Olhei para Ben, um morto de pele negra acinzentada, não muito alto, que eu havia deixado no comando.

– Reporte.

Sorrindo, ele respondeu: – Boas notícias, senhor. – Faltava-lhe o lábio superior, o que expunha seus dentes e tornava sua expressão horripilante meio parecida com a do gato de *Alice no País das Maravilhas*. – O avião em que estava o doutor Dearly realmente caiu. Conseguimos achar as coordenadas dele.

Soltei uma respiração curta. *Finalmente.* Tirei o digidiário do cinto e estendi-o para ele.

– Bom. Anote-as.

Ben pegou a caneta para anotar e perguntou, enquanto escrevia: – Ordens?

– O que você acha? Vamos fingir por um minuto que você consegue *pensar*.

Devolveu o diário.

– Bem, senhor, imagino que devemos continuar a monitorar as transmissões em busca de mais mensagens do líder dos Cinzas.

Olhei para as coordenadas. Resisti à vontade de socar o ar e foquei no nível crescente de irritação na minha própria voz.

– Não. Não, não, não. É por isso que sou eu quem pensa aqui. É por isso que vim assumir o comando desta companhia, antes que alguém mais se ferisse seriamente. – Olhei para o zumbi com desprezo e encontrei nele aquela expressão pesada, desprovida de inteligência, que tantos deles têm. – Nosso objetivo agora é localizar o doutor. Depois de limparem esta área, vocês vão atrás dele. Vou acompanhá-los por mais um dia. Depois voltarei sozinho para a base.

Ben bateu continência.

– Senhor.

Saí da van com o diário na mão. Era meu passaporte para a liberdade. O idiota não podia ter caído em lugar melhor.

Acendi a pequena lanterna que levava presa ao cinto e quase corri para minha tenda. Lá dentro, tateei na semiescuridão tentando achar o baú que ficava ao pé do meu catre. Encontrei a mala bem danificada que continha um rádio antigo.

Meu coração batia forte. Matei um pernilongo que havia entrado na roupa e abri o colete, metendo os dedos dentro de um bolso profundo do lado de dentro dele. Tirei um pedaço de papel onde estava escrita uma série longa de números. Qualquer um teria achado que era uma lista de loteria, ou a teria simplesmente descartado por não ser digital.

No final das contas, tinha terminando a noite em vantagem.

Em frente.

7 • nora

Eu repetia a Deus sem parar que se Ele me tirasse daqui eu nunca, nunca mais pronunciaria Seu nome em vão, e que iria à igreja todo santo domingo como a boa menina que era.

Mas, a caminho do banheiro para vomitar de novo, escapou da minha boca um "Ai meu Deus!" de novo. Desta vez porque tinha acabado de perceber que havia curativos nas minhas mãos.

Aquilo tinha mesmo acontecido.

Aqueles mortos tinham feito curativos em mim, depois *daquilo* tudo.

Ai, meu Deus.

Eram mortos. *Mortos.* Podres, horríveis, com crânios e dentes expostos, e... mortos. Fechava os olhos e via os ossos e a pele que se desfazia.

Eles se mexiam.

Voltei para a cama e abracei os joelhos. Havia acordado poucas horas antes naquele cômodo pequeno e sem janelas. No chão, um carpete azul. Havia livros arrumados sobre uma escrivaninha e um banheiro minúsculo. Nada mais. A camisola estava rasgada e manchada. Pelo menos não tinham tirado minha roupa.

Na cama, havia um ursinho de pelúcia com olhos de botões de madeira. Era tão velho que o enchimento estava quase saindo para fora.

Será que os mortos também tinham medo do escuro?

Podia ouvi-los do lado de fora, no corredor.

– Credo, gente. Se ela não fosse uma garota bonita vocês não estariam enrolando aqui.

– Cala a boca, Cas.

Estavam ali havia uma hora, mais ou menos. Eram três – dois homens e uma mulher. A voz dela era grave, mas, curiosamente, parecia entusiasmada. As vozes masculinas eram guturais, e uma delas, com certeza, estava mais irritada que a outra.

– Sério. Quando ela acordar, deixem eu falar com ela. De mulher para mulher.

– Sem querer te ofender, Cas, ela vai se apavorar de verdade se te vir.

– Diz na minha cara, Coalhouse.

– Você quer dizer no que sobrou da tua cara, né?

Ouvi uma voz mais velha que não estava ali antes.

– Não foi isto que combinamos! Fora! É sério, fora agora mesmo ou acabou-se o trato!

– Relaxa, Elpinoy. Ela ainda está fria.

– Mas respirando, no caso.

– *Silêncio! Fora! Agora!*

Bufaram e reclamaram, mas as vozes foram sumindo devagar.

– Senhorita Dearly? – a voz chamou, do outro lado da porta.

Não respondi.

– Senhorita Dearly, se estiver acordada, quero apenas que saiba que está segura aqui. Preferimos que fique aí, mas lhe ofereceremos um desjejum amanhã de manhã. Pausa. A voz falou com outra. – Veja se consegue encontrar alguma comida de verdade para ela. Algo bom, quero dizer. Tente na Base Alpha primeiro. Só vá para a cidade se realmente for necessário. Não use cartão de crédito, deve haver dinheiro na lata, na minha sala.

– Sim, senhor.

– Roupas. Traremos algumas roupas para a senhorita. A doutora Chase deve ter algo. O que mais? Acho que isso é tudo. Por favor, não tenha medo.

Claro, por que eu teria?

– Em tempo: eu sou um vivo. Meu nome é doutor Richard Elpinoy.

Abri os olhos. *Um vivo?*

Em uma fração de segundo, escancarei a porta. O homem gritou, surpreso. Era baixo e gorducho, tinha pele morena, cabelos brancos, e usava um terno de tweed marrom.

– Senhorita Dearly!

– Vivo? – gaguejei. – Então os outros estão mesmo *mortos*?

Ele parou um por um segundo e disse, timidamente: – Bem, o termo que preferimos usar é "não vivos".

Com um gemido, bati a porta de novo. Fechei os olhos.

– Mas eles não querem lhe fazer mal – completou rapidamente o doutor. – Juro. Aqueles que vieram pegá-la sim, mas...

– Aqueles são os caras maus. – Era a voz daquele homem jovem com olhos de cego.

Senti um frio no estômago ao perceber que ele provavelmente era um morto também, embora não tivesse sido essa minha primeira impressão dele.

E ele tinha me *tocado*.

– Vá embora! – gritei. – Doutor Elpinoy, faça com que ele vá embora!

– Mas... você está no meu quarto...

– Bram, *por favor*. Eu sabia que isto era uma má ideia...

– Bram, ou seja qual for o seu nome, *por favor vá embora*! – Não queria ter que lidar com nada nem ninguém que não estivesse vivo e respirando, porque tinha quase certeza que a minha própria sanidade estava quase... morta.

Bram parecia angustiado.

– Espere. Colocamos você no meu quarto por causa da porta. Você deu uma olhada nela?

Abri os olhos. Tinha um monte de fechaduras.

– Dez – ouvi-o dizer, como se estivesse vendo o que eu via. – Tranque todas, se está com medo. Nenhuma atravessa a porta, então não dá para abrir com chave daqui de fora.

Tranquei todas rapidamente, acionando barras e correntes. Afastei-me da porta, esperando instintivamente que ele tentasse abri-la. Não aconteceu nada.

Ficamos os três quietos por algum tempo, até eu quebrar o silêncio com a minha melhor voz de menina rica: – Estou certa de que todos vocês têm uma doença grave, e que devo sentir pena de vocês. Se me deixarem ir, vou organizar um evento beneficente inacreditável para ajudá-los. Como diziam nossos ancestrais, vai ser *épico*.

As vozes sussuraram exaltadamente, antes que Bram respondesse: – Obrigada, senhorita, mas não pode nos ajudar. Já estamos *mortos*.

Mordi os lábios. Estava prestes a desabar.

– Não podemos deixá-la ir. Os outros voltarão para pegá-la. Você não entende...

Foi aí que parei de ouvi-lo, voltei para a cama e desabei.

Pequena, eu estava tão triste
Certo de que a vida ia me liquidar
Até que, um dia, você me aconteceu,
Minha pequena.

Você é minha ruína, você é minha Circe
Sou um bom cara, tenha dó de mim,
Minha pequena.[4]

---

[4] Tradução livre de trecho da canção *Little One*, interpretada por Bing Crosby (1903-1977), cantor e ator norte-americano. (N.T.)

A voz de Bing Crosby, um antigo cantor que eu lembrava ter visto em uma holografia na aula de história, me acordou da segunda vez.

Será que era preciso fazer alguma prova para ficar louco, ou era questão de entrar em um curso, ou simplesmente a pessoa acordava um dia e pronto, tinha endoidecido?

Sentei e esfreguei meus olhos irritados. O quarto era o mesmo. A única coisa diferente era a música – e um pedaço de papel no chão, perto da porta.

Desci da cama e peguei-o. Antes de ler, parei para ouvir. Era o som rascante de uma gravação pré-digital, mas havia também uma voz cantando baixinho. Bram. Ele devia estar de guarda, ou algo assim.

O bilhete era dele.

Senhorita Dearly: estarei do lado de fora, se não quiser abrir a porta. Mas quando estiver pronta, gostaria de jogar um jogo com a senhorita. Pergunte qualquer coisa e responderei com a verdade. Se a resposta fizer com que se sinta um pouco mais segura, recompense-me destrancando uma das fechaduras. Meu objetivo é conseguir meu quarto de volta. O seu é se sentir segura o suficiente para sair daí.

Por falar nisso: por favor, pode dar corda no meu despertador?

Capitão Abraham Griswold

A música agora era *Pennies from Heaven*[5]. Bram cantou direitinho. Até que ele era afinado.

Só que eu não queria pensar que um sujeito morto tinha uma voz bonita.

– Você gosta dessa canção? – perguntei, na esperança de que ele a desligasse.

Ele parou, antes de perguntar: – Essa é a sua primeira pergunta?

– É. – Até que me senti alegrinha nesse momento. Tinha chorado muito, estava cansada, minhas mãos doíam, e começava a acreditar que estava vivendo uma grande e terrível alucinação.

[5] Canção também intepretada por Bing Crosby, de 1936. (N.T.)

– Gosto. O mundo nunca mais terá alguém como Bing Crosby, ou Fred Astaire, ou Johnny Mathis[6]. Se alguém merecia viver após a morte, eram eles. Mas eu canto, sobretudo, para manter as cordas vocais alongadas. Os tipos quietos acabam grunhindo e gemendo.

Ele desligou a música e o silêncio ocupou o quarto. Respondi destrancando uma fechadura. Aquela pergunta tinha saído de graça para ele. Agora, podia perguntar coisas mais substanciais. Fui direto ao ponto.

– Como é que estamos aqui conversando se você está morto?

Ouvi o som das roupas dele quando se movimentou no corredor, preparando-se para responder. Escorreguei devagar para o chão.

– É uma doença. Seu pai a chamou de síndrome de Lázaro, termo que a maioria de nós prefere usar. É um pouco mais digno que alguns outros que já ouvi. Alguns a chamam de Z.

Confusa, franzi a testa.

– Você está dizendo que... meu pai descobriu essa doença?

– Pelo menos deu nome a ela. – Ele respirou fundo. – Me dê um segundo, isto é complicado.

Deixei que organizasse seus pensamentos, sentindo um frio no estômago ao pensar que meu pai tinha algo a ver com o que estava acontecendo.

Bram recomeçou.

– Acho que o primeiro caso aconteceu há oito anos. – A voz dele era rouca e lenta, como da primeira vez que falou comigo, perto de casa, sob as lâmpadas a gás dos Campos Elíseos. – As coisas estavam normais, acho que dá para dizer isso. Quero dizer, os punks chegaram perto demais da Fronteira e a realeza... quer dizer, os vitorianos, mandaram-nos de volta para casa. Foi uma luta corpo a corpo. Nos relatórios finais, os soldados relataram que alguns deles haviam se comportado de forma particularmente perversa, mordendo e arranhando, mas esse tipo de violência não é considerada fora

[6] Fred Astaire (1899-1987), cantor, ator e coreógrafo norte-americano conhecido pelas magníficas cenas de dança em seus filmes; Johnny Mathis (1935), outro cantor norte-americano. (N.T.)

do normal no campo de batalha. Um soldado, porém, havia levado muitas mordidas, e foi atendido no hospital de campanha. Os relatos dão conta de que até estava bem-humorado, era um bom homem. Mas algum tipo de infecção muito rápida tomou conta dele. Seu pai estava com aquela companhia na ocasião, e foi chamado. Fez tudo o que podia, mas o soldado morreu com dores horríveis em poucas horas. Cinco minutos depois da hora declarada do óbito, seu pai estava desligando os aparelhos que monitoravam os sinais vitais e ia cobrir o sujeito quando ele se sentou na maca. Tinha perdido a coordenação, tinha convulsões e obviamente havia sofrido algum tipo de dano cerebral. Quão grave ou permanente, o doutor Dearly não sabia. Mas o cara estava vivo! A equipe estava reunida em volta, surpresa pelo milagre que acabara de acontecer, quando... o soldado decidiu comer o braço do seu pai.

Levei a mão à boca tentando não vomitar. Lembrei-me do monstro agarrado à treliça de casa lambendo meu sangue.

– O sujeito mordeu três pessoas que tentaram contê-lo. Parecia louco – estava completamente descontrolado, como um soldado que fica cego de ódio e adrenalina, e ataca qualquer coisa que apareçe na sua frente, ignorando sua própria segurança ou até mesmo o que é que está destruindo. Esse cara ficou assim. Bateram nele, aplicaram tranquilizante, mas ele não recuava. Finalmente ficaram espertos e atiraram, mas também não conseguiram detê-lo. Até que miraram na cabeça. O sujeito já não tinha dois joelhos e um braço e continuava rastejando para atacá-los. Em oito horas, os três membros da equipe que haviam sido mordidos estavam mortos – e em seguida, vivos. O doutor Dearly, que, felizmente, é um homem observador, atirou neles no instante em que começaram a se mexer. O intervalo entre estar morto e reviver variou. Um sentou logo em seguida, outro levou uns dois minutos.

Estava gelada e envolvi os ombros com os braços.

– E a mordida que meu pai levou? – Meu maxilar estava tão tenso que até doía.

Bram continuou, sem responder à minha pergunta.

– Os vitorianos perceberam que não podiam ignorar o episódio. O Departamento de Saúde Militar foi encarregado de encontrar a causa e seu pai exigiu ser incluído na equipe. Dez meses depois, ele identificou e isolou o agente que parecia ser responsável. O primeiro-ministro veio inspecionar pessoalmente o feito...

– Foi quando os punks atacaram novamente, e meu pai salvou a vida dele? – Meu cérebro fez a conexão e as palavras dispararam da minha boca antes de eu conseguir raciocinar.

– Correto.

Tentei desacelerar meus pensamentos. Tinha um milhão de perguntas a fazer, mas se todas fossem respondidas, ficaria louca.

– Entendi a referência a Lázaro[7], mas de onde vem o Z?

– Porque parece que a nossa doença é terrivelmente parecida com descrições antigas do comportamento de criaturas conhecidas como zumbis. – Pelo meu silêncio, ele percebeu que eu não havia entendido. – Já ouviu falar de zumbis?

– Não, mas meu pai gostava muito de mitologia e de contar histórias. – Senti saudades das figuras moldadas nos tetos da nossa casa, dos quadros cuidadosamente escolhidos.

– Mortos-vivos, percebe?

Fiquei em silêncio de novo, antes de murmurar, insegura: – E então...?

Bram tomou fôlego.

– Continuando. Depois de terem oferecido a ele todos aqueles cargos importantes, seu pai convenceu o primeiro-ministro a nomeá-lo diretor do Departamento de Saúde Militar – e a permitir que pesquisasse. Argumentou que se fosse nomeado Ministro da Saúde ficaria sob muita pressão política. O primeiro-minisro concordou que a população não precisava saber o que estava se passando. Com um pouco de sorte, encontrariam a cura antes que

[7] Na Bíblia (Novo Testamento, Evangelho de João), Jesus ressuscita Lázaro, posteriormente tornado São Lázaro. (N.T.)

a situação fugisse do controle. Enquanto isso, até os punks entraram em pânico. Fosse lá o que fosse, não tinham responsabilidade sobre aquilo. A população nunca ficará sabendo, mas há áreas ao longo da Fronteira onde a realeza e os punks se aliaram em um esforço conjunto para deter os monstros. Há pequenas tréguas acontecendo em muitos lugares.

Olhei para a porta sem vê-la.

– O quê? Isso não é verdade. Vi nas notícias que os punks são... – Perdi a linha de raciocínio ao entender, finalmente, o que vinha acontecendo. Eles não estavam raivosos.

Estavam apavorados.

Ou doentes.

Ai, meu Deus.

– Bem, a maioria dos punks acha que a realez... desculpe, acha que os vitorianos criaram a síndrome de Lázaro para dizimá-los, e é por isso que estão lutando tão violentamente nos últimos tempos. Mas nem todos pensam assim. Alguns estão combatendo os mortos-vivos. Isso já acontece há uns... cinco anos. Não é uma trégua ampla, e muitas vezes é precária, mas... há uma ameaça maior lá fora. Uma ameaça que tem que ficar incógnita. Dá para imaginar como a população dos dois lados reagiria? Dá para calcular o pânico?

Eu não sabia se ria ou chorava.

– De qualquer forma, o que sabemos é que a doença faz o cérebro funcionar de novo e reanima o corpo após a morte. Poderia entrar em mais detalhes, temos muitos materiais visuais de suporte aqui fora, e realmente me ajudaria a ...

– Bela tentativa.

Bram riu. Desejei não gostar da risada dele.

E destranquei mais uma fechadura.

Pousei as mãos no colo e encostei a cabeça na parede.

– Como você vai me convencer de que é um dos mocinhos? Você está falando de cadáveres que aparentemente gostam de... comer gente? – Torci para que ele não confirmasse essa última parte.

– Pois é, parece que somos canibais – respondeu Bram, tão à vontade que gelei até o fundo da alma. – Mas é isso o que eu queria lhe explicar, quando disse que seu pai salvou a minha vida. Ele percebeu, pesquisando, que alguns de nós voltavam mais... inteiros que outros. Tinham memórias, e personalidade também. Alguns dos não vivos que a equipe dele encontrou pareciam vagar perdidos, desorientados – não necessariamente procurando a próxima refeição. Então ele se dedicou à missão de..., bem, na impossibilidade de cura, ajudar-nos a lidar com a doença.

Parecia que alguém havia me dado uma tijolada no meio da testa. Tudo fez sentido de repente. Meu pai havia realmente visto monstros, como se as histórias antigas tivessem se tornado realidade. Ele também teria estudado um dragão e dado nome a ele, se tivesse descoberto um. Teria tentado domesticá-lo.

– É assim... Como ser vivo, é preciso contar com comida e água. Se essas coisas faltarem, não importa quão civilizado se é, você regride. Enlouquece. Matará e enganará para consegui-las. É simplesmente um instinto animal. É difícil ser civilizado quando se está morrendo de fome. Bem, há coisas que eu preciso também. Tenho necessidade atávica de ingerir fluidos, porque estou secando. Preciso de proteína porque meus tecidos se deterioram a cada movimento que faço, embora não possa mais usar essa proteína para reconstituí-los. Os príons[8] no meu cérebro buscam novos hospedeiros o tempo todo, e por isso minhas sinapses fazem com que eu fique um pouco irritado. Para encurtar a história: nesta nova forma, tenho desejo constante por carne quente e macia. Sabe, como um adolescente.

– Pare! Pare! Pare! – Fui parar do outro lado do quarto, de tão apavorada.

– Ele deve ter ouvido minha voz se afastando, porque disse: – Senhorita Dearly, a senhorita ainda está trancada! Calma! Ouça apenas, está bem?

Um pensamento horrível me ocorreu.

---

[8] Agentes infecciosos que afetam os tecidos cerebrais, não têm cura e são fatais. (N.T.)

– Os monstros pegaram mais alguém? Lá na cidade? Minha amiga Pam... ela vai *morrer* de preocupação...

– Não, não. Até onde sei, abatemos todos. Acredite em mim, esse era meu medo também. Por favor, fique calma, sim? – Ele soou ao mesmo tempo irritado e... desesperado?

Que se dane seu desespero. Ele não conhecia o *significado* da palavra.

Minha voz saiu aguda: – Claro, e eu vou deixar um canibal doente e podre me dizer para ficar calma.

– Não sou um canibal – Agora ele estava bravo. – Nunca provei carne humana, nunca! Seu pai me achou antes que isso pudesse ocorrer!

Respirei fundo.

Quando voltou a falar, tive certeza que estava bem perto da porta, do outro lado.

– As técnicas que o doutor Dearly desenvolveu nos mantêm funcionando... cérebro e corpo. É difícil explicar sem mostrar. Eu como tofu[9], entende? Delícia de tofu. Oba, proteína! Proteína que não consigo usar, mas que acalma. Todo dia recebo ajustes. Tem um exército de médicos nesta unidade que não fazem outra coisa além de consertar a gente, como se fôssemos carros em uma oficina. O que significa que, embora mortos, estamos fisicamente tão bem quanto possível. E, mentalmente, temos controle sobre nós mesmos. Não precisamos cuidar da nossa sobrevivência. Não estamos perdidos ou desorientados. Sabemos exatamente o que somos.

Bram parou de falar. Pareceu entender que eu ia precisar digerir tudo aquilo – ha, ha. Aproximei-me da porta novamente, deixando a sensação dos pés descalços sobre o chão duro me ancorar. Deixei minha mente processar a informação.

Ele era um monstro. Parecia ter a habilidade de racionalizar, pensar, se emocionar. Emoções que eram completamente normais, como ter

---

[9] Alimento produzido a partir de soja que tem conteúdo proteico muito rico, conhecido como "queijo de soja". (N.T.)

implicância e se distrair com alguma coisa. Era esperto, e, embora soasse impaciente, tinha alguma capacidade de se controlar, já que conseguira ficar sentado tanto tempo falando com sua prisioneira ignorante.

Mas era um monstro.

E era um adolescente?

– Quantos anos você tem? – perguntei.

– Tinha dezesseis quando morri, há dois anos.

Aquilo me surpreendeu.

– Você tem boa aparência para quem morreu há dois anos.

Ele riu.

– Agradeço ao seu pai por isso. Mas os outros que você viu hoje não receberam o mesmo benefício. Questão de impostos – brincou.

Hesitei por um instante antes de destrancar mais uma fechadura.

– Valeu – disse Bram, ao ouvir a chave virando.

– Mas chega de perguntas. – Minha voz estava ficando embargada de novo.

– Três foi mais do que eu esperava para uma sessão. Você deu corda no meu relógio?

Olhei para a mesinha ao lado da cama onde estava o relógio de latão.

– São três e quinze da manhã?

– Não, quase cinco. Se puder mantê-lo funcionando, agradeço. Ele não funciona direito depois, se fica muito tempo sem corda. Aí tenho que desmontá-lo para arrumar.

Estiquei o braço até a mesinha e fiz o que ele pedira. Quando me dei conta que estava dando corda no relógio de um zumbi, juro que ouvi algo estalar dentro da minha cabeça. Comecei a rir.

Ouvi a voz do monstro do lado de fora me perguntar se estava tudo bem, o que tornou a situação ainda mais engraçada.

8 Bram

Quando Elpinoy apareceu trazendo o café da manhã em uma bandeja e uma bolsa de lona, ela falou comigo de novo.

– Ajustes?

– Essa pergunta está valendo?

– Responda.

– É um coquetel salino. Abastece os músculos, lubrifica as juntas.

Elpinoy me olhou desconfiado quando uma das fechaduras abriu. Já estava acostumado com as caras que ele fazia para mim.

– O doutor Elpinoy está aqui com... aquelas coisas. – Levantei. Tinha feito um colchão de cobertores no hall, ao lado da porta. Joguei um sobre meu rádio digital antigo.

– Pãe-zi-nhos – disse Elpinoy, com aquele tom de voz que usava para me lembrar de que eu era um garoto punk selvagem do interior.

– Ok. Vou procurar um chuveiro, já que você está aí trancada com o meu. Não há mais ninguém aqui, fora o doutor. Volto logo.

Um instante depois ela respondeu.

– Ok.

Peguei a lamparina de latão que tinha usado para iluminar o corredor e saí andando, batendo no piso com as botas de combate. Parei um pouco adiante, só por curiosidade. Houve um minuto de silêncio e, depois, o som das fechaduras abrindo – quatro, cinco, seis.

– Bom dia, senhorita Dearly. Eu...

– Obrigada. – A porta bateu e ouvi as fechaduras clicando de novo.

O doutor me alcançou no corredor.

– Você estava falando com ela? O que lhe disse? O assunto é delicado.

– É, não é como se ela fosse filha do homem que é praticamente nosso senhor e salvador. – Richard Elpinoy e eu não nos dávamos bem. Ele era pretencioso demais para meu gosto. Eu não era suficientemente obediente para o dele. Mas agora estávamos do mesmo lado dos vilões. Ou algo parecido.

– Olha, Bram. – Elpinoy puxou a manga do paletó. As roupas dele eram sempre apertadas. – Concordei com sua ideia porque, desta vez, você estava certo. Trancá-la sem dar nenhuma explicação simplesmente a enlouqueceria ou faria com que tentasse fugir – e então não teríamos controle algum sobre o que poderia ver. Dá para imaginar se o primeiro zumbi que ela encontrasse fosse alguém como... o doutor Samedi, por exemplo?

– Peraí. O doutor Sam é um cara legal – respondi, na defensiva.

– Para *você*, talvez. – Chegamos a um corredor com mais gente, e ele abaixou o tom. – O que estou dizendo é que não podemos contar *tudo* a ela. Wolfe vai nos matar. Além disso, ela é uma moça fina.

– Vou lembrá-la disso da próxima vez que começar a gritar com a gente.

Elpinoy me encarou por um instante, antes de empinar o nariz de novo.

– Não a culpo. Só espero que você tenha sido respeitoso.

– Como é que dizer a *verdade* pode ser desrespeitoso? Você acha que eu gosto de me apresentar como uma criatura morta? – Estava com muita vontade de virar os olhos nas órbitas, mas viviam nos dizendo para não fazer isso. Os músculos em torno deles eram os primeiros a arrebentar.

– Disse algo sobre o pai dela?

– Não. Deixei que ela fizesse as perguntas. Previsivelmente, as principais foram "O queeeee?" e "Eu estou no menu?". Ah, e teve também... "O queeeee?"

– *O que* foi que você contou a ela?

– O suficiente.

Chegamos ao corredor principal, que levava à área médica. Perdi-o em meio aos soldados que haviam voltado pouco antes. Tinham chegado mais ou menos quando Nora começara as perguntas, e os técnicos ainda estavam lidando com a manutenção deles. Sem olhar para trás, atravessei o pátio oeste em direção aos alojamentos, do outro lado. Em vez de ir para os chuveiros, decidi bater na porta do Coalhouse.

– Coalhouse! – bati. – Me deixe entrar!

Ele abriu depois de algumas pancadas. Havia se alistado no exército punk já meio surdo, e o trabalho na artilharia não tinha melhorado sua situação. Tinha um aparelho para surdez, mas recusava-se a usá-lo se não estava em missão. Tinha a melhor visão que eu já encontrara, e era um dos nossos melhores atiradores.

Coalhouse colocou o olho direito no lugar, junto com um pedaço de espuma de látex, para ajustá-lo à órbita.

– E aí, capitão. Tudo bem?

– Preciso usar o chuveiro.

– Tá concorrendo ao Prêmio Mundial do Rei da Inutilidade?

"Inutilidade" era qualquer coisa que fazíamos, ou que queríamos fazer, que não tinha mais sentido agora que estávamos mortos. Comer era uma inutilidade. Cortar o cabelo era uma inutilidade.

– Tomar banho não é uma inutilidade, Coalhouse. É por isso que você não arruma namorada.

– A gente não tem mais *suor*, Bram. E nos enchem de bactericida, então não fedemos.

– Mas a gente se suja. Quantos anos você tem? Cinco?

– Ela ainda está no seu alojamento?

– Está. – Coalhouse dividia o dele com outros soldados, e o seu canto era uma bagunça, com roupas e gibis espalhados. Eu devia colocar isso no relatório sobre ele.

Coalhouse deu um sorrisinho.

– Ah, entendi o negócio do chuveiro agora. Estou começando a ver as coisas do seu ponto de vista.

–O que você quer dizer com isso?

– Todo mundo sabe que você tem um fraco por cabelo escuro.

Rendido, virei os olhos.

– Ei, ela é quente. Literalmente. Na minha opinião, circulação é uma coisa muito, *muito* atraente em uma mulher.

De repente entendi o que era que Elpinoy estava rodeando – e era minha responsabilidade cortar a coisa pela raiz.

– Em boca fechada não entra mosca, Coalhouse. Ela é a filha do Dearly. E está bem apavorada. Refira-se a ela como se fosse a droga da Virgem Maria. Entendeu?

Usei um pouco da minha voz de "zumbi apavorante", com um ligeiro toque de morte-bate-à-porta. Foi suficiente para ele me levar a sério.

– Tá bom, tá bom.

– Você não devia estar com os rapazes?

– Hein?

Gritei com as mãos em torno da boca.

– RAPAZES, TREINO DE TIRO?

Coalhouse olhou para o relógio, soltou um palavrão e saiu correndo.

Tomei um chuveiro morno com a cabeça encostada na parede de plástico. Não tinha dormido nada, entre a menina querendo falar e eu... querendo falar com ela também. Não tínhamos que dormir, fisicamente, mas era necessário para a saúde mental.

Não precisava que o Elpinoy me dissesse que eu tinha falado demais. *Bom e estoico combate, Bram. Muito bem.*

Ela me fazia ficar nervoso. E quando fico nervoso, falo.

E também havia o fato de que ela estava viva e que, portanto, era... fascinante. Estava ciente de que todos teríamos que lutar contra isso. Acontecia toda vez que aparecia algum vivo para trabalhar conosco. Uma parte de nossos cérebros queria saber tudo sobre eles. Monitorávamos seus movimentos, a temperatura do ar em volta do corpo, adorávamos o som da respiração.

E ficávamos imaginando que gosto teriam.

Apaguei esse pensamento. Não tinha tomado café da manhã. Terminei o banho, coloquei camiseta e calças do Coalhouse, e saí.

Havia alguns zumbis conversando no pátio oeste, mas o do lado leste estava vazio, e o ar, quente e pesado. Ouviu-se um tiro nas montanhas, e uma revoada de maritacas partiu das árvores que ficavam do lado de fora do muro da base.

– Francamente, vocês e suas armas.

Virei-me e vi o padre Jacob Isley, o capelão, andando em minha direção. Sorri e parei.

– Você fala delas como se fossem especialmente pecaminosas, ou algo parecido. Está querendo me dizer que o embate final entre bem e mal será com armas e... gatos?

A expressão do rosto dele era a de alguém que sabe mais que os outros – um pouco trêmula por causa da falta de controle muscular, e por isso um pouco boba. Abaixou-se para pegar um dos felinos em questão, entre os quatro ou cinco que há alguns dias perambulavam em torno da capela improvisada de madeira. O bichano cor de canela fez um carinho na bochecha do padre, onde havia um buraco de bala que nunca mais fecharia. Ele acariciou o focinho do animal.

– Nem as forças do Todo-Poderoso podem dizer aos *gatos* o que fazer. Mmmm, como vai, bonitinho? – Colocou o gato no chão. – E como está você hoje, Abraham?

Eu gostava do padre Isley. Estava um pouco mais desgastado, pois preferia não se submeter à manutenção regular. Sua religiosidade era suave, nunca impositiva. E como negar? Às vezes era bom pegar emprestada uma daquelas bolinhas peludas para brincar. Ele tinha um fraco por gatos e atualmente cuidava de uns vinte. Eles tinham vivido nas vilas atacadas pelos zumbis.

– Vou bem, obrigada. A senhorita Dearly está hospedada no meu alojamento. Isso é estranho, a ponto de me fazer olhar feio para qualquer um que tenta me mandar fazer qualquer outra coisa além de andar por aí hoje.

– Compreende-se.

Ajoelhei para acariciar um gatinho preto, e ele arqueou as costas, respondendo ao carinho.

– A fofura desse aqui é demais.

– Não é mesmo? – ele sorriu, orgulhoso. – Você acha que a menina pode vir a aceitar uma visita, em algum momento?

– Provavelmente. Não sei quão religiosa é. Mas tem mais coragem do que imaginei.

– Esperemos que seja um bom prenúncio.

Concordei com a cabeça.

– Para todos nós.

Havia um gramofone digital com uma frágil corneta de metal em um canto do refeitório, perto do balcão onde eram vendidas frutas secas. Meus companheiros estavam reunidos ali. A brasa do cigarro da Cas brilhava como os botões do gramofone quando ela inalava. Ela balançava ao som da música.

Tom escolheu aquele instante para dar uma palmada no traseiro dela.

Antes que qualquer um piscasse, recebeu um tapa no rosto. Ele deixou cair o garfo que estava usando para comer sua ração e inspecionou o estrago com a mão.

– Caramba, mulher, você deslocou meu maxilar.

– Não faz isso em público, seu grosso.

– Uau. – Renfield arrumou os óculos. Estava sentado à mesa com eles lendo um livro. – Que privilégio, ser a plateia dessa performance…

– Cala a boca, Ren – dispararam os dois ao mesmo tempo.

Não resisti a contribuir com o entrevero. Dei a volta por trás da Cas. Tom me viu e disfarçou uma risada quando, chegando por trás, tirei o cigarro da boca dela. Cas se virou pronta para me socar, mas abaixei e esmaguei o cigarro no chão.

– Bram! – exclamou ela, recuperando o equilíbro ao apoiar as mãos na mesa.

– Eu mesmo. Você não devia fumar. Faz mal.

Ela afastou o cabelo do rosto.

– Recebo o mesmo salário que você. E posso comprar o que quiser com ele.

– Sei. Mas sou seu capitão, e você tem que me obedecer.

– Dane-se.

– É isso aí – comentou o Tom, recostando na cadeira. – Eu sou o namorado dela. Ela só tem que obedecer a *mim*.

Ela chegou perto dele.

– Vou te matar hoje, Tom. Sinto no ar que vou.

– Verdade? Achei que o cigarro já tinha acabado com o teu olfato a esta altura.

Ren tinha voltado ao livro. Ele parecia um corvo, com os ossos das mãos e antebraços bem próximos da pele. Tinha traços nobres bem definidos sobre a pele macilenta e cabelo ruivo encaracolado. Chegara a um ponto em que conseguia tolerar a dureza da vida militar, mas preferia se recolher quando possível. Não o culpava.

– Então? – Cas sentou no colo do Tom. Erguendo a sobrancelha, ele me ofereceu sua comida e eu aceitei. – Como está a garota?

– Resolveu falar.

– Sério? Isso é uma surpresa.

– É. Não esperava também. Perguntas básicas. Acho que a assustei. Devia ter ficado de boca fechada. – Começava me envergonhar do tanto que havia falado.

– Bom, nós somos meio assustadores. Não dá para disfarçar. – Cas olhou para Renfield. – Sabe, tipo colocar uma toalhinha rendada por cima de uma mancha no sofá?

Ren não tirou os olhos do livro.

– Quieta, mulher insuportável – resmugou, com seu sotaque empolado do norte que encantava algumas garotas, mas que, no caso da Cas, provocava apenas uma risada de desprezo.

– *Amo* quando ele me chama assim.

Olhei para o café da manhã, antes de começar a comer. Misturavam na comida uma enzima que a quebrava dentro do corpo, uma vez que o nosso estômago não funcionava mais. Mais líquido para a mistura.

– Ainda acho que era eu quem devia falar com ela – disse Cas, com um suspiro.

– Você vai ter sua oportunidade.

– Se alguém devia falar com ela, esse alguém devia ser eu – palpitou o Renfield. – Somos os mais próximos, em termos culturais. Tenho certeza de que, além de achar que foi jogada no inferno junto com todos os demônios, deve estar se sentindo perdida e abandonada entre cafajestes sem maneiras.

Ficamos em silêncio até que Tom perguntou: – Você está nos vendo aqui, não está?

– Estou totalmente consciente desse fato.

– Só pra ter certeza.

– Elpinoy quer que a tratemos com luvas de pelica – disse eu –, como se fosse uma princesa.

Tom riu e bateu na mesa.

– Ah, uma princesa. Isso ela é. Não ouvia essa palavra há séculos.

Não consegui conter um sorriso.

– Você não tem ideia de quantas vezes eu usei "realeza" quando estava falando com ela na noite passada.

Renfield franziu a testa.

– Qual o problema com "realeza"? Quero dizer, obviamente é uma gíria, e como tal seu uso devia ser punido com a decepação de um dedo, mas não é ofensivo, não.

– Imagina... Gíria? Não... – disse a Cas. – Serve para indicar "porcaria de realeza".

– Querida, não revele todos os nossos segredos – ironizou o Tom. – Deixe que pensem que os chamamos de "coisas imundas" no nosso linguajar ateu como lesmas que somos.

Balancei a cabeça, me preparando para meter na boca mais uma garfada de comida sem gosto, quando vi Elpinoy chegando, apressado, com alguns soldados mais velhos que estavam de plantão. Quando os vi, fiquei de pé. Ninguém precisava me dizer que havia acontecido alguma coisa.

– Capitão Griswold, sua presença é necessária imediatamente – gaguejou Elpinoy.

– O que houve? – perguntei, já saindo da mesa. Meus amigos ficaram olhando, conscientes de que não deviam me seguir. Pelo menos não imediatamente.

– A senhorita Dearly... acordou.

– Como acordou? Estava acordada quando a deixei.

– Ela está... muito acordada – repetiu Elpinoy, quando saímos do refeitório para cruzar o pátio. – Chamou por você! Acho que é um avanço, levando em conta a situação toda.

– Chamou por mim? – *Que dia feliz*. – Para quê?

– Bem, é que...

– *ONDE É QUE ELE ESTÁ?!*

O grito saía do meu alojamento, percorria o corredor e escapava por uma janela. Mais pássaros voaram, assustados. Os zumbis pararam para olhar. *Eu* parei para olhar.

– Acho que, talvez... – disse Elpinoy, pálido como um filé de peixe – talvez você devesse..., sob certas circunstâncias..., contar a ela um pouco mais sobre onde se encontra e por quê.

Não consegui me segurar.

– É mesmo? Tem certeza? Porque eu não gostaria de assustar a dama. Não falamos sobre isso hoje cedo?

– Bram, vai lá e resolve a situação.

– Não, não. Acho que, na verdade, ela deveria falar com os vivos. – Parei, mostrando as palmas na altura do peito. – Eu só provocaria nojo e ela se sentiria desrespeitada – além disso, quanto mais se pode esperar que absorva a frágil e aristocrática inteligência dela, não é? – Minha equipe havia se juntado a mim agora.

– O que está acontecendo? – perguntou Tom.

– Não sei bem por que ela está tão brava, e não quer falar comigo! – admitiu Elpinoy.

– *QUERO FALAR COM ELE, A-GO-RA*! – Fosse o que fosse, ela, era óbvio, estava ficando impaciente.

Cas virou-se na direção da voz, arregalando os olhos.

– Nossa, Bram. O Tommy aqui tem que ter umas aulas com você urgentemente.

Disparei a toda velocidade pelo pátio, sem ouvir a resposta de Elpinoy.

9

victor

O sol da tarde brilhava lá fora. Ergui-me na cama.

Era um pequeno desafio, com uma perna só, mas consegui.

No instante em que me movi, o doberman postado à porta começou a latir. Não testou o alcance da corrente enferrujada – se tanto, recuou um pouco – mas deu o alarme. Achei que daria. Foi por isso que permaneci encolhido sobre o colchão de palha daquela misteriosa cela por um longo tempo depois de recuperar a consciência. Não tinha certeza a quem o cão servia.

Tentei falar.

– Quieto, menino. – Minha voz estava alterada. Apoiei-me contra a parede, e o tronco seco de que era feita se desfez ao meu toque. Minha cabeça rodava.

Isso não era bom.

O cão grunhiu. Deu várias voltas, com a corrente fazendo barulho. O silêncio, embora relativo, me permitiu refletir um pouco, mas um pensamento se sobressaía.

Sou um idiota.

Quando Wolfe entrou na minha sala com a notícia de que finalmente havíamos conseguido interceptar uma transmissão dos Cinzas – depois de meses monitorando as ondas, as redes de Aethernet, os cabos de telégrafo – e que o conteúdo tinha a ver com um plano para sequestrar minha filha, não fiz perguntas. O que se deveu ao fato de que, naquele momento, provavelmente deixei de ser um homem civilizado. A ideia de que alguém ousasse colocar a mão nela fez minha cabeça latejar, minha visão escurecer e os grunhidos e outros sons que somos capazes, naturalmente, de emitir, escaparem com uma ferocidade impressionante. Eu tinha reagido de forma tão animal quanto meu carcereiro canino. Meu único pensamento foi que eu precisava chegar até Nora – de qualquer maneira. Só ideia de sentar e esperar me fez ansiar pela morte – minha ou de outra pessoa.

Devia ter lembrado que fazia pelo menos uma década desde que eu pilotara uma aeronave. Mas tenho mesmo o péssimo hábito de fazer coisas impetuosas. Não tinha ideia até agora do que havia dado errado no voo. As correntes de ar deviam ter me conduzido para o lado errado, pois o avião havia caído muito longe do curso previsto. E por "muito longe do curso previsto" quero dizer "na direção totalmente oposta". E, então, o sistema de navegação falhou. Quando decidi pedir ajuda e chamar a Base Z, estava prestes a cair. Arrastei-me para fora das ferragens retorcidas da aeronave, deixando para trás a perna esquerda.

Era a última coisa de que me lembrava. Quanto tempo fiquei inconsciente? Algumas horas? Alguns dias?

Onde quer que estivesse, não tinha chegado até ali por meus próprios meios.

Com essa conclusão em mente, comecei a fazer um lento inventário visual do entorno. Estava em uma cabana feita de troncos e galhos. O telhado não era sólido, e a luz do sol penetrava pelas brechas. O único objeto era o colchão imundo. A porta era feita de troncos grossos, e estava amarrada com uma corda. O chão era... de areia?

Abaixei devagar, apoiando-me na parede de troncos, e peguei um punhado com a mão direita. Não era areia.

Era sal.

Foi quando a porta abriu de um golpe, e figuras agachadas surgiram no vão. O doberman começou a latir de novo, torcendo a corrente e afastando-se delas.

Ergui-me.

– O que isto significa? – estressei as cordas vocais, e acabei me engasgando. As figuras se aproximaram. Quando desviaram da luz do sol, procurando a sombra dentro da cabana, reconheci-os em meio ao acesso de tosse.

Eram Cinzas. Zumbis. Do pior tipo que já tinha visto – monstros feitos de ossos e músculos mal unidos por pele e tendões apodrecidos.

Não consegui dizer mais nada. Agarraram-me pelos braços e me arrastaram para fora. Meus olhos estranharam a luz, e fiquei cego. O mundo se tornou um lugar desconhecido e assustador, enquanto eu tentava impedir meu diafragma de entrar em colapso, ajustar a visão e me equilibrar em uma só perna – ao mesmo tempo em que lutava contra os braços que me prendiam.

Infelizmente, quando consegui ver de novo, as coisas não haviam melhorado nada.

Percebi que estava dentro de uma espécie de fortificação. O que havia além do forte é que desafiava meu entendimento da realidade.

O tempo, as mudanças de clima e a tecnologia formadora de terra havia alterado fundamentalmente a paisagem das Américas Central e do Sul, mas o lugar onde se encontrava o forte parecia intocado. Um deserto se estendia por quilômetros em todas as direções, uma imensidão branca de sal manchada em alguns lugares por uns poucos centímetros de água. O céu cinza acima parecia meramente parte da terra, fundido a ela no horizonte. E o reflexo dele na água provocava a desconcertante impressão de estar flutuando dentro de um espelho.

Enquanto meu cérebro tentava recuperar as noções de "acima" e "abaixo", reconheci a paisagem, por uma informação do tempo em que era estudante. Estava na Bolívia, na imensa planície conhecida como Salar de Uyuni.

– Venha – grunhiu um dos zumbis, me empurrando para a frente.

O forte me lembrou dos esboços que havia visto quando criança nos livros de história do meu avô, que possuía uma pequena coleção de livros dos tempos dos primeiros vitorianos. Eram encadernados em couro, supreendentemente pesados para objetos que pareciam prestes a se desfazer. O forte erguia-se sobre uma elevação do sal. Troncos de árvores pequenas constituíam a parede externa, havia largos espaços entre eles, e as pontas haviam sido talhadas grosseiramente. Os abrigos, pobres e precariamente construídos, eram de madeira, como a cabana onde acordara. A luz do sol e o sal haviam desbotado tudo, dando ao lugar a aparência de um cemitério de ossos.

Muito apropriado.

Havia Cinzas por toda parte – centenas deles. Percebi que as vestimentas também haviam sido descoloridas pela intempérie, o que dava a impressão de que vestiam uniformes. Vários grunhiram para mim enquanto eu era conduzido. À parte o medo e a incerteza, senti pena deles. Não haviam buscado este destino.

Olhando novamente à frente, vi que me levavam para a construção principal do forte. Era longa, tinha um telhado plano e a porta era um pedaço de pele craquelada. Caixotes e barris estavam empilhados à volta, mas não consegui examiná-los.

Quando chegamos, empurararram-me para dentro. Incapaz de me equilibrar em uma perna, caí. Meus olhos falharam novamente ao passar subitamente da luz para o escuro. Demoraram para se adaptar, muito mais do que levariam olhos de alguém vivo. Fiquei prostrado e indefeso.

– Doutor Dearly – ouvi uma voz rascante dizer. – Que prazer em vê-lo tão bem.

Apertando os olhos para tentar enxergar, ergui o tronco. Havia uns quinze soldados não vivos perfilados ao longo do lado mais extenso do recinto. Estavam equipados com lanças feitas de madeira e metal recuperado após combates. Em um extremo havia duas escrivaninhas de madeira e vários caixotes virados para baixo, sobre os quais estavam apoiados rádios e mapas de papel em mau estado. Vi uma figura sentada, usando peças de roupa militar de procedências diferentes, e uma capa marrom. Um lenço sujo de linho cobria a metade inferior do rosto. O cabelo era escuro.

Sequer tentei falar, a princípio. Olhei tristemente para o equipamento. Tudo o que eu precisava era de cinco minutos, *cinco minutos*, e poderia mandar uma mensagem para a base.

Muito bem, pelo menos havia alguma esperança de sair dali. *Vamos lá, Victor. O jogo começou.*

– Você sabe quem eu sou. Quem é você? – Minha voz estava um pouco mais forte.

– Major Dorian Averne, 42ª Companhia – informou o homem.

Com forçada polidez, comecei: – Major, não conheço bem a 42ª. – Decidi que minha estratégia inicial de sobrevivência seria ressaltar, ou fingir, completa ignorância sobre o que estava acontecendo. O que não seria muito difícil, de qualquer forma.

O homem ficou de pé. A capa disfarçava seu corpo, tornando impossível saber quão alto, ou forte, podia ser. Seu movimento era rápido e elegante, algo incomum para um zumbi. Se é que era um zumbi.

– Não poderia, doutor, uma vez que estamos em lados opostos do conflito.

– Ah. Então você é um oficial do exército punk? Meus respeitosos cumprimentos.

Averne chegou perto de mim. A pele na parte visível do rosto estava seca e rachada. Rugas profundas marcavam a testa e a área ao redor dos olhos. Comecei a achar que estava morto.

– Eu preferiria comer meu próprio braço a cumprimentá-lo, mas admito que é bom falar com um homem capaz de pronunciar mais de uma sílaba de cada vez.

Ajeitei-me sobre o quadril.

– Estou certo que sim. Permita-me perguntar... sou um prisioneiro de guerra? Em caso afirmativo, solicito contato com aqueles que podem negociar minha libertação.

Averne inclinou a cabeça.

– Você acredita que alguém negociaria?

Comecei a achar que havia algo de muito, muito errado.

– Sim. Negociariam.

O homem se virou, como se eu não tivesse respondido.

– Tenho um presente para você.

Maravilhoso.

– É mesmo?

Apontou para o fundo do cômodo. Voltei-me na direção indicada, e vi mais caixotes grandes de madeira. Agora que a vista havia se ajustado, podia identificar o que estava escrito neles.

E o que vi me fez desejar ser cego.

Eram suprimentos do exército neovitoriano.

Um dos caixotes havia sido aberto, e alguns dos soldados – novos recrutas, pela expressão assombrada em seus rostos – estavam retirando o conteúdo. Senti um aperto no coração ao ver recipientes, querosene, equipamentos diversos de química etc.

– Desejo que me faça o favor de inspecionar o conteúdo dessas caixas e que me faça saber se há algo mais de que necessita. Não quero atrasar suas pesquisas.

– Pesquisas? – Não estava mais me fingindo de idiota. *Estava* completamente perdido. E à deriva.

Averne assentiu, fazendo um movimento hipnotizante com a cabeça.

– Li seus estudos. Sei quão próximo está da vacina. – Apontou para os caixotes novamente. – Eu a quero. Agora.

Decidi abandonar o fingimento.

– Você está louco. Em primeiro lugar, é absolutamente impossível executar meu trabalho em um laboratório a céu aberto, no meio de um deserto de sal. Nem que essas caixas contenham os supercomputadores mais avançados jamais vistos, não é possível.

Vi as mãos dele ficarem tensas entre as dobras da capa.

– E mais – continuei, me sentindo corajoso de repente. – Não há cura, nunca haverá. A natureza da doença impossibilita a cura.

– Não disse que queria a cura – sibilou Averne. – Disse que queria a vacina. Sei que *isso* é possível – e se mentir para mim e disser que não, terei imenso prazer em cortar sua outra perna.

Estalou os dedos e um dos guardas avançou para mim, apontando a lança para baixo, na minha direção. Atingiu-me no septo nasal, e caí para trás. Averne inclinou-se sobre mim, largado sobre o solo salino, respirando com dificuldade.

– Seus preciosos heróis conseguiram pegar a sua pestinha antes, fique feliz em saber! – gritou.

Meu coração dançou de alegria. *Graças a Deus.*

– Mas meus homens ao norte receberam a ordem! Se apenas um deles tiver sobrevivido, então seu povo está morto! Será infectado como vocês nos infectaram! Se você quer que sua gente sobreviva, é bom fazer essa vacina, e fazer *logo*!

Fui tomado por novo pavor, ao entender o que ele estava dizendo.

– Não posso. De verdade, não posso. Não tenho...

– O sangue dela? – A voz dele estava tomada por um senso de humor doente. Com sua agilidade incomum, lançou-se sobre um dos guardas, e, agarrando-o pela garganta, aproximou-o de mim. Antes que a criatura pudesse se defender, Averne puxou sua cabeça para trás, fazendo com que ficasse alerta, mas paralisado. Vi os olhos do zumbi virarem nas órbitas até que ele caiu no chão. As sobrancelhas e os lábios tremiam, em espasmos. Olhei para ele, sem entender.

– *Ele* tem. Ela se feriu, e ele lambeu o sangue dela. Os mortos não digerem nada, então esse sangue está em algum lugar aí dentro. *Encontre-o*.

A ideia era absurda. Estava blefando. A matemática dentro do meu cérebro dizia que era impossível aquela criatura à minha frente ter sido trazida para o sul tão rápido. No entanto... Por quanto tempo eu ficara insconsciente? Seria possível?

Diante da ideia de que aquela coisa havia provado da carne da minha filha, perdi o controle. Ergui-me com um grito e agarrei a capa de Averne, puxando-o para baixo. Consegui dar um soco nele antes que os guardas reagissem. Levei um chute, e ouvi uma costela quebrar.

– Levem-no para a cela! – ordenou Averne com a voz ácida de raiva, ao ficar de pé de novo, arrumando o lenço. – Levem o equipamento! Se ele não começar esta noite... – e apontou para minha perna –, ... comecem a fatiar.

Passei o resto da tarde sentado no colchão da cela, olhando os vermes de Averne empilhar caixotes de suprimentos médicos e científicos. Quando trouxeram a caixa refrigerada que continha os pequenos recipientes com o sangue da minha filha, soube que aquilo havia sido planejado.

Tentei juntar as peças. Quem poderia querer distrair a Companhia Z? Como tinham conseguido o sangue da minha filha, ou minha pesquisa sigilosa? Recusava-me a acreditar que alguém na base estivesse envolvido. Na verdade, meus colegas cientistas saberiam que eu não precisava nem do sangue dela nem de equipamentos para trabalhar – todos os meus esforços estavam atualmente centrados em modelos computacionais. O responsável tinha de ser alguém que não entendia o quê, nem como, estávamos pesquisando.

Também não poderiam saber que eu pegaria um avião – então como foi que os homens de Averne me encontraram? Teriam um radar? Haveria um punk infiltrado no exército vitoriano? De onde vinham as caixas?

Fui tomado por uma crescente e nauseante sensação de pavor e desespero – do tipo que eu lutara tanto para ensinar todo zumbi capaz e com moral a evitar. O que estava acontecendo?

– Dear…ly?

Voltei-me na direção de uma voz áspera. Era um zumbi recente, um homem de meia-idade com pele escura e dreadlocks. Havia uma mordida imensa no seu pescoço, com sangue seco em volta. Tinha uma expressão abobalhada e perdida nos olhos, e seu corpo dizia que se encontrava completamente despreparado para o tipo de situação em que estava agora. Estava acompanhado de dois Cinzas que haviam estado aqui antes.

– O que é? – perguntei.

Os zumbis entraram e olharam em volta. O doberman recuou e olhou-os desconfiado. Quando o zumbi que havia falado não conseguiu se manifestar de novo, os dois Cinzas grunhiram. Um deles empurrou o sujeito pelas costas.

– La… mento – disse ele. Parava a cada poucas sílabas, com o rosto se contorcendo a cada tentativa de dizer as palavras. – A… ver… ne nos mandou vigiar enquanto trabalha. Estes dois… não… falam.

Avaliei o homem.

– Você é enviado dele?

– Não… faço… ideia. Meu nome… é… Henry Ma… cumba, fui… trazido para cá… ontem. Eu só… estava ali… e ele me… nos… mandou… vigiar… você. – Algo na voz dele me fez perceber que estava à beira do colapso mental.

– Faça-me um favor. – Apontei para os troncos que formavam a parede da cela. – Deve ser possível tirar um destes troncos. Vou precisar de uma muleta para poder trabalhar.

O homem ficou parado alguns instantes, antes de se aproximar da parede e começar a lidar com os troncos. Precisava que se concentrasse em fazer algo simples e concreto. Eu geralmente fazia zumbis recentes concentrarem-se em jogar pequenos pedaços de madeira em buracos. Os Cinzas olhavam atentamente o outro trabalhar.

– O senhor é... Victor Dearly?

– Sim, sou – respondi.

– Não sei como... o senhor está aqui... ou eu... mas é uma honra... senhor. – Inspirou como um asmático, tentando, instintivamente, normalizar a fala.

– Muito bem, assim mesmo. Você tem que se concentrar em forçar o ar, para dentro, para fora. Há um músculo abaixo dos seus pulmões, o diafragma. Tente sentir onde está e mexê-lo. – Algumas pessoas conseguiam falar sem dificuldade depois da morte, outras não.

Henry inspirou várias vezes.

– Ok. – Um tronco saiu do lugar facilmente, deixando um vão. Ele o segurou por vários segundos, antes de se aproximar de mim. – Que... tal este?

Usei-o para me erguer, cambaleando.

– Está bem, obrigada. Mas... posso perguntar? Como você sabe quem sou?

– Sou de... Shelley Falls – respondeu Henry. Desta vez, conseguiu falar com mais controle. – Uma pequena... vila Vitoriana... do outro lado do...

– Conheço o lugar.

– Os... monstros vieram... ontem – continuou, e uma sombra escureceu seu olhar. – Ma... taram todo mundo. Trouxeram dois... de nós para cá, mas o outro, Quinto, acho que eles... ele não estava lá quando eu... acordei.

– Quando foi que você acordou? Você viu o céu?

– Ainda estava... escuro.

Então ele era zumbi há apenas algumas horas. Senti um fio de esperança.

– Você comeu algo hoje, por acaso?

Henry balançou a cabeça veementemente, e seu rosto se contraiu com medo e repulsa.

– Nnn... ão! Eu vi... Eu... Eu nunca... – Olhou para os outros guardas com os olhos arregalados.

Tinha que fazer com que os dois Cinzas saíssem da cabana antes que ele percebesse que estava olhando direto nos olhos do seu destino. Tinha que mantê-lo focado no presente.

– Escutem – disse, olhando-os de frente e tentando falar com alguma autoridade. – Farei deste cavalheiro meu carcereiro. Se vou trabalhar para o líder de vocês, vou precisar de outro par de pernas.

Os Cinzas rosnaram. Calculei que tinham captado a essência do que eu havia dito, e não ficaram felizes com a ideia de serem tirados dali.

Mantive a firmeza.

– Que ajuda podem me dar, hein? Vocês pelo menos entendem o que estou dizendo? Lamento insultar suas inteligências, mas, de verdade, vocês estão atrapalhando. Este não é o maior laboratório em que já trabalhei. O senhor Macumba recebeu ordens. Vai me vigiar.

O mais baixo me olhou, cético – a expressão dele me impressionou, pois indicava que ainda havia engrenagens funcionando em algum lugar do seu cérebro. Olhou para o companheiro e deu de ombros. Pareceu entender. Depois de um momento de deliberação ininteligível, os Cinzas saíram pela porta arrastando os pés em direção à construção principal.

Quando se foram, coloquei a mão no ombro de Henry.

– Senhor Macumba, farei tudo o que estiver ao meu alcance para ajudá-lo, se me ajudar também. Não planejo ficar aqui, como um prisioneiro indefeso. Encontro-me nesta situação por causa da minha própria estupidez, de forma que é minha responsabilidade escapar. Minha filha, que ainda vive, está la fora. Vai ser preciso mais que uma parede malfeita de madeira e a engenharia de um louco morto para me impedir de encontrá-la.

Percebi que o olhar parado de Henry ainda ardia com a lembrança do que ocorrera no dia anterior.

– Podemos... o senhor... disseram que o senhor... havia morrido... Eu... Eu não sinto...

– Nosso destino não é nos tornarmos monstros, senhor Macumba. – Agarrei seu ombro com mais firmeza. – Estou morto há um ano. Outros morreram há muito mais tempo. E ainda têm personalidade e consciência. São boas pessoas.

O homem umedeceu os lábios secos.

– Então estou... morto. Como... os outros.

Assenti. Este era sempre um momento de tudo ou nada. O mundo ficou em silêncio à nossa volta, o sal brilhando sob a luz alaranjada do fim do dia. Henry olhou para baixo, procurando sua alma.

Encontrou-a, pelo menos naquele instante.

– Sou... seu.

– É um bom homem. – Olhei para as caixas. – Em algum lugar desta bagunça deve haver água. Veja se consegue encontrar, e leve-a com você. Diga a Averne que vou começar esta noite. Mantenha-se hidratado. Fique longe do sol. Não coma nada, mesmo que esteja com muita fome. Não precisa mais comer e seu corpo não pode fazer nada com a comida. Volte para cá quando já for noite.

Henry assentiu e perguntou: – E... A... verne? O que digo a ele... se ficar furioso?

Agarrei minha nova muleta.

– Diga a ele o que eu disse aos outros – que estou de acordo com que me vigiem, mas nas minhas condições. Ou, se estiver se sentindo com sorte... Pode dizer a ele que o mandei... para o inferno.

10 nora

Os desgraçados tinham me cortado.

Alguém ia *morrer*.

Morrer *de verdade*.

Só percebi depois de tomar o café da manhã. Acho que ser perseguida e sequestrada por monstros havia me deixado com fome, mas comi mais do que devia. Meu estômago ainda estava um pouco esquisito. Pãozinho e chá eram como leite de mãe, exatamente o que eu precisava.

Depois de satisfeita, voltei minha atenção para a bolsa. Era de lona, feita a mão, nada especial. Havia um bilhete dentro. Divaguei sobre o nível de educação dos mortos. Parecia ser maior do que se poderia esperar.

Senhorita Dearly: Estamos tão felizes por tê-la conosco! Fiquei tão aliviada ao saber que a missão havia sido bem-sucedida. Meu nome é doutora Beryl Chase, e, saiba, ainda sou viva. Por favor me informe se necessita de alguma outra peça de roupa ou item de higiene pessoal. Creio que meu pé é maior que o seu, então coloquei um par de chinelos em vez de sapatos.

B. Chase

Esvaziei a bolsa sobre a cama. A doutora Chase havia me mandado dois vestidos com mangas bufantes, um com listras azuis e outro com flores cor-de-rosa, além de um corselete, roupa de baixo, meias e os anteriormente mencionados chinelos. Em uma bolsinha, achei pequenas embalagens de xampu e sabonete, escova de dentes e coisas do gênero, além de um pequeno vidro marrom com óleo perfumado. Cheirava a violetas e chocolate.

Claro, como se fosse necessário eu ficar ainda mais apetitosa para os zumbis. Como uma vaca usando *perfume de molho ensopado*. Torcendo o nariz, recoloquei a tampa.

Olhei para a camisola rasgada. Devia tomar uma chuveirada, mesmo que fosse só para me sentir melhor. Levantei e, automaticamente, tentei abrir o primeiro botão. Estava desajeitada por causa dos curativos e não conseguia pegar os botões pequenos.

Irritada, sentei na beira da cama e comecei a desfazer os curativos. Olhei para a palma esquerda. Além de uma longa cicatriz antiga, lembrança do genocídio de bonecas de porcelana ocorrido oito anos antes, havia os cortes onde os espinhos haviam entrado na carne. Fechei e abri a mão. Nada sério. Mas doía bastante.

Foi mais difícil desfazer os curativos da mão direita com a esquerda, mas insisti até conseguir. Por último, tirei a faixa do pulso e descobri, surpresa, que havia um pedaço de algodão colado na lateral. Tirei o curativo e encontrei um corte pequeno e profundo, limpo e perfeito demais para ter sido feito por um espinho. Havia vários pontos benfeitos nele.

O mundo parou por um instante, e senti o café da manhã endurecer dentro do estômago. Quem poderia ter me cortado ali?

A resposta me atingiu como uma porta na cara, e foi só por força de vontade que consegui não vomitar.

Haviam removido meu chip de identidade.

Agora ninguém poderia me localizar.

– Bram! – gritei, perto da porta. Comecei a bater nela, ignorando a dor que provocava. – *Bram*!

Transcorreram cinco minutos de gritos, pancadas e chutes – e um minuto contemplando a terrível ideia de que talvez tivesse que sair dali para encontrar alguém, e que talvez esse tinha sido o plano deles o tempo todo – até que ouvi a voz nervosa do doutor Elpinoy.

– Senhorita Dearly?

Investi contra a porta novamente.

– Bram! Quero falar com… com o capitão Griswold, ou seja lá como for que vocês o chamam!

– Certamente, senhorita, mas se eu puder ajudá-la…

– Quero falar com o Bram! Quero falar com ele neste instante! – Senti a garganta fechar, e minha voz saindo do controle. O próximo som que ouvi me surpreendeu. – *ONDE É QUE ELE ESTÁ*?

– Está bem, está bem, se é isso que a senhorita prefere. – Pela voz, Elpinoy estava totalmente apavorado. – Imediatamente. Estará aqui em instantes.

Saiu em busca do Bram, e eu comecei a andar de um lado para outro – em parte pelo alívio de que não precisaria sair dali, afinal. Demorou um minuto, cinco minutos. Outra voz falou do outro lado da porta, uma voz feminina, mais jovem.

– Senhorita Dearly, há algo que eu possa…

Como uma criança, tapei os ouvidos com as mãos doloridas.

– Não vou falar com ninguém a não ser o Bram! Afaste-se de mim! EU QUERO O BRAM, AGORA!

A voz feminina não respondeu. Nunca havia experimentado isso antes, mas ocorreu-me que gritar irracionalmente fazia a maior parte das pessoas sumir. *Quem diria?*

Logo depois ouvi passos chegando pelo corredor.

– Senhorita Dearly? – Bram, com voz preocupada, estava do outro lado da porta.

Chutei a porta, e ignorei a dor que senti no pé.

– O que você fez com meu chip de identidade, Bram?

Houve um silêncio, antes que ele dissesse: – Desculpe. Dói?

– Dane-se a dor! Onde ele está?

– Coalhouse tirou quando você ainda estava inconsciente, dentro da van.

– *Droga*...

– Destruímos... Por segurança.

– Anote. – Meu rosto ardia, meus membros tremiam. – Vou matar todos e cada um de vocês com minhas próprias mãos.

Bram riu.

– Ia ser uma delícia, ver... sua tentativa. Se tivéssemos certeza de que as pessoas que poderiam tentar localizá-la por meio do chip tivessem condições cem por cento confiáveis de mantê-la em segurança, eu mesmo a levaria até elas.

Tentei me acalmar respirando profundamente e batendo de leve os dedos na testa.

– Tem gente muito má atrás de você, senhorita Dearly.

– Você tem que estar brincando comigo.

– Por falar nisso, você tem um vocabulário *daqueles*, para uma princesa. – Ele ainda parecia estar achando graça.

O comentário foi gratuito o suficiente para chamar minha atenção.

– Princesa? – perguntei, confusa.

– Princesa, você sabe. Uma garota neovitoriana.

Ia abrir a boca para disparar outra pergunta, quando finalmente entendi.

– Você é um punk.

– Nascido e criado.

– Fantástico.

– Mas o fato de você não ser uma punk não será considerado contra sua pessoa. Tentamos nos dar bem por aqui. O doutor Samedi fala um monte se chega a ouvir picuinhas intertribais.

Não aguentei. Ri.

Percebi que Bram havia se sentando, de novo, no chão do lado de fora. Algo bateu na porta, fazendo com que as fechaduras tremessem quase imperceptivelmente.

– Tire os pés da porta, camponês – ordenei, tentando parecer o mais esnobe possível.

Quase deu para "ouvir" o sorriso dele.

– Abre a porta e vem tirar eles você mesma, princesa.

Soprei os cachos que haviam caído nos olhos e fiquei em silêncio. Na verdade, o fato de que ele era um punk não mudava nada. Porque o fato de que ele era um monstro me preocupava muito mais.

– O que você está fazendo? – perguntei depois de alguns minutos.

– Vou ficar aqui para o caso de você precisar de mim, mesmo que seja só para gritar comigo.

– Não. Quero tomar um banho. E não vou tomar um banho se você ficar aí fora.

– Desculpe, mas você... já deve ter notado que nesse caso haveria *duas* portas entre você e eu.

Parte do sangue parou no meu rosto, quando me ouvi dizer baixinho: – Mas você vai *saber* que estou tomando banho!

– Foi você acabou de me dizer que ia tomar banho!

Deixei-me cair pesadamente no chão de novo, braços cruzados sobre o peito. – Se eu fizer uma pergunta e abrir uma fechadura, você vai embora? Olha. – Abri uma delas. – Essa aqui é por você ter vindo até aqui.

Ele suspirou e disse: – Com certeza. Manda.

– Quem são os "caras maus"?

Bram ficou quieto. O que ele disse em seguida não tinha relação com a pergunta.

– Lamento ter falado tanto na noite passada.

– Falado tanto?

– Eu devia ter sido mais... devia ter falado menos. Não era minha intenção contar tanto a você de uma vez. Não estava brincando quando mencionei o apoio visual... Seria muito melhor se você estivesse aqui fora. Além do mais, o capitão Wolfe vai me comer vivo por ter conversado com você. Mas não queria te assustar.

Ele me pareceu tão sincero nas desculpas que quase me senti mal. Sentei mais reta.

– Geralmente, quando faço uma pergunta é porque quero informação. Não tem que se desculpar. Só tem que responder.

– Está bem, então. – Mexeu-se de novo. – Os caras maus são máquinas de matar, famintas e sem consciência, que parecem pertencer a um de três tipos. Há os lobos solitários, que buscam presas em qualquer lugar. Há os zumbis, que se uniram precariamente para caçar. E há os que usam uniformes cinzas e que servem a um líder desconhecido, cuja base fica em Sabe-se Lá Onde, por razões completamente desconhecidas.

– Agora fiquei com medo – disse, sinceramente, lembrando dos uniformes dos monstros.

– Exatamente.

Abri outra fechadura.

– E por que esses aí queriam me levar?

– Não sabemos.

– Arrisque.

– Bem, suponho que é porque você é imune à Lázaro.

Com o coração disparando, bufei: – Como você sabe disso?

– Seu pai descobriu. Você me perguntou sobre a mordida que ele levou. Ele era portador da doença. E, em determinado momento, a infectou também. Mas aqui está você.

Na minha visão periférica, o mundo escureceu. Levantei a cabeça devagar e fixei os olhos na porta. Por uns bons dez minutos, esqueci como era falar.

11 Bram

– Como é que é?

Sabia perfeitamente que ela tinha me ouvido, então não repeti.

Uma fechadura abriu.

– Fale – ordenou ela.

– Eu não estava esperando por uma fechadura. Você não tem que abrir uma. – Estava adiando o inevitável, porque sabia muito bem que havia passado dos limites, contando tudo a ela. Tinha escrito o bilhete propondo essa brincadeira boba sem pensar, quando minha principal preocupação havia sido poupá-la do choque de me encontrar do lado de fora e, eventualmente, conseguir que ela fosse para o alojamento do pai.

– Fale!

Lutei contra o suspiro que queria escapar do meu peito.

– Seu pai se contaminou quando foi mordido pelo primeiro hospedeiro do Lázaro. Acontece que a coisa não o matou. O doutor Dearly me contou que achou que ia morrer, dado o que testemunhara. Logo juntou dois com dois. Escreveu cartas de despedida para você e sua mãe, e manteve uma arma perto. Acabou usando-a para matar os dois que morreram e acordaram. – Parei. Realmente, *realmente*, não estava certo de quanto mais contar a ela. O doutor Dearly havia se tornado um grande amigo desde que nos encontráramos, e eu havia sido seu confidente.

– Eu tinha o quê... oito, nove anos, quando aquilo aconteceu?

– Por aí. Não sei ao certo.

– Ele não passava muito tempo em casa, naquela época. Estava na ativa. – A voz dela era quase uma respiração. Fiquei imaginando se estava rememorando coisas, buscando sinais que não havia notado até então.

Tentei, sem sucesso, umedecer os lábios para continuar.

– Primeiramente, ficou extasiado, imaginando que poderia formular uma vacina, ou algo parecido, a partir do próprio sangue. Mas, descobriu-se depois, o organismo dele não lutou contra a doença e venceu. É... difícil de descrever. Digamos apenas que ela ficou à vontade lá, sem matá-lo. – Entrelacei os dedos das mãos e fiquei olhando para elas. – Infelizmente, ele era capaz de provocar o contágio. Foi assim que nasceu o Protocolo D.

– Protocolo D?

Recitei para ela: – Protocolo D: nenhuma pessoa viva que não desejar conhecer a sensação de sentir seu corpo parando de funcionar deve ter contato com os fluidos corporais do doutor Dearly. Isto inclui, mas não se limita, a: apertar sua mão, caso ele tenha se cortado, usar seu banheiro, ou beber da sua caneca "Eu amo Nova Londres".

Nora não respondeu imediatamente, mas depois comentou, tensa: – Muito profissional, essa sua última fala.

– Os caras que se dão bem por aqui são uns sabidos que apreciam um certo tipo de humor negro. Altas patentes incluídas.

– Então... foi por isso. Foi por isso que ele ficou longe tanto tempo. Levou uma eternidade até ele voltar daquela missão... não voltou até depois de que salvou o primeiro-ministro.

– Foi. Ele teve que voltar depois daquilo. Para participar da parada em sua homenagem, e tudo mais. Estranhariam, se ele não retornasse.

– Não entendo. Não lembro de ver monstros, ou... ficar doente. Ou ele parecer doente. Como foi que ele me infectou? Como ele saberia se tivesse me infecatdo, se sou imune? Não faz sentido.

Como Rei Mundial da Inutilidade que sou, respirei fundo e foquei na sensação de meus pulmões se expandindo com ar inútil. Adiei a resposta por cinco segundos, depois dez segundos... Não queria contar a ela. Por que raios eu tinha começado isto? Devia ter dormido no corredor sem lhe dar uma palavra de aviso. Que abrisse a porta, me visse, gritasse. Quisera poupá-la do pavor, mas, em retrospecto, penso que teria sido bem fácil de suportar. Podia tê-la beliscado nos tornozelos, para completar o susto.

Melhor ainda, podia ter feito exatamente o que Wolfe me dissera para fazer.

A ausência de sons do outro lado da porta me indicou que ela também não estava certa de querer ouvir o resto da história.

– Você se lembra de ele ter ficado... nervoso? – perguntei.

O silêncio dela comprovava para mim que tinha acertado na mosca.

– Lembro que... fomos passear no parque certo dia, depois que ele voltara. Ele ficava olhando à volta o tempo todo, ansioso, como se algo fosse atacá-lo. Minha mãe havia me prevenido: "Seu pai ficou longe de casa tanto tempo, lá nos confins do mundo, que talvez ele tenha que se acostumar com as coisas novamente". Achei que era isso.

– Isso mesmo. Senhorita Dearly, lembra-se de quando... – Agora vai. – ...quando sua mãe faleceu?

– Sim. Eu tinha nove anos... percebe, isto explica muita coisa.

Sentei-me um pouco mais ereto, alerta, especulando se ela teria chegado à conclusão correta sozinha. Soou tão animada de repente.

– Fui mandada para St. Cyprian aos nove anos. Não queria ir, e ele disse que minha mãe falava que eu tinha um gênio tão ruim, e que como minha família estava progredindo, eu precisava aprender a ser uma dama, querendo ou não. Essa atitude foi tão incoerente, porque até ali, e mesmo depois, ele sempre me encorajava a ser eu mesma. Mas não, naquele momento estava completamente convencido sobre a escola que fui mandada naquele mesmo dia. Literalmente... chutada para fora de casa. Sempre me perguntei por quê. Foi tão estranho. Provavelmente foi a coisa mais estranha que me aconteceu – até agora. Passaram-se alguns dias até que ele me contou que minha mãe estava doente, com uma febre.

Interrompi-a: – Fez isso para que você ficasse segura. Você tem que acreditar em mim, foi para mantê-la segura. Porque...

Não ia ser fácil. Nora me encorajou com um sussuro.

– Por quê?

– Não era uma febre. Sua mãe contraiu o Lázaro.

Nenhuma reação.

– Não foi de propóstio – emendei, rapidamente. – Não se sabia tanto sobre a doença como se sabe agora. Ele sabia do contágio por contato com fluidos corporais, e tomava precauções, mas, de algum jeito, ela contraiu a doença. Ele fez o que pôde por ela, mas ela não resistiu. E...

Esta era a parte ruim.

– Conte-me – disse Nora, com a voz embargada. Será que estava chorando? Senti um aperto no estômago ao saber que estava chorando de novo. Havia sido ruim o suficiente ouvi-la chorar da primeira vez.

– Ele a... manteve viva, por alguns meses. Queria tentar algum tipo de cura. Ela respondeu bem aos tratamentos, por certo tempo. E ele achou que tudo ficaria bem, que conseguiria consertar tudo, de alguma forma. Mas, às vezes, o Lázaro estraga demais o cérebro. Depois de um tempo, não era mais sua mãe. Era apenas um hospedeiro. Como aquelas coisas que vieram atrás de você. Quase nada de discernimento, alguma capacidade de obedecer ordens, não muito mais que isso.

Agora com certeza ela estava chorando, soluços que me arrebentavam por dentro. Quase testei a porta, para saber se ainda estava trancada. A única coisa que queria fazer, o instinto mais feroz que havia em mim naquele momento, era pegá-la nos braços para consolá-la.

Uma parte escura e mal-humorada do meu cérebro me lembrou de que, mesmo que pudesse, minha atitude só a deixaria ainda mais aterrorizada.

– Senhorita Dearly... Nora? – perguntei, chegando mais perto da porta.

– Por favor... não... fale – suplicou ela, entre soluços.

Assenti sem dizer nada, como se ela pudesse me ver. Ouvi-a chorar por dez minutos, ou mais. O som – e não poder fazer nada para confortá-la – tensionava meus músculos, minha mandíbula.

– Foi por isso que não me deixaram vê-la no caixão... Meu Deus! – disse ela, ofegante. – Ele a matou.

– Não! – gritei, e, em seguida, fiz um esforço para abaixar a voz. – Ele não a matou, Nora. Seu pai não é um assassino. Você sabe quantos anos ele dedicou a *salvar* a vida das pessoas?

– Anos que dedicou a salvar vidas...? Ele contaminou a minha mãe! Você está me dizendo que ele nunca contou a ela? Nunca contou a ela o que havia acontecido? Ele nunca *me* contou!

– Foi um acidente! – exclamei, mais baixo ainda. – Ele nunca teria magoado nenhuma das duas, se pudesse evitar. Foi por isso que não lhe contou. Ele amava tanto vocês duas. Desde que o conheço, fala de você o tempo todo... Ele tem sentido tanto a sua falta.

Espere.

Droga. Contei a ela.

– O que você quer dizer com "fala de você o tempo todo"?

Droga, droga, droga.

– Nora... – Eu podia consertar.

– O que você quer *dizer* com "desde que o conheço"? Você é um punk! Nunca serviu no exército com ele! Você disse que havia estado no exército com ele, quando nos encontramos na rua, mas você é um *punk*!

Ela estava ficando histérica de novo. Antes que a base inteira pudesse ouvi-la e aparecer no corredor, eu disparei: – Ele é um de nós. É um de nós, Nora... Nora, escute. Escute, vou te contar a verdade.

– Ele não é um de vocês! – gritou ela. – Ele está morto! Ele está morto *de verdade*! Eles o enterraram. *Eu* o enterrei. Eu o enterrei naquela droga de cemitério!

Ela tentou se recompor, respirando fundo várias vezes. Esperei, mentalmente escrevendo minha lápide. *Que descanse em paz, capitão Abraham R. Griswold. Foi completamente inútil e fez garotas chorarem.*

Quando conseguiu falar de novo, havia perdido a batalha contra os pulmões e estava soluçando.

– Eles me arrancaram do quarto dele no instante em que ele morreu. Não me deixaram ficar com ele...

– Porque sabiam que ele ia acordar – disse.

– Levaram o corpo envolto em uma maca, e não me deixaram acompanhar – ela chorava, a voz tremia.

– Ele estava acordado embaixo do lençol.

– Ele disse algo sobre seu corpo, instantes antes de... Meu Deus... não... não...

Comecei a achar que ela estava entrando em choque.

– Nora, deixe-me entrar. Eu juro, não vou machucar você. É a última coisa que faria.

– Não, não, não...

– Pelo menos abra a porta, Nora. Deixe-me vê-la. Ok? Abra a porta.

– *Não, não, não...*

Tomei fôlego e invoquei a assustadora voz de zumbi. Não queria fazer isso, mas talvez conseguisse tirá-la do transe.

– Nora, *abra a porta*!

De repente, silêncio.

– Nora, você está bem?

Nada.

– Nora?

Continuei chamando, mas ela não respondeu por uns dez minutos. Quando finalmente falou, eu andava de lá para cá tentando decidir se chamava Evola ou Isley – será que ela precisava de um médico vivo ou de um padre morto?

– E eu? – Sua voz estava arrasada. Fiquei com medo ao ouvi-la, do nada, no silêncio do hall.

– Como?

– E eu? E minha... imunidade?

Obriguei-me a sentar de novo.

– O que aconteceu quando você veio da escola para o funeral da sua mãe?

– O que aconteceu? Eu... – A verdade bateu nela. – Minha mão. Quebrei uma boneca de porcelana, e cortei a mão...

– Ele submeteu seu sangue a exames. Àquela altura, seu pai começara a imaginar que havia uma chance remota de ele ter te passado a capacidade de conviver com o Lázaro – se fosse verdade, não poderia te mandar de volta para a escola. Mas você superou os melhores prognósticos. Teste após teste, seu sangue se recusava a "receber" o Lázaro. Quero dizer que as proteínas da doença sequer se replicavam.

– Então, depois do funeral...

– Tudo voltou ao normal.

Ouvi-a respirar fundo.

– Ele voltou para o front e, depois disso, só o via nas férias. Mas, em algum momento, eu devo ter sido exposta.

– Certo. Confie em mim. Há frascos com seu sangue lá no laboratório... Foi clonado para pesquisa. Provavelmente dá para fazer uma transfusão completa com a quantidade de sangue que temos lá. Você é imune. – Não consegui conter um sorriso. – Você nunca será uma de nós, seja lá o que for que te aconteça. Você deve ser a única pessoa na Terra que vai morrer para sempre.

– Por quê? – perguntou.

– Genética. Sorte pura.

Ela conseguiu rir um pouco, ainda que amargamente.

– O que me torna uma aberração, tanto quanto você.

Protestei: – Não sou uma aberração.

Ela retrucou: – Ah, não é, não?

– Não. Uma aberração é algo raro. Há um batalhão inteiro nesta base, mais de cem de nós. Há mais no front, lá fora, e muitos mais ainda sob o comando do general Fulano. Pode me chamar do que quiser – cadáver, morto, assassino, se quiser. Já matei gente em confronto, admito. Mas não me chame do que não sou. Não sou uma aberração, e não sou um canibal, e...

Presunçoso, teria acrescentado ainda "não sou um monstro", se não tivesse percebido a tempo que estava falando com uma garota que tinha acabado de ver seu mundo virar de cabeça para baixo.

Pega leve, Bram. Quando é que vou aprender a calar a boca?

Ela ficou quieta por tanto tempo, depois disso, que comecei a pensar que nunca mais falaria comigo de novo.

– Senhorita Dearly? – arrisquei, finalmente.

– Pode me chamar de Nora. – A voz dela estava chorosa de novo.

– Desculpe desabafar com você. – Queria encontrar um jeito de me dar um chute no traseiro. Era só torcer a perna para trás, não devia ser muito difícil. – Vou deixá-la pensar.

– Como você sabia que estava pensando? – perguntou ela cautelosamente, como se agora desconfiasse de que eu lia pensamentos.

– Sua voz parece um sussurro quando você pensa, já notei. Minha audição é bem aguçada. Alguns médicos acham que nossos sentidos são ligeiramente aumentados, uma vez que a doença quer que cacemos.

– Tenho certeza que ser cego também ajuda.

– Como assim? – Fiquei confuso. – Não sou cego.

– Não é?

Entendi a que ela se referia.

– Não, não. Os olhos de quase todo mundo ficam opacos depois da morte. Os meus ficaram um pouco mais que o comum. Mas vejo bem. Quer dizer, quase sempre. O mundo ficou um pouco esfumaçado, mas dadas as coisas que presenciei, acho que se trata de uma vantagem.

– Você é muito... resiliente, para um morto. – A voz dela estava um pouquinho mais firme.

– E eu acho que você é muito mais forte do que qualquer um aqui imaginava. – Por que eu continuava dizendo coisas a ela, coisas que havia sido proibido de dizer, e por que ela continuava perguntando? Eu estava genuinamente impressionado.

Ouvi uma das fechaduras, e depois outra. A porta abriu devagar, deixando apenas o vão que a corrente de segurança permitia. O cômodo estava escuro, e eu não conseguia ver nada além do rosto molhado dela quando se aproximou da abertura, ainda sentada onde estava. Tinha os olhos vermelhos, muito sérios e abatidos.

– Então meu pai é um zumbi?

– É.

Com esforço, piscou e engoliu.

– Então, onde é que ele está?

12

pamela

– Saia da janela.

Fiquei imóvel.

– *Pamela Roe*, venha para cá agora mesmo.

Havia dois repórteres acampados do lado de fora da nossa casa desde a noite anterior, com seus computadores abertos, à espera dos acontecimentos. Perguntei-me quantos deles estariam atrás da tia de Nora.

Estudei-os com um misto de apatia e impertinência. Parte de mim queria sair e dar um show inesquecível – chorar e bater no peito, rasgar a roupa e implorar pela volta da minha melhor amiga.

A outra parte estava tão anestesiada que o mundo parecia passar por mim como em um sonho. Tudo era desimportante; tudo parecia destinado a apodrecer. Que diferença fazia? Iríamos todos morrer, ou ser atingidos por algo horrível. O que poderia ser tão importante para tirar aqueles homens da cama, além da avidez por tragédia? Medo dos punks? Preocupação com o bem-estar de Nora? Avareza ou ambição?

Eu estava totalmente, dolorosamente presente no mundo, e tão distante dele ao mesmo tempo.

– *Pamela*!

– Sim, mãe.

Dei um passo para trás, e a saia do meu vestido acariciou o tapete. Não abrira as cortinas, mas observara os repórteres por uma abertura do tecido fino. Como se estivesse atrás de um véu.

– Não deixe que a vejam, Pamela – afligiu-se minha mãe. – Vão acabar fotografando você e, então, o que será de nós se seu rosto for parar nos jornais?

Ela estava certa, claro. Seria bom se eu a ouvisse. Para começar, era culpa minha o fato de que ela estava presa em casa, condenada à inatividade. Minha mãe, Malati, era uma mulher grande, forte, e normalmente ajudava meu pai na padaria. Desde que Nora desaparecera, porém, ficara obrigada a agir como uma mulher "respeitável", o que significava permanecer presa em casa comigo.

Não podíamos visitar ninguém. Podíamos receber visitas, mas tinham que ser breves. Não podíamos ser vistas executando nenhum tipo de trabalho. O coração feminino idealizado era tão sensível, e estaria tão abalado pelo choque e pela tristeza em uma situação como esta, que ficar prostrada era a única reação que a sociedade esperava de nós. Se nos vissem seguindo com a vida seríamos tachadas de mulheres estranhas, cruéis, masculinas – e isso, para mim, era a morte do ponto de vista social.

Essas regras não existiam para nós antes que eu começasse a estudar na St. Cyprian. Meus pais haviam enviado uma solicitação de bolsa de estudo oito anos atrás, na tentativa de me fazer parar de chorar pelo fato de que Nora fora mandada para lá, para longe de mim. Não custara nada a eles me agradarem, e nunca imaginaram que podiam ser atendidos. O meu desejo de ficar junto da minha irmã por escolha tinha mudado nossas vidas para sempre.

Nora e a mãe dela (e suponho que também o doutor Dearly, embora ele sempre estivesse viajando) viviam em uma casa que ficava uma rua acima da padaria do meu pai. Lembro dela, pequena como eu, esgueirando-se para dentro da loja várias vezes por dia para sentir o aroma das tortas e dos biscoitos. No início, a invejara por causa dos vestidos, que eram mais bonitos que os meus, e por causa dos cachos naturais, que eram o que eu mais queria ter naquela época. Na verdade, quando nossas mães nos apresentaram, meu cumprimento foi puxar uma mão cheia daqueles cachos para ver se eram de verdade. Ela respondeu me dando um soco no nariz.

Foi amor à primeira vista.

Depois daquele primeiro – e violento – encontro, brincamos juntas, fizemos o primário juntas e praticamente vivemos uma na casa da outra. Mesmo depois que o doutor Dearly ganhou status social e a família se mudou para a mansão no subterrâneo, encontramos maneiras de nos ver todos os dias. Um dia sequer sem a outra era inimaginável. O intervalo mais longo em que ficamos afastadas foram os dois meses que transcorreram entre ela ser mandada para a St. Cyprian e eu ser aceita lá. Casos de caridade levavam tempo para serem processados. Haviam sido os dois meses mais longos e confusos da minha curta e pouco interessante vida.

Assim me encontrava agora. Sozinha, diante da possibilidade de um futuro interminável sem a Nora pendendo sobre mim, prestes a cair, como a espada de Dâmocles[10]. Pior do que se o mensageiro que batera à nossa porta na manhã anterior, tenso como pedra, tivesse informado que ela morrera. Isso teria sido o fim, pois nada haveria a fazer senão chorar, ou amaldiçoá-la para sempre.

Bem pior era não saber o que ocorrera, e não poder fazer nada a respeito. Cada vez que a horrível sensação de ignorância e desamparo me arranhava por dentro, tinha vontade de arrancar os cabelos e gritar.

Minha mãe sentou-se na sua velha cadeira de balanço e se concentrou em um bordado. Tinha mãos secas e calosas por causa do trabalho, e não estavam acostumadas aos delicados passatempos das damas da alta sociedade. Trabalhava há três anos naquele bordado.

– Estou tão preocupada quanto você, mas isso não é motivo para agir como uma possuída. Deixe que Deus te dê força.

---

[10] "Espada de Dâmocles" é uma expressão que significa que algo ruim pode acontecer a qualquer momento, e tem origem em um relato grego. (N.T.)

Fechei os olhos e concentrei-me na minha respiração. Meu corpo parecia fora de controle nas últimas horas, repuxado e esgarçado por dentro, doendo como se Nora fosse uma parte do meu corpo que tivesse sido arrancada. Obedeci à minha mãe. Rezei para que Deus tivesse piedade de nós.

Para que trouxesse Nora de volta.

Naquela tarde, três investigadores do exército vieram falar comigo. Sentei ao lado da minha mãe no nosso sofá novo de almofadas grandes, ao lado da árvore de Natal com suas velas intactas. Somente nossa cozinha e a padaria contavam com eletricidade.

Os investigadores eram homens de aparência cansada com manchas de nicotina nas mãos. Filmaram-me com uma câmera portátil enquanto eu respondia a suas perguntas. Não me acusaram de nada – e não pareciam muito interessados nas minhas respostas. Provavelmente eu estava lá embaixo na lista de suspeitos.

Não, não havia tido notícias de Nora depois que ela e a tia me deixaram em casa. Sim, recebia ligações e emails dela, e não havia chegado nenhum desde então. Sim, podiam baixar o conteúdo do meu telefone. Não, ela não parecia preocupada além do normal.

– Ela parecia um pouquinho melhor.

– Melhor? – perguntou um dos investigadores.

– Ela perdeu o pai no ano passado, e ainda estava deprimida... Comentei isso com ela, quando ainda nos encontrávamos na escola. Mas, naquele dia, ela parecia melhor. – Foi quando perdi o controle. Meus ombros começaram a sacudir. Minha mãe me abraçou. – Fomos fazer visitas. Ela disse que não queria que eu me preocupasse mais com ela. Fiquei brava por ela não se importar com a *minha* preocupação. Não estava cem por cento bem. Mas senti que podia ficar *furiosa* com ela!

– Preciso pedir aos cavalheiros que se retirem – disse meu pai. Atento à entrevista, ele ia e vinha da padaria, vestindo seu avental e com os braços cobertos de farinha. – Como podem ver, ela está muito abalada com tudo isso. Vai ficar doente.

– Claro, senhor Roe. Entraremos em contato se soubermos de algo, ou se for preciso obter mais informações.

Depois que saíram, entreguei-me às lágrimas. Minha mãe acaricou meu cabelo. Não conseguia sequer responder perguntas simples. Eu queria sair dali e *procurá-la* – drenar cada lago, rastrear cada floresta, interrogar cada suspeito. Queria ajudar, queria fazer *alguma coisa*.

Mas não era capaz de responder a uma série de simples perguntas.

Meu pai ajoelhou ao meu lado e pegou minha mão. Era um homem ativo, com a pele coberta de sardas e cabelos brancos cacheados. Tinha a voz mais suave do mundo.

– Calma, meu bem. Estão fazendo tudo o que é possível. Todos estão preocupados. É normal sentir-se assim.

– Quero Nora de volta – solucei.

– Nós também – respondeu minha mãe. Ela também chorava, a essa altura.

– Pamela, você se sentiria melhor ou pior assistindo às notícias? – perguntou meu pai.

Minha mãe havia determinado que eu não deveria ver ou ler as notícias, para me poupar. Levantei a cabeça e vi-a morder o lábio. Mas não protestou.

– Melhor. Quero saber o que está acontecendo.

Possuíamos apenas uma televisão pequena, que ficava na padaria para que os clientes se distraíssem enquanto esperavam na fila. Meu pai saiu da sala e voltou com o aparelho minutos depois. Atrás de uma pintura em tons de amarelo com uma moldura esmaltada, havia um lugar para pendurá-la. Ele me deu o velho controle remoto de madeira e latão, onde os dizeres estavam apagados pelo uso, e instalou uma extensão para poder usar a eletricidade da cozinha.

No primeiro canal estava passando uma "novela diária visual", ou NDV, como eram conhecidos esses programas. Também no segundo. Meu sangue ferveu ao pensar que, pelo que parecia, havíamos sido atacados, minha amiga fora feita refém ou morta, e as pessoas ainda estavam acompanhando essas *historinhas*. As lágrimas secaram no meu rosto.

No terceiro canal, uma personalidade televisiva de Nova Londres chamada madame Maureen Winters, estava entrevistando...

... aquela era a Mink?

Era! Fiquei ereta, boquiaberta perante a tela.

– Estamos aqui com uma das colegas da senhorita Dearly, a senhorita Vespertina Mink. Sua mãe gentilmente concordou em que ela concedesse esta entrevista, diante da necessidade de informar o público e auxiliar na investigação. Bom dia, senhorita Mink.

Vespertina fez um bico na tentiva de parecer consternada, sem sucesso. Estava usando um chapéu estilo Glengarry de cetim cor marfim, enfeitado com uma imensa pena preta.

– Bom dia, madame Winters.

– Conte-nos, como estava a senhorita Dearly na última vez que a viu, por favor.

Vespertina fingiu que pensava.

– Bem, estava muito agitada. Ela e sua colega de quarto estavam indo para casa para as festas. Ah, sua amiga é bolsista... duvido que alguém a conheça, então não mencionarei seu nome. Tão generosa, a senhorita Dearly. Sempre saindo do seu caminho para ajudar os necessitados.

Cravei os dedos no sofá.

– Não creio que algo estivesse errado fora isso. Foi muito seca comigo. Disse que esperava vê-la novamente em janeiro, e deixei-a.

Madame Winters assentiu, séria.

– A senhorita acredita que ela poderia estar ciente do ataque que ocorreria?

Vespertina juntou as mãos sobre o colo.

– Bem, não me lembro de tê-la visto tão aborrecida antes. Mas temo não poder opinar a respeito.

– É incrível como você consegue lembrar de como se vestir a cada manhã, Mink – resmunguei. Minha mãe me olhou, confusa.

– Ela estava estressada? – perguntou Winters.

– Sim, creio que sim. Porém, estou certa de que não sabia nada sobre o ataque. Por que não teria avisado alguém, se soubesse? – A expressão da Vespertina denotava uma intenção. Ela fez beicinho e acrescentou, como se só então a ideia tivesse lhe ocorrido. – Ela costuma, isso sim, assistir a holos de guerra... Fico pensando se algum deles, um especialmente violento, lhe provocou pesadelos. Creio que ela não dorme bem. De manhã sempre parece uma personagem saída de uma peça gótica.

Madame Winters inclinou-se para a frente.

– Holos de guerra?

– Sim... história dos punks, acredito eu. Consigo ouvir do outro lado da parede. Minha suíte fica ao lado do quarto dela.

Uma das minhas unhas *rasgou* o estofado.

– Meu Deus – exclamou madame Winters, lentamente. – Isso é bem... incomum para uma mocinha. E que estranho ela ter sido alvo do que parece ser, provavelmente, uma célula punk adormecida...

– Por favor, ponham o canal quatro – disse eu, levantando. Achei que ia vomitar.

Minha mãe fez o que pedi, perguntando, ao mesmo tempo: – Pamela, isso é verdade?

– Sim – respondi, abraçando o corpo com meus próprios braços. – Ela assistia a esses holos o tempo todo, pois achava que eram interessantes! Foi o pai dela que a interessou pelo assunto. Você sabe que ela puxou a ele... Ela estava escrevendo um trabalho! E agora está sabe-se lá onde, ferida, ou... E a Mink tenta arruiná-la... – Não conseguia respirar.

– Pam. – Minha mãe se levantou e me segurou pela cintura, conduzindo-me de volta ao sofá. – Acalme-se. Acalme-se ou vou desligar e seu pai...

– Não. – Respirei fundo e tentei esfriar meu rosto com as mãos. – Não, deixe ligado, por favor.

O NVIC estava transmitindo uma confusão de legendas e imagens em computação gráfica. Enquanto eu sofria por Nora, o mundo sofria pela segurança perdida. A análise mais frequente para o ocorrido era que se tratava de um ataque de punks disfarçados contra os Campos Elíseos, símbolo do orgulho neovitoriano. Acreditava-se que a inundação havia sido o início do atentado. O primeiro-ministro ainda não se pronunciara, mas outras autoridades haviam feito declarações. Afirmavam não existir razão para acreditar na iminência de outro ataque. Poucos mencionavam Nora. Para eles, o atentado em si era o mais importante.

Passei para outros canais de notícias. Alguns apresentadores defendiam que o primeiro-ministro fosse para um abrigo secreto, que chamasse de volta as tropas que estavam na América do Sul, que instaurasse um toque de recolher e que adotasse mais medidas de segurança. Queriam saber por que o vídeo do circuito interno dos Campos Elíseos não havia sido divulgado.

Na falta de fatos, todos estavam inventando suas próprias histórias.

– Sou forçado a concluir – disse, retumbante, um apresentador – que a senhorita Nora Dearly, filha de um homem-lenda do exército, fugiu com algum rapaz e que o próprio exército armou esta encenação para encobrir o fato!

Até minha mãe se espantou com essa.

– *O quê?*

Aconcheguei-me no seu ombro com os olhos ardendo de novo. Devia tê-la ouvido. Irritada, mudou de volta para o NVIC.

– Outra notícia – disse o apresentador desse canal. – Foi registrado um aumento nos atendimentos, na clínica dos Campos Elíseos, de pacientes com sintomas estranhos. Porta-vozes do ministério da Saúde se recusaram a comentar se há motivo real para preocupação, mas recomendam que qualquer um com algum dos seguintes sintomas procure atendimento imediato: surto de febre alta seguido de queda abrupta na temperatura corporal; palidez excessiva ou hematomas na pele; convulsões; perda de coordenação motora; demência; e dor nas extremidades do corpo. Não há evidências de que a doença, se é que se trata de uma doença, seja transmissível das maneiras comuns.

Começava a me sentir apática de novo, e não prestei atenção à reportagem. Nada me importava, se não fosse sobre a Nora.

Minha mãe bateu no meu ombro de leve.

– Você não quer subir e tomar um banho? Vou preparar o jantar.

Triste, assenti, e levantei. Ela deixou a televisão ligada. Estava subindo a escada quando meu irmão, Isambard, entrou em casa. Ele cumprimentou nossa mãe, que respondeu de volta. Esses ruídos, tão normais, me pareciam totalmente estranhos agora. Continuei subindo, em direção ao silêncio.

No quarto, sozinha, fechei os olhos e tentei apagar tudo à minha volta. Tentei internalizar a sensação de segurança que me oferecia o pequeno cômodo com móveis de segunda mão, paredes amarelas desenxabidas e piso sem encerar. Autoconfiança, resignação. Rosto sereno, boca fechada: era a expressão que eu devia oferecer ao mundo.

Tentei me convencer de que seria o que Nora faria.

Sabia que era mentira.

13 • nora

Ontem havia sido um dia duro.

Depois que perguntei a Bram onde estava meu pai, ele respondeu: – A pergunta abrange toda a questão... dos zumbis?

– Sim. Tudo.

– Está bem. – Ele parecia mais tranquilo agora que podia me ver. Mas eu não conseguia olhar para ele, ainda. – Lá vai. Alguns dias atrás recebemos uma transmissão do líder dos caras maus de quem te falei. Há tempos tentávamos interceptar algo. É uma longa história. A mensagem dizia que iriam atrás de você.

– Por causa da minha imunidade. Ou seja lá o que for. Entendi.

– Depois que deixamos a base, parece que seu pai pegou um avião do hangar para ir buscá-la, sozinho. Desnecessário dizer que não conseguiu. Perdemos contato com a aeronave logo depois.

– Então vocês não sabem onde ele está.

– Não.

– Por que ele fez isso?

– Gostaria de poder responder. Seu pai ficou apavorado. Furioso. Nunca o vi tão furioso.

– Mas ele... – torci a saia da camisola. – Se ele ficou tão preocupado comigo, por que foi que ele... morreu? Quero dizer, por que me deixou acreditar que havia morrido? O que você está me dizendo é que ele estava aqui, andando para lá e para cá, há *um ano*? E nunca tentou me avisar que estava bem, que estava seguro?

Bram suspirou.

– O que você teria feito se ele tivesse te contatado, Nora? – desenhou um círculo no ar, à volta do rosto. – Não podemos viver às claras. Tudo isto é uma droga de um grande segredo de Estado. Os militares mantêm o assunto em sigilo há anos. Você acha que uma pessoa normal consegue lidar com isto? Se a população soubesse, seria o caos.

Senti calor.

– Não estou falando de ele ir a uma reunião na escola, ou me levar às compras. Estou falando de me mandar uma mensagem, sabe, para me fazer saber que não estava morto *de verdade*!

– Nora, não sei por que ele fez isso... mas seja lá qual for a razão, acreditou que era o melhor para você. Estou aqui há anos e nunca escrevi para minha mãe.

– E ele nunca contou para a *minha mãe*. Ele a *contaminou*!

– Sinto muito.

– E a que raios ele se dedicava aqui?

– Trabalhava para encontrar uma vacina.

– Ah, *agora* ele se preocupa com isso!

– Nora...

Levei alguns instantes para conseguir pronunciar um simples "volto já."

– Nora? – Bram ficou de joelhos.

Levantei e me afastei da porta. Tinha que andar. Tinha que respirar. Meus sentimentos eram tão contraditórios – ódio, raiva, alegria, medo – que não conseguia racionalizar. Precisava criar espaço para a razão.

Senti que precisaria de mais que alguns minutos para conseguir fazer isso.

– Nora? – a voz dele estava ficando preocupada de novo.

Voltei para a porta.

– Preciso de tempo. Por favor, você pode ir... embora? Vá embora, e não volte até amanhã de manhã.

– Essa é a sua pergunta final? – perguntou ele, olhando para a corrente de segurança. – Entendo que a situação toda é esquisita – acredite em mim –, mas não temos muito tempo. Meu superior vai voltar logo, e o último lugar do mundo em que ele quer te encontrar é no meu quarto.

– É mais um pedido que uma pergunta. – Ainda estava dolorida por ter ficado sentada no chão e minha cabeça parecia cheia de chiclete – sentia uma mistura de sobrecarga de informação com fadiga.

Ele assentiu.

– Justo. – Em seguida perguntou, como se temesse uma negativa: – Posso te dar uma coisa antes de ir?

– Pode, se ela puder passar por essa abertura e se não esteve viva em nenhum momento nos últimos oito anos.

Bram riu.

– Fora a cabeça, você não precisa se preocupar com nenhuma parte reanimada do corpo.

O envelope velho que Bram fora buscar havia sido lacrado. Não soube o que continha até que fechei a porta e, com cautela, rasguei-o com meus dedos de unhas quebradas – como se uma traça-zumbi estivesse prestes a sair de dentro e me atacar. Ao abrir o papel, reconheci a letra floreada do meu pai. Dentro do envelope, junto com a carta, havia um tubo prateado de uns cinco centímetros de comprimento – era um cilíndro de vídeo antigo. As máquinas novas sequer tinham entrada para eles.

Furiosa, joguei a carta sobre a escrivaninha. Não podia lê-la, não naquele momento. Ainda estava lidando com o fato de que meu pai, aparentemente, ainda era capaz de escrever... Estava lidando com o fato de que estava vivo, vivo de uma maneira esquisita, e que nunca havia tentado me *contar* isso.

Bram fez o que pedi, e não voltou. A única pessoa que ouvi ao longo daquele dia foi o doutor Elpinoy. Cada vez que trazia minha comida tentava começar uma conversa, mas eu me retraía. Passei o dia deitada na cama do Bram, ou marchando sobre o carpete do quarto, tentando em vão juntar os pensamentos. Os ponteiros do relógio pareciam voar sobre as horas.

Confusa, demorei um pouco para perceber que havia parado de pensar no meu pai e estava ponderando sobre sair daquele quarto.

A ideia era ao mesmo tempo boba e inevitável. Alguns pensamentos em torno dela incluíam: que idiota seria eu de fazer isso; e como, muito brevemente, de algum lugar na vida após a morte, um homem chamado Darwin iria rir de mim. Considerei, de verdade, quais seriam as chances reais de ser comida viva.

Era difícil me concentrar. Raramente havia silêncio total em torno daquele quarto. Podia ouvir os ruídos de outros cômodos – barulho de botas e móveis, murmúrios, rádios. Parecia que os não vivos, por algum motivo, adoravam música. A certa altura ouvi um barulho molhado que minha imaginação transformou imediatamente em um banquete – ideia que me arrepiou a pele e não ajudou em nada meu processo de decisão.

Foi Elpinoy, e não Bram, quem me deu alguma segurança, sem saber. Ele continuava aparecendo, vivo. Falara com os zumbis com condescendência, não com medo. Ninguém ousaria agir assim com quem poderia reagir arrancando todos os seus membros.

Assim, apesar do fato de que meu instinto de sobrevivência gritava como um bêbado no meio da noite, comecei a aceitar que, se quisesse saber mais sobre meu pai, teria de sair dali e me enturmar com os zumbis. Quando reconheci que as opções eram a morte ou ficar para o resto da vida fechada em um cômodo sem janelas, me senti mais ou menos em paz com a decisão.

Dormi profundamente depois disso, e acordei no dia seguinte pronta para admitir que estava... curiosa.

A carta do meu pai serviu de reforço.

Nora,

A esta altura, minha querida, homens de uniforme vieram te avisar que morri. Terão te entregado esta mensagem. Provavelmente trouxeram outras cartas e a ban-

deira para confirmar o fato. O próprio primeiro-ministro deve ter vindo te visitar – se morri, ele saberia, não é?

Não acredite neles nem por um segundo.

Observe.

Amo você demais para deixá-la, jamais.

Com amor,

Papai

Com todas as letras: não tinha a menor ideia do que a carta significava. Ele desejara que fosse entregue a mim depois que se transformou em um monstro? Depois da farsa de sua morte, apenas doze curtos meses atrás? Será que minha mãe recebeu a carta que Bram mencionou que ele havia escrito para ela? Na verdade, tudo o que a carta confirmava era que Bram estava dizendo a verdade.

Precisava ver o que havia naquele cilindro.

Mas, antes, tinha que me arrumar.

Foi bom sentir a água morna na pele.

Esfreguei-me ritualisticamente pela terceira vez com o que sobrara do sabonete líquido que a doutora Chase tinha trazido para mim. Quando fechava os olhos, ainda via aqueles seres apodrecidos, com órbitas vazias e dentes rangendo. No entanto, começava a pensar menos em me limpar daquela experiência, e mais em aceitar o fato de que nunca mais me sentiria limpa de novo.

De qualqur forma, o sabonete tinha acabado.

Fechei a água e saí do chuveiro. Não havia espelho no banheiro. Sequei o cabelo com uma cotalha e vesti as roupas que haviam me dado, antes de arrumar a bolsa de lona. Coloquei dentro o cilindro junto com as outras coisas.

Pelo relógio, eram quase seis da manhã. Sentei na cama e fiquei olhando os segundos passarem. Bram ia aparecer em algum momento, só não sabia quando.

Percebi que estava incomodada por não ter um espelho – mais incomodada do que deveria. Tentei ignorar a sensação, secando mais o cabelo e arrumando os cachos com os dedos, como sempre fazia. Depois de falar tanto de doença e morte, meu subconsciente decidira que minha sanidade mental dependia de euconseguir ver meu rosto em um espelho.

Levantei e fui até a escrivaninha. Não havia nada lá remotamente parecido com um espelho. Em nome da ciência, folheei devagar os livros do Bram. Nenhum era digital. Ele possuía uma bíblia, uma gramática de escola, alguns romances de aventura (sobre exploradores em terras geladas) e um grande livro ilustrado de biologia. Abri esse último. Estava bem usado, com orelhas nas páginas e muitas anotações. Ele havia gastado um bom tempo tentando identificar os grupos musculares do corpo humano.

Debaixo destes deveria estar tudo bem, escreveu na margem. *Tentar sentir com dedos?*

Irk.

Coloquei os livros de volta no lugar e comecei a abrir as gavetas. Na de cima havia alguns lápis, uma tesoura e um apontador na forma de globo terrestre. Na de baixo havia documentos. Dei uma olhada neles, pegando para ler os que pareciam interessantes. Achei seus papéis do alistamento de dois anos atrás. Recortes de jornais dos punks, que me encantaram tanto pela textura e pelas fontes estranhas, quanto pelo conteúdo. Detalhavam tópicos como escassez de comida e racionamento, previsão do tempo e eventos sociais em torno das igrejas. "*O Bolo Beijo da senhora Moreau foi muito apreciado, como sempre.*"

Ao colocá-los de volta, notei que havia outro livro na gaveta: um digidiário.

Abri-o. A tela acendeu, mostrando uma foto em sépia. Mostrava um rapaz forte e musculoso ao lado de uma casa bem cuidada de madeira, junto de duas meninas pequenas que usavam aventais sem estampas. A resolução não era boa, e fiquei imaginando se aquele moço seria o Bram. Olhei para ele por um tempo – o cabelo era parecido – e desisti de resistir: comecei a folhear.

"Senha?", perguntou a coisa com voz feminina. Levei um tremendo susto.

"Mmm..." Não tinha a menor ideia. Em vez de desistir ali mesmo, decidi fazer uma tentativa. "Zumbi?"

Um bipe alto confirmou que não era.

"Não vivo? Bram. Abraham? Capitão? Bing Crosby!"

Tentei todas as palavras que eu agora conseguia associar com a pessoa que conhecia como Bram, mas nenhuma funcionou. Fechei o diário com um suspiro, colocando-o por baixo dos documentos. Tentaria mais tarde.

Finalmente, abri o armário. Do lado de dentro da porta havia um espelho de corpo inteiro.

Minha aparência dava medo.

Levei dez minutos mexendo no cabelo úmido, ajustando o corselete e arrumando o vestido azul – que havia sido feito para alguém com mais busto que eu e estava folgado na frente. Nunca havia usado maquiagem na vida, mas mordisquei os lábios e belisquei as bochecas para ganhar um pouco de cor. *Melhor eu parecer mais viva que aqueles defuntos.*

De pé na frente do espelho, analisando meu reflexo, tive outra ideia.

Peguei a tesoura da escrivaninha e cortei o vestido pouco abaixo dos joelhos. Rasguei o pedaço de tecido cortado, transformando-o em uma fita para prender o cabelo. Cortei as pontas e joguei os pedaços no cesto. *Tchan.*

Bastante orgulhosa de mim mesma, olhei para o espelho. Analisando o que tinha feito, ocorreu-me que ninguém além de mim mesma tinha visto tanto das minhas pernas em muitos anos. Como todas as meninas, havia começado a usar saias longas com quinze anos. Senti um pouco de vergonha, mas sacudi a sensação balançando a cabeça. Era um mal necessário – ficava mais fácil eu me movimentar usando um vestido mais curto. Vantagem tática.

Concluída a reforma na minha vestimenta, passei a explorar o guarda-roupa. A maior parte das peças era de vestuário militar. Uniforme camuflado cinza, camisetas pretas, o macacão que vestira quando apareceu no telhado. O último conjunto era, concluí, o uniforme de cerimônia. Era feito de lã preta e o casaco tinha um colarinho alto em estilo mandarim. Na parte externa das calças, uma listra vermelha de alto a baixo. Fiquei na ponta dos pés para ver as condecorações: eram as comuns para capitão, mas as franjas dos ombros eram vermelhas em vez de douradas, como de costume. Em cada ombro havia um brasão bordado onde se via um Z sob dois anéis entrelaçados.

Nas gavetas havia acessórios e sapatos. Ele calçava 44. Nenhum lenço – o que fazia sentido. Ele possuía um relógio de bolso leve feito de metal barato, com a mesma foto do digidiário colada dentro, e uma câmera que já havia visto dias melhores.

Em outra gaveta encontrei roupa de baixo – cuecas pretas.

Comecei a rir convulsivamente. Zumbis usavam cuecas?

– Nora?

Pulei de susto, como se a roupa de baixo dele tivesse tentado me morder.

– Sim? – falei, fininho.

– Então você acordou.

Coloquei a mão sobre o peito para tentar acalmar meu coração, que disparara. Ia ser agora.

– A... cordei.

Nenhum dos dois falou nada, até que ele disse: – Então... Você vai se juntar a nós hoje?

Pensei por um instante no assunto. Eu ia?

– Sim – respondi. Pronto: assinei debaixo do meu próprio atestado de óbito.

Cheguei perto da cama e peguei a bolsa de lona. Coloquei-a a tiracolo e nesse momento vi o ursinho. Peguei-o também.

Senti um pânico e uma tontura tão fortes que podia jurar que foi a porta que veio até mim, em vez do contrário. Levei um, dois minutos até destrancar a última fechadura. Parei com a mão na maçaneta. Ele devia ter ouvido a corrente cair, mas não fez menção de tocar na porta. Parecia conformado em respeitar o meu ritmo.

Respirei fundo e a abri totalmente. Com os olhos fechados, coloquei as duas mãos para fora do quarto, segurando o ursinho.

– É o seguinte: um movimento em falso e o ursinho já era.

Fiquei naquela posição por meio segundo e abri os olhos.

Bram estava parado, mal contendo um sorriso.

– Bom dia para você também. – Ele baixou os olhos do meu rosto para as pernas com meias. – Alice.

Não soube o que responder. Foi então que me dei conta – meias brancas, vestido azul, fita no cabelo. Baixei o ursinho, e senti as bochecas esquentarem.

– O rosto fica aqui, senhor coelho. E isso é para facilitar a minha vida, caso eu tenha que correr para me salvar.

Ele riu. Congelei ao ouvi-lo. Quase senti o ar sendo sugado à nossa volta. E percebi quão perto eu me encontrava desse moço não vivo, e como ele era *real*, e como era *alto*. Uma cabeça e meia mais que eu, magro, mas obviamente forte. Lembrei dos sapatos enormes dentro do armário e minha boca secou. Ele podia me cortar em dois, se quisesse.

Provavelmente *queria*.

Mas, em vez de fazer isso, curvou-se para me cumprimentar.

– Capitão Abraham Griswold, a seu dispor.

Abracei o ursinho e olhei para ele, me sentindo como uma criança assustada.

– Bom... dia.

Bram ficou imóvel. Olhou para mim com seus olhos prateados, e eu olhei de volta. Estranhei que não fosse tão feio assim. Vestia camiseta preta e calças camufladas, e o cabelo estava molhado e penteado para trás. Os braços brancos como gelo estavam cobertos de cicatrizes assustadoras, mas, fora isso, nada estava... quebrado. Ou faltando. Nada nele era excessivamente esquisito. Fosse lá o que fosse que meu pai tivesse descoberto no campo da preservação de corpos, funcionava bem. Ou Bram tivera sorte. Um abençoado entre os zumbis.

– Você tomou café da manhã?

Fiz que não com a cabeça.

– Gostaria de comer algo?

– Vou ter que olhar você comer?

– Não, se não quiser.

Fiz que sim.

Bem devagar, ofereceu-me o braço.

Apertei o ursinho dele tão forte que a cabeça quase caiu. *De jeito nenhum.*

– Está bem. – Pareceu aceitar o fato de que eu não estava preparada para tocá-lo. – Vamos seguir por este corredor aqui. Ele leva até a área médica. É lá que você encontrará a maior parte dos vivos da base.

– Antes, quero uma arma. – Tinha decidido fazer essa exigência durante a segunda parte do banho.

Bram levantou uma sobrancelha.

– Devo confiar em você com uma arma?

Fiquei um pouquinho mais ereta.

– Meu pai me ensinou a atirar. A primeira lição foi responsabilidade. Não quero ferir ninguém, só quero sentir que posso me defender.

– Pergunta dois, então. Você troca o urso pela arma? Correndo o risco de parecer covarde, não gostaria de vê-lo em meio a um fogo cruzado. Na verdade, não é meu.

– Feito. – Estava surpresa por ele ter concordado. – Mas não te dou o urso até receber minha arma.

Vi que Bram quis rir de novo, mas se conteve.

– De acordo. Então vamos pegar outro corredor. Ah, minhas pernas são compridas. Eu ando rápido mesmo quando ando devagar. Entendo que você quer vir atrás de mim, e não na frente?

Lindo, estávamos nos entendendo.

Bram andou mesmo devagar – um andar tenso, quase como o de um avô. Mancava ligeiramente do lado direito. Os braços praticamente não balançavam. Era um pouco assustador. Mesmo andando normalmente foi fácil segui-lo.

Havia portas ao longo de todo o corredor, que era escuro e baixo. Vi algumas delas abrir ao passarmos, e rapidamente fecharem de novo. Fiquei nervosa. Quando chegamos ao outro corredor, mais largo e iluminado, estava toda arrepiada. Felizmente, não havia ninguém ali.

– O arsenal fica naquela porta grande – disse Bram, apontando. Parada atrás dele, vi quando digitou uma senha em um teclado e inclinou-se para fazer o scanner dos olhos.

– Isso deve ser inconveniente para os que perdem os olhos – comentei.

– Tenho um amigo que está tão apegado ao seu que vai ficar com ele até que apodreça. Talvez você o tenha visto. Não usa o olho nas missões porque cai facilmente.

Estremeci ao lembrar-me do zumbi com a órbita vazia.

O computador confirmou que Bram era Bram e a porta abriu. De trás dele, espiei para dentro.

Meu Pai do céu.

Devolvi o ursinho ao entrar. Era o paraíso dos amantes de armas. Rifles e espingardas e trabucos organizados por calibre e modelo estavam acomodados ao longo das paredes. Nas prateleiras, vários tipos de equipamentos. Os armários estavam repletos de gavetas de vidro à prova de balas, onde estavam armazenados todo tipo de granada e revóver de que eu já ouvira falar. Abri uma gaveta para examinar seu conteúdo. A bandeira de Nova Victoria – azul pontuada por estrelas brancas – estava gravada em todas as peças. Ou os não vivos estavam cheios de dinheiro para gastar no mercado negro ou era tudo legítimo.

Naquele momento me dei conta que Bram estava parado na porta segurando o urso e me olhando. Virei-me para ele.

– Que tipo de arma você quer?

– Bem, minha maior experiência é com calibre 22. Meu pai me ensinou a atirar com uma e eu cursei tiro ao alvo na aula de educação física na escola.

– Nem sempre um calibre 22 tem força suficiente para sair do outro lado de um crânio. Lembre-se sempre de mirar na cabeça, qualquer outra coisa é desperdício de munição. Honestamente, eu recomendo uma espingarda. Sei que é trabalhosa de recarregar, mas, por causa do seu tamanho, quanto mais poder de fogo melhor. Ou... – Ele colocou o ursinho sobre um dos armários mais baixos – com bastante cuidado, notei – e abriu uma das gavetas. – Talvez uma pistola .38 ou .45.

Ousei me aproximar e olhar para as armas.

– Não tive muita oportunidade de usar essas.

Bram tocou o vidro e apareceram botões vermelhos translúcidos. Ele digitou outro código de acesso.

– Nada melhor do que hoje para aprender, não? Vamos pegar uma espingarda e uma pistola. Sabe aquele ditado, "que os melhores sobrevivam"? Você e eu sabemos que se trata mais de "que sobrevivam os mais bem armados". Dentes, armas, é tudo a mesma coisa.

Dez minutos depois eu carregava uma espingarda a tiracolo e uma pistola em um coldre preso à cintura, e andávamos pelo corredor que levava de volta ao quarto dele. Sentia-me mais segura com as armas junto ao corpo, mesmo que, admito, só soubesse usar cinquenta por cento delas. Daria um jeito nisso logo.

Paramos para que Bram pudesse deixar o ursinho no quarto, antes de retomar o que íamos fazer antes.

– Por que anda tão devagar – perguntei. – Ouvi você disparando pelo corredor antes. Está machucado? É por isso que manca?

Ele me olhou.

– Não, o mancar é... um ferimento antigo. Contei que nosso corpo não se cura mais. Evitamos desgastá-lo quando possível. Se não preciso correr, não corro.

– Mas você canta. E fala muito. Não vai gastar as cordas vocais com o tempo?

Uma sombra de sorriso passou pelo seu rosto.

– É preciso ter alguma alegria na vida. Senão, vale para quê?

– Boa resposta. Você tem uma voz bonita.

Ele deu um sorriso encabulado de menino.

– Obrigada.

Continuamos andando, mas ele não tirou os olhos de mim. Imaginei que não precisava olhar para a frente porque caminhava muito devagar, e também porque conhecia o corredor muito bem.

– Tem certeza que você está bem?

Engoli seco.

– Tão bem quanto possível.

Então, olhou para a frente e disse: – Certo. Prepare-se.

Um alarme disparou dentro da minha cabeça.

– Para quê?

– Um monte de gente mostrando os dentes para você.

Hein?

Chegamos a um outro corredor largo e bem iluminado, igual ao que levava ao arsenal. As janelas ao longo das paredes pareciam laboratórios e anfiteatros médicos. Havia portas de aço de folha dupla com janelas reforçadas nas duas extremidades do corredor e do outro lado dava para ver a luz do sol.

Ao contrário do outro corredor, este estava repleto de gente. Enfermeiras, médicos, técnicos e vários zumbis. Todos paravam de falar à medida que eu passava. Um deles virou-se e correu para dentro de um dos laboratórios. Todos os que estavam lá dentro se aproximaram da janela para me espiar. Tudo parou. Não se ouvia palavra.

Até que os não vivos começaram a cochichar entre si, com os olhos em mim.

Minha mão deslizou em direção à pistola.

– Senhorita Dearly! – Era a voz do doutor Elpinoy. Os grupos se abriram para lhe dar passagem. – Que bom vê-la! Pobrezinha! Devo mandar buscar o café da manhã? – Ele se virou para um homem vivo. – Você, vá avisar a cozinha. Aqui, nós...

Saquei a pistola, só para provar que era capaz. Segurei-a com as duas mãos, mirando para o chão. Não desarmei a trava de segurança. Elpinoy congelou no lugar. Ouvi gente engasgando.

Bram me advertiu.

– Nora... Lembra aquela coisa de "responsabilidade"?

Apertei os olhos e tirei uns cachos do rosto com um movimento de cabeça.

– Fique bem aí, doutor.

– Você deu *armas* a ela? – perguntou Elpinoy, lívido. – Você deu *armas* à garota? – Gesticulou várias vezes e sem sentido, até soltar um agudo "*Por quê?*"

– Porque ela pediu – respondeu Bram, simplesmente.

– Bram entendeu certo – acrescentei, tentando fazer uma voz um pouco mais grave. Não funcionou muito bem. – Confie em mim. Não quero ferir nenhum de vocês. Só quero que as coisas aconteçam no meu ritmo, e quero receber informação quando pedir. Entendido?

Uma garota zumbi deu um gritinho.

– Uau, ela não é uma boboca. Vamos *fazer* uma festa do pijama! – Reconheci nela uma das vozes do corredor.

– Posso olhar? – emendou um zumbi sem nariz.

Olhei para ele, pensando em quem atiraria primeiro, mas por motivos completamente alheios à minha segurança.

Bram chegou mais perto de mim.

– Nora, agora guarda isso. – Instintivamente, dei um passo para trás, e encarei-o. Estava sério. – Por enquanto. Ninguém está te atacando.

Apertei os lábios e, devagar, guardei a pistola no coldre.

– Certo. – Nervoso, o doutor Elpinoy ajustou o colete. – Certo. A sala do seu pai é por aqui.

– Há um aparelho de vídeo lá, para um antigo minicilindro?

– Sim, deveria haver.

Olhei de novo para Bram, que assentiu. Seguindo seu conselho silencioso, decidi arriscar e ir atrás do doutor Elpinoy.

14 Bram

Tom sorria feito um bobo quando passei por ele. Parecia ainda mais um peixe com presas.

– Eu totalmente percebi – vangloriou-se. – Acho que me apaixonei.

– Vou brigar com você por ela – respondeu Cas.

Os dois me seguiram. Virei-me e bloqueei o caminho deles.

– Não. Ainda não. Vão buscar Coalhouse e Ren. Encontrem comigo no refeitório daqui uma hora. – Quando vi a expressão decepcionada deles, completei: – Vou tentar trazê-la comigo.

Reclamando, mas só um pouco, foram fazer o que pedi.

Quando Nora se afastou de mim, percebi qual era a zona de conforto dela. Um metro, mais ou menos. Mantive essa distância quando entramos na sala do Dearly, e, com o olhar, mandei que Elpinoy fizesse o mesmo. Observei-a enquanto se familiarizava com o ambiente, com o olhar alerta e cauteloso, e os músculos tensos. Estava pronta para fugir a qualquer instante. Como não precisava de mais predadores em potencial em torno dela, fechei a porta.

O barulho fez com que ela me olhasse imediatamente, e antes que perguntasse, tranquilizei-a: – É para que ninguém entre, não para te prender aqui. – Por causa do meu comentário aparentemente gratuito, Elpinoy fez uma de suas caras esquisitas. Mas a única pessoa que importava assentiu.

Eu não entrava no escritório de Dearly há vários dias. Tudo estava como ele havia deixado. O Protocolo D determinava que ficasse isolado dos demais profissionais vivos da base, então ele usufruía de três cômodos interligados: quarto, escritório e um pequeno laboratório. O lugar estava tomado por aparelhos, livros e móveis pesados. A parede estava coberta de anotações e pequenas pinturas emolduradas. O gosto dele por decoração rebuscada não funcionava bem em uma instalação militar.

– A senhorita pode ficar instalada aqui, de agora em diante – disse Elpinoy, abrindo caminho na bagunça em direção a uma das portas. – Este é o quarto de seu pai. – Abriu, olhou e fechou a porta de novo. – Vamos mandar um dos soldados para fazer uma faxina apropriada, naturalmente.

Nora me olhou de novo.

– Se meu pai tem um quarto, por que fui colocada no seu?

– Por causa das fechaduras – lembrei-a. – Estes cômodos não têm. O doutor Dearly quis estar acessível a qualquer momento, especialmente se fosse necessário abatê-lo. Era o plano de contingência dele.

Ela arregalou ainda mais os olhos. Achei que isso não fosse possível.

– Abatê-lo? Você quer dizer... matá-lo?

Tentei mudar de assunto, apontando para a porta do laboratório.

– Seu pai não queria colocar ninguém em perigo. Como você viu, há muitos funcionários vivos aqui. Eles vêm em escalas da base Alfa, que fica mais ao norte, para reduzir o tempo total de exposição. Não há não vivos lá. Mas seu pai não queria ficar na Alfa. Sentia-se mais confortável aqui, conosco, mesmo antes de morrer.

Nora colocou a bolsa de lona sobre a escrivaninha, e parou um instante para observar as fotografias expostas ali. Pegou uma, em preto e branco. Era dela.

– Como é que você sabe todas essas coisas sobre meu pai?

Olhei para o Elpinoy. As chances de ela acreditar eram maiores se ele contasse. Elpinou me olhou, sério, mantendo-me em suspense, antes de afirmar: – Bem, seu pai e o capitão Griswold são muito próximos.

Encarou-me. Eu suspeitava, estranhamente, que se continuasse falando sobre como o pai dela e eu nos dávamos bem, ela poderia achar que eu estava inventando, e isso era a última coisa com a qual queria sobrecarregá-la. Mas, como sempre, minha boca falou.

– Ele está me ensinando biologia e química. Pedi a ele, um ano atrás... depois que ele morreu. Achei que seria bom ter algum conhecimento na área médica. Foi ele quem me achou, quando acompanhava alguns soldados em um treinamento. Eu estava... ele falou comigo como se eu fosse uma criança.

Mordi a língua e lutei contra a vontade de bater a cabeça na parede.

Ela sorriu, bem pouquinho.

E o mundo virou um lugar feliz.

– É aqui que ele tem trabalhado – continuei, em um tom um pouco alto, indo para o laboratório. Nora procurou algo dentro da bolsa. Logo ela e Elpinoy se juntaram a mim.

Embora minúsculo, aquele era um dos laboratórios mais importantes da base. Havia vários computadores lá dentro, cada um com uma tela alta e segmentada que podia ser ajustada para a tarefa em curso. Nos balcões, gabinetes, aparelhos e pias, havia instrumentos apropriados para pesquisas de medicina e a genética. Uma máquina comprida, preta, cheia de arestas dominava um dos cantos. Eu não tinha muita informação sobre esse aparelho ainda, mas sabia que era usado para sintetizar medicamentos.

Nora olhou para uma unidade de refrigeração envidraçada.

– Tudo isso é meu? – Eram frascos contendo sangue.

– É tudo seu. – Sentei na frente de um dos computadores e apertei algumas teclas. Os monitores à nossa volta se acenderam.

– Vocês vão usá-lo para conseguir uma cura?

– Não, eu o estou estudando – respondeu Elpinoy. – Isso soa íntimo, eu sei. Estamos procurando uma vacina, mas pessoalmente acredito que uma solução mais permanente está no campo da terapia genética. Seu DNA e o do seu pai podem nos ajudar.

Nora virou-se para as telas dos computadores. Quando voltou a falar, sua voz estava tensa.

– Mas vocês não acharam nada, ainda?

– Não – respondi. – Mas até onde sei, estão chegando cada dia mais perto de uma vacina. Seu pai estava analisando a última leva de modelos computacionais quando saiu daqui em disparada.

– Estamos trabalhando a partir da informação que ele deixou – interrompeu Elpinoy. – Temos tudo... mas ninguém entende as coisas do jeito que ele entende. Lázaro é a vida dele há quase uma década. Provavelmente conseguiremos dar continuidade ao trabalho, mas muito mais devagar. E, agora, estamos ficando sem tempo.

Nora ficou na ponta dos pés para olhar para as telas.

– E por isso precisam dele de volta.

Assenti.

– É, por causa disso e porque ele é o herói nacional do Partido dos Zumbis.

Elpinoy, desta vez, não fez um comentário idiota e pomposo.

– Amamos seu pai, senhorita Dearly. Isso não é uma questão política.

Não queria parecer presunçoso perante a garota que considerava o pai morto há mais de um ano, mas completei: – Acho que falo pelo coletivo dos não vivos quando digo que iríamos até o inferno buscá-lo, com ou sem vacina. E, se você pensar bem, não é que a vacina vai ajudar *a nós* de alguma maneira.

– Isso tudo é muito comovente, mas, neste momento, ele não é meu herói. – Ela ainda mantinha os olhos fixos nos monitores. Abriu a mão, revelando o minicilindro de gravação de vídeo. – Coloque isto para funcionar.

– Não é a sua... – Elpinoy arregalou os olhos e virou-se para mim. – Bram, o que você fez?

Peguei o cilindro e abri a bandeja de um dos computadores para colocá-lo dentro.

– Ela merece saber o que está acontecendo, Ric. – Fechei o compartimento com o cotovelo, apagando as luzes ao mesmo tempo.

– Sim, mas...

O doutor Dearly o interrompeu com um suave "Olá, NãNã."

O rosto dele apareceu em uma das telas. Ficamos em silêncio. Era surpreendente ver Victor tão jovem. Seu rosto redondo, mas aristocrático, tinha menos rugas, seu cabelo liso era totalmente preto em vez de grisalho, dava para ver os olhos marrons por baixo das pálpebras caídas, atrás da lente dos óculos.

Nora deixou cair os braços.

O doutor Dearly, pálido e tremendo, estava sentado em frente a uma tenda verde manchada de sangue. Alguém havia tentado limpar o local, mas por alguma razão havia parado no meio da tarefa.

– Lamento ter que fazer isto desta forma, minha querida. Juro que não quero magoá-la. É que... não tenho certeza de quanto tempo mais tenho. Preciso fazer isto antes de me tornar... inumano.

– É ele mesmo – sussurrou Nora.

– Como você pode ver, uma coisa muito ruim aconteceu aqui. E se você recebeu isto, eu não sobrevivi. Não estou certo de quanto devo te contar, porque provavelmente o governo vai abafar o assunto... Não deixarão que ninguém saiba. Você é uma garota inteligente, Nora, então destrua o cilindro depois de ver. Bata nele com um martelo até que vire pó, ou jogue-o no fogo, e não diga uma palavra sobre ele a ninguém.

Tirou os óculos e secou a testa. Suava como um cavalo de corrida. Eu sentia a língua pesada dentro da boca. Lembro-me de ter ficado bastante confuso mais ou menos nessa fase.

De repente, senti que não deveria estar ali. A mensagem era para ela. Mas não conseguia tirar os olhos da tela.

O fato de que Dearly havia gravado *qualquer coisa* realmente me comoveu.

– Você deve ter ouvido algum padre, em alguma sessão da escola dominical, dizer que ser apegado demais a coisas materiais é perigoso. Esse padre não iria gostar do que estou prestes a te contar, mas ele está cheio de titica de galinha. Muito mais poderosos que a religião ou o dinheiro, ou as a terras, ou até a violência, são os símbolos. Símbolos são histórias. Símbolos são pinturas, ou coisas, ou ideias que representam outra coisa. Os seres humanos atribuem tanto significado e importância aos símbolos que eles podem dar esperança, representar deuses ou convencer uma pessoa de que ela está morrendo. À sua volta há diversos símbolos da minha pessoa. Sou todas as coisas que toquei na vida. Sou cada lembrança que você tem de mim. Sou também a cada menção que se faz a meu nome. Existo em cada átomo do seu sangue.

Olhou para a câmera. Estava chorando.

– Sei que estou falando de forma cifrada, mas é a única que faz sentido agora. Querida, sinta-me nas coisas. Sinta-me dentro de você e saiba que não era minha intenção te deixar. Seja corajosa. Mas não acredite naqueles que dizem que morri. Não morri. É impossível aos humanos realmente morrer. Deixamos coisas demais para trás para morrer de verdade.

– Desligue. – Nora estava com lágrimas nos olhos novamente.

– Está quase terminando – disse a ela, olhando para o relógio digital do aparelho. Minicilindros só comportavam cinco minutos de gravação.

– Eu te amo, Nora – disse o doutor Dearly, encarando a câmera. – Sinto muito.

A tela ficou preta. Acendi as luzes rapidamente. Ela se encostara no balcão. Lágrimas escorriam por seu rosto

– Senhorita Dearly – disse Elpinoy.

– Não me chame assim – retrucou Nora. – Não me chame assim! Não tenho nada a ver com esse... esse mentiroso! Ele mentiu para mim! Nunca me contou nada disso, e sempre acreditei que éramos nós dois contra o mundo!

Decidi me arriscar, e puxei a cadeira um pouco mais para perto dela.

– Nora, ele te ama. Vamos encontrá-lo.

– Não quero encontrá-lo! – Afastou-se, olhando-me com raiva. – Não quero vê-lo nunca mais! Quer sair correndo para encontrá-lo? Fique à vontade! Ele morreu para mim, morreu, morreu, morreu!

Ela saiu do laboratório pisando duro e se jogou na cadeira de couro do escritório do pai. Olhei para Elpinoy, pronto para receber um olhar de repreensão, mas vi que ele também não sabia o que fazer.

– O que vamos fazer?

Fui atrás dela para descobrir.

Nora estava toda encolhida na cadeira. Ajoelhei-me ao lado dela.

– O que você quer que façamos por você?

Não respondeu. Recolhia-se para dentro de si mesma sempre que ficava sobrecarregada. Sentia-me inútil, mas era mais fácil lidar com o silêncio dela quando podia vê-la. Apoiei-me na escrivaninha e fiquei ouvindo o som dos computadores e do relógio de madeira de Dearly. Esperei.

Depois de vinte minutos, Nora voltou-se para mim com o queixo erguido e uma expressão teimosa, mas sua voz estava calma.

– Uma vacina também não vai me ajudar em nada. O que me coloca, acho, no lobby dos não vivos também.

– É, acho que sim – concordei, sem entender bem.

– É meu dever te ajudar.

– É?

Percebendo que eu não estava entendendo, suspirou e ergueu-se.

– Olha, já entendi. Posso estar meio lenta, mas estou entendendo. Estou percebendo que não há como voltar a ser normal depois disto tudo. Independentemente de como me sinto sobre meu pai, sou um pouco como ele agora. Estou no seu time. De certa forma, fui mordida também.

Entendi.

– Ok.

Ela afastou o cabelo dos olhos.

– Então vamos em frente. E agora?

Elpinoy estava de queixo caído.

– Senhorita Dearly, realmente... se a senhorita ficar aqui, à vontade, terá um pouco mais de tempo para pensar...

– Se pensar mais um pouco vou enlouquecer – respondeu ela. – Pensei tudo que tinha que pensar na noite passada. Agora, preciso me ocupar. Dê-me algo para fazer.

– O capitão Wolfe não vai concordar.

Encostei a cabeça na parede.

– Ric, onde está o capitão Wolfe? – perguntei.

– Ainda na patrulha com a tropa. Deve chegar a qualquer momento. Na verdade, eu devia passar um rádio para ele. Disse que não usássemos o rádio, pelo risco de os Cinzas nos interceptarem, mas eu podia dizer que...

– Quer ir agora mesmo conhecer outro zumbi? – perguntei a Nora. – Prometo que ele é provavelmente o cara menos perigoso aqui. Vai poder nos ajudar.

Elpinoy perdeu o fio da meada.

– Bram, o que você está fazendo?

– Com certeza – respondeu Nora. – Por que não?

Levantei e dei um sorriso inocente para o Elpinoy.

– Vou apresentá-la ao doutor Sam e pedir que ele dê uma aula de Laz. Por aqui, Nora.

– Não faça isso, Bram! Ela não está pronta – ei, espere!

O hall estava vazio. Imaginei que alguém, provavelmente o próprio Samedi, tinha dado ordem para que todos voltassem ao trabalho. Quando chegamos à porta certa, abri-a para Nora. Ela olhou para mim e entrou. Eu a segui, sem esperar por Elpinoy, que teve que fazer esforço para abri-la sozinho.

– Agora prepare-se para uma boa dose de esquisitisse – alertei.

– Vai ser a vigésima do dia – sussurrou ela em resposta.

O laboratório onde estávamos tinha a mesma planta que o de Dearly – três cômodos conectados por portas. As deste, porém, eram reforçadíssimas e tinham fechaduras eletrônicas. Havia cinco ou seis pessoas trabalhando, e todas pararam quando perceberam quem acabara de entrar.

Uma delas se aproximou de nós rapidamente. A doutora Beryl Chase era uma mulher de trinta e poucos anos, curvilínea, com cabelos louros e olhos cor de maçã verde. Usava uma saia preta e uma blusa de gola alta sob o avental.

– Senhorita Dearly, que alegria vê-la! – Olhou para o vestido dela e riu. – Duvido que vá preencher esse vestido algum dia, mas por enquanto está bom. A senhorita tem... um gosto apurado.

Nora percebeu quem ela era antes mesmo de eu apresentá-las.

– Você é a doutora Chase. Mandou a bolsa.

Beryl assentiu.

– Sim, sou eu.

Nora esboçou um sorriso.

– Obrigada. Reconheci sua voz como sendo a do corredor, ontem – não sabia quem era do lado de fora. Desculpe ter gritado. E não vou cortar o outro vestido. Pagarei por eles.

Beryl fez um gesto com a mão.

– Não se preocupe com isso. De vez em quanto uma moça precisa dar um bom grito.

– Quanta verdade em poucas palavras. – Era a voz do doutor Samedi.

Nora olhou na direção do som.

Esperei pelo choque.

Ela pulou como um gato e se escondeu atrás de mim.

– Ai-meu-Deus, ai-meu-Deus, ai-Meu-Deus – gaguejou ela, agarrando minha cintura.

Fiquei tenso. Não esperava por *aquilo*.

O doutor Samedi se aproximou – um corpo vestido como médico mas... sem cabeça. Em volta do pescoço, acima do colarinho e da gravata azul, havia um anel de aço com cabeças de parafusos arredondadas em volta.

– Tudo bem, senhorita Dearly. – Beryl olhou, brava, na direção do corpo, que congelou no lugar. – Baldwin, coloque a *cabeça*. Você a está assustando.

– Nora – disse eu, suavemente. – Observe. É estranho, mas você vai gostar, tenho certeza. E pode me soltar agora, vai me deixar com hematomas.

Nora respirou fundo e, cautelosamente, espiou. Os dedos desgrudaram de mim devagar.

Samedi suspirou. – Está bem, está bem. – Voltou para a estação de trabalho de onde viera. Sua cabeça estava acomodada em uma estrutura de metal, posicionada de forma que pudesse olhar o que estava fazendo. Pegou-a cuidadosamente e, depois de alguns cliques, recolocou-a no corpo. Tirou os óculos e piscou várias vezes. Estava na meia-idade quando morrera, tinha cabelos castanhos ondulados e olhos expressivos, quase femininos. A pele era cinza agora, e exibia várias linhas de pontos e grampos cruzando a testa e o lado esquerdo do rosto, onde sofrera um grande corte. Não tinha a orelha esquerda.

– Melhor assim, Beryl? – perguntou Samedi, estalando o pescoço.

– Muito melhor. Senhorita Dearly, tudo em ordem.

Nora olhava para o médico com os olhos esbugalhados.

– Quero ir para casa. Esqueça aquele meu discurso, quero ir para casa.

Sussurrei para ela: – Estamos trabalhando nisso, lembra? – E, virando-me para o doutor, perguntei, mais alto: – E aí, Sam. Como vai?

– Quero ir para casa *agora*.

– Tão bem quanto se poderia esperar – respondeu ele, chegando perto. Sorriu para Nora e fez uma reverência. – Doutor Baldwin Samedi. É uma honra conhecê-la, senhorita Dearly.

Nora perguntou, sem se mexer: – Como é que você consegue se *mover* sem a *cabeça*?

Beryl riu.

– Como sempre, Sam arrasando com as mulheres.

– Está dizendo que arraso com você, doutora Chase? – Samedi fingiu-se chocado, mas, concentrando-se de novo, dirigiu-se a Nora: – Bem, mocinha, consigo me mover sem a cabeça porque, essencialmente, meu cérebro está aqui. – Tocou o anel de metal em torno do pescoço. – Há eletrodos sem fio implantados no meu crânio que se comunicam com o anel, que por sua vez abastece minha coluna vertebral com informação, o que possibilita os movimentos. Eventualmente, algo pode não funcionar, razão pela qual mantemos a doutora Chase por perto – ela sabe onde fica o botão de *reset*.

Por trás de Samedi, Beryl fez de conta que batia nele com um bastão.

Hora de eu falar de novo.

– O doutor Samedi e a doutora Chase são os melhores engenheiros daqui. Ajustam nossos equipamentos e criam próteses para alguns de nós.

– Próteses? Como... braços falsos, esse tipo de coisa?

– Isso.

– A cibernética proporciona uma melhor qualidade de vida pós-morte – comentou Beryl, ajustando seu crachá de identificação.

– Sam, fiquei pensando se você nos daria uma aula sobre o Laz. Tenho tentado passar informação para Nora aos poucos, mas seria bom ela ouvir sobre as coisas de um médico.

Samedi inclinou a cabeça.

– Médico? Sou um engenheiro, não um epidemiologista. Com o Dearly ausente, isso é prerrogativa do Elpinoy.

Elpinoy ajustou o paletó, como se a roupa pudesse protegê-lo.

– Não. Não vou fazer isso. Já estamos totalmente fora de linha. *Wolfe vai ficar furioso.*

– Entendo seu ponto – disse Samedi.

– Oops – falei só com os lábios, olhando para Elpinoy.

Samedi aproximou-se de um computador e digitou um comando, fazendo aparecer algumas linhas de pastas em um monitor. Passou por elas até encontrar uma imagem do príon de Lázaro. Ao apertar um botão, apareceu um holograma sobre uma tela horizontal que estava próxima. Nora chegou perto para ver melhor.

– Príon Zr-068. – Samedi era perfeito para a tarefa. Sua voz parecia com a de um narrador de documentário, totalmente profissional e sem humor.

– O que é um príon? – perguntou Nora.

– É uma proteína. Nada mais. Não está viva nem morta. É uma porção de material biológico de construção. Na realidade, a maior parte de nós tem essa mesma proteína no corpo desde a concepção, e ela não nos prejudica em nada. – Mudou a imagem. – A diferença é que o príon do Lázaro se dobra de uma forma diferente – literalmente, está amassado, com outro formato. Uma vez introduzida no corpo, essa proteína doente começa a se replicar dizendo para nossas proteínas originais se dobrarem. É uma espécie de origami fatal. A síndrome começa a se manifestar. É uma doença incrivelmente rápida – o período de incubação é de seis horas, em média.

Nora estava estupefata.

– Morre-se em seis *horas*?

– Você morre, e, logo depois, não mais. O corpo se reanima em qualquer momento entre um segundo e seis minutos depois da morte. Quanto mais rápido isso acontecer, mais saudável você será. O cérebro não perece até que o coração e os pulmões parem... é a falta de oxigênio que o mata. Então, o estado da pessoa no momento da reanimação depende de quanto tempo o cérebro ficou sem oxigênio. É totalmente possível reanimar alguém completamente morto do ponto de vista cerebral. – Ele fez uma careta. – Essas são as criaturas mais desafortunadas.

Nora esfregou um pulso no outro.

– Como pode uma proteína causar tanto dano?

– Os príons são também responsáveis pela doença da vaca louca. Danificam os tecidos, especialmente os do cérebro. Acontece que este é especialmente virulento. Não entendemos completamente ainda como ou por que funciona da maneira como funciona. Tudo o que sabemos é que reanima e controla o corpo, para depois se transmitir para outro hospedeiro através dos fluidos corporais. O contágio também se dá por comer carne de animais infectados. Foi provavelmente assim que tudo começou, entre os animais. Embora pareça que nesta forma, não os infecta.

Samedi colocou uma imagem da Nora na tela, o que a fez estremecer.

– Dito isso, informo que você é imune – parabéns, por falar nisso –, porque foi abençoada com uma variação genética que a torna incrivelmente resistente ao Zr-068. Provavelmente a forma mais fácil de explicar o fato é dizer que suas proteínas se recusam a dobrar.

– Minha mãe estava certa – Nora sussurrou –, *até meus genes são teimosos.*

– Seu pai tem uma variação genética ligeiramente diferente, mas não menos surpreendente. No caso dele, pouquíssimas proteínas foram destruídas, e ele viveu feliz e sem sintomas durante muitos anos, até que uma doença não relacionada a tudo isto o enfraqueceu.

– Ok. Então por que o desenvolvimento de uma vacina está demorando tanto? – perguntou Nora.

– Bem, o doutor Elpinoy nunca admitirá, mas ele sofre de ansiedade de desempenho e...

– Cale a boca, seu canalha – retrucou finalmente Elpinoy. Ele descruzou os braços e começou a explicar: – Senhorita Dearly, é difícil. O sistema imunológico humano não ataca os príons, porque não os vê como intrusos. Considera-os proteínas normais. É por isso que estou aqui. O que seu pai e eu estamos fazendo é tentar atrelar o príon do Lázaro a uma bactéria geneticamente alterada, que o sistema imunológico reconheça como ruim e ataque. Se tivermos sorte, ela pode ensinar o corpo a reagir a algo que normalmente ignoraria. Mas é complicado e potencialmente perigoso. Se não for construída com muito cuidado...

– Pode infectar as pessoas ao receberem a vacina – completou Nora. Ela era do tipo que aprendia rápido.

Samedi encarou-a por um instante, antes de fingir que limpava uma lágrima.

– Nunca achei que ficaria tão impressionado com a juventude de hoje em dia. Por sua causa e do Bram começo a pensar que não estamos perdidos, afinal.

Elipinoy suspirou.

– Sim, quase isso. Existe também o risco de que o sistema imunológico acabe atacando todas as formas de proteínas, as boas e as más. Afinal, tecnicamente, são constituídas da mesma matéria.

Nora continuou olhando Samedi com interesse, embora acuada pela desconfiança.

– E quanto a quem já morreu?

Beryl entrou na conversa.

– Mantemos os infectados funcionando. Ministramos compostos que matam microorganismos e desaceleram a decomposição. Por alguma razão que ainda precisamos entender, insetos como moscas e besouros não chegam nem perto deles. Talvez algo lhes indique que não são seguros como alimento. Seja lá como for, são coisas como vermes e bactérias os agentes responsáveis pelo que chamamos de decomposição "úmida".

– Nojento – esclareceu Samedi, imitando minhocas com os dedos.

Beryl reprovou-o balançando a cabeça e continuou explicando: – Eles se decompõem de forma "seca". Basicamente, estão embalsamados. Então o Baldwin aqui não vai virar um balão cheio de gases, ou começar a criar mofo, ou seja lá o que for. Como as bactérias são responsáveis pela maioria dos odores do nosso corpo, não cheiram coisa morta nem nada parecido. Desgastam-se, é verdade, mas nesse aspecto já podemos ajudá-los. O que não conseguimos deter são os príons que comem o cérebro. Conseguimos desacelerá-los significativamente, mas não pará-los.

– Então, poderia haver cura? – Nora me espiou pelo canto dos olhos. Olhei para o chão. Conhecia essa resposta.

– Não – respondeu a Beryl. – Os príons não podem ser destruídos. Tentamos antibióticos, antiretrovirais, ácido...

– Congelar os tecidos, queimá-los... – listou o Samedi.

– Colocá-los no autoclave às vezes funciona, mas não o suficiente para confiarmos completamente. Mmm... que mais? Testamos todo tipo de produto para limpeza industrial...

– Os pratos que sua mãe cozinha...

– *Radiação* não funciona...

– Foram encontrados príons em ossos humanos enterrados há milhares de anos – Samedi abriu os braços. – Não é possível matá-los, porque não estão vivos! Eu, particularmente, digo "bem-vindos, senhores supremos príons". Fizeram de mim o que sou hoje.

Ouvi minha própria voz dizer: – Além disso, a "cura" poderia somente... nos matar de verdade.

Ergui os olhos. Nora olhava para mim. Não conseguia ler a expressão dela, inicialmente, mas quando levou as mãos às têmporas e fechou os olhos devagar, percebi que estava um pouco pálida.

– Ok, chega de aula de ciência.

– Que tal irmos tomar café da manhã? Disse a meus amigos que talvez fôssemos encontrá-los, se você tivesse vontade.

Nora ficou imóvel por um segundo, mas concordou: – Está bem.

Elpinoy saiu correndo de trás de mim, provavelmente em direção ao refeitório, para latir ordens para quem o ouvisse. Abri a porta para Nora.

– Doutora Chase, doutor Samedi, obrigada – disse ela.

– Por nada – respondeu Beryl, com um sorriso maternal.

– Estaremos aqui a semana toda – comunicou Samedi.

Nora não me olhou quando passou por mim. Segui-a e, dando alguns dos meus passos normais, ultrapassei-a.

– Muito bem, em frente. Vamos cruzar o pátio...

15

pamela

A batida foi educada e precisa, então soube imediatamente quem estava à porta.

– Entre, Isambard.

Olhei para o espelho da minha penteadeira quando meu irmão entrou. Era um jovem esbelto de catorze anos, tinha cabelo castanho liso, olhos marrons e uma pinta bastante grande no rosto. Fechou a porta e curvou-se afetadamente para me cumprimentar. Movi a cabeça só para ele não reclamar que não tinha feito a minha "reverência" e voltei a olhar para o espelho. Geralmente não havia formalidades entre irmãos, mas Isambar fazia questão delas.

– O que é?

Estava me preparando para o muito esperado pronunciamento do primeiro-ministro, para o qual havíamos sido convidados. Um oficial viera entregar a meu pai um envelope branco, grosso, fechado com um selo de cera azul perolada. Somente o primeiro-ministro podia usar aquela cor, então soubemos imediatamente que se tratava de algo importante.

"O primeiro-ministro apresenta seus sentimentos pela dor que devem estar sentindo, sendo amigos da senhorita Dearly", disse o enviado, curvando-se. "Deseja que saibam que o pai dele sempre teve carinho por ela. Ficará honrado se puderem comparecer ao pronunciamento, como seus convidados."

Foi quando entendi que o envelope não continha más notícias sobre Nora, e quase desmaiei de alívio. Isambard, por outro lado, ficou tão excitado que quase teve que respirar dentro de um saco de papel para não desmaiar. Suspeito que durante aquela manhã seus colegas não o ouviram falar de outra coisa que não fosse aquele o convite. Ele ainda frequentava a escola pública onde eu estudara até ir para St. Cyprian.

Isambard mostrou duas gravatas – uma preta com finas listras cinzas, outra preta com pequenas bolas vermelhas.

– Não possuo uma gravata preta lisa. Qual das duas você acha que é mais apropriada? – perguntou ele.

Olhei para elas.

– Não acho que isso importe, Issy.

– Importa sim!

– A de listras então.

– Mas as listras saíram de moda na estação passada, agora tudo vem com bolinhas...

– Dê-me forças, Senhor. – Levantei-me da penteadeira. Estava usando o vestido cor de lavanda novamente. O tecido era leve e fresco, e, devido à lembrança de tê-lo usado pela primeira vez naquelas visitas que fiz com Nora, parecia gelado em contato com minha pele – mas eu não tinha um melhor.

– Coloque a de listras.

Isambard fez uma careta e murmurou entredentes palavras provavelmente malcriadas, mas colocou a gravata em torno do pescoço.

– Fico doente de pensar – murmurei, dobrando a peça de bolinhas e me esforçando para não chorar – que estamos aqui nos preocupando com o que usar para um evento social, e a minha melhor amiga pode estar morta em um buraco qualquer por aí.

– Talvez – retrucou Isambard. – O que você não percebe é que uma boa apresentação de nossa parte pode convencer os ricos a nos ajudar.

Uma brisa leve moveu as cortinas de crochê da única janela do meu quarto e balançou também as condecorações das competições de arco e flecha que eu havia prendido na parede oposta.

– Logicamente sei que todo o possível está sendo feito para encontrar Nora.

Ele acomodou a gravata dentro do colete.

– Quem disse que eu estava falando dela?

Consegui ouvir o sangue correndo dentro dos ouvidos.

– O quê?

Os lábios de Isambard se transformaram em uma linha dura.

– Falo sério, Pamela. Isto poderia ser uma grande chance para nós, se você parar de ser tão egoísta.

Passaram-se um milhão de anos dentro da minha cabeça antes que eu conseguisse pronunciar qualquer coisa.

– Egoísta? – A palavra não saiu tão forçada quanto eu desejara.

Meu irmão se aproximou, falando rápido como um eleitor que matraca um pedido quando consegue encurralar um parlamentar em público.

– Sim! Você nunca consegue tirar vantagem das oportunidades que aparecem! Bom, você ficou amiga da menina que é a filha do herói nacional! Mandou um pedido de bolsa de estudos e foi parar na mais importante escola dos Territórios! Isso não é sorte – é desejo divino, Pam. Para todos nós! Tudo o que você tem que fazer é conseguir um bom casamento, e então ficaremos ricos!

– O quê? – repeti, sem acreditar no que estava ouvindo. Novamente, a palavra não soou como deveria.

– Se você for rápida, ainda poderei entrar na St. Arcadian antes de terminarem meus anos de estudo, tenho certeza! Mamãe e papai terão menos preocupações...

– St. Arcadian? – Era a melhor escola para rapazes dos Territórios. Forcei-o a dar uns passos para trás. – Está me dizendo que devo usar essa...

visibilidade, essa "oportunidade", ou seja lá qual for o nome que você dá à situação presente, para... para chamar a atenção sobre mim?

– Claro! – respondeu ele, como se aquilo fosse a coisa mais natural do mundo. – Quero dizer, ninguém vai se importar com a nossa família de outro jeito. Por que não tentar aparecer enquanto podemos?

– St. Arcadian – repeti para mim mesma, ainda estupefata com as palavras do meu irmão. Então consegui falar: – Você é muito burro para entrar lá por si mesmo, não é? Quem é o egoísta aqui? – Sabia que ele havia se candidatado duas vezes – e fora rejeitado em ambas.

– Cale-se! – respondeu meu irmão com o rosto contorcido de fúria.

– Cale-se *você*! Não venha me impor sua subserviência, seu alpinista social! Tive sorte, sim, e vou fazer o que quiser com ela! Além do mais, tudo isso não diz respeito a nós – é do destino de Nora que estamos falando!

Isambard exaltou-se ainda mais: – Então vai deixar que soframos? Você acha que vou ser um *padeiro* sem nome? Nunca! Não pertenço a este lugar. Sou *esperto* demais para ficar aqui.

– Fique à vontade para partir, irmão, mas não ouse mencionar nossa mãe e nosso pai. Eles são pessoas que têm orgulho, jamais aceitariam o que você está dizendo.

– Por que você não pergunta à mamãe por que ela aceitou ficar enclausurada aqui dentro, sentada e bordando, hein? Se ela fosse tão orgulhosa assim teria mandado as tradições às favas e estaria trabalhando na padaria enquanto nós dois estamos aqui *conversando*.

– Ela está fazendo isso para me proteger do constrangimento. Nunca pedi nada a ela! – Sentia o rosto quente, e não saberia dizer quão alto estava falando.

– E por que você precisa ser protegida do constrangimento, se não se importa com o que a elite pensa de você? – retrucou ele, empinando o nariz.

– Saia. – Escancarei a porta. – Saia, e nunca mais ponha os pés aqui, está me ouvindo? Você é louco.

Minha mãe apareceu no topo da escada.

– O que é isto? O que está acontecendo?

– Nada.

– Nada – concordou Isambard, emburrado.

Ela nos mediu de alto a baixo antes de ordenar que ele se retirasse para o quarto. Arrancando a gravata da minha mão, saiu pisando duro, depois de me lançar um olhar de fogo. Encarei-o com firmeza e tentei fechar a porta.

– Pamela, não se atreva a fechar a porta para sua mãe – Parei e fitei-a. Ela abaixou a cabeça. – Não quero ouvi-la elevar a voz nunca mais. Entendido?

– Isambard me disse...

– Não importa o que ele disse. Não importa o que ninguém disser. Estamos indo para um encontro social nesta manhã. Sei que está aborrecida – todos estamos. Mas você tem que manter a frieza e comportar-se como uma dama. Damas jamais erguem a voz.

Horrizada, percebi que Isambard estava certo.

– Não sou uma dama – lembrei-a com voz trêmula. – Meu pai faz pão.

– Mas pode se *tornar* uma dama. Pode conquistar uma vida melhor. – Tocou meu rosto com as duas mãos. – Você é uma menina inteligente. *Pense*.

Tive dificuldade para engolir, com ela segurando minha cabeça daquele jeito. Tentei desesperadamente conter as lágrimas. Pensei no que poderia dizer para me livrar daquela situação. Mas tudo o que consegui murmurar foi um "está bem".

Ela assentiu e me beijou na fronte. Voltando para a escada, falou alto, para Isambard ouvir.

– O café da manhã estará pronto em poucos minutos.

Fechei a porta e ajoelhei-me, para tentar rezar por força e paciência.

Acabei batendo no chão com as mãos espalmadas até não sentir mais dor alguma.

Depois de um café da manhã triste e constrangedor, caminhamos até a praça da cidade. Ficava a mais de um quilômetro de distância, mas era praticamente um trajeto em linha reta a partir da George Street.

Os edifícios de Nova Londres eram uma mistura de construções do pré-guerra reformadas e novos prédios. O que hoje era a Catedral de Nossa Senhora, por exemplo, fora, séculos atrás, um banco no qual haviam sido instaladas colunas e uma estátua de granito da santa. Esta, com a cabeça inclinada para baixo, observava do alto o movimento da rua. Dependendo do custo e da necessidade, algumas pessoas construíam estruturas de concreto sem adornos e projetavam nelas fachadas holográficas. Quando faltava energia, as projeções desapareciam, e a cidade parecia ter saído de um bombardeio silencioso, ou da pilhagem de um exército-fantasma.

A rua estava agitada. Eram onze da manhã de uma terça-feira, o que significava que tínhamos que disputar espaço com consumidores, trabalhadores e crianças voltando da escola. Entregadores usando boinas carregavam pacotes e corriam entre carros e pedestres. Levavam pequenos monitores presos aos pulsos, através dos quais recebiam ordens e mapas para se orientar. Ambulantes ofereciam mercadorias em carrinhos, aos gritos.

– Maçãs por quilo!

– Está lendo *Barney, o Vampiro*? Acaba de sair o último fascículo dessa incrível série de bolso! Baixe já em seu digidiário!

– Brinquedos de corda! Perfeitos para presentear no Natal! Cachorros, pôneis, bailarinas!

As televisões dentro das residências e das lojas mostravam a mesma cena – correspondentes esperando do lado de fora da prefeitura a chegada dos convidados para o pronunciamento do primeiro-ministro. Anúncios digitais mostravam ofertas customizadas quando passávamos, pois os chips que levávamos implantados no corpo eram lidos por sensores, e a publicidade, adaptada de acordo com as informações existentes sobre cada um. Sendo uma adolescente, supunha-se que eu estaria interessada em cosméticos e nos lançamentos de tecidos e acabamentos para a primavera. Isambard virou-se para prestar atenção justamente para esse anúncio. O céu acima de nós estava pontilhado de dirigíveis prateados, a maioria militares. Havia alguns, porém, que exibiam convocações para estreias de teatro e novos programas de televisão. Jovens vestindo roupas bem usadas, mas limpas, vendiam verduras, legumes e flores em cestas acomodadas sob os toldos das lojas e dos teatros. Uma delas cantava acompanhada de um violão.

Olhei para as garotas, profundamente emocionada. Prometi que, se Nora voltasse algum dia, me casaria com o homem mais feio e fedorento do mundo para poder comprar todas as flores que quisesse, e assim enterrar minha amiga sob a beleza e o perfume delas.

Chegamos à prefeitura entre os primeiros convidados. Havia uma barreira para conter a imprensa, de forma que conseguimos passar, embora os repórteres gritassem na tentativa de falar conosco. Meu pai, usando sua melhor roupa e sem farinha na cabeça, apresentou o convite ao guarda, que nos deixou entrar.

A prefeitura era um palácio construído em granito e ferro. O piso do interior era de mármore, e nas paredes estavam esculpidos os bustos dos primeiros-ministros anteriores. Nos tetos havia pinturas do dilúvio narrado no Gênesis. Era um tema recorrente no design neovitoriano, uma vez que nossos antepassados se consideravam sobreviventes de um dilúvio de cinzas, gelo e neve.

– Valha-me Deus – ouvi minha mãe exclamar com uma voz que denotava surpresa e respeito.

Fomos conduzidos ao segundo andar, onde havia um anfiteatro decorado em dourado e veludo onde se sentavam quinhentas pessoas, ou até mais. Havia funcionários trabalhando no palco e os repórteres instalavam equipamentos nos fundos do recinto. Acima do palco, em uma grande placa de mármore, viam-se gravadas as palavras "Indústria, Honra, Civilidade, Fé".

– O primeiro-ministro ficará honrado se vocês se sentarem na primeira fileira – disse o guarda. Juro que meu irmão quase teve um ataque do coração. Minha mãe se esgueirou entre nós dois, e fiquei agradecida a ela.

Reconheci algumas das pessoas que se acomodaram por perto. De forma inesperada, eu e minhas colegas de escola acabamos apresentando nossas famílias. Foi um grande prazer mencionar meu irmão por último, todas as vezes. Disseram-nos que estavam rezando por Nora, e agradecemos. No entanto, à medida que o salão se enchia, as apresentações foram rareando, e nos tornamos apenas mais uma família na multidão.

– Conhece muitos deles, não? – comentou Isambard, petulante. Ignorei-o, porque estava certo. Havia passado mais tempo com "eles" do que com minha própria família nos últimos oito anos.

Ainda assim, sabia que, no fundo, jamais me aceitariam completamente. Isambard nunca entenderia isso. Achava que tudo era tão fácil.

Dez minutos depois, o primeiro-ministro adjunto entrou no palco. A luz das luminárias a gás das paredes suavizou-se e ouviram-se as últimas tosses. Leques abanavam sob o lusco-fusco artificial.

– Damas e cavalheiros de Nova Londres – começou. Ele tinha a idade de meu pai. Era um homem atraente, com pele cor de terra queimada pelo sol. – É uma satisfação recebê-los aqui hoje. Estou muito, muito feliz de vê-los. Nestes tempos de desafios nosso povo permanecerá forte. É a capacidade de seguir adiante com a vida que nos tornará vencedores no final. A própria presença de todos aqui é um golpe para o inimigo.

Houve um estrondoso aplauso.

– Como de costume, tenho a honra de apresentar o primeiro-ministro de Nova Victoria, senhor Aloysius Ayles.

Quando ele entrou no palco, todos se puseram de pé para saudá-lo. Ainda não tinha chegado aos cinquenta anos, mas rugas já marcavam os cantos dos olhos e da boca. Sua pele era cor de melado e o cabelo, preto, mesma cor do bigode e do cavanhaque. Parecia-se muito com o pai, que se aposentara da vida pública havia muitos anos.

Fez um gesto para que nos sentássemos.

– Lamento dizer – começou – que não tenho notícias sobre os ataques ou sobre a senhorita Dearly. Naturalmente, ela está em nossas orações.

Lutei de novo contra mais uma torrente de lágrimas.

– Convidei-os aqui hoje com pouca antecedência, e peço desculpas por isso. Deveria ter me pronunciado antes. Toda minha atenção tem se voltado para colocar nossos melhores e mais capazes homens no rastro dos vilões responsáveis pelo ocorrido e trazê-los à justiça.

– Do ponto de vista prático, informo que chamamos de volta três companhias do exército, posicionando-as mais próximas daqui. Simultaneamente, reorganizamos as tropas para acirrar os esforços em todas as frentes onde há combate ativo contra o inimigo. Também há uma grande força-tarefa dedicada unicamente a localizar e trazer de volta a senhorita Dearly.

A cada palavra, aumentava a tensão em sua voz.

– Por que fizeram isto? O plano era assassinar, estuprar, pilhar? Não temos confirmação de mortes e nenhum indício de que outras residências tenham sido atacadas, além daquela que pertencia ao falecido doutor Victor Dearly. Obviamente, foi uma missão com um alvo muito preciso. Qual era o objetivo, então? Acredito que a intenção era nos aterrorizar. Fazer com que mudássemos nosso modo de vida. Nada de novo. Coisas assim continuarão acontecendo enquanto os seres humanos ainda tiverem capacidade de sentir medo.

Tentei relaxar meus ombros tensos. Olhei para minha família. Meu pai ouvia atentamente, minha mãe lacrimejava um pouco. Isambard olhava em volta tentando não parecer que olhava em volta. Sua postura praticamente gritava: – Adotem-me! *Alguém aí preste atenção em mim e adote-me!*

Ayles baixou os olhos para o púlpito e pegou um punhado de papéis. Mostrou-os à plateia.

– Segundo estas anotações, eu deveria lhes dizer que nossos ancestrais não fugiram de alguma coisa. Fugiram *em direção a* algo. E, a seguir, deveria explicar aos senhores o que é que os punks acham tão abominável nesse destino. Mas, esta manhã, decidi que não devo tratá-los como crianças. Todos conhecem nossa história. Todos sabem o que faz de nós a tribo mais forte do continente. Escolhemos, após um longo período de sangue e lágrimas, fixar o olhar em uma estrela e retornar a uma era de civilidade, de ordem e de beleza. Escolhemos honrar aqueles que morreram para nos legar um lugar na história, fazendo com que esse lugar merecesse atenção. Abraçamos valores como poderio militar, elevados padrões de conduta e de moral, e progresso tecnológico. O que nos torna a tribo mais forte do continente é o fato de que um grupo que se opõe a esses valores – um grupo para o qual a humanidade deveria permanecer em uma nova era de trevas – tem permissão para expressar suas opiniões, crescer, existir… E, que, tendo se tornado uma violenta organização terrorista, tem permissão para viver em suas próprias terras, *terras tiradas daqueles que atacaram e que continuam a atacar*! – Nesse momento, teve que parar de falar – a força dos aplausos suplantava sua voz amplificada.

Continuou, quando pôde voltar a falar: – Eles esperam que o medo faça com que nos tornemos como eles… Obtusos, cegos, raivosos. Nossa sociedade permanecerá aberta e livre enquanto eu estiver de pé. Jamais nos renderemos aos desígnios dos nossos agressores doentiamente desumanos. E agradeço a todos e a cada um que está aqui hoje, e que saiu à rua atendendo ao chamado de seu líder. Podem não ter percebido, mas foi um ato nobre e de sacrifício o que fizeram. Enquanto nossa sociedade for forte, *nós* seremos fortes.

Fiquei de pé como todos, embora não tenha aplaudido. Qual era a razão de tudo aquilo? Os punks queriam que vivêssemos como eles? Ficaria mais do que feliz em ser uma fazendeira com um arado de madeira, se Nora estivesse do meu lado. Eu me ofereceria em troca, para que os punks a trouxessem de volta. O progresso não significava *tanto* para mim.

Ao mesmo tempo, não conseguia evitar o pensamento de que se eles realmente a tivessem levado, e se tivessem lhe feito algum mal – eu odiaria todos e cada um até o dia da minha morte.

Algumas famílias nos abordaram quando saíamos, mas não muitas. Isambard seguia olhando em volta como um cachorrinho ávido por atenção.

– Foi maravilhoso – comentou minha mãe, abanando-se com seu leque estampado. – Creio que ele disse exatamente o que muita gente precisava ouvir. Viu, Pamela? Não precisa se preocupar. Tudo vai ficar bem.

– Sim – completou meu pai. – Só estranhei ele não falar mais sobre *como* vamos atacar os punks por causa do ocorrido. Não podemos deixá-los sem punição. Se havia um grupo deles vivendo aqui, prestes a nos atacar, como é que o governo não sabia?

– Os punks querem que nós os castiguemos – falou Isambard. – Assim podem dizer "Estão vendo? Estão nos atacando!". Por isso acho que é melhor simplesmente os ignorarmos.

Detestei admitir que Isambard tinha razão. Mas meus pensamentos ainda estavam longe dali, com Nora.

Um segundo depois, outra pessoa chamou minha atenção.

Foi o cabelo que me fez olhar para Vespertina Mink. Estava acompanhada da mãe, lady Elsinore Mink, e sua muito falada melhor amiga, a senhorita Prescilla Perez. As duas mulheres eram morenas e se vestiam na última moda.

Vespertina me viu e examinou-me com sua frieza habitual. Não era exatamente bonita, mas impressionava. O nariz era cuidadosamente esculpido; as maçãs do rosto, proeminentes; e os olhos, grandes e acinzentados – mas ela tinha um ar calculista e mórbido.

Sem contar que havia falado de Nora em um programa de TV nacional de forma bem maliciosa.

Dei um passo em sua direção.

– Senhorita Roe?

Senti a mão de minha mãe no ombro, e virei-me. Michael Allister estava parado à nossa frente, com sua família.

– Oh, olá, senhor Allister – cumprimentei. Meu coração teria saltitado de alegria em qualquer outra ocasião – mas hoje não me sentia nem um pouco interessada nele. Mesmo com aquela sua aparência adorável.

Ele afastou do rosto uma parte do cabelo e sorriu discretamente. Afastou-se para o lado e disse: – Permita-me apresentar-lhes meu pai, lorde Leslie Allister, e minha mãe, lady Allister.

Fiz o mesmo.

– Meu pai, senhor Geoffrey Roe, minha mãe, senhora Roe, e meu irmão, Isambard Roe.

Todos se cumprimentaram formalmente. No entanto, lorde e lady Allister não estavam nada à vontade.

– Apreciou o discurso, lady Allister? – perguntou educadamente minha mãe.

– Sim, obrigada – respondeu lady Allister. – Agora, se nos dá licença...

Lorde Allister deu-lhe o braço e assim partiram, deixando meus pais chocados pela demonstração explícita de desinteresse.

Meu pai rangeu os dentes. Minha mãe arregalou os olhos quase imperceptivelmente – mas aquele meio milímetro me fez querer abraçá-la até que explodisse.

Michael ficou obviamente constrangido.

– Gostaria de manifestar minha profunda solidariedade, senhor Roe, senhora Roe, senhorita Roe. – Foi estranho, mas ele incluiu meus pais na frase.

Meu pai assentiu, tenso.

– Obrigada, senhor Allister. É muito gentil de sua parte.

Pude notar pelo movimento do colarinho que Michael engoliu seco. Ainda dirigindo-se a meu pai, disse: – Peço permissão para fazer uma visita a sua casa, talvez amanhã. A senhorita Roe e eu nos conhecemos anteriormente, na casa de meus pais.

Meu pai olhou para minha mãe, que olhou para mim. Eu não havia debutado ainda, mas a circunstância tinha um atenuante – ele estava se apresentando como amigo, não como pretendente em potencial. Se fosse de outra forma, teria pedido para visitar apenas a mim. A expressão "fazer uma visita a sua casa" significava visitar toda a família.

– Teremos prazer em recebê-lo, senhor Allister – respondeu minha mãe.

Michael sorriu e curvou-se.

– Obrigado. Até lá então. – Dirigiu-me um sorriso ainda menor que o do encontro, antes de partir em busca de seus pais. Olhei-o afastar-se, confusa. Uma parte de mim ficara entusiasmada com o fato de que havia se dirigido a nós e pedido para fazer uma visita.

A outra parte sentia-se terrivelmente culpada.

Ergui os olhos na direção de minha mãe. Ela parecia tão satisfeita quanto eu estaria, fossem outras as circunstâncias. A gota de alegria que o encontro havia me proporcionado evaporou. Lembrei-me das palavras de Isambard e fiquei imaginando se minha mãe estaria considerando o ocorrido como uma oportunidade de ascender à reluzente torre da elite. Estaria ela aliviada pelo fato de um rapaz rico estar, talvez, interessado em mim?

*E o que é que eu estou **fazendo**?*

Olhei em volta, para a multidão. As Mink haviam desaparecido. Qual havia sido minha intenção instantes atrás? Socar a Vespertina? Gritar com ela? Minha humilhação pública teria sido o melhor presente de Natal que ela poderia desejar.

Exércitos jogavam os mesmos jogos que as jovens e suas famílias.

Não olhei para Isambard durante todo o trajeto para casa.

16 nora

– Muito bem, qual é a história dele?

– Do doutor Sam? – perguntou Bram, abrindo a pesada porta de aço para eu passar.

Parei e olhei para o dia lá fora. Respirei o ar fresco e úmido. O aroma era tão verde que meu primeiro impulso foi sair correndo no sol e inspirar profundamente. Antes, porém, quis ver se havia zumbis. Parecia que não.

– É, dele mesmo. – Parei e olhei para Bram. – Como é que ele fez... aquilo? Não a parte mecânica...

– Ele cortou a própria cabeça.

Senti minhas sobrancelhas se juntarem de tão franzidas.

– *Como é que é?*

Bram fez sinal para que eu continuasse andando. Obedeci, e ele me acompanhou. Depois de ter conhecido um zumbi sem cabeça, ele me parecia agora bem normal. E eu não conseguira decidir ainda se isso era bom ou ruim.

– Com uma serra circular. – Ele fez um gesto atravessando a garganta. – Planejou a operação por seis meses. Foi experimental, mas funcionou. É por isso que está aqui.

– Mas por que raios ele fez isso?

Bram fez cara de dúvida, como se estivesse pensando se me contava ou não a verdadeira razão.

– Porque... tentou morder a doutora Chase.

Congelei. Bram parou também.

– Mas ela parece tão à vontade perto dele!

– Principalmente porque ela sabe que, se acontecer de novo, um bom soco resolverá. Sempre que trabalha com ela, Sam faz questão de retirar a cabeça. Fez isso para que ela se sentisse segura de novo, e não fosse embora. Formam uma dupla brilhante, precisamos muito deles.

Senti um arrepio, apesar do sol que queimava minha pele. Cruzei os braços, na defensiva.

– Por que foi que ele quis mordê-la?

Bram coçou a cabeça.

– Ele gosta dela.

Minha garganta ameaçou se fechar de novo.

– *Como uma mordida de amor*?! É isso que você está me dizendo?

Bram fez uma careta e levantou a mão, sinalizando para eu falar baixo.

– Não, não! Foi um acidente! Ele... tomou coragem uma noite e contou o que sentia por ela. Como não foi correspondido, acho que ficou bravo consigo mesmo. Ela tentou consolá-lo e... aconteceu. Pelo menos é assim que ele relata o episódio. Não é um homem que se destempera com frequência. A coisa toda deve ter atiçado o príon do Laz e ele perdeu o controle. Quer dizer, ele se controlou logo. Não a perseguiu, nem nada disso.

Tomei coragem por um instante antes de perguntar: – Isso é normal? Perder o controle? – Ouvi o surto de ansiedade tomando corpo na minha voz.

– Não quando estamos saudáveis e intelectualmente focados. Sinceramente, Nora... – Bram respirou fundo – ...*nós* somos os caras estáveis. Os instáveis se destroem mutuamente lá fora, ou enlouquecem uma vez colocados aqui dentro. Sabemos como cuidar disso... também.

– Como? Vocês os sacrificam? – perguntei diretamente. – Essa palavra é usada para *animais*.

– Você preferiria que não? Seria melhor arriscar que alguém se ferisse?

Entendi.

– Aquele homem corta fora a cabeça, meu pai achou que alguém teria que matá-lo um dia... Por quê? O destino de vocês é a insanidade, como aqueles monstros que vieram atrás de mim? – agora minha voz soou mais suave do que eu desejara. Havia tentado tenazmente, a manhã toda, parecer bem durona.

Bram olhou para o chão.

– Você quer mesmo saber?

Olhei para o cenário, inquieta.

– Só me responde, está bem? Diga-me a verdade quando pergunto, como combinamos. Posso lidar com ela.

– Sim. Com medicamentos e cuidados, temos talvez cinco anos.

E ele já havia usado dois.

– Todos sabemos que vamos acabar em algum momento. Lidar com isso é parte do processo de enfrentar o que somos. Quando eu estiver nessa situação, meu plano é me trancar no quarto e ficar lá, se puder, até esquecer como se abre as fechaduras. Preferia levar um tiro. Mas, a esta altura, estou consciente de que nunca se sabe quando acontecerá. É melhor ter muitos planos de contingência do que poucos.

Olhei para ele. Era tão franco, tão calmo. Suas sobrancelhas escuras ergueram-se ligeiramente sobre os olhos opacos; os traços masculinos do seu rosto não denotavam medo algum. Acabara de me contar como planejava se trancar para enfrentar a loucura e a morte, e seu tom era como se estivesse falando da meteorologia.

– É tão terrível. Como você suporta?

Ele deu de ombros.

– Fico pensando, ao pensar sobre o passado... Quem poderia dizer quanto tempo eu tive, em qualquer ponto da vida? Podia ter morrido permanentemente naquele dia. Em vez disso, ganhei uns anos a mais. Meu plano é usufruir deles.

De repente, me senti patética.

– Vem. Vamos arranjar comida para você.

Diversas portas dos edifícios em que havíamos estado davam para o pátio no qual nos encontrávamos agora. Nenhum tinha mais que dois andares e eram construídos de metal e plástico pintados como camuflagem. Um portão alto os separava de outro pátio igual. Reconheci as características daquela arquitetura pela lembrança das histórias de guerra que meu pai me contava e pelas holos que víamos juntos. Era uma estrutura temporária, ou havia sido construída às pressas. Todas as partes eram intercambiáveis, e podiam ser combinadas para assumir diversas configurações. Não ofereciam proteção contra ataques.

Paramos do lado de fora do refeitório, que era um edifício baixo como os outros. Ouvi as vozes lá dentro. Fechei os punhos inconscientemente, me preparando para o que viria.

Bram abriu a porta.

O lugar estava repleto de zumbis. Se fossem me repartir entre eles, ia dar bem pouco para cada um.

Bram ficou bem ereto e entrou. Segui-o apressada, para não ficar muito longe dele. Percebi, naquele instante, que não o temia mais.

Quanto aos não vivos sentados às longas mesas, a história era outra.

Não se fez um silêncio repentino, e nem todos os olhos se voltaram para mim ao mesmo tempo. Mas percebi olhadelas discretas, e cochichos. Era como se alguém os tivesse orientado a não me encarar. Havia mais homens que mulheres, todos vestidos de preto e mais velhos que Bram. Comiam a mesma refeição descolorida – devia ser o tal tofu que ele mencionara. Em meio às vozes reconheci *O Messias*, de Handel.

– Por que a música, a toda hora? – perguntei.

– A vida devia ser um velório com música – respondeu ele. – Sei lá. É algo familiar, acho.

– Ren, você é louco.

– Bram parou, e me escondi atrás dele. A poucos passos de nós havia uma mesa onde estavam sentados quatro zumbis da nossa idade – pelo menos parecia que estavam no final da adolescência. Dois comiam, um lia, e o quarto, a única garota, olhava-se em um espelhinho enquanto riscava o queixo de metal com um canivete. Reconheci-a porque estivera na ala médica.

– Perguntaremos à senhorita quando ela chegar – respondeu o rapaz do livro.

– Fala sério, por que você lê essa porcaria?

O leitor fechou o volume abruptamente e tirou os óculos.

– É verdade! Em todos os livros a garotas *se jogam* nos braços dos heróis românticos – heróis *mortos*, que bebem *sangue humano*. Tenham fé, meus irmãos, pois lhes digo que há *esperança*!

O zumbi que havia falado com ele, um negro grandão, virou o único olho na órbita.

– Ok, você pirou. Alguém arranje um livro de cozinha para ele ler, ou qualquer outra coisa, por favor?

– Ou, quem sabe, alguma linda dama para seduzir... – comentou a garota, desviando o olhar do espelho. Quando nos viu, abriu um sorriso.

– Falando no diabo...

O cara do livro virou-se e ergueu as mãos.

– Antes que sejamos formalmente apresentados – você... – Olhou para mim e deu um passo para trás. – Já ouviu falar de vampiros?

Fiz que sim com a cabeça. *Quem não ouvira*?

– Já havia ouvido falar de zumbis antes de chegar aqui?

Balancei a cabeça em negativa.

– *Entenderam*? – Bateu os nós dos dedos no livro, convicto. – Vampiros são apenas zumbis com boa estratégia de relações públicas! Podemos ser *assim também*, em alguns anos!

– Ren... – Um terceiro zumbi, careca sem nariz, esfregou as sobrancelhas que não existiam. Reconheci-o também. – Você está esquecendo um ponto importante. Vampiros *não existem*.

– Todo mito baseia-se em uma verdade. E o gelo esconde muitas coisas.

– Poupe-me – ironizou a garota, levantando e limpando as mãos nas calças. Chegou a um passo de mim. Movia-se com energia e tinha um sorriso alegre, apesar do metal que substituía a parte inferior do rosto. Dava para ver vários desenhos entalhados ali, inclusive uma palavra: "*insuportavellinda*".

– Oi. Meu nome é Cas.

– Muito prazer – consegui responder.

Bram me socorreu.

– A Cas é nossa faz-tudo. Aquele é Tom Todd, granadas.

O-sem-nariz acenou para mim: – Oi.

– Coalhouse Gates, atirador de elite.

Ele piscou: – Bem-vinda à terra dos mortos, boneca.

– E este cavalheiro é Renfield Merriweather, Terceiro – engenharia e logística.

Renfield colocou os óculos de volta e chegou perto. Curvou-se para me cumprimentar.

– Senhorita. – Respondi com uma mesura, por pura memória muscular.

Bram indicou que me sentasse. Cada passo em direção à mesa foi uma luta – a última coisa que meu corpo queria fazer era se mexer *na direção* daqueles não vivos. Quando meus joelhos tocaram o banco, percebi que havia dominado meu instinto de fuga. Acomodei-me desajeitadamente. Bram sentou-se do meu lado.

Todos ficaram em silêncio, até que Tom falou: – Você deu uns bons tiros lá no telhado.

– Obrigada – respondi, passando os dedos no couro falso do coldre.

– É, facilitou bem nossa vida – comentou Bram. – Não se deixando levar pelos Cinzas, quero dizer.

– É assim como vocês os chamam?

– Hum-hum. Nosso novo brinquedinho. Apareceram faz um ano. – Cas tinha voltado para seu lugar e brincava com a faca de novo. – Conseguimos interceptar uma emissão de rádio deles faz bem pouco tempo.

– Foi isso que nos fez ir atrás de você – emendou Coalhouse. – Parecia haver um plano para te raptar. Não sabemos por que não captamos nada antes. Nem por que não pegamos nada depois.

– Contei tudo isso a ela – disse Bram. – Demos sorte. Eles são furtivos. Já os atacamos diversas vezes sob o comando do Wolfe, mas nunca conseguimos uma vantagem clara.

Corri os olhos pela mesa. Aqueles seres estavam mortos. Mortos. Deviam estar deitados dentro de caixões segurando florzinhas secas, com vermes saindo de dentro do corpo. Mas estavam ali, bem na minha frente, discutindo monstros da literatura e interceptação de transmissões militares.

O estranho era que eu começava e considerá-los... Talvez... Só um pouquinho... normais.

Ou não.

Quase fui parar no teto de susto quando uma porta se abriu de sopetão. Elpinoy entrou carregando uma bandeja, como se fosse uma criança de colo. Apressado, colocou-a na minha frente, com um pouco de afetação. Vi nela vários tipos de pães doces e de chás, a julgar pela variedade das cores. Nada de carne, nada de salgado. Os copos e pratos eram de papel e os talheres, de plástico.

Cas abaixou o canivete lentamente, olhando para minha comida.

– Que inveja.

– Espero que seja de seu agrado, senhorita Dearly – disse Elpinoy, torcendo as mãos, nervoso.

– Sim, com certeza será – respondi, um pouco surpresa. – Obrigada. O senhor é muito gentil.

Elpinoy sorriu como se eu tivesse elogiado todos os seus antepassados e descendentes. Mas, de repente, sua expressão ficou sombria.

– Apenas recomendo... que coma rapidamente. – Antes que eu pudesse perguntar por que, ele se foi, tão rápido quanto chegara.

Estava faminta, admiti para mim mesma, olhando para a bandeja. Ataquei a comida, e eles tentaram compensar com conversa o fato de que minha boca estava ocupada.

– Então – falou Bram. – Quem quer falar primeiro?

– Não – disse Renfield, com uma expressão maliciosa. – Não enquanto ela está comendo.

– Não enquanto estou comendo... – repeti, com a boca cheia – ...seja lá o que for.

– Conta sobre a Comp Z – sugeriu a Cas.

– Certo. – Bram fez um gesto indicando o refeitório. – Você está olhando para metade da Companhia Z. Aproximadamente cento e trinta mortos, talvez vinte vivos de cada vez, incluindo nosso capitão, vivo, James Wolfe. Somos uma mistura de neovitorianos e punks, embora estejamos, tecnicamente, em terras de Nova Victoria.

Engoli e perguntei: – E onde está a outra metade?

– Em patrulhamento – respondeu a Cas. – Foram acionados quando a nossa metade partiu para o norte para te resgatar, e Wolfe foi com eles. Nada de mais, só uns zumbis maus para abater.

– Nós formamos um esquadrão – continuou Bram. – Somos os mais novos, então nos agrupam para a maioria das tarefas.

– Crianças da faísca dourada – disse o Tom, mexendo os dedos em direção ao teto.

Olhei para ele, com o copo cheio de chá a meio caminho da boca. Sem mover a cabeça, olhei para Bram, que disse: – Falando em mitos...

– Por que mito? Acho que pode ser verdade.

– O quê? – perguntei ao Bram.

– *Alguns* soldados têm uma teoria de que se tivessem um gêmeo não vivo, do mau, perdido no mundo, e se os dois fossem pesados, o gêmeo bom pesaria vinte e um gramas mais que o outro.

– Não entendo.

– É a alma – disse Tom. – Há uma lenda antiga que diz que a alma pesa vinte e um gramas. É a *faísca dourada*, a feliz ocorrência aleatória que permite que você esteja sentada aqui comendo pãezinhos doces sem pensar que talvez está se recheando como um peru para servir de banquete para nós. Se não tivéssemos almas, você já era. Literalmente, *mmhamm*.

Deixei cair o tal pãozinho para acabar de engolir o bocado que, de repente, ficara duro dentro da minha boca. Achei que a comida ia me matar.

– Tom, isso não foi legal – disse Bram, sério.

Tom sorriu, mostrando os dentes.

– Por quê? Eu achei interessante.

– Você é horrível – disse Cas. – Horrível. Meu Deus.

– Ok, Ok, desculpem.

Mas meu apetite já era. Afastei a bandeja.

– Então? Onde me encaixo no seu esquadrão? – Recém-abastecida com um pouco de açúcar e de cafeína, percebi aliviada que havia recuperado a pouca habilidade que eu tinha de fazer uma voz adulta.

– Como assim, "encaixo"? – perguntou Bram.

– Em tudo isso. No exército. Na... Companhia Z.

Tom e Coalhouse se entreolharam. O último respondeu, um pouco confuso: – Não encaixa.

Afastei o cabelo dos olhos para explicar: – Vocês têm que achar meu pai. A esta altura, eu também tenho, acho. Faz sentido me incluírem em alguma posição.

– Nora, ficaríamos muito agradecidos por sua ajuda – disse Bram –, mas você não é parte da Companhia Z.

– É, você é uma viva – declarou a Cas. – Superqualificada, portanto.

Sentei de lado para olhar direto nos olhos do Bram. Hora de ligar a teimosia no máximo.

– Quero ser parte da Companhia Z. Quero ajudar. Depois de tudo por que passei, você me deve.

– Nora, você não pode se alistar na Companhia Z – respondeu ele.

– Porque sou uma garota?

Cas fez um gesto com a mão.

– Nada disso! Ovários são bem-vindos, desde que inúteis.

– Então, por quê? – Bati de leve na mesa. – Olha só. Estou furiosa com meu pai. Quero que ele me explique algumas coisas, antes de socar os malditos príons-qualquer-coisa que ele tem dentro do corpo. Sendo assim, quero saber como faço para me alistar e sair a campo.

Bram estalou o pescoço e olhou para Tom. Tom ergueu uma sobrancelha, claramente pedindo permissão para falar: – Você não pode se alistar porque todo mundo aqui é descartável.

– Como é que é?

Tom apontou para mim.

– Em qualquer outra companhia, a ordem seria ir trazê-la de volta, viva ou morta, se você se metesse em alguma encrenca. Aqui, se alguém é abatido ou desaparece, a ordem é deixá-lo para trás.

Bram embarcou na deixa.

– Se você se alistasse, ou conseguisse que alguém te alistasse nesta companhia – ignoremos por enquanto o bilhão de razões pelas quais isso *nunca* vai acontecer –, a regra se aplicaria a você também.

Considerei a questão por um momento. Nunca ouvira nada disso sobre o exército antes. Nunca soubera de nada parecido assistindo a minhas holos. Ouvira, sim, dezenas de histórias sobre iniciativas heroicas para resgatar companheiros. Não praticavam isso aqui?

Até parece que precisavam de mais alguma coisa para deixá-los deprimidos.

– Isso é... desumano – sussurei.

Cas torceu o lábio superior.

– Avalie do ponto de vista deles. Se mandam um soldado vivo combater um zumbi, sempre existe a possibilidade de ele pegar o Laz, morrer, voltar e contaminar. É como mandar soldados para o lado inimigo. Por outro lado, se mandam um zumbi combater um zumbi, é só uma questão de quem vence.

– Mas meu pai nunca...

– Isso mesmo, ele nunca nos considerou dessa maneira – declarou Coalhouse. – Mas ele precisava de uma justificativa para nos salvar e nos manter funcionando.

Tom assentiu.

– Dois anos atrás, os líderes neovitorianos cansaram de trabalhar com os punks. Chegaram à conclusão de que deviam empreender um último projeto conjunto e depois exterminar a todos. Pôr fim ao namorico. Incendiar tudo, ou algo assim. Liquidar todos os zumbis e voltar às velhas disputas. Foi seu pai quem os convenceu a tentarem nos usar antes. Ele achou que dessa maneira seria possível manter toda a questão zumbi em segredo. Calculou que, eventualmente, soldados vivos sequer precisariam ficar sabendo da existência dos esquadrões de não vivos. Quando uma invasão aparecesse no radar, os não vivos seriam acionados para ir resolver. Guerra cirúrgica "zumbis contra zumbis" mais "povo na ignorância" é igual a "a vida é bela".

Coalhouse concluiu: – Temos nos esforçado ao máximo, desde então, construindo nossas estatísticas.

– Somos armamentos, Nora – disse Bram. – Armamentos muito caros e muito bem cuidados, mas, para o governo, nada mais que isso. E, sendo assim, colocam no orçamento que uma parte será perdida em combate.

– Ninguém no exército gasta muito tempo pensando em como recuperar uma arma que vai parar dentro de um rio – comentou Ren, abrindo o livro de novo. – É muito mais fácil comprar uma nova, concorda?

Não era só a expressão do Bram que permanecera impassível durante todo esse diálogo. Todos pareciam confortáveis com a situação, para meu horror. Ou eles eram totalmente oprimidos, ou incrivelmente fortes.

A vaga sensação de inveja que me assolou deixou claro que se tratava da segunda alternativa.

Dei de ombros.

– Bem, então acho que é decisão minha não requerer resgate.

Olharam para mim, incrédulos. Bram respirou fundo no mesmo instante em que a porta do refeitório se abriu com um estrondo.

– Griswold! – retumbou uma voz.

– Falamos depois – disse Bram, levantando e se colocando em posição de sentido. – Senhor!

Virei-me e dei com o maior homem que já havia visto na vida.

17 Bram

O fim estava próximo.

Nora ficou de pé ao meu lado. Torci para que ela não percebesse quão tenso eu estava, ou como minha mão tremeu ao bater continência. Não precisava que ela me interrogasse naquele instante – estava indo tudo tão bem até ali.

Wolfe era o capitão *de verdade* daquela base e estávamos todos cientes disso.

O som de cinquenta soldados se pondo de pé e batendo continência ecoou pelo refeitório. Wolfe passou por eles sem olhá-los, sequer de relance. Fixou os olhos em mim, e eu, como sempre, não soube dizer se estava realmente furioso ou simplesmente vivo. Era um gigante de dois metros e dez de altura, forte como um touro. Seu uniforme parecia um pedaço da noite caindo sobre nós.

– Griswold – disse, parando a um milímetro da mesa. Assenti. Ele voltou a atenção para Nora, que ergueu o queixo, determinada.

– Senhorita Dearly, que... surpresa... vê-la... aqui. – Seus olhos examinaram as armas que ela carregava. – ...armada.

– Obrigada, capitão – respondeu ela, com um pequeno movimento de cabeça. – Há alguma notícia sobre meu pai?

– E... informada. – Wolfe disparou um olhar em minha direção que teria derretido uma viga de aço. – Sim, tenho notícias. Conseguimos rastrear suas coordenadas. Acabou se desviando para o Sul, e nós estendemos a busca naquela direção.

Olhei para Nora e sorri.

– Viu? Vai ficar tudo bem.

Wolfe ordenou que me calasse com uma microcontração na testa.

– Desejo falar-lhe sobre seu pai. Antes, porém, preciso conferenciar com Griswold. Com sua licença.

Nora respirou entredentes e olhou para mim, a expressão dura derretendo.

– Bram...

As narinas de Wolfe se expandiram. Juro que o homem fareja fraqueza de longe.

– Algum problema?

– Não, senhor. – Pensei rápido, e perguntei a ela: – Senhorita Dearly, sentiria-se melhor se eu a levasse de volta para as instalações médicas?

Nora assentiu tão rápido que tive a impressão que a cabeça dela ia cair.

– A senhorita Dearly revelou ter um notável poder de adaptação – disse eu, voltando minha atenção para Wolfe. – Mas, certamente, será muito melhor para ela ficar onde se sentir mais confortável.

O capitão fez um gesto de impaciência com a mão e disse: – Vá, rápido. Espero na minha sala. – Virou-se e saiu. Parecia um titã indo dar um passeio no bosque, a cabeça aparecendo acima da copa das árvores – quer dizer, dos soldados.

– Obrigada – sussurou Nora.

– Nem pense nisso – respondi. Mais alto, dirigi-me aos meus amigos: – Volto daqui a pouco.

– Foi um prazer conhecê-la, Nora – disse Cas.

– Encantado – completou Ren.

Nora respondeu com um pequeno sorriso nervoso e aproximou-se. Permiti-me saborear um momento de prazer pela confiança que ela demonstrou ter em mim, antes de conduzi-la novamente para fora do refeitório.

– Sobre o que ele quer falar com você? – perguntou ela, quando saímos.

– Muitas coisas. Basicamente, eu já era. – Coloquei as mãos nos bolsos.

Nora franziu as sobrancelhas.

– Como assim, "já era"? O que você fez de errado?

– Depois que te resgatamos, ele me deu ordem para mantê-la no escritório do seu pai e não contar absolutamente nada. Então, o que está errado é, basicamente, tudo que aconteceu depois que você acordou.

– Por que você não fez o que ele mandou?

– Porque sabíamos que você ia ficar louca, e eu não quis lidar com isso – confessei. – E não teria sido justo. Você não merecia esse tratamento.

Nora olhou para a frente, séria.

– Obrigada.

– De nada. – Ri um pouco. – Wolfe queria que tivéssemos invadido os Campos Elíseos, atirado em tudo, e marchado de volta. Eu optei por verificar se, antes disso, você viria comigo por livre e espontânea vontade. Eu teria te sequestrado, se aqueles guardas não tivessem aparecido quando nos encontramos a primeira vez. Achei que seria menos dramático do que um exército invadindo o subúrbio. Não deu certo, infelizmente.

Nora deu uma gargalhada.

– Guardas em geral não são tão rápidos. De qualquer forma, você podia ter me pegado no colo e corrido para as colinas.

Parei em frente à grande porta de aço e ignorei as lembranças que as palavras inocentes dela reavivaram.

– Não. Isso teria feito os Cinzas virem direto atrás de nós. Além disso – brinquei –, você já estava resistindo bravamente.

Nora olhou para mim com uma expressão ultrajada que durou um instante – antes de me dar um empurrão, bem no meio do peito – e rir: – Quero ver mesmo você me pegar de novo. – Virou-se e desapareceu.

Fiquei olhando até que a porta parou de balançar. Ela *realmente* precisava parar de me tocar.

O Laz já estava se deleitando com a ideia de me mandar correr atrás dela, e preparando meus músculos para a tarefa.

Fiquei parado ali até ter certeza de tinha recuperado a compostura antes de tomar o caminho da sala de Wolfe.

As acomodações dele ficavam no segundo andar da estrutura em frente à do meu quarto. A administração da base ficava embaixo, e o atendimento era feito por um soldado azarado ou infeliz, dependendo do dia. A mulher de plantão hoje tinha uma pele meio roxa e uma teia de cicatrizes no rosto. Olhou sem interesse quando entrei e me dirigi para a escada. Bati na porta.

– Entre.

Fiz continência desta vez.

– Senhor.

– Sente-se, Griswold. – Wolfe tinha um charuto na boca e o cheiro acre da fumaça enchia a sala. Enquanto eu me sentava, ele digitou alguns comandos no teclado de aço com teclas arredondadas. Notei que havia fragmentos de vegetação no uniforme dele e que as mãos haviam sido picadas por insetos.

– Você tem dez segundos para me convencer a não te mandar para o pelotão de fuzilamento por me desobedecer de novo – disse ele.

– Reconheço que desobedeci, e peço desculpas – respondi. – Mas se tivéssemos feito as coisas do seu jeito, a garota não estaria à vontade para sentar no refeitório com mais de cinquenta não vivos. Estaria apavorada. Ela é... – *Demais*. – Ela... está lidando bem com a situação.

Wolfe finalmente olhou para mim. Seus olhos estavam vermelhos.

– Elpinoy estava a par?

Não respondi. Não ia delatar ninguém. Nem Richard Elpinoy.

Wolfe bateu a cinza do charuto. Os movimentos dele eram lentos e tensos, e tive certeza de que desejava me espancar.

– Griswold, você está fresco. Seu cérebro ainda não parece *demais* com um queijo suíço. Você nem parece um morto. Porque é tão difícil obedecer a ordens?

– É difícil para mim seguir ordens que não fazem sentido. No final alguém se machuca.

– Por que você se importa? Você já está morto.

Não disse nada. Se abrisse a boca, não conseguiria disfarçar meu desprezo pelo sujeito.

Wolfe ficou sentado como um dragão preguiçoso, com a fumaça leitosa saindo das narinas.

– A garota se afeiçoou a você, não foi? – perguntou, finalmente. O tom era de desagrado.

– Não se pode dizer isso, senhor. Apenas teve mais tempo de contato comigo.

– Hmmm... – O olhar dele era penetrante. – Não fique muito à vontade. Você não é amigo dela. Você é um monstro. Lembre-se disso.

Cerrei os dentes.

– Senhor.

– Agora preciso discutir com você algo que não deve sair desta sala.

– Entendido.

Virou a tela do computador e apertou um botão, iniciando um vídeo.

Não entendi o que estava se passando, inicialmente. A tela exibia uma série de cenas desconexas de dez segundos, provenientes de várias fontes. Havia imagens de ruas, do interior de edifícios. Lentamente, fui reconhecendo marcos do local da extração. Nada parecia fora do normal. O vídeo mostrava a população dos Campos Elíseos levando a vida.

Foi então que apareceu um homem cambaleando pela rua. Uma mulher que empurrava um carrinho de bebê desmaiou, depois de um acesso de tosse tão forte que seu corpo sacudia inteiro.

Quando entendi o que estava acontecendo, cravei os dedos nos braços da cadeira.

O Lázaro estava à solta nos Campos Elíseos.

Recusei-me a acreditar. Forcei-me a pensar com lógica. À medida que as cenas se sucediam, procurei sinais de tumulto e violência. Nada. Vi crianças brincando em um parque. Uma mulher saindo de um supermercado. Varredores de rua trabalhando.

Foi então que apareceu um trecho gravado por uma câmera instalada em um beco. Era de uma mulher de salto alto, vestida com roupa de veludo, com a cabeça aninhada, quase amorosamente, nos intestinos de um porteiro. O quepe dele boiava em uma poça de sangue.

Jesus.

– Seus homens não abateram todos eles, Griswold – disse Wolfe com uma voz grave e perigosa.

– Eu não estava lá – protestei. – Nós levamos a senhorita Dearly para o *Christine*! Os outros deviam cuidar do resto e embarcar no *Erika*!

– Está tentando se livrar da responsabilidade, Griswold?

– Não – respondi com um sussurro. – Não. – Observei o vídeo por mais alguns longos e horripilantes segundos antes de me erguer. – Vamos cuidar disso. Agora. Vamos...

– Sente-se! – ordenou Wolfe, elevando a voz. Colocou o monitor de volta no lugar. – Mantenha seus ossos nessa cadeira, soldado.

– Mas quanto mais esperarmos, mais civis vão matar! – protestei.

Wolfe deu uma tragada no charuto, e, segurando-o entre os dedos, fez as palavras saírem junto com a fumaça.

– Os Campos Elíseos vão entrar em quarentena absoluta. Vão divulgar que se trata de uma guerra biológica – que, suponho, é do que se trata. Parte da nossa tropa de vivos está sendo trazida da Fronteira, e deve chegar em uma hora. Vão limpar o lugar.

Meu queixo caiu e não teria ficado chocado se o ouvisse bater no chão.

– Vão mandar vivos para lutar contra mortos? É *suicídio*! É para isso que *nós* estamos aqui!

– A intenção era que vocês nunca se aproximassem mais que trinta quilômetros das áreas de vivos – disse Wolfe, com expressão pétrea. – Pelo menos por um tempo. Mando você uma vez – uma vezinha – e veja o que acontece. Tudo porque você não me obedeceu. Tudo porque você acha que sabe mais que eu!

Soquei um punho no outro e tentei pensar.

– Fui informado de que devo esperar ordens para dispersar vocês, mandá-los para novas áreas contaminadas. Os malditos zumbis estão se arrastando cada vez mais para o norte... Essa droga de situação vai sair do controle logo, logo. Maldito Dearly e sua *causa humanitária* – e vocês nem sequer são humanos! E agora tenho que me preocupar em *encontrar* o idiota.

Comecei a andar pela sala, abrindo e fechando as mãos.

– Temos que contar à senhorita Dearly.

O charuto explodiu com a força da mão de Wolfe batendo na mesa.

– Você não vai contar absolutamente *nada* a ela, entendeu?

Virei-me. A raiva fazia os músculos mortos do meu coração pulsarem fora de sincronia. Doía.

– É a cidade dela! Ela tem amigos e família lá! Não pode me dizer para *não* contar a ela!

O capitão deu a volta na mesa e parou muito perto de mim. Forcei-me a encarar as brasas do seus olhos. Não estava nem aí com a fúria dele. Eu é que estava prestes a mostrar o que era fúria.

– Nossa missão, até que eu receba ordens para realocar vocês, é mantê-la em segurança e encontrar o pai. Nada mais. Se contar uma só palavra sobre o que vai acontecer, despacho você para o Sul tão rápido que seus dentes vão girar no lugar. Ou, se me der na telha, mando te fuzilar. Quer que isso aconteça? Quer deixá-la aqui sozinha? Pois é exatamente o que vai acontecer se abrir a boca: ganha de presente uma viagem ou uma bala.

Eu podia comer a cara do sujeito. Parado ali, frente a frente com ele, meu cérebro me mandava essa mensagem sem parar. Podia facilmente transformá-lo em uma daquelas coisas que ele tanto odiava.

Mas não foi o que fiz.

– Você vai trabalhar com os caminhões hoje – disse Wolfe, sem desviar o olhar do meu. – Até a noite. Não quero você perto da garota até lá, entendeu? Use o tempo para botar a cabeça no lugar. O Dearly não está aqui para te proteger, então é melhor começar a fazer o que eu mando.

– Sim, senhor. – Fiquei feliz ao ouvir que a frase saiu no tom ameaçador que eu queria.

– Em tempo – Elpinoy não está mais com você. Já falei com ele. Se a garota chegar a menos de um metro de um telefone ou computador, eu corto o mesmo tanto da sua carne.

Wolfe me dispensou com um micromovimento de cabeça. E eu saí.

Quando passei pelo portão e entrei a área plana e vazia onde os caminhões da companhia ficavam estacionados, os caras que trabalhavam lá me olharam demoradamente. Perceberam que algo estava errado. *Bom para eles*.

Será que eu tinha falhado espetacularmente? A ideia me nauseava. Pensei nos vivos aprisionados e morrendo dentro dos Campos Elíseos, e rezei para que não fosse minha culpa. Confiava nos meus homens. Sabia que tinham seguido minhas instruções e feito tudo o que podiam. Mas, e se a decisão de contrariar Wolfe tivesse resultado em um ataque dos Cinzas aos vivos, enquanto nós navegávamos tranquilamente?

Mesmo com a imagem da carnificina na cabeça, mesmo me xingando de alto a baixo, ponderei sobre uma ideia aterrorizante: se os vivos compreendessem o que estavam enfrentando e se dessem conta de que havia mais de nós, começariam a nos perseguir. Iam nos empilhar e nos queimar como troncos. Seríamos destruídos.

Por favor, por favor, que eu não seja o responsável por isso.

Eu tinha que recuperar o foco, antes de enlouquecer ou cometer outro erro. Antes que alguém começasse a entender exatamente o que estava acontecendo.

Só precisei de um minuto para encontrar Renfield. Ele vestia uma roupa de brim surrada e estava trabalhando em um autômato no meio daquela área. Outro robô com braços que lembravam os de um inseto estava parado de um lado. Sempre me chamava a atenção que, tendo sido criado tão longe quanto fisicamente possível das regiões dominadas pelos punks, ele poderia perfeitamente ser um de nós. Renfield era, simplesmente, um gênio – em literatura, história, mecânica. Como não se destacava pelo físico, sempre ficava na retaguarda. Era nosso contato com a base.

– Preciso destruir alguma coisa – falei quando cheguei perto dele.

Ele se desvencilhou lentamente da máquina e me encarou com jeito de coruja.

– Você quer dizer bater de montão com um martelo beeeem grande?

– Exatamente.

Coçou o rosto com a ferramenta que tinha na mão e deu de ombros, apontando para algo atrás de mim.

– Aquela ali chegou ontem à noite. Uma antiguidade, praticamente. O motor está bom, mas algumas partes têm que ser retiradas.

Olhei para a direção que Renfield apontava e vi um dirigível – um dirigível punk, com uma cabine de madeira velha e danificada, e um balão, vazio, estendido sobre árvores próximas.

Fiquei mole de tão atônito.

– Está brincando… Onde acharam isso?

– Acho que foi Papai Noel, que finalmente apareceu depois de anos ignorando as nossas cartinhas. – Ren balançou a cabeça. – Não perguntei. Geralmente não gosto da resposta.

– E como é que eles querem que a gente use essa *coisa*?

– Bom, primeiro eles escolhem uns dez de nós com bons pulmões...

– Ha-ha-ha.

Ren deu risada.

– Não tenho a menor ideia, cara. Talvez como base aérea para soltar coisas-que-fazem-bum?

– Talvez. Mas não dá para manobrar essas m...

– Olha os modos... – Ele me interrompeu antes que o palavrão saísse da minha boca. Começou a andar e eu o segui.

A nave chamava-se *Black Alice*, a julgar pelas palavras talhadas na proa. A carranca era de uma menininha de avental e laço no cabelo. Pensei em Nora usando aquele vestido encurtado e mordi a língua.

Subimos na prancha que levava para dentro da cabine. Agarrei-me ao corrimão feito de madeira maciça e senti um aperto na garganta. Uma nave como essa era totalmente familiar para um punk, praticamente um símbolo da nossa cultura toda. Mas fazia mais de um ano que não via uma, e não estava certo do que sentia a respeito desse reencontro.

– Pode ser que não seja possível fazê-la funcionar – disse Ren, abrindo a porta que dava para o compartimento de baixo. – Mas vem ver uma coisa.

Curioso, segui-o.

Estava escuro ali. Ele acendeu uma lanterna. A luz que ela jogou no ambiente era fria e meus olhos instantaneamente a interpretaram como errada. Eletricidade e eletrônica não combinavam com um dirigível punk. Nada que fosse digital combinava com um dirigível. E o equipamento que vi fixado ao piso e às paredes era tudo o que qualquer tripulação preciava – pesados astrolábios de metal, globos com fileiras de buracos para registrar medições, livros encadernados em pele repletos de números, pás e ferramentas.

Ren dirigiu a luz para o meio da cabine.

Santo Deus...

A coisa tinha um enorme motor no meio.

– Eu disse lá trás que o motor estava "bom"? Devia ter dito "tão bom que nunca meu desejo de ficar na companhia de garotas bonitas se apagou tão completamente *e* para sempre", comentou Ren.

Começava a concordar com ele. Cheguei perto e coloquei a mão sobre o metal. Era mais ou menos como ver um motor de um jato instalado em uma carroça de madeira.

– Esta coisa aqui consertada vai ser um foguete. Praticamente poderá chegar até a lua. Vamos fazer tal barulho sobre as bases dos vivos que eles vão vomitar o fígado de medo. Imagine o estrondo.

Confuso, olhei para o Ren.

– Que foi? Não posso ser imaturo de vez em quando?

Pendurei-me na viga que havia ali.

– OK, senhor Imaturidade. Me conta o que é que vou destruir hoje.

Quando o sol se pôs atrás do balão desinflado da *Black Alice*, havíamos avançado bastante. Até onde podíamos avaliar, já era possível voar. Agora era questão de deixá-la bonita e eficiente de novo.

Fui para meu quarto e tomei um banho. Gastei um pouco mais de tempo que o normal – esfregando a pele para ver se conseguia dar-lhe um pouco de cor, penteando o cabelo. Quinze minutos depois, cheguei à triste conclusão que havia pouco a fazer para compensar o fato de que já havia passado bastante da hora de eu ir para a cama, em termos biológicos.

Desisti e peguei o rumo das instalações médicas.

Era a hora de mudança de turno. Alguns dos médicos e dos técnicos estavam colocando casacos e trancando seus armários pessoais. Tudo estava mais quieto, mas ouvi vozes no laboratório do doutor Samedi.

Nora estava empoleirada em uma cadeira giratória, com os braços cruzados e uma expressão sombria no rosto. Quando entrei, saltou da cadeira e veio rápida até mim – o que me fez querer sair dali e ir pular de uma ponte.

Havia uma praga mortal à solta na cidade dela e eu não podia dizer-lhe nada.

Havia conseguido esquecer um pouco da situação durante o esforço físico do trabalho com Ren, mas agora não havia nada mais a fazer senão olhar para ela, queimando de culpa por dentro por causa da minha traição. Ela me pedira que eu fosse honesto com ela. *Eu* queria ser honesto com ela. Mas, se fizesse isso, ela ficaria sozinha nesse lugar que apenas agora começava a aceitar. Que inferno. Ela provavelmente me culparia e a recém-conquistada confiança em mim ia se transformar em medo e ódio.

E talvez eu nunca mais a visse.

– Bram, tenho que telefonar para casa!

– Graças a Deus você chegou, Bram – disse Samedi. A cabeça dele estava sobre o balcão, mas o corpo gesticulava nervosamente. – *Explique* a ela.

– Elpinoy esteve aqui, foi isso?

– Foi. – Nora balançava a cabeça como um cavalo selvagem. – Ninguém me deixa ver as notícias, ou ligar para minha amiga Pamela, ou para minha tia. Vocês não conhecem a Pam, ela deve estar bem perto de entrar em *combustão espontânea* por causa disto tudo. Eu fiz a minha parte, saí do quarto. Agora ninguém me conta mais nada!

– Telefones e computadores agora estão bloqueados por senhas – expicou Samedi.

Grande. Como explicar?

– Nora, foi decisão do Wolfe. Até onde sabemos, os Cinzas podem usar qualquer fragmento de informação que conseguirem obter para atacar. É melhor ter cautela. É por isso que você não pode fazer contato. – Pronto. Até que soou bem.

– Então por que é que ninguém me diz se informaram a minha tia sobre onde estou? E por que não posso ver as notícias? – perguntou ela, incisiva.

Samedi olhou para mim e encolheu os ombros. Eu também não consegui pensar em nada para dizer.

– Wolfe de novo. – Melhor pôr a culpa no cara certo. – Ele provavelmente só quer que você se... acalme. Que nos deixe cuidar de tudo.

Nora me olhou nos olhos.

– Essa é a coisa mais idiota que eu já ouvi.

– Veja bem, senhorita Dearly – Samedi ficou de frente para sua cabeça, para poder ver o bolso do avental e guardar a caneta nele. – Quando é que alguma ordem de Wolfe não é totalmente idiota? Você vai saber com certeza, porque nós dois aqui vamos pular e gritar como dois macacos adolescentes de tão chocados.

Decidi ser tão franco quanto possível.

– Lembra quando eu te disse que eu já era, hoje cedo? Pois é, mas ainda estou aqui, falando com você. Isso quer dizer que temos que obedecer as regras – pelo menos por algum tempo. Algo me diz que você sabe bem como são essas coisas.

Nora respirou fundo.

– Estou cansada de discutir com vocês. Vou adivinhar a senha por minha conta. Que tal essa?

– Boa sorte – disse Samedi. – É bem complicado. Duvido que eu mesmo consiga lembrar. Por que não podemos mais usar os nomes dos bichos de estimação da gente...?

Beryl entrou, colocando o casaco, e brincou: – Porque você sabe que seu nome seria minha senha.

Samedi virou-se para ela, agora segurando a cabeça com as mãos para poder vê-la.

– Você não está indo embora, está?

– Só por esta noite – respondeu ela. – Eu e as meninas vamos à cidade.

– Ah. Divirta-se então. – Ele murchou a cada sílaba.

– Obrigada. – Ela apertou a mão de Nora. – Fique firme, está bem? Boa noite, Bram.

– Boa noite – respondi, quando ela soltou Nora e caminhou para a porta.

– Estou morrendo de fome – disse Nora quando Beryl saiu.

– Por que você não fica no quarto do seu pai descansando um pouco enquanto eu trago seu jantar? Não vou te submeter ao refeitório duas vezes no mesmo dia. – Nora concordou, e saiu do laboratório.

O doutor Samedi esperou que saísse e falou, bem baixo.

– Não deixe acontecer.

– O quê?

Ele colocou a cabeça no lugar e me olhou muito sério.

– Não deixe... acontecer, só isso.

Saiu apressado em direção a seu próprio laboratório. E me deixou imerso em suas palavras e na minha própria culpa.

Jantei com Nora no escritório do pai dela. Ela atacou uma salada, pão e geleia. Eu fiquei empurrando minha gororoba de um lado para outro do prato.

A certa altura ela diminuiu o ritmo e começou a brincar com a comida também.

– Bram? – disse ela, minutos depois.

– Que foi?

Ela me olhou.

– Só queria dizer... obrigada. De novo. Por tudo que você fez por mim hoje.

Ops.

– De nada.

Nora olhou de volta para os tomates no prato.

– Qual é a história do Wolfe?

– Ele foi mandado para supervisonar esta base faz um tempo. Antes disso lutou contra os punks e contra os não vivos na Fronteira. Por alguma razão, surgiu do nada para dar apoio ao seu pai a respeito da ideia de uma companhia de zumbis, e pediu para liderá-la. Até então essa era uma base de pesquisa, e havia apenas uns poucos de nós. Somente uma pequena porcentagem dos não vivos mantém a capacidade cognitiva. É por isso que não somos muitos, mesmo agora.

Nora descansou o garfo.

– Então aqui tem um capitão vivo e um capitão morto.

– Não, eu sou capitão só no título. Wolfe estava aqui antes de eu chegar. Eu fiz a prova de campo um dia e passei, e seu pai deu uns telefonemas furiosos até que me condecoraram. Ele achava que seria bom para a moral dos soldados não vivos. Wolfe é o capitão. Eu não tenho poder de decisão. Sou, por assim dizer, seus olhos e boca na linha de frente. – Sorri, por causa da ironia da situação. – Peça de reposição.

– Parece, para mim, que ele não está se desempenhando muito bem no trabalho. Ou que vocês não gostam muito dele. Talvez mandem um comandante novo?

Limpei a boca com um guardanapo.

– Espero que não, sinceramente. Nossa existência é incerta, na melhor das hipóteses. Ele pode nos varrer do mapa, se quiser. O exército pode acabar conosco a qualquer momento. Especialmene na ausência do doutor Dearly. – Detestei ter que admitir: – Precisamos dele. Melhor lidar com o diabo que se conhece. É estranho, porque todo mundo parecia feliz com ele a princípio, porque qualquer vivo que escolhia ficar ao lado dos mortos nesse projeto era recebido como herói. Samedi já estava aqui quando ele chegou e conta que era realmente entusiasmado sobre a ideia de os mortos ajudando na defesa nacional. Não sei o que mudou.

Ela não respondeu. Quando falou de novo, tinha uma pergunta: – Posso te pedir um favor?

– Qual?

– Posso dormir no seu quarto esta noite?

Quase engasgei.

Ela arregalou os olhos e depois riu nervosamente.

– *Não*! Quero dizer... não há fechaduras em nenhuma das portas aqui, e não me sinto segura como no seu quarto. Posso ficar lá mais uma noite? Você troca comigo?

Consegui responder: – Claro, claro, sem problemas!

Depois de comer tudo, levei-a até lá. Ela colocou a bolsa sobre a cama e, lentamente, desvencilhou-se das armas. Peguei uma bolsa no guarda-roupa e comecei a colocar minhas coisas dentro. Tinha certeza de que ela estava me olhando, embora nenhum dos dois tenha dito nada.

Quando abri a gaveta da escrivaninha para pegar meu digidiário, ela perguntou: – Quem são, na foto?

Virei-me para ela, bravo: – Você mexeu nas minhas coisas?

Vi que ficou com com vergonha.

– Sim. Peço desculpas. Só queria ver. – Ela fez um bico. – Imagine acordar em um quarto desconhecido. Você não teria examinado tudo em busca de informação?

Eu teria. Acalmei-me. Abri o diário, olhando para a foto que apareceu na tela.

– Eu e minhas irmãs menores. Foi meu amigo Jack quem tirou essa foto.

Nora sentou na cama e abraçou as pernas.

– Foi antes de você morrer? – perguntou ela, suavemente.

Agora ela queria conhecer a minha história. Grande. Eu não queria falar. Tinha medo de deixar escapar coisas demais. Mas, olhando para ela, lembrei quanto eu havia recebido de informação *dela*, e senti que a demanda era justa.

Sentei na cadeira.

– Sou de uma pequena cidade chamada West Gould. Tem só uma rua com algumas poucas lojas para atender os fazendeiros da região. Somos fazendeiros... Quer dizer, eu era. O que acontece com a terra de lá é que, depois de derrubar as árvores, é sensacional e pode-se plantar quase tudo. Só que o solo é fino. Por isso, poucos anos depois não serve para nada e você tem que deixar a floresta tomar conta de novo."

– O que você plantava?

– Muitas coisas. Milho. Romã. – Tudo isso era detalhe inútil, agora. – Depois que decidimos deixar a floresta avançar de novo, fui trabalhar nas minas em East Gould. Ainda há muito carvão lá no fundo. É um bom trabalho, ainda que perigoso. Minha mãe costurava e lavava, mas há tão pouca gente em West Gould... Ela fez o que era possível. Teria conseguido trabalho em outro lugar, mas tinha que ajudar a cuidar das minhas irmãs. – Passei os dedos sobre a tela. – Adelaide e Emily.

– Quantos anos você tinha? – perguntou Nora, apoiando o queixo nos joelhos. – Se você se alistou com dezesseis...

– Eu não me alistei quando estava vivo.

Ela ficou em silêncio.

– Eles nos atacaram na mina. Eram muitos. – Tentei falar depressa, para poupá-la, e a mim também. – Pegaram o Jack. Arrancaram a garganta dele. Consegui entrar em um dos elevadores e fechar a porta, mas havia sido mordido também. Era tarde demais para meu amigo. Perseguiram-nos, e viram quando me tranquei. Viram quando ele morreu. Continuavam tentando nos pegar, se jogando contra a porta do elevador.

Olhei para Nora. Estava penalizada. Não conseguia encará-la, então olhei para a foto de novo.

– Levei o elevador para a superfície. Ele não devia nem estar funcionando. Se eu soubesse que estava, talvez pudesse ter salvado mais alguém, mas... – Fechei os olhos. – O elevador parou duas vezes. Concluí que ia ser meu caixão, mas voltou a funcionar em ambas. A mina era um caos. Havia monstros lá em cima também. Soube depois que o exército soterrou a mina inteira, mas não haviam chegado ainda quando eu consegui sair. Então corri. Foi covarde, mas eu estava ferido, Jack estava morto, e não sabia o que fazer. Depois caminhei. Todo o caminho de volta até West Gould. Mais de quinze quilômetros. Não sei como consegui. Força de vontade, acho. Não havia me olhado, ainda. Não sabia que ser mordido provocava algo. Achei que tinha conseguido escapar com vida.

– Meu Deus.

Um pouco mais calmo, continuei o relato.

– A certa altura, lembro-me de ter caído. Recuperei a consciência, e continuei. Sentia dor, estava apavorado e perdido. Não percebi que tinha morrido enquanto andava. Samedi diz que eu devo ter me reanimado antes de bater no chão. Simplesmente não me dei conta.

– Quando cheguei em casa, já havia anoitecido. Bati na porta, tão aliviado por ter conseguido chegar. Minha mãe atendeu e... gritou. Nunca vou esquecer... Como se tudo que ela amara um dia tivesse morrido ali. Tentei abraçá-la, tentei entrar, estava coberto com o sangue do Jack... Ela pegou o rifle e atirou na minha perna.

Toquei meu quadril. Nora emitiu um som, baixinho, ao entender por que eu mancava.

– Não doeu. Foi só como um beliscão. E foi assim que eu entendi o que tinha acontecido. Fugi dali, cambaleando, e me escondi na beira da floresta. Foi então que a compreensão de tudo aquilo assentou. Percebi que podia ter machucado minha família, e me senti tão mal. Tão mal. Fiquei ali por um dia, talvez um pouco mais. Só queria morrer. Teria me suicidado, mas estava apavorado demais para sequer me mexer, quanto mais para ir em busca de algo para me matar.

– Ninguém apareceu. Deviam saber que eu ainda estava ali. A certa altura, porém, Emily saiu correndo da casa com aquele ursinho, o ursinho dela, e colocou-o na varanda. Minha mãe gritou com ela e puxou-a para dentro. Quando escureceu, fui até lá e peguei-o.

– Soube que era um presente de despedida. Então... fui embora.

Ergui os olhos. Nora estava olhando para mim. Seus olhos brilhavam. Não tinha sido minha intenção fazê-la se sentir mal.

– Desculpe.

– Não, não... – sussurou ela. – Sou eu quem pede desculpas.

Fechei o diário e levantei.

– Chega de mim por hoje. – Ri, um pouco soturno: – Você vai ter pesadelos. Venho buscá-la por volta das oito, Nora.

Ela balançou a cabeça, sem dizer nada. Quando cheguei à porta e olhei-a, ainda estava imóvel.

– Não se esqueça de dar corda no relógio – lembrei-a, ao fechar a porta.

18

victor

Henry apareceu depois do anoitecer, como eu havia pedido.

Averne estava com ele.

Empurrou Henry violentamente para dentro da cabana. Levantei rápido da cama, e, por sorte, consegui pegar seu braço a tempo de evitar que caísse.

– Quero que saiba – disse Averne –, que estou de olho em você. Nada de truques.

– Nada de truques – menti, olhando-o de frente. – Mas com certeza você vê a vantagem de deixar um morto recente para me auxiliar.

– Sim. Mas sei que os recentes são traiçoeiros. – Olhou para Henry, que se encolheu. – Espero um relatório. Um relatório honesto. Muitas partes do seu corpo podem ser desconectadas agora sem causar dor – enquanto você mesmo olha.

– Se-seguramente.

Tendo dito isso, deu meia volta e saiu. Ficamos em silêncio, ouvindo seus passos se afastando.

Henry virou-se para mim.

– Eu nun-nunca faria isso com o senhor.

– Tinha esperança que não – respondi, e sentei de novo na cama. Andar em torno das caixas com as muletas era difícil. – Você chegou bem na hora.

Puxei uma pequena bolsa de debaixo da cama. Há muito tempo tinha adquirido o hábito de levar junto comigo, o tempo todo, um suprimento suficiente para uma semana dos medicamentos que prolongavam o funcionamento dos tecidos cerebrais. O cérebro era minha posse mais preciosa, agora. Tinha que dividir as injeções com meu amigo, mas elas iriam ajudar.

– O que é isso?

– Remédios, senhor Macumba. Não tenho tempo de explicar tudo agora, embora saiba que o senhor está morrendo de vontade de recebê-las – desculpe a piada de mau gosto. – Desembrulhei uma seringa e subi a manga até expor minha válvula. Injetei metade da dose. Henry olhava, fascinado.

– Quando chegarmos à base, instalarei uma destas em você – disse a ele. Indiquei que devia se sentar ao meu lado e me dar o braço. Ele obedeceu. – Até lá, vamos tentar introduzir um pouco de medicamento no seu corpo. Pode não ajudar, mas não vai atrapalhar.

– Está bem.

Apliquei a injeção nele. Sempre achava graça no fato de que os recentemente reanimados se contraíam ao receber uma injeção. Os nervos eram geralmente mais sensíveis que os dos mortos há mais tempo, mas aquilo era, sobretudo, comportamento aprendido.

– Segure o braço para o alto. – Henry obedeceu novamente.

– O senhor parece tão à vontade – observou ele. Notei que sua fala tinha melhorado muito. O cachorro grunhiu e deu a volta que a corrente permitiu.

Concordei com um movimento de cabeça.

– Essa é minha vida, agora.

– Quem é esse hom-homem? Averne?

– Esperava que o senhor pudesse me dizer. – Olhei para as caixas. – Não sei nada sobre ele.

– É louco – comentou Henry, esfregando o cotovelo do braço erguido com a outra mão. – Precisava ouvi-lo na construção grande, voci-vociferando sozinho. – Ficou de pé. – O senhor vai fazer a vacina?

– Tiraria minhas próprias vísceras antes – respondi, ficando de pé com esforço. Encostei as muletas em uma das caixas e, depois de mexer lá dentro, retirei um frasco de vidro envolto em papel. – Além do mais, como você mesmo disse, é um louco. Não se faz engenharia genética com um monte de suprimentos químicos. Mesmo que eu conseguisse, sem modelos computacionais para confirmar meu trabalho a vacina provavelmente mataria todos que a recebessem.

Henry falou um palavrão, e não pude evitar um sorriso.

– Muito bem, vejo que não gagueja para *praguejar*.

Ele fez um gesto de impaciência apontando para as caixas.

– Então, o que está fazendo?

– Vou fazer uma coisa para a qual suprimentos químicos servem muito bem. – Quando me olhou, sem entender, completei: – Bombas.

Henry provou ser um bom assistente, desde que eu descrevesse minuciosamente o que devia fazer. Trabalhando juntos noite adentro, contou-me sobre sua família em Shelley Falls – todos mortos, agora – com a atitude de um homem que sempre soubera dar valor ao que tinha, mas que não se dera conta ainda da extensão de sua perda.

Lembrava-me bem dessa sensação.

Quando o amanhecer começou a pintar o céu de cor-de-rosa, tínhamos enfileirado vários tubos com nitroglicerina. Olhei para eles com carinho.

– Senhor Macumba, por favor deixe o cachorro ir, por via das dúvidas.

Àquela altura o cão tinha se acostumado à nossa presença, mas farejou desconfiado quando Henry se aproximou. Preferiu soltar a corrente do gancho enterrado que a prendia, em vez de se aproximar da mandíbula. O animal não saiu correndo. Sentou-se e pareceu ficar à espera de algum acontecimento. Não sabia se devia ou não usufruir da recém-obtida liberdade.

– A brincadeira aqui não será fugir – disse a Henry, vestindo meu paletó rasgado. – O objetivo é desviar a atenção deles e chegar até o equipamento de rádio no abrigo principal. Se conseguirmos mandar uma mensagem para minha base, podemos esperar por socorro aqui mesmo.

– E os ve-veículos?

A pergunta me pegou de surpresa.

– Desculpe, o que disse?

– O senhor não vi-viu a base toda?

Neguei com a cabeça.

Henry me deu o braço e indicou a porta com um gesto. Concordei que me levasse para fora. O ar estava fresco. Havia tochas em todo o perímetro da base e fogueiras do lado de dentro. Mesmo com ajuda dele, era cansativo pular com uma perna, e, felizmente, ele me levou apenas um pouco adiante para apontar, ao longe:

– Consegue ver?

Era difícil distinguir qualquer coisa, pois, apesar da luz das fogueiras, meus olhos ainda estavam se adaptando à escuridão em volta. Finalmente meu cérebro conseguiu identificar as formas que, aos poucos, foram aparecendo.

O pequeno exército de Averne contava com cerca de vinte tanques de variada fabricação, alguns deles construídos com partes de trens e outros equipamentos pesados antigos. Fiquei surpreso.

No entanto, aquilo não me deu muita esperança.

– O problema é que, mesmo que peguemos um desses veículos, ainda haverá muitos outros para irem atrás de nós. – Equilibrei-me. – Ainda acho que, primeiro, temos que tentar chegar ao rádio. Mas, se for preciso, você está certo. Corremos para um desses tanques.

– E quanto aos outros? – perguntou, trêmulo, quando pedi para voltar para a cabana.

– Se você tiver que matar alguém, mate Averne. Até onde pude perceber, não há nenhum vivo com ele. – Sentei na cama. – E, a menos que tenha lhes restado alguma consciência, os mortos não são os soldados mais leais. De qualquer forma, estarão ocupados com o fogo.

Henry fixou o olhar nos tubos de nitroglicerina, que estavam arrumados sobre um pedaço de pano – eu não havia encontrado um suporte próprio para eles nas caixas de equipamentos. Peguei dois, embrulhei-os com algodão e guardei-os no bolso interno do paletó. No outro bolso coloquei as seringas que havia guardado debaixo da cama.

– Nunca ma-matei ninguém – sussurrou Henry. Percebi que havia desespero em sua voz.

Meu Deus, não agora.

– Só preciso... de-deixe-me... pen-pensar. Eu nun-nunca... – Aproximou-se das caixas para se apoiar.

Mesmo sentado, consegui pegá-lo pelo cotovelo.

– Henry, acalme-se.

Ele se desvencilhou de mim, olhando-me do alto. Vi a expressão de horror se formar em seu rosto, quando percebeu qual era minha condição e entendendo, finalmente, em que ele próprio havia se transformado.

Ao longo de meus anos de pesquisa, descobrira que há uma segunda crise a superar depois de aceitar o fato de que se está morto ("Estou morto? Isso explica por que meu coração não está batendo"). É um momento que pode ser comparado a um cristal que se quebra em torno da pessoa, e os estilhaços são como um milhão de perguntas e sensações. Você percebe que não sente mais o corpo. Entende que os tecidos começarão a se decompor, algo que até então você considerava nojento. A fome aparece com muita intensidade e, em seguida, é preciso enfrentar o medo dessa mesma fome. A vida inteira passa como um raio pela consciência.

Henry não podia ter escolhido momento pior para ter esse colapso existencial.

– Henry, ouça-me.

– Não! Não, estou bem! – Suas mãos buscavam o ar, sem conseguir agarrar nada. Para meu horror, pegou um tubo de nitroglicerina. Ouvi os vidros tilintarem ao bater uns contra os outros em suas mãos trêmulas.

– Estou bem, só preciso um instante para pen-pensar...

– Henry... não. Henry, não. Coloque-os de volta no lugar.

Ele me obedeceu, mas não como eu havia pedido. Por alguma razão, decidiu levar os vidros para a beira da cama. Tentei me afastar o mais rápido que pude. Mesmo com os vidros nas mãos, em pleno ataque, ele parecia estar tentando se recompor.

E eu sabia que aquilo não era um bom sinal.

– Vou colocar estas coisas... aqui. Guardar. Para sentar. Só preciso pensar. Pensar...

Virei-me a tempo de ver um dos pequenos tubos começar a rolar.

Em vez de impedir que caísse, agarrei Henry pelo colarinho e o puxei em minha direção.

A explosão foi imensa. O cão, ganindo, voou pela porta e saiu em disparada, arrastando a corrente. Henry e eu fomos jogados para o chão. Os objetos das caixas transformaram-se em projéteis. O que nos salvou foi o fato de eu ter puxado Henry sobre mim e termos acabado protegidos pelos destroços.

Henry gritava e arranhava, tomado pelo terror, pelo instinto e pela dor. Tateei o bolso e fiquei aliviado ao perceber que os vidros que havia colocado ali ainda estavam intactos. Olhei para o homem que se contorcia sobre mim.

– *SARA! SARAAAA!*

– Calma, Henry. Calma. Você está aqui, agora. Olhe para mim, e seja forte. Precisa superar isto. Precisa! – Para recuperar alguma chance de escaparmos ele *precisava superar*. Mas meu coração estava ficando cada vez mais apertado. – Vamos lá. Controle-se. Temos que sair daqui!

Antes que pudéssemos nos mover, percebi que estavam disparando contra nós. De repente, nossa proteção foi removida e senti uma bota contra minha cabeça. Depois, nada mais.

19

pamela

Poucas horas depois do pronunciamento do primeiro-minitro, a expressão "guerra biológica" começou a aparecer nas legendas da televisão e nas falas dos apresentadores.

Ainda não passava nenhum vídeo sobre os Campos Elíseos – víamos somente os rostos de repórteres agitados descrevendo como o complexo havia sido colocado em quarentena absoluta. Ninguém tinha permissão para entrar ou sair. A certa altura apareceram soldados de uniforme vermelho guardando o portão destruído. Moradores impedidos de retornar fizeram filas enormes do lado de fora da prefeitura, pedindo auxílio e informação. Esses tiveram sorte. Havia histórias horríveis sobre os cidadãos que ficaram presos do lado de dentro, condenados apenas por causa do lugar onde se encontravam no momento em que os soldados assumiram o controle.

A maior parte das pessoas sentia-se ultrajada diante dos acontecimentos, mas a opinião delas pouco importava. Quem estava no poder tinha um plano, e estava prestes a executá-lo. O general Giles Patmore foi à televisão naquela noite para explicar que, aparentemente, durante o ataque, os punks haviam liberado algum tipo de vírus ou bactéria que estava provocando mortes. O objetivo era impedir que a doença, fosse qual fosse, se propagasse para a superfície. Disseram que a quarentena estava sendo imposta, com a presença do exército, até que todos os que *tivessem* que morrer, *morressem*.

A cidade estava elétrica. As pessoas lotavam as ruas, os pubs e os salões de chá para comentar. À medida que os boatos chegavam aos adolescentes, Isambard, com seu celular pós-pago, ia reportando para nós, em casa. Algumas das histórias eram bastante loucas – especialmente as contadas pelos refugiados dos Campos Elíseos. Alguém, em algum lugar, havia começado o rumor de que os infectados estavam atacando e *comendo pessoas*. Minha mãe não permitiu que ele lesse aquela série de mensagens em voz alta, graças a Deus.

Meu pai, que ficava a par dos boatos pelos clientes que vinham à padaria, opinava que os boatos eram provocados pela histeria em massa – todo mundo enlouquecendo um pouco ao mesmo tempo. Isso até podia explicar a situação, mas algo me dizia para manter os ouvidos atentos.

Na manhã seguinte obtive permissão para ir fazer a compra diária da família, pois Isambard não se sentia bem do estômago. Concluí que tinha ficado acordado metade da noite mandando mensagens sob as cobertas, mas não discuti – estava desesperada para tomar um pouco de ar fresco.

Minha mãe me obrigou a usar sua longa mantilha preta e um véu de renda cobrindo o rosto, para manter as aparências. O céu estava cinza e senti cheiro de neve no ar. Neve era algo muito raro em Nova Lodres, e, quando caía, as pessoas ficavam nervosas.

As ruas estavam repletas de refugiados. Alguns procuravam trabalho; outros, um lugar para ficar. Alguns apenas perambulavam, sem saber para onde ir. Pareciam seres assombrados. Era assustador caminhar no meio dessa multidão de fantasmas que praticamente não me notava.

Comprei o que haviam me pedido no mercado ao ar livre que ficava a um quarteirão de casa. Notei que os comerciantes olhavam com desconfiança para os forasteiros. Avaliei a extensão dos boatos e quanto dano estariam provocando.

Quando acomodava meu último embrulho na cesta, Ebenezer Coughlin instalou-se na esquina. Era um músico de rua, tinha a pele cor de café, e era muito talentoso. Tocava um instrumento que tinha cordas cruzadas em todo seu comprimento. Era uma invenção da família Mink, conhecida por criar esse tipo de instrumento musical.

Ele passou o arco em forma de serpentina sobre as cordas, emitindo uma melodia doce. Aproximei-me para cumprimentá-lo.

– Bom dia, senhor Coughlin.

Ele descansou o arco sobre o instrumento e inclinou levemente o chapéu. Faltava-lhe um dos braços.

– Bom dia, senhorita Roe.

Olhei em torno. Havia refugiados descansando sob as marquises das lojas que ainda não estavam abertas.

– Vai tocar hoje?

Encolheu os ombros, e colocou o chapéu no chão.

– Acho que é o melhor a fazer. O mundo precisa de mais música hoje do que normalmente, na minha opinião. Pode ser que ajude a acalmar as pessoas.

Não pude conter um sorriso.

– Muito sábio de sua parte, senhor.

– Pois é. Não é à toa que já tenho cabelos brancos. – Sentou-se e começou a tocar. Coloquei o troco das compras no chapéu dele e rumei para casa.

Isambard havia saído para a escola quando cheguei. Minha mãe recebeu a cesta e colocou-a de lado. Pegou-me pelo braço. A mantilha escorregou para meus ombros.

– Vamos arrumar você.

– Arrumar?

– É, para a visita do jovem senhor Allister.

Mil palavras ricochetearam dentro da minha cabeça. Só consegui pronunciar um “oh”.

Vinte minutos depois estava no meu quarto usando novamente o vestido cor de lavanda. Minha mãe ajeitara meu cabelo e penteara minhas sobrancelhas, e agora ajustava o caimento da roupa. Fechei os olhos e tentei me concentrar em como era bom ser tocada pelas mãos tão familiares dela. Mesmo assim, não conseguia bloquear outros pensamentos.

Perguntei baixinho: – Você está entusiasmada porque ele pediu para nos visitar?

Abri os olhos. Mamãe parou, com as mãos no meu cabelo. Não consegui ler a expressão de seu rosto.

– Por que está me perguntando isso?

– Por que... quero saber o que esperam de mim. Você já havia me dito que eu deveria me concentrar nesses assuntos, mas é tudo tão confuso. – Pronto, conseguira me expressar.

Ela suspirou, e se afastou de mim. Pegou uma fita azul na penteadeira.

– Nós realmente pensamos muito se mandar você para aquela escola era mesmo o que devíamos fazer.

Não entendi.

– St. Cyprian? Por que não me mandariam para lá?

– Porque, Pamela, este é o resultado. Você nasceu muito embaixo na pirâmide para subir muito nela, mas agora está recebendo uma educação sofisticada demais para ser feliz aqui.

– Mãe, sou feliz aqui. Amo todos vocês.

Ela balançou a cabeça e colocou a fita em volta do meu pescoço.

– Confie em mim, Pamela. Você sabe que seu avô era coveiro. Eu me casei por interesse. Já joguei esse jogo, embora nunca no nível que você terá que jogar. E não há escolha – terá que jogar. Se não se esforçar para subir além da sua posição atual, será *chutada* para baixo. Você pode obter algum tipo de vantagem no primeiro caso, ou perder muito, no segundo. É isso que precisa perceber... é para isso que tenho tentado chamar sua atenção.

Enquanto dava um laço na fita, olhei para meus troféus de arco e flecha e entendi exatamente o que queria dizer. Estava recebendo educação para me tornar uma dama, e precisava fazer jus a ela agora. Mesmo que escolhesse ficar na sarjeta, as estrelas estariam sempre olhando para mim.

– Quanto à visita do senhor Allister... estou entusiasmada sim. Estaria se qualquer jovem tivesse pedido permissão para nos visitar, Pamela. Você está prestes a entrar nessa fase de sua vida. – Ela olhou pela janela. – Não mentirei para você. Rezo toda noite para que faça um bom casamento. Mas não quero que pense que vamos obrigá-la a aceitar *qualquer* união.

Mordi a boca por dentro.

– Isambard disse...

– Isambard precisa aprender a ficar de boca fechada – disse minha mãe com firmeza. – Mesmo que tenha dito a verdade, não o faria com sabedoria. De qualquer forma, não é o momento de se distrair com essas coisas. Todo nosso pensamento deve estar com Nora, e com aqueles que estão nas ruas... É assim que deve ser.

Olhei para minhas mãos.

– Mas o senhor Allister virá mesmo assim.

Ela me beijou na testa.

– Exatamente. – Afastou-se e olhou-me. – Tenho uma surpresa para você. Estava reservada para o Natal, mas acho que precisa dela neste momento.

– Uma surpresa?

Ela foi até seu quarto. Enquanto não voltava, fiquei pensando em suas palavras. Por alguma razão, senti-me mais incomodada que resignada. Apesar de minha mãe ter tentado me reconfortar, meu entusiasmo por Michael havia sido estragado pela pressão da etiqueta. Será que não podia ter uma única coisa só minha? Será que não podia desfrutar do meu inocente interesse por ele sem que isso se tornasse assunto sério?

Ao mesmo tempo, fiquei envergonhada por querer apreciar o momento. Lembrei da voz de Nora misturada à de Michael, e de como havíamos nos sentido felizes naquele passeio pelo jardim, entre pássaros raros.

Naquele instante, e só por um instante, quis me libertar de tudo. De todo fardo, de todo medo. Só por um instante.

Mas entendi que jamais seria possível.

Minha mãe voltou trazendo com um embrulho feito com papel fino e laço de fita. Era longo e tinha uma forma irregular.

– O que é?

– Abra e veja.

Desfiz o nó com cuidado para poder colocar a fita na minha coleção. Rasguei o papel e encontrei uma sombrinha com lâmpada, na cor branca.

– Quando Nora voltar – disse ela – vocês formarão uma linda dupla quando saírem para caminhar. Que rapazes, ricos ou pobres, poderão resistir?

Passando os dedos sobre os botões no cabo da sombrinha, desejei desesperadamente que aquilo acontecesse um dia.

Isambard voltou para casa para tomar o café da manhã. Perguntei, com afetação, como se sentia e fiz questão de servi-lo. Pela expressão dele, percebi que não sabia como reagir à minha atenção.

– O que você está fazendo? – sussurou para mim quando minha mãe ficou de costas.

– Mostrando como é ter duas caras – respondi, falando baixinho. – Para você saber como é quando você for para a Arcandian.

A resposta em forma de careta fez meu café da manhã ficar delicioso de repente.

Pouco antes das dez, estava pronto para sair novamente. Minha mãe despediu-se dele na porta. A rua estava repleta de gente.

– Minha nossa! – exclamou ela.

– Vagabundos imundos – retrucou ele, petulante.

Não consegui evitar meu assombro. Talvez não tivesse entendido a questão.

– Isambard, algumas dessas pessoas são dez vezes mais ricas que nossa família.

Ele me olhou com desdém.

– Bem, agora são vagabundos imundos – reiterou ele, secamente – e pior, com ódio na voz. Percebi, então, que era inútil brigar. Seria mais proveitoso concentrar minha energia em outra seara.

Quando minha mãe ia fechar a porta, vimos uma carruagem elétrica pintada em azul e prata que se aproximava devagar pela rua, cortando caminho entre a multidão. Cheguei junto dela para ver se era a que estávamos esperando. Vislumbrei o cabelo claro de Michael através do vidro escuro.

– É o senhor Allister.

Minha mãe fechou a porta e praticamente me arrastou para a sala. Fez uma última inspeção na minha aparência, e jogou em mim um livro da estante.

– Ai, mãe!

Correu para a porta, dizendo: – Sente-se. Leia.

Fiz como ordenou, e contei até dez.

A batida na porta ainda demorou uns cinco minutos. Minha mãe ajeitou seu vestido simples, esperou mais quinze intermináveis segundos, e abriu.

– Ah, senhor Allister! Que prazer vê-lo.

Ouvi-o responder: – Bom dia, senhora Roe. Espero não estar incomodando.

– De forma alguma. Entre, por favor. – Quando ouvi seus passos nas tábuas do piso, pensei novamente em como poderia estar absolutamente extasiada por receber Michael Allister na *minha* casa. Hoje, porém, apenas olhei para o livro sobre meu colo tentando concentrar energia para sorrir.

Quando ele entrou na sala, levantei e fiz uma mesura.

– Senhor Allister, como vai?

Ele se curvou. Seu terno de corte perfeito e sua gravata combinavam com o verde dos olhos.

– Muito bem, senhorita Roe. Como vai a senhorita?

– Tão bem quanto possível. – Sentei-me novamente e minha mãe fez o mesmo, o que significava permissão para que ele tomasse assento também. Escolheu a outra ponta do sofá. Minha saia cobria o pequeno buraco que eu mesma cavara ali.

– Espero que não tenha encontrado problemas na estrada – disse minha mãe.

– Não há outra coisa lá fora senão problemas na estrada – respondeu ele, olhando pela janela. Nossa sala era um tanto quanto sem graça, mas muito limpa. O azul das paredes estava um pouco gasto, e a lareira e estantes, embutidas, estavam atulhadas de coisas.

– Isto está assim desde que nossas forças chegaram?

– Sim, o movimento começou ontem. – Minha mãe ajeitou o avental sobre o vestido. – Estamos na parte da cidade que fica mais próxima dos Campos Elíseos, de forma que provavelmente veremos daqui tudo o que se passar.

– Ah – respondeu ele, demonstrando entendimento. Por mais de um minuto, não se ouviu nada além do tic-tac do relógio de meu avô.

– Realmente, é uma coisa boa que a senhorita Dearly não esteja aqui para ver isto.

– Não, não é – respondi. Michael e minha mãe olharam para mim sem entender. Expliquei: – Quero dizer... ela estaria bem no meio da confusão, se estivesse entre nós.

– Ah – repetiu Michael. Desta vez, o tom de seu comentário indicou que ele não aceitara o meu.

Engoli seco e acrescentei: – Mas como ela não está... bem... há esperança.

Michael extraiu um lenço do bolso do paletó de veludo. Suas iniciais estavam bordadas em azul marinho. Balancei a cabeça e respirei fundo, sentindo o rosto queimar.

– Estou bem, senhor.

– Ficaria honrado se ficasse com ele – disse, oferecendo-me o lenço.

Lentamente, estendi a mão para pegá-lo.

– Obrigada.

Ele sorriu, tenso.

– Devo admitir que tenho pensado muito em sua família. A tia da senhorita Dearly, senhora Ortega, está hospedada conosco, como as senhoras sabem.

Balancei a cabeça.

– Não, não sabia. Ela se encontra bem?

Michael franziu a testa.

– Ela não as contactou, então? Sim, encontra-se bem.

– E seus empregados? – Pensei em Matilda e Alencar, e preocupei-me por eles.

– Ela mesma teria que lhes dizer, pois não sei nada sobre eles. Não estão conosco. Honestamente, creio que é bastante rude da parte dela não ter se comunicado com as senhoras.

Minha mãe ficou ereta.

– O senhor Allister transita em esferas que não tendem a fazer contato conosco, à parte de algumas inevitáveis palavras. Seus pais demonstraram esse fato claramente ontem.

Michael tossiu.

– Não posso pedir desculpas no lugar deles, mas lamento que tenham sido submetidas a esse pesar. Não foi minha intenção provocá-lo. Precisei da permissão de meus pais para vir visitá-las, mas... – Olhou para mim novamente: – Não me importo que a concedam de má vontade, desde que a obtenha. Espero tê-la como amiga, senhorita Roe.

Retribuí da mesma forma: – Espero tê-lo como amigo também.

Minha mãe não emitiu nenhum comentário, mas retomou o bordado com mais paciência que o habitual, sinalizando para mim que estava contendo a vontade de começar a dançar pela sala.

A visita prosseguiu como esperado – falamos da meteorologia, da escola. Michael frequentava a St. Arcadian. Rindo, comentou: – Espero poder passar mais tempo com a senhorita, algum dia – as histórias que poderia contar sobre a escola nos distrairiam por várias horas.

– Creio que os meus relatos superariam os seus – respondi. – Lembre-se de que minha perspectiva é a de uma forasteira.

Michael ajeitou a borda do colete.

– Acredita nisso? Muito bem. Nos enfrentaremos com pistolas verbais, ao amanhecer.

Consegui sorrir.

Foi então que ouvimos os gritos.

Ficamos de pé simultaneamente, como marionetes presas aos mesmos cordões. Michael e eu corremos para a janela, enquanto minha mãe dirigiu-se à porta. Afastando as cortinas, vimos uma multidão correndo em direção às aforas da cidade. Um homem vinha correndo atrás das pessoas, com um braço ensanguentado erguido acima da cabeça.

Levava um arco na mão.

Deus do céu.

– Senhorita Roe! – gritou Michael, quando saí correndo.

Sem pensar, peguei a primeira coisa que encontrei na chapeleira próxima à porta – minha sombrinha nova. Minha mãe estava parada no vão, boquiaberta. Tive que empurrá-la para sair. Ela agarrou minha saia na tentativa de me puxar de volta para dentro.

– Pamela, o que você está fazendo!?

– Solte-me! – gritei. – Solte-me! É o senhor Coughlin – é Ebenezer Coughlin! Alguém tem que ajudá-lo!

– Alguém vai aparecer! Volte, isto não é coisa para você!

Queria que fosse verdade. Ansiosa, olhei para a multidão, na esperança de que alguém fosse em socorro do senhor Coughlin. Mas todos continuavam correndo em desespero. Ninguém parou.

Peguei a saia, soltando-me da mão de minha mãe. Corri para a rua na direção oposta daquela correnteza humana, lutando para abrir caminho. Só conseguia pensar em chegar até o pobre homem para ajudá-lo.

A fita atada ao redor do meu pescoço soltou-se e voou na brisa fresca quando finalmente cheguei à borda da turba.

– Senhor Coughlin! Senhor Coughlin, venha para dentro... – gritei, correndo até ele.

– Ela me mordeu! Ela me *mordeu*!

– Venha para a calçada. – Pessoas paradas nas portas olhavam, chocadas. Peguei a manga sem braço do senhor Coughlin e conduzi-o para uma loja de chapéus que ficava próxima. Ouvi portas baterem.

– Socorro! Alguém nos ajude! Ele está ferido!

Fiquei paralisada. Todos os meus músculos, incluindo o coração, congelaram. Olhei para o braço. Ele continuava soluçando e dizendo que alguém o tinha arrancado e comido inteiro...

Havia sangue. Muito sangue. E faltava um pedaço do antebraço.

A sombrinha bateu no chão. Deixei cair o casaco dele. Cobri a boca com as mãos.

Foi quando a vi.

Vinha cambaleando pela rua. Era uma mulher jovem e ruiva, com a pele cor de mofo e olhos amarelados. Um gemido longo e grave escapava de sua garganta. Ela caminhava com um pé quebrado, pois o tornozelo estava torcido para um lado, inútil. Seria até engraçado, se não parecesse tão doído, se não indicasse que havia algo horrivelmente errado com ela.

Ebenezer a viu também, e começou a gritar. Correu em disparada, deixando uma trilha de sangue no asfalto. Ouvi mais pessoas gritando, minha mãe entre elas, mas parecia que eu deitara raízes no lugar onde me encontrava.

Então era isso que a doença provocava. Os boatos eram verdade.

Os gritos atraíram a moça, e de repente ela começou a se mover como um raio, vindo em minha direção. Chocou-se contra mim antes que pudesse pensar em correr. Derrubou-me no chão. Ouvi seus dentes baterem perto dos meus ouvidos. Soava como um cachorro raivoso.

Gritando de medo e de dor, tentei empurrá-la pelos ombros, afastando a boca de mim. Era incrivelmente forte e parecia estar movida por alguma raiva misteriosa. Lutei sem ver, com a adrenalina se acumulando nos meus membros. Minha percepção era uma terra arrasada de terror e confusão.

Foi então que vi a sombrinha caída, e arrisquei.

Soltei uma mão, peguei-a e comecei a bater. Não saberia dizer se doía ou não, mas ela se distraiu a ponto de passar a atacar a sombrinha. Consegui afastá-la o suficiente para sair de baixo dela e ficar de pé. Ofegante, agarrei meu presente como se fosse um bastão de beisebol.

Ela veio em minha direção. Bati com força, o que a manteve afastada por alguns segundos. Mas a sombrinha era leve demais para feri-la seriamente. Tentei correr, mas ela era tão rápida que conseguiu agarrar meu vestido, exatamente como minha mãe havia feito, e não tive escolha a não ser me virar e encará-la novamente. Logo me vi encurralada contra a parede de um edifício, como uma presa impotente. Tive certeza, ao vê-la se aproximando, abaixada e sibilando, que eu estava prestes a morrer.

Nunca saberei o que me possuiu naquele instante – que parte do meu cérebro assumiu o comando. Talvez Nora estivesse morta, e era seu espírito que gritava instruções para mim. Em uma patética tentativa final de me salvar, virei a sombrinha como se fosse uma lança e coloquei todo meu peso nela, ao mesmdo tempo em que a mulher se jogava contra mim como se fosse um animal.

Guiada pela sorte, pela vontade do universo, ou pela mão do fantasma de Nora, a ponta da lamparina de metal entrou diretamente no cérebro pelo olho da minha agressora. Gritei como um guerreiro da Antiguidade, ou como os punks enlouquecidos nas holos idiotas da Nora. E ouvi algo se quebrar, com um som arrepiante.

A mulher, contorcendo-se, caiu a meus pés.

Soltei a sombrinha e cambaleei para o lado, tremendo. Olhei em volta. As pessoas nas janelas e nas portas me observavam. Ouvi passos e então Michael parou a dez metros de distância, olhando para mim como se não me conhecesse.

Eu acabara de matar alguém.

Matar.

A última coisa que ouvi, antes de colapsar sobre o pavimento, foi o uivo de uma sirene.

20 nora

Acordei na manhã seguinte me sentindo um pouquinho… feliz.

Fiquei surpresa, dado tudo que acontecera. Não tinha mais certeza de quem era a Nora Feliz – fazia tanto tempo que a encontrara pela última vez. Estava, porém, disposta a reatar a amizade. Deixá-la fazer o que tinha que fazer.

Nora Feliz levantou-se da cama e espreguiçou-se, ficou na ponta dos pés e ergueu os braços para o teto. Nora Feliz achou, de repente, que havia algo bom a esperá-la do lado de fora, algo grande e brilhante, que, no momento, era invisível, mas que estava tomando forma rápido, como um raio de sol que aparece entre nuvens. Apesar de minha complicada situação atual, também era verdade que correra grave perigo e havia sido resgatada. Voltara da beira de um abismo. E mais: havia uma possibilidade, ainda que remota, de encontrar meu pai de novo, sentir seu abraço, ouvir sua voz.

Estava furiosa com ele, sim, mas pelo menos ele ainda existia para que eu pudesse sentir essa raiva toda dele.

Tudo ia dar certo. Mais que certo. Sim, havia um monte de coisas erradas no universo, no momento – mas, no final, tudo ia dar certo.

E Nora Feliz olhou em volta do quarto onde se encontrava e percebeu que o dono era um homem incrivelmente corajoso e honesto. Na verdade, pensar em Bram fez Nora Feliz balançar um pouquinho o corpo, e foi então que eu a agarrei pelos ombros e fiz com que parasse com aquela efusão toda, um pouco envergonhada por nós duas.

Não fique feliz demais.

Não mexi novamente nas coisas do Bram. Estiquei a cama como se fosse um tambor. Vesti-me, escovei o cabelo e sentei para esperar, quase sem sentir a cadeira. Poderia ter saído sozinha dali, mas não quis obrigá-lo a me procurar.

Nora Feliz sugeriu que poderia ser divertido se esconder em algum lugar só para ver o que Bram faria. Entraria em pânico ou, muito calmamente, faria uma busca em cada centímetro da base, como um caçador? Como gostaríamos que ele se comportasse?

Completamente irritada agora, mandei Nora Feliz sumir pelo resto do dia. Ainda não havíamos encontrado meu pai, afinal de contas – e ele tinha muito que me explicar. Ainda não tinha conseguido entrar em contato com a Pam. E o que Bram tinha me contado na noite passada... A última coisa do mundo de que precisava era alguém para complicar as coisas ainda mais para ele.

Ele bateu na porta vinte minutos depois. Abri.

– Bom dia, Br...

Tinha uma arma prateada apoiada no ombro, com duas lâminas em forma de lua crescente em cada extremidade, unidas por uma haste.

– O que você vai fazer com essa coisa? – gemi. Dei um passo para trás, sentindo meu coração acelerar, imaginando que havia chegado meu o fim – ele tinha vindo acabar comigo, afinal, como a morte que bate à porta. Como tinha sido tola...

Bram deu um meio sorriso.

– Vou te ensinar a usar isto.

Meu medo e insegurança se dissolveram imediatamente.

– Ah. Que *afiado*.

– É mesmo. Tenha cuidado, portanto. – Virou o pulso fazendo a coisa girar, e estendeu o braço para que eu a pegasse. As lâminas refletiram a luz, como se fossem pás de um moinho de brinquedo. Segurei-a com as duas mãos. – Chama-se foice modificada, com duas lâminas retráteis. Obra de Samedi, que é um bastardo sarcástico, às vezes.

Só consegui emitir um "Incrível."

Bram encostou no batente da porta, olhando para mim enquanto eu examinava a a arma.

– Cheguei à conclusão que você é a coisa mais miúda que já vi na vida. – Lancei em sua direção meu olhar de assassino e ele riu. – O quê? Você pretende crescer mais alguns centímetros? Minhas irmãs devem estar mais altas que você. Quantos anos você tem?

– Quase dezessete – resmunguei. – É, sou baixa mesmo. Que bom observador você é.

– Não tem nada errado em ter pouca estatura – disse ele. – Acho uma graça. Mas não é muito bom caso tenha que lutar. Armas de fogo são a melhor opção para você, desde que não vivos estejam à distância. Mas vai precisar de uma coisa destas se acabar em um corpo a corpo.

Ignorei por um momento a ideia de que ele achava alguma coisa a meu respeito "uma graça".

– Corpo a corpo? Você quer dizer...

Ele levantou uma mão em sinal de "alto lá".

– Não. Nada de exército para você. Mas é perigoso lá fora e quanto mais você souber sobre como se defender, melhor. Isso vale para qualquer um, mas especialmente para meninas. – Ele sorriu. – Para meninas pequenas, bem pe-que-ni-ni-nhas.

Apertei o cabo da arma enquanto lhe lançava outro olhar furioso – e caí sentada quando pularam as duas extensões de cada lado. A arma, que antes media uns 60 centímetros, agora media quase o mesmo que eu. Bram teve um acesso de riso enquanto eu tentava me erguer do chão.

– Como faço para que entrem de novo? – perguntei, sentindo o rosto arder.

Ainda gargalhando, ele foi para trás de mim e colocou seus dois braços paralelos aos meus.

– Aqui. Vê as duas alavancas pequenas? Deslize-as ao mesmo tempo.

Só que eu não consegui. Congelei. Bram estava quase encostando em mim. De novo fui assaltada pela ideia de que ele poderia facilmente arrancar meu pescoço fora, me esmagar completamente, ou...

Bram se afastou de mim.

– Você ouviu o que eu disse? – Estava sério. Fiquei furiosa comigo mesma. Certamente se aborrecera porque eu havia hesitado, havia ficado paralisada como um animal acuado sem ele ter me dado o menor motivo para temor ou a menor indicação de violência.

Arrependida, experimentei as alavancas. As lâminas retráteis saltaram de novo, fazendo "whoosh". Olhei para ele, certa de que ainda estava vermelha, e respondi: – Ouvi sim.

Não havia raiva em seu olhar, mas frustração.

– Vamos treinar no pátio depois do café da manhã. Mas antes precisamos visitar a Cas.

– Por quê?

Ele me olhou de alto a baixo.

– Se você acha que pode lutar usando um vestido de baile, fique à vontade.

Estava com o outro vestido que a doutora Chase havia me dado, e não o tinha cortado.

– Vestido de baile? Isso não é um... ei!

Já estava se afastando. Respirando fundo, segui-o.

O pequeno quarto de Cas ficava no alojamento que dava para o outro pátio. As outras mulheres que eu notara ficavam acomodadas na mesma área, em dormitórios compridos com beliches. Os rádios e vitrolas delas competiam entre si e na confusão de sons eu podia ouvir música popular vitoriana, sinfonias antigas e batidas estranhas que não conseguia identificar.

Bram bateu e, quando Cas abriu a porta, o volume da música que vinha do quarto dela aumentou. Ela estava com tiras de papel alumínio no cabelo e um cigarro no canto da boca – que imediatamente escondeu nas costas quando viu que era o Bram.

– Oooooiiii!

Ele ergueu as sobrancelhas.

– Oi. – Olhou para o papel alumínio. – Não vou nem perguntar o que é isso.

– Marcianos estão tentando controlar meus pensamentos, bobo. – Quando me viu, sorriu. – Oi, Nora! ... Ooooh... – Ela olhou a arma. – Que brilho!

– Ela precisa de roupas apropriadas para aprender a usar a... "brilhosa".

Cas bateu palmas.

– Viva! Banho de loja!

Ai meu Deus, não.

Cas me agarrou pelo pulso e me puxou para dentro. Olhei para o Bram ao ser arrastada, mas só o vi acenar antes que a porta se fechasse.

Olhei para a porta fechada. Ia ter que matá-lo depois. Uma pena, mas era questão de princípio.

Havia uma janela no quarto da Cas e ela apagou o cigarro em um cinzeiro de vidro antes de abrir a persiana para deixar entrar um pouco de luz. O cômodo era um desastre – roupas por toda parte, pôsteres e fotos despregando-se da parede por causa da umidade, o piso praticamente coberto por uma variedade de pedaços de plástico. Ela chutou alguns, abrindo caminho em direção ao guarda-roupa.

– Desculpe. Sou um pouco desleixada. – Puxou as cobertas sobre a cama e fez sinal para que me sentasse.

Sentei e apoiei o qualquer-coisa modificado na parede, perto da foto de um garoto de feições bem definidas usando um jabot[11] e pérolas. Ou era uma garota? Não era possível dizer. Cas viu que eu estava intrigada e disse:

– Esse é Tory Angel – ou Victoria Angélica, às vezes. Um cantor de rock underground que é demais. Já ouviu falar dele?

– Não. É um artista punk?

– Não, é neovitoriano. Eu era também, antes de morrer.

Olhei para ela, sem acreditar.

– Você era?

Ela assentiu, vivamente.

– Hmm-hmm! De Buffalora.

Localizei o lugar. Ficava na fronteira do Panamá com a Colômbia.

– Já ouvi falar! Foi atingido por uma tempestade gigantesca... – Olhei para ela e entendi.

– Ataque dos zumbis, anos atrás.

– Dez pontos pra você! O caso de Buffalora é até hoje minha farsa governamental favorita. – Cas apontou para o próprio cabelo e continuou. – Deixa eu só tirar isso aqui antes... Credo. Parece que foi há tanto tempo... Eu era bem *princesa*, sabia? Filha única, podre de tão mimada.

– Então você também não era do exército?

Cas começou a tirar o cabelo de dentro do papel alumínio, revelando que o havia tingido em tiras de roxo e rosa.

– Não, imagine, eu? Meus pais teriam cortado fora meus braços e pernas antes de permitirem que me alistasse. Na verdade, estava prometida para o proprietário de um grande vinhedo. E estava entusiasmada. Não *com ele*, que devia pesar mais de duzentos quilos, mas porque pensei que poderia beber

[11] Jabot é um enfeite de renda que é colocado na parte da frente das camisas, como a que usam juízes nos Estados Unidos ou França. (N.T.)

grátis até o fim da vida. Minha história ia ser como a da Maria Antonieta, sabe? Festa-festa-festa. Foi quando os mortos se convidaram para jantar.

A voz dela soava animada, mas não pude evitar um sentimento de pena.

– Sinto muito, muito mesmo.

– É... foi um dia horrível. Mas, fazer o quê...? – Ela deu de ombros e começou a enxaguar o cabelo com a água de uma jarra de cerâmica. – Aconteceu a pessoas melhores que eu. Minha mãe e eu fomos as únicas sobreviventes. E por "sobreviventes" entenda "acordamos de novo não totalmente insanas", como o tio Marcos...

– Onde está ela?

– No quarto ao lado.

Olhei para a parede. Cas balançou a cabeça em negativa.

– Da outra parede. Está aqui e trabalha para o Wolfe, consertando roupas e coisas assim. Anda junto com a companhia. Na verdade, a morte salvou nossa relação. – Cas enrolou uma toalha na cabeça. – Ficamos um pouco tensas por um tempo, mas agora somos as melhores amigas. Você tem que conhecê-la um dia desses.

Ser apresentada a mais uma zumbi não me enchia de alegria, então fiquei em silêncio. Apesar disso, a ideia de uma família continuar junta após a morte me animou, de certa maneira. Talvez, no futuro, eu pudesse dizer o mesmo sobre eu e meu pai.

Cas sacudiu o cabelo.

– Pronto! – Jogou a toalha para um lado e olhou para mim. – Não sei o que fazer no seu caso. Sabe, eu pego coisas de casas vazias, quando saímos em missão. Não considero roubo, porque não iam ser mais usadas mesmo...

– Ah. – Foi tudo o que consegui dizer.

– Qual sua opinião sobre saias curtas?

– Mmmm. Não uso desde que era criança, mas não me oponho completamente. Você viu o que fiz com aquele vestido ontem. Abaixo do joelho está bem.

Cas abriu o guarda-roupa. Achei que as roupas iam pular para fora, de tão cheio que estava.

– Viva um pouco a vida, garota! Você está no meio do nada agora! É por isso que fumo e que meu cabelo está desta cor, e tudo o mais. – Pegou uma saia e colocou à sua frente, na altura da cintura. – Fico pensando: o que é que tem, isso vai me matar, por acaso?

– Não posso sair assim!

Cas estava ao meu lado na frente do espelho. Tinha levado um tempo para chegar à combinação que eu estava usando, e agora não queria abrir mão dela.

Eu parecia uma prostituta.

– Está adorável, sua boba.

Vestia uma saia preta rodada que ficava na altura dos joelhos, uma anágua curta que aparecia por baixo, e meias-calças e botas de cano alto da mesma cor. Por dentro da saia, uma blusa branca com mangas até os cotovelos. Ela tinha prendido meu cabelo com uma fita branca para que não atrapalhasse meu campo de visão.

– Nem dá para se *ver* as pernas! E, quando você tiver um coldre para prender na coxa... meu Deus, vai ficar demais!

– Não é nada recatado!

– Bom, eu ia bater na porta, mas já estou pensando em fugir – disse Bram do corredor. Estava de volta.

Olhei para a Cas.

– Não se atreva.

Ela riu e foi dando passos de costas para a porta. Furiosa, olhei para ela e, depois, para minha arma. Percebendo minhas intenções, ela parou. Parecia uma cena de filme de faroeste.

Disparamos as duas no mesmo instante – Cas para a porta, eu em direção à arma. Ela chegou antes ao objetivo, e abriu. No instante em que me virei, armada, Bram estava parado, me olhando.

Fiz uma careta de desgosto. Ai dele se dissesse uma palavra sequer.

– Então? Essa era *sua* grande ideia?

Bram me olhava como se nunca tivesse me visto antes. Senti o rosto arder de novo. Conseguia me *mover* facilmente, e eu queria isso – mas me sentia praticamente nua.

Bram deu uma tossidinha: – O que há com vocês meninas e essa coisa com os quartos? Cas, você não sabe que de vez em quando fazemos inspeções? – Ele afastou o olhar de mim deliberadamente, olhando para o ambiente.

Cas desafiou-o: – Você vai me notificar?

– Não. – Estendeu a mão para mim, mas não me olhou. – Vamos Nora. Quero começar o treinamento antes da meia-noite.

Senti-me muito... perdida, por não saber se ele me aprovara ou não. Mas por que estava me importando com isso, fosse qual fosse a resposta?

Peguei a arma de novo e cheguei perto dele, mas sem aceitar sua mão. Cas sorriu para mim.

– Você está uma graça. Confie em mim. Continue fazendo o que está fazendo e vai dar tudo certo. Ninguém vai pensar que você é uma prostituta.

– Fazendo o que estou fazendo? O que é que estou fazendo?

Cas ajeitou o cabelo úmido.

– Passando um tempo com uma zumbi, deixando que ela toque em você e coisas assim, sem sair gritando feito uma louca. Até mais. – Acenou se despedindo e fechou a porta.

Segui Bram para o pátio em silêncio. Depois de um tempo ele disse: – Ela é legal, viu?

– Legal como? Sobre essa coisa de se tocar?

– É. – Ele me olhou pelo canto do olho. – O que mais queremos é ser tratados como qualquer pessoa... e... bem... – Acelerou o passo e eu

tive que trotar para acompanhá-lo. – Ela também está certa sobre a roupa ter ficado legal.

A última frase saiu tão rápida que tive que separar as palavras dentro da minha cabeça. Quando entendi, parei no meio do pátio e ri. A situação era muito boba.

– Senhorita Dearly? – Não era a voz de Bram. Não me movi, porque achei que tinha sido minha imaginação. *Acho que ele nos deixará em alguns instantes, senhorita Dearly.*

O som daquela voz estava marcado a fogo na minha memória.

Virei-me, devagar. Parado ali, a um metro de mim, estava Horácio Salvez.

Deixei cair a arma no chão e abracei-o com força. Ele me abraçou de volta.

– Senhorita Dearly! Não pode imaginar como estou feliz de vê-la aqui. Estava de plantão na noite que a trouxeram.

Senti lágrimas nos olhos. Afastei-me para olhar seu rosto magro e sua expressão carinhosa.

– Estava lá? O senhor trabalha para o Departamento de Saúde Militar? Ou ainda trabalha para meu pai?

– As duas coisas. Estamos todos aqui, agora. – Ele me abraçou de novo e eu aceitei o abraço. – Não imagina como é bom saber que está segura.

– O senhor sabia sobre ele, então – sussurrei ao seu ouvido. – Sabia que ainda estava vivo.

Ele deixou cair os braços ao longo do corpo.

– Sim. Peço desculpas por não ter podido lhe contar. – Agora foi ele quem me afastou. – De coração... mas não tem ideia de quantas vezes desejei poder compensá-la de alguma forma pelo que estava passando.

Havia tanto remorso nos olhos dele que decidi mudar de assunto.

– Você pode. Foi determinado que não posso fazer contato com ninguém – ou saber o que está acontecendo fora da base. Tenho a sensação que estão me escondendo algo.

Horácio olhou para Bram e de volta para mim.

– Na verdade, pediram-me que a levasse até Wolfe. Pode perguntar diretamente a ele.

Finalmente.

– Perfeito.

Horácio assentiu.

– Trarei-a de volta logo, capitão Griswold.

Bram levantou a arma do chão. Por algum motivo, ficara sério.

– Vá depois para o refeitório. Encontro com você depois que comer, está bem?

– Sim.

Sem mais palavras, Salvez me conduziu pelo pátio leste e atravessamos o portão principal. Havia zumbis treinando do lado oeste, e por isso andamos junto ao muro, fazendo o caminho mais longo. Distraída observando os soldados não vivos, não registrei imediatamente a localização da sala de Wolfe – embora fosse fácil adivinhar, dada a quantidade de pessoas do lado de fora. Reconheci cientistas do Departamento de Saúde Militar e ouvi o tom sarcástico de Samedi ao ser conduzida rapidamente para dentro da construção.

– Ele disse: "Vamos ficar estacionados ao sul do canal do Panamá", "É um incêndio natural", "O que pode dar errado?"

– O que está acontecendo? – perguntei a Horácio. A mulher na recepção observou-nos com atenção quando passamos. Era uma zumbi que não tinha pele na metade inferior do rosto, o que deixava à mostra os músculos murchos e os dentes manchados.

– Ah, conversa típica de troca de turno – respondeu, sem me olhar. – Nossa unidade acaba de chegar. Por isso Wolfe me achou.

Meu sexto-sentido começou a emitir sinais.

O capitão Wolfe estava nos esperando no andar de cima. Levantou-se quando entrei e curvou-se para me cumprimentar.

– Senhorita Dearly.

Fiz uma reverência.

– Capitão Wolfe.

Ao sentar-se, percebi que olhou para minha saia curta. Juntei os joelhos, tentando não ficar envergonhada.

– Que... agradável ter esta oportunidade de falar-lhe novamente. Por favor, não quer se sentar?

Arrumando a saia, fiz como ele sugeriu. Horácio sentou-se ao meu lado.

– Vejo que encontrou roupas a seu gosto?

– Estas roupas são para treinar. – *Depravado*, tive vontade de dizer.

– Treinar? Como assim?

"O capitão Griswold está me ensinando autodefesa."

Wolfe franziu as sobrancelhas e tamborilou os dedos na mesa.

– É mesmo?

Respondi, um pouco seca: – Afinal, estou cercada de não vivos.

Wolfe pareceu relaxar diante da minha resposta e, despeitado, até riu um pouco.

– Bem colocado. Fico feliz que tenha entendido de que não pode confiar totalmente neles, senhorita Dearly. – Olhou-me fixamente: – *Nunca* se pode confiar totalmente neles.

Fiz um esforço para ficar de boca fechada.

– Peço desculpas por não tê-la chamado para conversar antes. A senhorita deve estar se sentido terrivelmente confusa. Tenho muitos materiais para mostrar-lhe, explicando a natureza dos soldados neste tipo de base, e o papel de seu pai...

Desliguei da fala dele. Bram já me contara tudo o que eu precisava saber – incluindo o fato de que *não deveria* ter me contado nada. Se eu interrompesse o monólogo de Wolfe dizendo a ele que já estava informada de tudo, talvez a situação de Bram se complicasse ainda mais. E essa era a última coisa que desejava. Mas também não queria perder tempo.

– Perdão por interromper, capitão Wolfe, mas há uma coisa que realmente me parece confusa.

Ele moveu a cabeça uma fração de grau em minha direção.

– E o que é?

Decidi falar a língua dele.

– Por que está me negando acesso à informação?

O homem ficou em silêncio por um instante. Quando falou novamente, não foi comigo.

– Doutor Salvez, o senhor faria o favor de me deixar falar com a senhorita Dearly em particular?

– Sim, claro. – Horácio ficou de pé e me pediu desculpas com o olhar. – Esperarei pela senhorita lá fora.

Olhei para ele.

– *Doutor* Horácio?

– Sim, na verdade, sim – respondeu ele, sem conseguir conter a satisfação pelo cargo. Curvou-se e saiu.

Assim que a porta se fechou, Wolfe inclinou-se sobre a mesa.

– Senhorita Dearly, estou gastando tempo do *meu dia* para falar com a senhorita. Não estou mantendo segredo sobre nada. Gostaria de conquistar sua confiança. Simplesmente há alguns protocolos que devem ser seguidos.

– Como o Protocolo D?

Wolfe recostou-se novamente, apertando os olhos ameaçadoramente.

– Sim. Onde ouviu sobre o Protocolo D, se me permite perguntar?

Brilhante. Em uma tentativa de recuo, mudei de assunto.

– Até mesmo presos podem dar um telefonema. Até onde sei, não sou uma prisioneira. Não fui informada se minha família sabe que estou bem.

– Não, a senhorita não é prisioneira. – Abriu uma caixa de charutos que estava sobre a mesa e retirou um. – *Pensei* que era uma moça inteligente. Como isso está agora posto em dúvida, serei totalmente claro. A senhorita está sendo mantida aqui como último recurso. Este *não é* o lugar mais seguro do mundo, mas serve. Os soldados aqui são, no fundo, criaturas que prefeririam comê-la a vigiá-la.

Wolfe não estava me contando nada que eu já não tivesse pensado milhares de vezes. Sabia que havia um certo grau de perigo associado a todos que viviam na base, e que não deveria confiar em ninguém.

Porém... começava a gostar deles. Mais do que estava gostando do brutamontes sentado à minha frente. De repente, o comentário de Samedi fez sentido.

– Conversar com seus amigos e ver TV deveriam ser as últimas coisas na sua cabeça. A senhorita tem que se preocupar em sobreviver. – Apontou para si mesmo. – Eu estou preocupado com sua segurança. É *tudo* que me preocupa neste momento.

– Não estou falando de ver televisão – rebati. – Isso é bobagem. Eu quero pelo menos poder dizer a minha amiga, Pamela Roe, que estou b...

Ele me interrompeu abruptamente: – Se é uma pessoa inteligente, limitará os contatos com os não vivos ao mínimo necessário, e vai avaliar com desconfiança *tudo* o que disserem. – A voz dele se sobrepôs totalmente à minha. – Está me entendendo?

Lembrei que Wolfe era um oficial do exército e respondi com um formal "sim, senhor", em vez de dizer o que realmente queria. Estava claro que não me levava a sério, e que não ia me conceder o que eu pedira.

Wolfe apoiou o charuto no mata-borrão.

– E me parece que a senhorita deveria passar menos tempo flanando por aí com Griswold. Seu pai não aprovaria.

Levei um susto com o comentário, mas entendi precisamente o que queria dizer com "flanando" pela maneira como olhou para mim. Senti enjoo de repente. Levantei-me.

– Capitão, o senhor tem uma filha?

– Tenho duas.

– Que ótimo. Então guarde o discurso para elas e me poupe.

Foi como se eu tivesse insultado a mãe dele.

– Meça as palavras, senhorita.

Ignorei-o.

– O capitão Griswold não fez outra coisa a não ser me tratar como uma dama – uma dama com cérebro dentro da cabeça.

O peito dele subia e descia em arfadas.

– Senhorita Dearly, pode ser que seu pai lhe permitisse falar dessa maneira, mas não se dirigirá a mim assim. A senhorita não é prisioneira – mas tenho autoridade para mantê-la dentro de um *buraco* até que seu pai seja localizado e, se necessário, é exatamente o que farei. Quero ouvir suas desculpas agora mesmo.

Minha vontade era sair dali sem pronunciar mais uma palavra sequer, para que ele soubesse o que eu pensava sobre suas ameaças. Teria feito exatamente isso se não tivesse ponderado que minha atitude colocaria Bram e os outros em situação difícil. Por mais que detestasse admitir, Wolfe estava no comando e de fato tinha autoridade para tornar a vida de todos nós muito difícil.

Forcei-me a ficar de pé, para poder olhá-lo tão do alto quanto possível.

– Peço desculpas, *senhor*. – Se o deus do sarcasmo precisasse de um representante na Terra, eu seria a candidata natural.

Wolve remexeu dentro de outra caixa e tirou um cortador de charutos.

– Muito bem. Agora, mantenha o que vou lhe dizer em algum lugar do seu cérebro, senhorita Dearly: se Griswold pudesse, *ele a comeria viva*.

Arregalei os olhos de pavor diante da possibilidade. Quando percebi que baixara a guarda, desprezei o homem por ter me pegado de surpresa, por me fazer mostrar minha fragilidade.

– Está dispensada. Como obviamente não tem interesse algum em me ouvir, não gastarei meu tempo. Vejamos quão longe chegará sozinha.

Antes que minha boca falasse, antes de meu cérebro pensar, virei-me e saí pisando duro. Desci as escadas de dois em dois degraus e empurrei a porta. Horácio, que estava me esperando, correu pelo pátio para me alcançar.

– A senhorita está bem?

– Estou – respondi, entredentes.

O grupo que estivera na porta se dispersara da mesma forma que havia ocorrido nas instalações médicas no dia anterior. Obviamente estavam me escondendo algo. Olhei em torno e vi que o treinamento ainda estava em curso, mas não localizei Bram por ali. Horácio me observava com expressão preocupada.

Contei até três e disse a ele: – Vou tomar o café da manhã. Nos encontraremos depois, não é?

– Está bem, senhorita Dearly, como preferir. Estarei trabalhando na ala médica.

Queria encontrar o Bram.

21

pamela

Desejara intensamente chegar à prisão.

Depois que me algemaram, achei que me levariam para o presídio de Nova Londres, conhecido como Drike's Island. Eu matara uma mulher. Mas, em vez disso, disseram que me manteriam na delegacia local até que a polícia "resolvesse as coisas". Ainda estava em choque e só consegui assentir silenciosamente quando me explicaram o que ia acontecer.

Levaram-me para a delegacia da West Herbert Avenue. Era um edifício claustrofóbico que, por causa dos eventos recentes, parecia uma colmeia tomada pelo pânico. As televisões da sala de espera eram inaudíveis, entre os gritos dos policiais correndo de um lado para outro e as vozes das pessoas implorando por informação sobre desaparecidos. O ritmo frenético das imagens piorava o clima geral de pânico.

A maior parte das mulheres da cela coletiva onde eu havia sido colocada era de alcoólatras, mendigas, reincidentes que esperavam dormindo a bebedeira passar, ou simplesmene se acomodavam à espera de serem soltas. Para elas, estar ali era rotina. Não me comuniquei com ninguém. Não queria me relacionar com elas. Algumas eram como eu – pessoas pegas de surpresa em meio ao tumulto. Queriam muito relatar sobre seus dramas, mas eu não tinha interesse em ouvir. Não queria fazer parte de um mundo onde coisas como essas aconteciam – não queria lembrar que já fazia parte dele. Não queria ter que pensar nas pessoas que tinham que lutar por suas vidas lá fora, ou quão rápido a doença poderia estar se alastrando.

Sentia terror dos contaminados. Mas não mais do que sentia em relação a mim mesma.

Passaram-se horas e ainda ninguém me informara quais eram as acusações contra mim e quando seria formalmente processada. Nenhuma menção a uma audiência, nada. Fiquei imaginando se uma fiança seria aplicável ao meu caso. Se fosse, sabia que meus pais levariam algum tempo para reunir o dinheiro.

Tentei ser paciente, bloqueando tudo que acontecia do lado de fora da minha mente. Não saberia dizer quantos policiais havia ali. Nem quantas vezes um deles apareceu distribuindo vegetais murchos em tigelas de madeira e canecas de água. Não comi, e praticamente não bebi. Cobri a cabeça com os braços e me encolhi em um canto da cela, o mais longe que pude da luz das sirenes e da multidão enlouquecida do lado de fora das grades.

Antes que me desse conta, um dia inteiro se passou e comecei a me preocupar que meus pais me deserdassem, abandonando-me na delegacia. O medo era real, quente, físico, e aumentava hora a hora. O estado anestesiado em que me afundara esvaiu-se abruptamente. E fiz coisas de que não me imaginava capaz, coisas idiotas como bater os pés no chão como uma criança frustrada, por causa da ausência de barreira entre eu e as pessoas que continuavam indo e vindo – estava ficando louca por não haver nada que me separasse fisicamente delas. Sentia-me exposta, vulnerável e completamente só. Desejei que me levassem para a prisão de Drike Island, me jogassem em uma das milhares de celas e me deixassem apodrecer lá.

Quando um guarda empurrou uma garota de cabelo sujo dentro da cela eu já me sentia uma ruína humana.

Ela tinha mais ou menos a minha idade, nariz quebrado e nenhuma curva no corpo. Estranhas pintas pretas salpicavam-lhe o rosto. Ela se encolheu como um feto sobre um banco, tossindo.

Percebi que estava contaminada.

"Guarda... guarda?", gritei, colada às grades enferrujadas da cela. Estranhei minha própria voz. Levou algum tempo, mas um policial apareceu – era jovem e sardento, com cabelos cacheados cor de pó e uma cicatriz rubra no queixo.

– Qual é o problema? – perguntou alto, mas sem conseguir disfarçar a timidez.

– Por favor, senhor guarda... – Olhei para a garota até que tive certeza de que ele estava olhando também. – Acho que ela está contaminada com a doença. – Mas quando olhei de novo, ele já se retirara. Agarrei as barras com mais força. – Guarda! Por favor...!

– Sente-se e fique calma! – gritou para mim. As sardas dele lembraram pedras no meio da areia na praia, de tão pálido que era. Lutei para conter o soluço que estava se formando no meu peito.

– Por favor! – implorei de uma maneira que nunca me imaginara capaz. Quando me dei conta de que não ia voltar, deixei-me cair no banco de madeira e me abandonei ao choro. A maioria das mulheres não me deu atenção. Provavelmente estavam acostumadas a cenas como essa.

Não tinha sido minha intenção ferir outra pessoa. Era o que repetia sem parar dentro da minha cabeça – eram pessoas, não monstros; estavam doentes; meu Deus, eu matei aquela mulher, matei, matei, matei. Então o mundo sumiu de novo, eu me envolvi com os braços e rezei.

Por volta de meio-dia, não era mais eu a única preocupada dentro da cela. As outras presas começaram sentar do meu lado, e, juntas, observamos o estado da garota se deteriorar. Todas entenderam o que estava acontecendo e ninguém tentou ajudá-la. Algumas cobriram o rosto com seus xales.

– O que vamos fazer se ela nos atacar? – perguntou uma mulher com o rosto coberto de pústulas e voz rouca. Ninguém respondeu.

Por favor, não de novo.

Uma das mendigas, uma mulher velha envolta em cobertores esfarrapados, começou a bater nas grades com o pulso envolto em trapos. Tentava gritar mais alto que a multidão de civis do lado de fora.

– Tem uma garota doente aqui, doente de verdade!

Observei o peito da menina subir e descer.

– Por que colocaram uma menina doente aqui, idiotas? Ela precisa ir para o hospital!

Vi quando o peito dela colapsou.

– Está me ouvindo, Ramirez? Estou falando com você! Quer que todas peguemos essa coisa? É isso?

E ela ficou imóvel.

Estava morta.

Graças a Deus, graças a Deus. Nunca pensei que ia elevar o pensamento aos céus para agradecer por alguém ter morrido – mas os mortos não podiam atacar os vivos. Muito melhor que tivesse morrido, e que não tivesse sido pela mão de alguma de nós. Horrível pensar aquilo. Mas que era melhor, era.

A velha voltou a gritar: – Garota doente aqui dentro, garota doente!

A multidão se deu conta do que a velha dizia. As pessoas saíram em disparada para a rua, gritando também. Nós, na cela, permanecemos calmas. Talvez porque sabíamos que era impossível correr.

– Imbecis – suspirou uma mulher. – Parecem menininhas com vergonha da mão do cafetão. – A que estava sentada ao lado dela riu nervosamente.

Devagar, separei-me do grupo e me aproximei do corpo. Meu lenço estava sujo de tanto que eu o havia torcido nas últimas horas. Coloquei-o sobre o rosto dela, em sinal de respeito. Foi minha maneira de pedir desculpas por ter me alegrado com sua morte.

Foi quando ouvi a porta da cela se abrir.

– Achei que tinham nos abandonado!

O policial balançou a cabeça, respingando suor à sua volta.

– Não! Demoramos porque os hospitais estão lotados!

– Ela morreu. Tarde demais. – Olhei por cima do ombro para a pobre garota.

O lenço era sugado para a boca dela por causa da respiração, bem audível.

Gritei e caí no banco, me agarrando às grades.

– Ela está contaminada! – ouvi um dos paramédicos gritar. – Peguem-na, agora!

Levantaram a garota pelos braços e jogaram-na sobre a maca. Meu lenço caiu no chão. Conseguiram prendê-la pelos pulsos e tornozelos antes que acordasse completamente.

Não estava mais morta – muito longe disso. Agora grunhia, tentava morder e arrancar as correias que a prendiam. As presas gritavam e balbuciavam orações.

– Doce sofrimento – sussurrou o policial.

Olhei para a menina que se debatia, rasgando a própria pele sob as correias. Ela tinha parado de respirar. Estava certa disso. Já havia visto cadáveres em velórios da família – ela tinha *morrido* sim.

Olhei para a porta. Minha mãe e meu pai estavam parados ali.

O horror que se desenrolara na minha frente perdeu o sentido. Ofegando, caí no chão de cimento quando a maca foi empurrada para fora. O alívio foi tão profundo que quase doeu.

Depois de passarmos pela burocracia da liberação, meus pais me conduziram para a carruagem alugada que nos esperava do lado de fora, sem dizer nada.

Nem uma palavra me foi dirigida, nem um toque me foi concedido além do necessário para me guiar. A expressão de ambos era severa e impenetrável.

O veículo não se moveu depois que entramos. Sentei-me de um lado e meus pais do outro. Olharam para mim como quem olha para uma estátua, ou um espécime empalhado em um museu – como se eu fosse uma coisa morta.

– Sinto muito – disse a eles, com a voz embargada.

Vi um brilho nos olhos de minha mãe e percebi que havia algum sentimento ali. Mas a expressão do meu pai manteve-se pétrea, impenetrável, completamente diferente do que ele era.

Começei a ficar verdadeiramente apavorada.

– O senhor Culham, o defensor público que foi assignado a você, disse que não vão acusá-la de nada. Foi autodefesa – declarou meu pai.

Assenti, e respirei entrecortadamente.

– Depois do Natal vamos mandá-la para ficar por um tempo com seu tio e tia. Ela vai ter bebê brevemente, e vai precisar de ajuda. Você pode viver com eles até terminar seus anos de escola.

Lágrimas se formaram novamente nos meus olhos.

Minha mãe começou a chorar e pegou um lenço.

– Meu Deus, Pamela, por quê? Por que você correu para a rua?

– O senhor Coughlin estava ferido!

– E agora está morto. – Meu pai esticou os dedos tensos sobre os joelhos e olhou pela janela. – Morto. De que adiantou você desobedecer a sua mãe? – Não gostei da risada estranha que ele deu. – Tentei educar filhos bons.

– Meu bem, ela...

– Tentei educar filhos bons, filhos religiosos! – gritou.

– Não era minha intenção matar ninguém – gritei também. – Ela ia me atacar!

Ele bateu no teto da carruagem: – E por isso você *furou o olho dela com uma sombrinha*?! Você podia tê-la empurrado, dado-lhe um soco, fugido! Agora você é o assunto da rua!

– *Sinto muito*!

– Eu nunca... imaginei que algo assim pudesse acontecer. Jamais. – Esfregou as mãos no rosto e eu senti uma lágrima escorrer pelo meu. Isambard estava certo. Eles queriam que eu fosse alguém importante, que fizesse algo significativo, que subisse na vida. Tudo que haviam me dado fora porque eu era uma menina obediente. Sabiam que seria recatada e aceitaria apenas a metade, por vontade própria.

Mas agora, aos olhos deles, eu não era mais uma menina obediente.

Reuni todo o ar que havia em meus pulmões e disse de sopetão, em meio a um soluço: – Temos que sair da cidade. Todos nós.

Meu pai apertou o botão que avisava o condutor para partir e negou com a cabeça.

– Não recebemos ordem de evacuar.

Olhei para a rua. Pessoas corriam. As lojas estavam fechadas e caía uma neve fina que ficava visível contra o escuro das janelas.

– E vocês *precisam* receber uma ordem? – Meu pai me disparou um olhar de aviso. Calei-me.

– Eles nos orientariam se fosse preciso evacuar – disse minha mãe. Mas não parecia ela própria falando, como se suas cordas vocais tivessem sido substituídas por junco seco. – Na verdade, alertaram-nos a não sair da cidade, porque o atendimento médico é precário no interior.

Rodamos por um tempo até que concluí, em voz alta: – Não querem que espalhemos a doença.

Meu pai me repreendeu.

– Fique em silêncio, Pamela. Nem mais uma palavra sobre esse assunto. Quando chegarmos em casa, vá diretamente para seu quarto. Não se *mexa* até um de nós ir buscá-la. Quanto menos gente souber que você está em casa, melhor.

Abaixei a cabeça. Seguimos em silêncio.

A rua de casa estava desolada. Lembrei, ao descer da carruagem e sentir os flocos de neve caindo no meu rosto, que o dia seguinte seria véspera de Natal. As calçadas deveriam estar repletas de pessoas felizes e apressadas, mesmo sem contar com o contingente de refugiados. Mas estavam vazias e assustadoras como um cemitério. As janelas, às escuras, lembravam fileiras de dentes pretos. As placas das lojas não se moviam.

– Onde estão todos?

– Houve um apagão quando saíamos para buscá-la – explicou minha mãe, pegando na minha mão e me conduzindo na direção das escadas que davam na nossa porta. Destrancou-a e empurrou-me para dentro.

A casa estava na penumbra. A única luz vinha das lamparinas da cozinha. Minha mãe me indicou que fosse para lá. Meu pai desapareceu na padaria, provavelmente para preparar as encomendas de Natal, se é que ainda restara alguma.

Isambar estava sentado à mesa. Quando entrei, dirigiu-me um olhar de tamanho ódio que quase murchei. Provavelmente concluíra que eu havia liquidado com o futuro dele também. A St. Arcadian estava fora de seu alcance para sempre.

Pela primeira vez senti pena dele de verdade.

Nenhum dos dois falou comigo. Minha mãe preparou um almoço simples, que comi devagar, temendo não conseguir mantê-lo no organismo. A certa altura meu irmão levantou-se e saiu batendo os pés. Logo depois me retirei também.

O caminho para meu quarto era o de sempre, mas me senti estrangeira em meu próprio lar. Apoiei a lamparina que havia trazido para iluminar o caminho sobre a penteadeira e fui até a janela. Ao abri-la, senti no rosto o ar frio e límpido. Fechei os olhos e desfrutei da sensação.

Devia tomar um banho, colocar uma camisola e dormir. Na cela só conseguira cochilar um pouco, abrindo os olhos a toda hora sem poder dar sentido aos minutos anteriores. A fadiga piorava tudo – me impedia de controlar as emoções, me fazia interpretar cada olhar dos meus familiares como um insulto em dose tripla.

Porque sabia que, no fundo, meus pais não me odiavam. Amavam-me o suficiente para me tirar da delegacia, ainda que fosse apenas para me dar abrigo.

Não me odiavam. Tinham medo de mim.

Por um instante, a boa menina dentro de mim gritou e esperneou. Nós duas tentaríamos mais do que nunca ser obedientes, serenas, tímidas. Talvez conseguíssemos evitar o exílio no interior se nos esforçássemos o suficiente.

Esforço, esforço, sempre esforço. Minha vida era ser esforçada. Nada estava garantido para mim.

Abri os olhos.

No pátio de pedra que havia no centro do conjunto formado por nossa casa e por outras três, havia espaço para uma única árvore e alguns bancos. Vi um movimento ali e fiquei imóvel observando, com a mão pousada na cortina gelada.

A porta de trás de uma casa cujos fundos davam para o pátio se abrira e um homem aparecera. Reconheci-o como sendo um dos vizinhos, Emanuel Delgado. Era um homem bom que trabalhava como peixeiro. Estava muito pálido e seus movimentos eram pesados, como se suas pernas estivessem lutando para manter o resto do corpo na posição normal. O tronco, porém, pendia para a frente e os ombros estavam encurvados de uma maneira incomum. Levava o balde de carvão em uma das mãos.

Ele foi até o meio do pátio, onde os vizinhos depositavam as cinzas dos fogões e das lareiras. Foi o que fez, muito devagar e cuidadosamente, como se temesse derrubar o balde. Ao terminar, virou-se e voltou, cambaleante, para dentro de casa.

Agarrei a cortina e levei a outra mão à garganta, horrizada. Ele estava doente.

Contaminado também.

Porém, comecei a duvidar de mim mesma, pois estava muito cansada. Será que não vira sinais da doença onde não havia? Não éramos próximos da família Delgado. Talvez o homem fosse sempre pálido, talvez andasse mesmo desse jeito. Eu só o havia visto de pé, atrás do balcão, no mercado. Não poderia saber.

A esposa o estava esperando na soleira da porta. A expressão dela era de insegurança? Estava nervosa? Estavam distantes, não podia dizer ao certo.

Fechei a janela apressadamente e apoiei a testa no vidro. Precisava parar de pensar na doença. Precisava parar de pensar. Em tudo.

Meu segundo crime foi roubar a chave do armário onde meu pai guardava as bebidas. Peguei uma garrafa de vinho e fugi para meu quarto com ela. Bastavam uns poucos goles para conseguir apagar. Sequer precisava ficar bêbada.

Embora, por um segundo, tenha pensado seriamente na possibilidade.

22 • Bram

– Com que frequência vocês mencionam essa coisa de comer, afinal? – demandou Nora.

– A cada hora, toda hora, até o dia que eu finalmente acabar de me decompor – respondeu o Tom, fazendo um giro com seu machete.

– Vamos ter que te arranjar um hobby novo.

Dei risada. Era o fim da manhã, e estávamos caminhando por um campo de capim alto e seco. Nora se mantinha próxima a mim. Depois que Wolfe nos dera a missão e desaparecera, havia insistido em nos acompanhar. Não era uma tarefa importante, mas achei que seria bom ela vir conosco para se distrair.

Tom, naturalmente, aproveitava todas as oportunidades para fazer piada com as "lancheiras" de almoço e o "safári de bichos grandes". Ela começava a ficar nervosa com os dois assuntos.

– Chega, Tom – disse a ele. Nora me olhou brava, dizendo com o olhar "posso cuidar de mim mesma". Dei de ombros. "Ou não."

– Ignore o sujeito – sugeriu a Cas, arrumando o chapéu molengo. – É que ele se acha o máximo porque...

Agora foi minha vez de advertir a Cas com o olhar. Ela silenciou.

– Por que o quê?

– Nada. – Parei e apontei a foice na direção de uma construção baixa cem metros adiante. – É ali. Número três, acho.

Havíamos sido mandados para a ousada e perigosa missão de... religar a eletricidade em uma das estações elétricas que havia nos arredores da base. A energia era produzida em estações de biodiesel, onde algas ou outras criaturas desenvolvidas por engenharia genética transformavam lixo em combustível. Havia funcionários vivos que as operavam, mas a equipe não era grande, e aconteceu de nós estarmos mais próximos daquele tanque do que eles.

– Agora temos que evitar a linha de fogo inimigo para chegar até...

– Eu sei, eu sei, ligar a alavanca do circuito. – Nora quase sumia no meio do capim alto. – É só que eu... não queria ficar lá sozinha, entendeu?

– Entendi.

Ela ficou comigo enquanto os outros avançavam em direção ao tanque. O corpo deles fazia barulho ao abrir caminho pelo capim. Quando se afastaram um pouco, ela sussurrou: – Sei que estão escondendo algo de mim. Se tivesse que ficar sentada na base, no meio daquele monte de múmias, eu ia ter um ataque. *Odeio* ficar na ignorância.

Tentei manter o tom normal: – Escondendo o quê?

Ela virou o rosto para o sol.

– Ouvi cientistas comentando sobre a posição desta base, como se fosse uma coisa muito importante. E em todo lugar todo mundo fica quieto quando eu passo, ou levanta e vai embora. Eu frequento uma escola de meninas, então sei muito bem o que esses gestos significam.

Estava ficando nervoso, mas arrisquei.

– E você acha que pode ser o quê?

Ela pegou a fita do chapéu.

– Estou com medo que tenham achado meu pai e que ele esteja morto, ou algo assim. Ou que tenham parado de procurar.

Se por um lado a culpa me assolava, por outro fiquei feliz de que ela estava completamente errada. A culpa – juro que foi a culpa – me fez pegar sua mão.

Ela ficou tensa, e olhou para mim. Depois de um segundo, relaxou. E me deixou continuar tocando-a. Era tão quente. Não conseguia parar de me maravilhar com isso: como ela era quente. Eu não me lembrava de ter sido tão quente algum dia.

– Nora, se eles pararem de procurar, eu começarei.

Ela me recompensou com um sorriso.

– Vocês dois já terminaram com o namorico? – gritou Coalhouse. Por instinto, ela apertou minha mão, mas depois soltou-se e recomeçou a andar, tirando o capim do caminho.

– Posso pegar empresatado seu machete, Bram? – perguntou, com a naturalidade de quem quer saber onde está a manteiga.

De verdade, a essa altura minha única opção era me dar um tiro no crânio.

Segui-a, batendo com o cabo do machete na palma da mão.

– Vamos lá. Lembra-se do que aprendeu na lição de ontem, senhorita Dearly? – perguntei, imitando o tom professoral do doutor Samedi.

– Sim, professor – brincou ela de volta, fazendo a voz de criança dela soar ainda mais infantil. – Mire no crânio e tire uma fatia, expondo o cérebro para poder destruí-lo – cortar a cabeça apenas não funciona.

– Excelente, mocinha. Ponto positivo.

– Ah! Um ponto positivo! Agora minha vida está completa!

– Calem a boca – gritou Coalhouse de longe.

– Vocês ganham pontos positivos e pontos negativos nas escolas punks também? – perguntou Nora, divertida. Paramos em uma área onde o capim havia sido cortado.

– Não. Na verdade, eu nunca fui à escola. Minha mãe nos ensinava em casa. Mas eu lia muito.

– Notei. Por que livros de aventuras?

Eu ri.

– Quero visitar os glaciares, algum dia. Tem gente que vive lá, sabia? Sobrevivencialistas. Acho que seria uma experiência interessante. – Estendi a mão, mas ela não a pegou novamente. – Você me acha frio? Imagine como ficaria vivendo como *Nanook, O Esquimó*[12].

– É sério, agora vou uivar. E nem sei se ainda sou capaz disso. – Coalhouse estava de braços cruzados e tamborilava os dedos nos bíceps. – Vou quebrar as regras da biologia e da física e cuspir em vocês dois se não pararem com isso.

Nora virou os olhos de tal forma que deve ter doído.

– Parar *o quê*? Estamos *conversando*. Como pessoas legais e normais. Você devia experimentar qualquer hora dessas.

– Ele está com inveja, só isso – disse a Cas, com um sorrisinho maldoso.

Coalhouse ficou quieto, mas, pela olhada que lançou em minha direção, provavelmente estava com inveja mesmo.

Mesmo que não haja motivo para inveja.

– Se vocês me dão licença, como ninguém aqui parece interessado em concluir a missão, vou lá dentro resolver – bufou Renfield, rumando para o tanque.

– Não se canse muito – brincou Tom.

Irritado, Renfield levantou os braços para o alto sem olhar para trás, e entrou na construção por uma porta lateral.

Nora soltou um ar que me pareceu dizer "E daí?" e sentou no chão, abraçando as pernas com os braços, sua posição preferida. Cas deitou de costas, como se fosse desenhar um anjo sobre o capim cortado. Nora virou-se para Coalhouse.

– Qual é a sua história?

Ele mexeu no único olho inútil para ter certeza de que ainda estava no lugar.

– Bem... – Parou e olhou para mim, e depois para ela.

– Que foi? – perguntei a ele.

Coalhouse balançou a cabeça, mas não respondeu.

---

12 Documentário antropológico norte-americano de 1922, considerado como origem do gênero. (N.T.)

– Então lá vai. Sou punk. Alistei-me quando completei dezesseis anos. Meus pais tinham uma mercearia em Tesla Lake. Você nunca deve ter ouvido falar. Como eu era bom caçador, escolhi a artilharia. Participei de vários combates contra os vitorianos. – Olhou para o chão. – Os zumbis nos atacaram oito meses depois que me alistei. Não pegaram muitos de nós, mas eu estava entre os que atacaram. Era de noite, e lutamos contra eles – dá para imaginar? Nem vi o zumbi que me mordeu, só senti quando aconteceu.

Levantou a camiseta, mostrando uma cicatriz na cintura. As marcas eram pretas, claramente definidas. Vi Nora contrair o maxilar.

– Desculpe. – Abaixou a roupa. – Consegui subir em uma árvore alta, dessas que tem folhas que parecem polidas. Morri lá em cima, entre os galhos, quando amanhecia. Foi o pior nascer do sol que vi na vida. Foi feio, como álcool amarelo. Concluí que a coisa que me mordeu sabia que eu estava lá no alto. A primeira coisa que vi quando reanimei foi ele ainda me *esperando*.

Coalhouse olhou para o Tom, que apontou para ele.

– Já te disse, não foi pessoal. Sabia que, se esperasse, alguma hora você ia ter que descer. Não sabia que já estaria com o prazo vencido, caramba. Não estava lá, conscientemente.

Nora ficou de pé com um salto e recuou para junto de mim. À parte a situação, eu adorava, *adorava*, quando ela fazia isso porque me sentia seu protetor. Como se eu, finalmente, prestasse para alguma coisa para ela.

– Foi você quem o mordeu?! – perguntou.

Coalhouse fez uma cara de desgosto e se afastou de Tom.

– Éramos da mesma companhia. Ele tinha desaparecido em combate, uns dois meses antes.

– Um mês e meio, talvez. Não que isso importe, agora. Cruzes, quantas vezes vou ter que me desculpar?

– Você me *matou*, seu desgraçado!

– Foi um *acidente*.

Fazia um tempo que Tom e Coalhouse tinham discutido sobre O Assunto, e Cas e eu sabíamos o que estava por vir. Ela levantou e colocou o braço em torno de Nora.

– Ei, o Ren vai terminar em um minuto, vamos indo para lá...

Nora congelou na frente dos dois garotos punks que se preparavam para brigar.

– Você me matou! Não é uma coisa pela qual se pedem desculpas!

– Então tudo bem: retiro o que disse.

– Filho da...

– Deixa minha mãe fora disso.

– Você já provou carne humana.

Os dois olharam para Nora. Ela estava pálida, com os olhos grandes fixos no Tom.

Ele deixou agitou os braços, frustrado.

– Sim, provei – murmurou.

– É, provou a *minha* carne – acusou Coalhouse.

– Não só a sua. – Tom virou para ele, com o dedo em riste. – Sabe de uma coisa? Você tem que crescer. Pare de agir como uma garotinha – *Ai, ai, fui mordida, minha vida é uma droga*. A vida de todo mundo aqui é uma droga, não percebeu ainda? Você pode achar que a sua história é pior que a dos outros, mas não é. Hora de superar, cara. Joga fora esse olho inútil e toca em frente, caramba!

Foi esse último comentário que detonou Coalhouse, que avançou contra Tom. Tem uma coisa que o Laz faz nos nossos cérebros: o corpo adota uma postura animalesca quando interagimos uns com os outros. Vê-se muito isso entre os zumbis que andam em bando, como animais selvagens.

– Então você admite que é um monstro? Pois você está mostrando o que todos aqui realmente queríamos. Vamos pegar a garota!

Tom empurrou Coalhouse na altura do ombro.

– Para com isso, eu não matei uma mosca desde que cheguei aqui. – Ele olhou para Nora e ela recuou ainda mais, se desvencilhando da Cas e trombando em mim. Coloquei a mão no ombro dela.

– Está tudo bem – disse.

– Ele já comeu gente – falou. Estava realmente apavorada.

– Sim, comi! – Coalhouse se jogou contra o Tom, que revidou, derrubando o outro no chão. A pouca estatura de Tom era uma vantagem, às vezes. Ele olhou de novo para Nora e deu uns passos em nossa direção. – E vou te dizer uma outra coisa... O gosto era *danado* de bom.

Nora quis pegar a arma e eu a contive. Grunhi para o Tom, inclinando um pouco a cabeça como um lobo: – Pare.

Ele parou a meio caminho e levantou as mãos, como se estivesse se rendendo. Olhava fixamente para Nora, embora eu não conseguisse ler seus sentimentos – raiva, arrependimento? Um instante depois se virou para Coalhouse, que ainda estava de joelhos no chão.

– Mas o fato de que sou um homem, e não um menino, significa que aceitei, superei, e não vou fazer de novo.

Coalhouse aproveitou o momento para agarrar as pernas de Tom, puxando-o para uma briga de chão.

– Parem! – gritou Cas, batendo os pés no chão. – Não admito que meu namorado brigue se não for por mim! Parem!

– Então vamos fingir que é por você! – grunhiu Tom, engalfinhado com Coalhouse. – Se ele acha que finalmente vai conseguir uma namorada, deve ter bolas grandes o suficiente para me bater!

– Vai se danar, cara!

Renfield chegou correndo.

– Mas que raios está acontecendo aqui?

Soltei Nora e comecei a chutar os dois. Não queria machucá-los, mas já estavam se danificando bastante, do jeito que se socavam.

– Parem agora mesmo! Parecem duas crianças!

Ouviu-se um tiro e todo mundo se jogou no chão.

Virei-me e vi Nora segurando sua arma para o alto. Ela atirara, e as mãos estavam brancas de tanta força que fazia para segurar o revólver.

– Vocês ouviram o Bram – disse ela com uma calma que não era natural.

Percebi que tinha que tirá-la dali. Ia dizer "vamos voltar para a base", quando a ouvi murmurar: – É véspera de Natal, turma. Guardem a briga para o dia 26.

Alto lá. A objeção dela em relação à briga era por causa... do Natal?

Tudo ficou congelado por uns instantes, até que Tom levantou.

– Ok, Ok. Então fica para o dia 26. – Espreguiçou-se e balançou um pouco, como se a situação fosse perfeitamente normal. – Vamos estar aqui, mesmo.

– Com certeza, dia 26 – repetiu Coalhouse, um tanto hesitante.

– Podemos voltar, agora? – perguntou Nora, abaixando a arma e olhando para mim com jeito de que precisava muito sair dali.

A caminhada transcorreu em silêncio. Coalhouse e Tom ficaram para trás, mas bem distantes um do outro. Nora, bem desconfiada do segundo, estava notavelmente mais à vontade longe dele.

Cas percebeu.

– Tom não é um cara mau.

– Mas ele...

– Aconteceu há bastante tempo. Se você pensar bem, é um tremendo de um milagre... ele comeu gente, vagou sozinho por mais de um mês. Surpreende que ele tenha conseguido manter a sanidade. Eu o admiro por isso, de verdade.

– É por isso que você... namora com ele? – perguntou Nora, com incredulidade explícita.

Cas riu.

– Ele é uma boa opção, até porque não tem outra opção. Ele pode ser um pouco misógino de vez em quando, mas não ligo, não. São só palavras. Não o levo a sério.

– Como assim, “não tem opção”? Tem uma base inteira cheia de caras zumbis logo ali.

– Mas poucos são da minha idade. Nunca me interessei por homens mais velhos. E o Coalhouse, bom, ele é tão... imaturo. Não anda por aí carregando um cobertorzinho, mas os sinais que ele emite são do tipo alerta negativo para relacionamentos pessoais. Por exemplo, essa discussão que ele tem que travar constantemente... e está desesperado para arranjar uma namorada. Desespero não é bonito nunca. Em resumo, ele não consegue uma abordagem saudável para esta coisa toda. Sobrevive, sim, mas não tem uma atitude positiva. E isso só vai piorar à medida que se aproximar da morte final.

– E que tal o senhor Merriweather?

Renfield ergueu os olhos apenas o tempo necessário para pronunciar um “não” seco.

– De jeito nenhum – concordou a Cas. – As únicas coisas que deixam o Renny quente são xadrez, livros e máquinas. Garotas, não.

– Uma garota que lesse *e* jogasse xadrez me deixaria bem excitado.

– Já te disse que não consigo entender como esse jogo funciona. E você nem tem paciência para me mostrar qual é a torre.

Senti os olhos da Nora em mim e me virei para ela, querendo saber o que queria. Ela passou um dedo nos lábios.

– E o Bram?

Senti um pânico dentro do peito. Hoje ela tinha aceitado meu toque, tinha dado risada comigo, confiado em mim. Agora estava querendo saber se a Cas me namoraria? Será que entendera tudo errado?

Cas balançou a cabeça e deu um sorriso malicioso.

– Não... O Bram está muito ocupado esperando.

– Esperando? – Nora continuava olhando para mim. Talvez esperando que eu mesmo respondesse?

– É, esperando pela garota certa – respondi secamente.

– E ele tem preferências físicas muito específicas – emendou ela. Segurei-a pelo pulso e apertei, avisando com os olhos: "Fica quieta."

Mas ela não obedeceu.

– Por alguma razão, Bram se sente fortemente atraído por cabelos pretos. Tom gosta de pernas, mas Bram gosta de cabelos.

Demorei um pouco para perceber – minha mente estava repassando todos os métodos disponíveis para eu acabar com a Cas – que Nora abriu para mim um sorriso tímido.

Soltei a Cas. E quase soltei meu machete também.

Nora desviou o olhar e adiantou-se a nós, pulando no capim para abrir caminho por sua conta.

– Ponto pra mim – sussurrou a Cas.

– Pode fumar o quanto quiser – respondi de volta.

Passei o resto do dia me sentindo surpreendentemente leve. Geralmente ficava pesado como um morto quando tinha que me movimentar como fizera pela manhã. Mas hoje a sensação era diferente.

Quando chegamos de volta à base, Nora foi com Renfield fazer uma faxina nos cômodos que seu pai usava – e passar o resto do dia brigando com todos que se recusavam a ajudá-la a fazer um telefonema ou conseguir informação, incluindo o Ren. Admirei o cara.

Eu fui trabalhar com os soldados no pátio oeste, discutindo estratégias e repassando formações, para o caso de ser necessário sairmos a campo em busca do doutor Dearly. Várias vezes vi Wolfe parado olhando para mim com frieza. Encarei-o de volta, desafiando-o abertamente. Estava fazendo o que ele ordenara, e me odiando por isso.

Uma hora e pouco antes do jantar fui procurar Nora, levando a foice. Encontrei-a sentada em um banco na ala médica, usando as roupas que a Cas havia escolhido para ela. Segurava a barra da saia curta sobre os joelhos com a ponta dos dedos, e, a seu lado, Renfield olhava fixo para o teto.

Quando me aproximei, Nora fez um bico. Coincidentemente, tropecei naquele mesmo instante.

– O que houve? – perguntei, disfarçando o quase tombo.

Ela fez uma careta.

– Ganhei um ponto negativo, professor. – O olhar dela era o de uma garota sapeca. Gostei daquilo.

Abri um sorriso, devagar.

– O que foi que você aprontou, senhorita Dearly?

– Passou a tarde perturbando Elpinoy da maneira mais espetacular que já vi – delatou Renfield. – A certa altura tive a impressão que ela estava montada nas costas dele. – Nora deu um suspiro, enfadada.

– Em tempo: eu estava trabalhando com o doutor Samedi naquele instante, então acredito que nenhum de nós possa relatar o ocorrido com precisão.

Não consegui conter uma gargalhada.

– É mesmo? – perguntei a ela.

– Defina "pendurada".

Elpinoy apareceu na porta de um dos laboratórios.

– Bram. – Apontou para a saída. – Tire essa senhorita daqui. Agora. Nunca na minha vida encontrei uma...

– Dama? – perguntei a ele, tentando ficar sério.

– *Fora*.

– Te-le-fo-ne-ma. – Ela pronunciou cada sílaba como se o imitasse. – Car-ta.

– Só quando Wolfe autorizar! – gritou Elpinoy, marchando de volta para seu laboratório. Bateu a porta.

Nora levantou e a saia balançou um pouco.

– Aquele homem é muito irritante.

– E você faz ótimas análises de caráter – comentei. Sinalizei para a foice, ela percebeu e se levantou.

– Quer vir Ren?

– Talvez mais tarde – respondeu ele, fazendo uma reverência para nós dois. – Tenho muito que fazer antes de ir dormir.

– Justo. Venha, Nora.

– Ok. Até logo, senhor Merriweather.

Caminhamos em silêncio, totalmente à vontade um com o outro, em direção ao pátio leste. O sol começava a baixar, pintando tudo com uma luz cor de laranja. Fiquei pensando se minha aparência não seria mais saudável naquela luz.

Quando encontramos uma área ampla e vazia, parei e abri as lâminas.

– Ok. Do alto. Mostre-me de quantas maneiras você pode me atacar. Só não golpeie... de verdade.

Pegando a arma, ela riu.

– Por que não trabalhamos com um bastão ou algo parecido, para começar?

– Porque você precisa fortalecer os músculos dos braços. Vamos lá, estou vindo te atacar. Grrrr!

Ela riu de novo. Adorava o som da risada dela, tão delicada, tão cheia de ar. Ela entrou em ação. Obviamente se lembrava do que tinha aprendido no dia anterior, o que era bom. Elevou a foice na vertical, mostrando que poderia me atingir no rosto. Depois girou-a devagar, indicando que atingiria o alto da minha cabeça com uma das lâminas se a posicionasse na horizontal. E então parou, ponderando qual poderia ser o próximo movimento.

– Teve uma ideia?

– Tive. – Ela se abaixou, e fez como se tivesse me atingido na altura dos joelhos. Entrei na onda e caí de costas. Ela se aproximou e pisou no meu peito, apontando a lâmina para minha cabeça. E deu um sorriso satisfeito. – Vou usar esta coisa para fazer os zumbis ficarem do meu tamanho.

– Bom – elogiei. – Muito inteligente. – Meus olhos se fixaram nas pernas delas e completei: – Pelo menos vão morrer felizes.

– Ei! – Ela saiu da posição em que estava com um salto, juntando a saia em torno das pernas.

Sentei.

– Ei o quê? Só vi as meias e as calçolas!

– Do lugar de onde venho, isso seria suficiente para me banir da cidade. – Soltou a saia e fincou a foice na terra. Apoiando-se nela, ficou olhando para mim. Não sabia dizer se ela havia corado ou se era a luz do pôr do sol que estava brincando no rosto dela.

– Imagino que as meninas punks são mais soltas.

Achei o comentário curioso.

– Você imagina? Não sabe como são, então? Você disse que havia visto documentários sobre os punks. Você até fala como um punk metade do tempo!

– Vi sim, e sei muitas coisas. – Sorriu de novo. – Mas o que você quer dizer com "fala como um punk metade do tempo"? É por causa do jeito como fico brava?

Levantei e sacudi a terra das calças.

– Mas não sabe que roupas as meninas punks usam.

– Pois é, nunca vi uma garota em combate.

– Então você só viu combates? – Ela fez que sim com a cabeça. Entendi, pela expressão sincera dela, que achava que isso era *tudo*. – Não ensinam nada a vocês sobre o resto de nós?

– Como assim "o resto de vocês"?

– É, o resto de nós. Você sabe que os punks da Fronteira são extremistas, não sabe?

Nora não respondeu. Pegou a foice e começou a andar. Sem pensar muito, comecei a segui-la.

– Nunca ouvi falar sobre isso – admitiu ela. – Os confrontos que acontecem na Fronteira aparecem nas notícias. Mas aprendemos sobre o Reed e tudo mais.

– Todo mundo sabe sobre o Reed e sobre o Massacre. – Como é que eu ia explicar? – Os extremistas da Fronteira querem uma de duas coisas: ou forçar avanços para recuperar nossas antigas terras – o que é uma coisa idiota – ou querem ter certeza que os vitorianos jamais os esquecerão. Alguns são mercenários. Mas a maior parte do povo punk não chega sequer perto da Fronteira. Não querem nada com vocês. Já temos nosso território. Cuidamos do que é nosso, comerciamos com as tribos em volta.

Nora estava chocada.

– Quer dizer que... muitos nem apoiam os que estão lutando?

– Não. Talvez. É complicado.

– E o exército punk?

– Os soldados que você vê na Fronteira geralmente estão lá para manter pequenas as baixas do nosso lado, assim como as tropas Vitorianas estão lá para assegurar que nos mantenhamos nas nossas terras. Se precisassem, tomariam o controle.

Nora balançou a foice que apoiara nos ombros.

– Uau. E o que vocês aprendem sobre nós?

– Que são um bando de alpinistas sociais, rasos e egoístas, neoaristocratas frios que esqueceram completamente as lições da História.

Nora pensou um pouco.

– Acho que isso vale para uns sessenta por cento, na realidade.

Fiquei feliz com a resposta.

– E o que mais sabe sobre nós?

Ela encolheu os ombros e alisou a saia.

– Eu sempre gostei um pouco dos punks, mas não conte a ninguém. Aprecio como lutam, nos holodocumentários. São tão selvagens... e, de certa maneira, tão honestos. Acreditava que estavam lutando por suas crenças, de corpo e alma. O que há de mais honesto que isso? Mas como seria a vida de um soldado que voltasse para casa? Não sei nada sobre isso. Aprendi um pouco da geografia, na escola. Há falatório de que vocês são canibais e assassinos... Bom, acho que no caso do Tom seria isso mesmo.

Olhei para minhas mãos secas e craqueladas e tentei não pensar em todos os problemas que havia criado.

– É.

– Mas como é a vida normal entre os punks, então? – Ela se aproximou um pouco mais e trocou a foice de ombro, para que não encostasse em mim. – Deve ser difícil não ter nada de tecnologia.

– Temos tecnologia – afirmei. – Tecnologia boa que requer seres humanos para funcionar. Não deixamos nossas máquinas pensarem por nós ou dirigirem nossas vidas. O cérebro humano é a melhor máquina que existe. Nada que vocês possam criar será melhor que isso. Quero dizer o seguinte: veja seu pai, por exemplo. Existem aqui todos aqueles computadores sofisticados, mas ainda precisam dele para desenvolver a vacina. – Olhei para o alto. – Vocês pensam que somos todos uns fazendeiros fedidos?

– Em geral, sim.

Balancei a cabeça.

– Algum dia, se você quiser, vamos cruzar a Fronteira. É algo que dá para fazer. O doutor Samedi atravessava o tempo todo. Iremos a Faradey, ou Menlo Park. São cidades agradáveis, com parques bonitos. Lembro-me de ter ido lá com meu pai, nas poucas vezes que ele apareceu para nos visitar. Ou posso te levar aos clubes chiques em Wardenclyffe, ou às exposições de autômatos, coisas assim. Eu nunca fui, mas fala-se muito desses eventos. Sempre quis ir. É onde circulam os ricos.

Nora olhou para mim.

– Existem punks ricos?

Estava começando a curtir a situação.

– Há muitos punks ricos. São, sobretudo, engenheiros, cientistas e artistas. Qualquer grande descoberta ou criação recebe um prêmio em ouro do governo, para estimular quem produz coisas úteis. Há grandes concursos anuais.

Ela continuava pensativa.

– Os nossos ricos em geral são filhos de ricos, pessoas que foram construindo fortuna geração após geração. Ou então são gente que investe no mercado de ações.

– Aí está uma coisa que não temos, ações. O que é uma ação? Um pedaço de papel e uma promessa? Pela mesma razão não temos dinheiro de papel – não brincamos com coisas que não existem. Qualquer um que quer investir o faz em algo que outro está construindo na garagem de casa. Aprendemos a lição do passado. Mas temos uma coisa chamada dinastia.

A expressão dela ficou séria.

– O que você pensa de mim, então? Eu só estou perto da classe alta pelo que meu pai fez.

Balancei a cabeça em negativa.

– Acredite em mim, Nora. Se achasse que você é esse tipo de garota, não estaria nem na metade da encrenca em que me meti. Fora que eu não ligo para nada disso.

Ela pareceu ignorar minhas palavras. Olhou para a frente e disse, com veemência: – Porque não sou uma princesa. Tenho mau gênio, sou impetuosa e tenho séria dificuldade em manter a minha boca fechada.

– E se conhece bem, obviamente.

Ela fez um "humpf!", para enfatizar a última colocação. Levantou os olhos para me olhar.

– Em que encrenca você se meteu?

Não respondi.

– Resumindo... somos mais normais do que você pensou, talvez.

– É isso mesmo. – Nora brincou com a barra da saia, e acrescentou: – E você está certo. Não fiz nada na vida para me destacar. Mas é difícil se destacar quando ninguém te dá ouvidos, ou uma chance, e só ficam dizendo "não, agora sente-se aí calada e comporte-se como uma dama".

– Posso imaginar. – Não aguentei, e tive que perguntar: – Você pulou mesmo nas costas do Elpinoy?

– Não! Ele me deu as costas e eu o empurrei.

– Muito bem feito.

Nora riu de chacoalhar. Controlou-se, respirou fundo e, passando a mão no rosto, disse: – Você tem que parar de conversar comigo.

– Por quê? – retruquei, em tom de brincadeira. Será que ela ia me dispensar de vez?

– Porque me sinto melhor cada vez que você aparece. E esqueço de ficar brava. Preciso continuar sendo agressiva, se é que quero chegar a algum lugar.

Tive que sorrir.

– Posso te levar para jantar? Você pode ficar brava depois.

– Pode. – E sorriu para mim: – Mas me conta por favor: o que é que as meninas punks vestem, afinal?

– Mais ou menos o mesmo que você está usando. Algumas usam saias mais compridas.

– Então por que você fica falando das minhas pernas toda hora?

– Por que, do lugar de onde venho, não há muitas meninas.

– Mmmmm. – Fossem quais fossem os pensamentos dela a respeito, guardou-os para si.

Tive uma ideia enquanto a levava de volta para a ala médica. Quando chegamos ao escritório do pai dela, olhei para o computador de latão ricamente ornamentado.

– Nora?

– Sim? – Estava acomodando a foice em um canto do cômodo.

Sei que você fez limpeza no quarto do seu pai hoje. Alguém disse algo sobre mandar isso aqui embora? Ou tirar o telefone?

Olhou para o equipamento e balançou a cabeça.

– Não, o Elpinoy não falou nada a respeito. Vou ter que dormir aqui, a partir de hoje? Não tenho certeza se quero...

– Wolfe me disse para não te deixar chegar perto de um computador. Mas também me disse para te manter aqui dentro. – Digitei alguns comandos, e apareceu a tela que pedia a senha. – Nossa, como foi que isso apareceu aí?

Nora olhou para a tela.

– Você sabe qual é a senha?

– Não – respondi.

Ela assentiu e depois me presenteou com um sorriso, que foi se formando lentamente até ficar completo.

– Bem, então acho que já me sinto segura o suficiente para dormir aqui sozinha.

– Fico feliz em saber. É bom ter meu quarto de volta. Vou lá buscar suas coisas.

Enquanto saía, ouvi som de ar saindo do assento de pele da cadeira que ficava junto da escrivaninha do doutor Dearly, e os dedos de Nora voando sobre o teclado. Se surgisse uma oportunidade, e ela a tivesse conseguido honestamente, era merecedora. Esse era o jeito punk de encarar a vida.

Com valores imutáveis.

23

victor

– Eu te pedi uma única coisa.

Os olhos de Elizabeth passaram por mim frios e distantes como o eco digital das estrelas no alto. Adorável Elizabeth, cabelos escuros e postura régia, a mulher cuja face me encantou desde o instante em que a vi.

Mexi nas abotoaduras e puxei as mangas da camisa.

– Pedi para você dar, a mim e à nossa filha, uma vida melhor. O que você está *pensando*?

– Eu te pedi uma única coisa.

Abri os olhos.

O rosto coberto de Averne ocupou todo meu campo visual.

Ele me chutou. Virei-me, bloqueando a dor que o golpe pudesse ter causado. A menos que estejamos extremamente excitados ou focados na dor, pouca coisa pode machucar um não vivo. Se fosse de outra forma nossa existência seria pura *dor*.

Vi Henry pelo canto do olho. Ele ainda estava desmaiado. A roupa estava rasgada e a pele, enegrecida e queimada em algumas partes do corpo. Havia sangue descolorido se acumulando em suas extremidades inferiores. Seu braço esquerdo desaparecera. Fiquei pensando se ele o teria perdido na explosão ou fora arrancado. Também tentei adivinhar que horas poderiam ser e por quanto tempo teria ficado insconsciente. De novo.

Averne afastou-se. Voltei para minha posição anterior, sentado no chão de sal da construção longa. Fiz um exame rápido do meu corpo. As roupas haviam sido chamuscadas, mas parecia que estava inteiro, por assim dizer. Com esforço, ergui-me um pouco mais. As costelas quebradas mudaram de lugar dentro do meu tórax. Parei de me mexer.

– Pedi a você uma coisa que deveria ser fácil de providenciar, com tempo e ferramentas adequadas. E o que mais: você deveria querer fazer isso, já que logo a cidade de Nova Londres muito em breve estará ardendo, como o maior crematório do mundo.

Afastou a capa e sentou-se em uma cadeira feita de pedaços de madeira e arames. Teria dado uma boa gargalhada, se pudesse. O que era aquilo, um trono? Ele tinha mesmo perdido um parafuso, como dizia minha querida avó.

– Você continua pressupondo que sou capaz de fazer a vacina. Se pudesse, tenha certeza, a última coisa que eu faria é dá-la a você.

Averne passou os dedos pelos braços da tal cadeira.

– Você condenaria seu próprio povo?

– Se o que está dizendo é verdade, a esta altura já estão condenados, não importa o que eu faça. – Minha voz estava pesada com o fardo da verdade que minhas palavras carregavam. – Eu evitaria que você se aproveitasse da tragédia usando a vacina como moeda de troca.

Ele estava me chutando de novo antes mesmo que eu pudesse me proteger.

– Como ousa me insultar? – gritou.

Contive o grunhido que queria sair da minha garganta.

– É isso mesmo, não é? – Rolei de novo apesar das partes soltas dentro do meu tórax, agarrando o sal do chão inutilmente. – Se você tiver a vacina, pode dominar quem precisa dela – e, com seus soldados mortos, pode fazer qualquer um precisar dela. Olhe. Olhe para o seu arsenal patético de armas biológicas esperando para receber suas ordens.

– E o que mais eles poderiam ser? – sibilou. – Seu povo fez que se tornassem o que são com esse mesmo objetivo!

Fixei os olhos nele.

– Se você acha que os vitorianos desenvolveram o Lázaro, está completamente enganado.

– Mentiroso! – Deu-me as costas e começou a andar de um lado para outro como um lobo. Notei que os guardas haviam saído. – Sua tribo criou essa doença como último esforço contra os "selvagens" – selvagens que vêm lhes dando trabalho há anos.

– Isso é verdade... mas, até onde sei, a doença é um acidente da natureza. Isso, ou a criação de um deus que perdeu a paciência com todos nós. Não é obra do homem. Somos todos vítimas.

Ele não estava me ouvindo. Murmurava palavras enquanto andava, arranhando as paredes com as mãos e chutando o chão, levantando nuvens de poeira branca. Observei-o por um momento, antes de colocar a mão sobre Henry. Ele tossiu e se mexeu. Não estava nada bem. Aproximei-me dele, usando os braços para me arrastar. Averne continuava emitindo sua estranha trilha sonora enquanto eu examinei os ferimentos de Henry e comecei a fazer ataduras para ele rasgando minhas roupas.

A certa altura, ouvi Averne dizer: – Não tem deus nenhum envolvido nisto. Mas me agrada pensar que *você* está.

– O que quer dizer com isso? – Dobrei meu paletó e coloquei-o sob a cabeça de Henry – assegurando que houvesse suficiente tecido entre sua cabeça e os explosivos. Não havia muitos lugares disponíveis para escondê-los, naquele momento.

Averne socou uma palma com o outro punho.

– Você sabe muito bem o que quero dizer. A criação dessa doença. Seu nome está escrito nela. Sou obrigado a acreditar que teve participação no desenvolvimento dela. – Ele parou de se movimentar. – Agrada-me pensar que finalmente terei a oportunidade de matar o homem que matou minha família... O homem que transformou meu povo em monstros. E quando sua filha for entregue a mim, minha vingança estará completa.

Parei o que estava fazendo.

– Vingança?

O que Averne disse a seguir não fez nenhum sentido para mim.

– Ele tinha que mandar seus homens atrás dos meus. Teria sido estranho se não o fizesse. Achei que os meus a pegariam antes, mas... fazer o quê? Posso esperar.

O que ele queria dizer? Quais homens?

Estou com você, meu caro – havia dito o capitão Wolfe enquanto seus homens abasteciam meu avião. *Se fosse uma das minhas meninas, faria exatamente o mesmo. Confie em mim, é melhor pegar o avião, muito mais rápido que viajar por mar. Com um pouco de sorte, chegará antes que os soldados.*

Horrorizado, entendi que Nora não havia sido resgatada.

– Wolfe – foi tudo que consegui pronunciar. Meu coração podre queria sair pela boca. Tentei conter meu peito, que subia e descia de uma maneira apavorante. – Meu Deus, você está trabalhando com Wolfe. Ele deve ter sabotado meu avião, ele...

Averne assentiu.

– É um homem muito inteligente. Mesmo agora, que não é mais um homem.

Senti dor. No coração, nos ossos, na pele, como se a fúria estivesse incinerando meus tecidos.

– Se você a machucar, Averne, vou rastejar pelo continente para te achar e te matar. – Apoiei-me na parede com os braços tremendo, e tentei ficar de pé. – Não sei como conheceu Wolfe, nem que jogo doente ele está jogando, mas não vou dar o que você quer. Tudo que posso dizer é que tenho tentado de tudo para *ajudar* as pessoas.

Averne pulou até onde eu estava e me deu um soco no peito. Senti os ossos soltos lá dentro e caí.

– É isso que você acha que faz, quando a coisa que criou obriga filhos a atacar seus pais?

– Eu não criei o Lázaro! – gritei.

– Pare de mentir! – gritou Averne, com o rosto a centímetros do meu. – Wolfe e eu nos encontramos no campo de batalha! Ele me procurou e confirmou tudo o que eu *suspeitava* há tempos! Sei que você desenvolveu essa doença – e você vai me entender ainda que eu tenha que esculpir a minha história no pobre do seu corpo!

Ri, um som esquisito e ansioso.

– Entender? Entender *o quê? Ela é inocente*! Ela sequer sabe que ainda estou vivo!

Averne afastou-se novamente. Seus movimentos eram bizarros – fluidos, mas ele parecia quase solto nas juntas. Nunca havia visto um zumbi se mover dessa maneira.

– Inocente? – Chutou um pedaço de madeira que se partiu em dois ao bater contra a parede. – Meus filhos eram inocentes!

– Você é um monstro! – gritei.

Na penumbra do ambiente, os olhos de Averne haviam parado de brilhar, dando-me a impressão de que estava falando com um golem.

– Monstro? – perguntou ele, com uma súbita voz clara. – Sou eu o monstro? Tenho provas de que você criou a doença. – Ele balançou a cabeça, como se não tivesse considerado anteriormente sua própria afirmação. – Devo dizer que aprendi muito estudando os documentos que Wolfe me conseguiu. Você tem uma compreensão da doença muito melhor que a dos outros. Como poderia, se não fosse seu criador? Eu me envolvi em experiências também, sabe, mas... – Fez um gesto com o braço. – Pode ver o material que tenho para trabalhar.

Minha alma gritou que não perguntasse: – Experiências?

Ele assentiu sem prestar muita atenção, como se já tivesse esquecido o que ia dizer.

– Sim. Meus homens ajudaram, naturalmente. Eles lutavam com os não vivos quando eu ordenava, para que eu pudesse ver como faziam. Deixavam-se morder, para que eu observasse a evolução da doença. – Encolheu os ombros. – Nada fora do comum. Nada que um patriota não faria para proteger seu povo.

– Como assim, “nada fora do normal”? Você sacrificou seus próprios homens?

Ele avançou novamente na minha direção.

– Eles eram minha propriedade, eu podia sacrificá-los! – Jogou as mãos para cima. – Alistei-me no exército punk quando ainda era garoto. Acreditava que estava prestando um serviço a meu país. E o que vi? Homens corajosos morrendo nas mãos de seus pares. Homens orgulhosos reduzidos a disputar uns poucos metros de território – só para verem seu povo tomá-los de volta. E, então, seus monstros começaram a nos atacar e os idiotas no comando começaram a aceitar tréguas. Aí foi demais. Juntei homens leais e parti.

Entendi então que ele havia conquistado o que mais queria. Era um desgraçado com um exército particular, uma dissidência de um homem só, constantemente mudando de lugar. Vi seus soldados deteriorados, destruídos por sua loucura e pela interação com os não vivos. Era rei de um monte de ossos. Quem saberia dizer o que era verdade e o que era minha imaginação? Importava?

Entender não significa aceitar.

Olhei para o equipamento de comunicação sobre a mesa.

– Wolfe lhe fornece equipamentos, então?

– Sim. – Torceu os dedos. – Meus homens e eu construímos esta base. Pense nisso. À nossa volta, as pessoas estão lutando, vivendo, se movendo... mas quem se aventuraria para dentro de um deserto de sal? Wolfe conseguiu inclusive que meus soldados entrassem em Nova Londres usando veículos oficiais. Amo esconder coisas bem à vista.

– Você ainda está em contato com seus homens em Nova Londres?

Averne me olhou de relance.

– Não. Seria suicídio, permitir que transmitissem bem do centro da sua cidade. Mas não importa. Há uma virtude que meu povo tem – e que creio que o seu não tem – que é a habilidade de participar das operações mais complicadas com um punhado de porcas, parafusos e um pouco de engenhosidade.

Fiquei em silêncio por um minuto, antes de fazer uma pergunta muito lógica.

– Como você sabe que estão cumprindo suas ordens?

Quando era garoto na escola, sempre me metia em encrenca quando confrontava os professores com fatos que iam completamente contra as coisas que queriam enfiar dentro da cabeça dos alunos. A expressão de espanto e raiva deles sempre me divertia. Assim, ri quando Averne recomeçou a me espancar, depois de perceber que eu tinha dito algo com sentido. E desejei mais que tudo ver sua expressão.

– Eles me obedeceram! – gritava. – Acredite, fizeram o que ordenei. Todas as pessoas que você conheceu, amou ou apenas viu passar na rua estarão mortas em uma semana.

– E depois irão avançar em direção ao seu povo – retruquei, protegendo o peito com os braços. – Vão devorá-los! E depois encontrarão uma maneira – parece insano, mas é verdade – de chegar à África e a coisa toda vai acontecer lá também. Não acredito – realmente não acredito – que tenha examinado com cuidado seu plano até o fim.

Ele me largou, e se afastou para o outro lado da sala com um rugido. Eu ainda me sacudia de tanto rir. Lutei para recuperar o ar e segurei minhas costelas quebradas.

Nossa, como prcisava daquela reação de Averne. Coloquei a coisa toda em perspectiva. Ele não tinha conseguido raptar a Nora. Ainda não, pelo menos. Não tinha controle sobre seu próprio exército. Eu trabalharia com esses dois fatos.

Henry se mexeu do meu lado, e abriu os olhos devagar.

– O que...

– Fique deitado – sussurrei. – Não mova a cabeça. As bombas estão debaixo dela.

Ele arregalou os olhos.

– Não... mais...

– Apenas não mexa a cabeça.

Se a sorte estivesse do meu lado, Averne, agora em paranoia, tentaria fazer contato com Wolfe. Exatamente a distração de que eu precisava.

Averne nos deixou em paz, falando sozinho e andando de um lado para o outro como um pêndulo. Horas depois, quando a porta se abriu, vi que era noite. Pensei novamente em Elizabeth, e fechei os olhos. Quando chegasse ao céu – algum dia – teria que pedir muitas desculpas.

O cheiro de carne cozida trouxe-me de volta dos meus devaneios.

Um dos guardas havia entrado, carregando no ombro uma lança. Levava um prato de lata com diversos cortes de carne bem passada. Colocou-o na mesa e grunhiu algo na direção de Averne.

– Saia – ordenou.

Não seria necessário perguntar se era carne humana. Soube que não era. O mundo à minha volta parou para meu cérebro superexcitado. O jeito como ele se movia, a carne assada – como não percebi antes?

Averne, fosse qual fosse sua história, ainda estava vivo.

24

pamela

A energia foi e voltou várias vezes, mas, perto da meia-noite, estávamos de novo no escuro.

No momento, a maior tragédia para Isambard era o fato de que eu havia sido autorizada a ir à Missa do Galo com a família, e que isso significava sentar no fundo da igreja, sob o balcão de madeira onde ficavam os assentos da aristocracia. Literalmente, estaríamos abaixo deles. Queria dizer-lhe que não precisava temer que Deus não nos visse naquela sombra, mas sabia que, como tantos vitorianos, a principal razão de ir à igreja era *ser visto*.

O mesmo se aplicava ao resto da minha família. Mas nunca havia tido motivo para pensar assim no passado.

De minha parte, estava rezando sem parar desde que acordara do meu coma induzido. Rezei na banheira, em frente ao guarda-roupa. Meus ombros estavam se tornando permanentemente encurvados.

Rezei porque não conseguia parar de pensar na família Delgado, e precisava tirá-los da minha cabeça.

O senhor Delgado, que acreditava estar doente, não havia aparecido novamente. Vigiei da janela, esperando vê-lo sair. Não tinha nada mais para fazer, e as horas vazias eram combustível para minha obsessão. Comecei a pensar que, se me afastasse por um instante da janela para buscar um copo de água ou um xale, ele apareceria e desapareceria antes de eu voltar. Não considerei o fato de que se os contaminados pudessem se mover tão rápido, àquela altura já estaríamos liquidados.

Quando chegou a hora de me arrumar para ir à igreja, coloquei meu melhor vestido. Minha mãe havia queimado o outro, sem sequer tentar remover as manchas de sangue. Não me importava mais com a aparência e não lavei o rosto nem fiz uma trança no cabelo. Tudo estava desmoronando à minha volta – a guilhotina ia cair. Na cidade, havia pânico. Não havia nenhuma notícia sobre Nora. O bom-senso me dizia que, se eu começasse a pensar nela como morta, provavelmente estaria me fazendo um favor. Mas simplesmente não conseguia. Aquilo seria traição máxima.

Rezei enquanto esperava meu pai me chamar para sair.

Pegamos um táxi para a Catedral de Nossa Senhora. Ficamos em silêncio durante o trajeto, e nem meu pai nem minha mãe olharam para mim. Olhei para a cidade pela janela. Embora houvesse gente nas ruas agora, o golpe não havia sido tão forte como antes. Aquilo me preocupava.

Ainda havia eletricidade na área da igreja. A catedral era um edifício opulento e toda a parte externa era branca. Enquanto meu pai ajudava minha mãe a sair da carruagem, olhei para a estátua de Nossa Senhora no alto, iluminada. Estava pensativa. Compreendi como se sentia.

Estava ciente de que não deveria falar ou olhar para ninguém. Segui meus pais, obedecendo a primeira ordem, mas não a segunda. Examinava os rostos em busca de sinais da doença. Notei que os meninos no altar e as pessoas que conduziam os fiéis para os lugares estavam fazendo o mesmo, fato que me confortou, de certa forma. Tive esperança de que todos estivessem bem – não só para o nosso bem, mas para o deles também. Rezei, *de verdade*, para que ninguém sofresse naquela noite em especial.

Ninguém fez contato com minha família. Ninguém prestou muita atenção em nós, embora eu tenha visto um ou dois olhares curiosos. Sentamos e a cerimônia começou em seguida. Sabia de cor o que ia acontecer. Missas eram sempre iguais. Orações, leituras, velas, pão e vinho. Distraí-me.

O piscar da tela flexível se fazia hiperpresente e chamou minha atenção. A maior pendia atrás do altar e havia sido programada para exibir a cena da manjedoura. Os meninos que ficavam no altar de vez em quando desapareciam atrás dela, para dentro da área do cofre que a tela disfarçava. Era um depósito, atualmente. O altar havia sido colocado onde, séculos antes, ficavam os caixas do banco.

O padre falava, monocórdico, e minha família ocupou meu pensamento novamente. Estavam sentados ao meu lado. Podia estender a mão e tocá-los. No entanto, tinha a sensação inescapável de que havia algo errado, e que estávamos correndo perigo. Era preciso fazer alguma coisa, mas eu não sabia bem o quê. Por onde começar? Meu pai aceitava sem questionar as informações que as notícias entregavam, ainda que pretendesse criticar o governo, chamando-o de idiota, e os repórteres, que para ele não passavam de demônios. Além disso, provavelmente não me dariam ouvidos nunca mais, pois eles...

– Pamela?

Minha mãe olhava para mim com olhos preocupados. Todos à minha volta haviam se levantado e havia uma multidão no fundo da igreja querendo sair. A missa havia terminado e eu sequer havia notado.

Levantei-me. A mesma multidão que havia assistido à missa sedada ao longo da última hora, talvez até reconfortada pela sensação, agora estava ansiosa para sair. Os ricos foram escoltados para suas carruagens como se estivessem sob fogo cruzado e as pessoas tomaram a rua em busca de táxis. Meu pai era um deles, mas, após quinze minutos de tentativas, percebeu que não ia conseguir.

– Teremos que voltar andando – disse ele, mexendo na gravata.

Minha mãe segurou o ombro de Isambard.

– Tem certeza de que é seguro?

– Quando viemos as ruas estavam bem vazias. Podemos procurar um táxi ao longo do caminho.

– Mãe, pai... – Queria dizer a eles que era preciso descobrir o que estava acontecendo, para onde tínhamos que ir, o que iríamos fazer, mas as palavras ficaram presas na minha garganta.

Meu pai me pegou pela mão e me conduziu pela rua.

Tive a impressão que a caminhada durou muitas vidas, mas foram somente vinte minutos. Cada sombra escondia uma pessoa contaminada à espreita, prestes a me atacar, roubar-me a carne, a respiração. Andei quase grudada nos meus pais, pois era insuportável manter um centímetro sequer de distância entre eu e eles. Vimos algumas pessoas, mas não apareceu nenhum táxi vazio. Quando passavam por nós, virávamos a cabeça ao mesmo tempo, como se fôssemos uma manada desconfiada. Depois de algum tempo, minha mãe passou os braços pelos meus ombros e pelos de Isambard. Senti-me desculpada, de certa forma. Pelo menos havia sido incluída.

Logo chegamos à nossa casa. Meu pai tirou a chave da corrente do relógio, os braços de minha mãe relaxaram. Havíamos conseguido. Ia ficar tudo bem.

Foi quando vi a menina.

A figura diminuta dela chamou minha atenção enquanto eu esperava meu pai abrir a porta, e virei-me, com o coração pesado de pavor, quando se aproximou de nós. Tinha só cinco anos e seus movimentos eram entrecortados e desajeitados. A pele tinha uma aparência adoentada e os olhos, manchas brancas. Vários pontos da cabeça não tinham mais cabelo. Usava um vestido longo e folgado, com um bolso na frente.

Recuei e tropecei em um degrau, caindo de costas e batendo em Isambard. Ele se segurou na roupa da nossa mãe.

– Pam, o que você está... Oh, meu Deus! – Isambard começou a gritar, e praticamente passou por cima dela para chegar à porta. Meus pais gritaram.

A menininha parou no meio da calçada, olhando-nos com uma mágoa quase palpável. Começou a chorar, e os soluços sacudiam seu corpo pequeno em todas as direções.

Reconheci-a pelo choro. Havia ouvido antes, no mercado.

– Jenny Delgado? – sussurrei.

– *Abre a porta, abre a porta*! – gritou Isambard.

– Não consigo achar a minha família – gemeu a criança.

Ela falou.

Não havia ouvido uma pessoa infectada falar.

Fiquei parada, com as juntas travadas, tentando analisar a situação. Ela estava doente, obviamente, mas podia falar. Não ia nos atacar.

– Você é a Jenny Delgado? – perguntei, um pouco mais alto. Ela assentiu, ainda chorando.

Também reconheceu seu nome. Talvez pudesse ser salva. Tinha que fazer com que chegasse até sua família, até o hospital. Precisava de um médico.

Por que tomei essa decisão, nunca saberei. Talvez, no seu dia mais sagrado, Deus, em sua misericórdia, estivesse me iluminando. Ou o álcool que eu ingerira tivesse matado algumas células do cérebro. Não sei.

Levantei, devagar.

– Entrem em tranquem a porta. Vou levá-la até em casa.

– Pamela, você não vai fazer nada disso – advertiu minha mãe. Estava à beira das lágrimas também. – Não de novo. Entre.

– Não. Vou levá-la para casa.

– *Ela está doente.*

– Já *percebi*, mãe. É por isso que precisa ir para a *casa* dela.

– Pam, você é tudo isso de burra? – perguntou meu irmão, espantado.

– Ela é muito pequena! – dei as costas a Jenny e encarei minha família. – É uma criança, está perdida e apavorada. Como todos nós! – Lembrei-me do pai dela no pátio e da mãe esperando por ele na porta. Identifiquei naquele momento algo que tinha me escapado então – a ausência de pânico e de violência.

Talvez estivessem bem, afinal. Talvez ainda fossem saudáveis.

Antes que eu pudesse protestar de novo, meu pai abriu a porta rapidamente, como se estivesse se reequilibrando após um tropeço. Pegou minha mão e me puxou. Seus olhos eram frios.

– Faça o que sua mãe está mandando.

– Pai...

Ele me sacudiu.

– Não me faça falar de novo! Lembre o que aconteceu a última vez que você desobedeceu! Quer voltar para a cadeia?

Corei, confrontada com a lembrança. Não tinha argumento contra aquilo – sabia que não podia discutir. Relutando, assenti e segui minha mãe e irmão que entravam, apressados, em casa.

Em uma última olhada para Jenny, vi que continuava parada ali, me olhando e sacudida pelos soluços, com o olhar seco e desesperançado. Lembraram os olhos de um animal abandonado que aprendeu, pela experiência, a não confiar em ninguém, mas que instintivamente ainda guarda esperança dentro de si.

– Não consigo achar minha família – repetiu ela, baixinho.

Eu não podia discutir, mas podia agir.

Quando entramos, fingi mexer no armário perto da entrada, esperando que meus pais fossem para a sala, e que Isambard se retirasse para seu quarto. Saí. Jenny ainda estava lá, e, ao me ver, emitiu um barulhinho de alegria.

Corri degraus abaixo na direção dela, sinalizando para que não fizesse barulho. Ela pareceu entender e obedeceu. Não ousei dar-lhe a mão, mas indiquei com um gesto para que me acompanhasse por uma das ruas laterais.

– Vem, Jenny. Você mora aqui.

Ela deu uma fungadinha.

– Moro?

– Sim, venha. – Era melhor agir rápido, pois estava me arriscando muito.

Tínhamos dado poucos passos quando senti uma mão no meu ombro. Deu um salto e soltei um grito, antes de perceber que era meu pai, que me seguira. Encolhi-me, à espera da repreensão.

Ele, no entanto, não disse uma palavra, nem me olhou. Empurrou-me para a frente, indicando que eu devia seguir em frente. Quase transbordei de gratidão, e tive que piscar para me livrar das lágrimas que se formaram nos meus olhos.

Andamos lado a lado, em desconfortável silêncio.

– Jenny, como foi que você saiu? – perguntei depois de uns instantes.

Ela fez um sinal débil com seus dedinhos inchados e machucados.

– Mamãe e papai estavam na cozinha, e a Tata não estava. Eu queria ir. Saí pela porta errada, não pela porta certa.

Tentei entender.

– Porta errada? A da frente?

Ela assentiu, séria.

– Porta errada.

Fazia sentido. Provavelmente tinha permissão para sair somente para o pátio, não para a rua da frente.

– Você sabe para onde... Tata foi? Tata é seu avô?

Ela assentiu novamente.

– Tata! Tata caiu. – E olhou para o chão.

Meu pai apertou meu ombro.

– Caiu..?

– Hmm-hmm. – Não parecia preocupada. Talvez "caiu" signficasse outra coisa que não "morto", que é o que meu cérebro queria atribuir à palavra.

Halperin Street, que era a rua deles, estava tão deserta quanto a nossa. Conduzimos Jenny até subir os degraus para a porta de sua casa. Olhei para meu pai.

– Acho que temos que tocar a campainha.

Concordando comigo sem dizer nada, apertou o botão. Meu meu ombro ia amanhecer roxo.

Ninguém apareceu. Tocamos várias vezes, e nada. Foi só quando bati na porta e gritei: – Jenny está conosco, senhor Delgado! Senhor Delgado! Senhora Delgado! – Então ouvi passos. Recuei.

A porta abriu, uma fresta apenas. Vi o pálido senhor Delgado olhando para mim. Ele engasgou. Os olhos estavam vermelhos. De sangue.

Olhou para baixo e, vendo a filha, abriu a porta e a abraçou forte.

– Jenny, filhinha!

– Papai! – exclamou a menina, feliz, abraçando-o de volta.

– Obrigado, obrigado. Ela saiu e... – silenciou, olhando para mim. Entendi. Por causa do estado em que se encontrava, não pudera sair para procurar a criança. Teria começado um tumulto.

Desci mais dois degraus, perguntando ao mesmo tempo: – A senhora Delgado está bem? E... Tata?

Ele mordeu os lábios enegrecidos por uns segundos.

– Ela está... bem. – Interpretei como "doente". – E o avô dela está... – Ele apertou a filha mais forte, e entendi que ele havia morrido. – Ela está acostumada a vê-lo bêbado – explicou, com um tom que indicou que continuaria a usar a explicação até que ela não aceitasse mais, e depois mais um pouco, talvez.

Nunca na vida sentira tanta pena de alguém. Não estavam enlouquecidos. Estavam tentando levar a vida o melhor possível. Mas, ainda assim, cada segundo ali nos forçava, a mim e a meu pai, a recuar mais um pouco. Queria ajudá-los, mas meu instinto me mandava correr na direção oposta. Senti-me dividida.

Delgado observou-nos partir. Não havia fúria em seu olhar, apenas resignação.

– Se ficarem sabendo de algo, poderiam... por favor... nos avisar? Não temos eletricidade e...

– Sim, senhor, certamente – respondi, sem hesitar. Aquilo eu podia fazer.

– Obrigado – repetiu novamente, e fechou a porta.

Meu pai me pegou pelo braço e puxou para casa, pela segunda vez naquela noite. Estava tremendo.

– Se você fizer isso de novo, vai ficar por sua conta. Entendeu?

– Sim, senhor – respondi, mais uma vez. Ao subir nossos degraus, olhei para ele: – Obrigada.

Ele não sorriu, sequer assentiu. No entanto, me olhou nos olhos – e acho que vi lá dentro meu pai verdadeiro, aquele que me chamava de "docinho", aquele que eu matara ao matar aquela mulher.

Ele ainda estava lá, em algum lugar.

Depois que todos foram dormir, acendi um avela e sentei no chão no meio do meu quarto, olhando para a chama e tentando organizar meus pensamentos. Ainda estava um pouco trêmula por causa da caminhada de volta da igreja e do encontro com o senhor Delgado. Esfreguei os braços frios, tentando me aquecer. Nunca mais queria ter que fazer aquilo de novo, especialmente não à noite. Havia me sentido exposta como uma presa fácil.

Não me sentia segura nem mesmo ali. Não consegui dormir. Queria me esconder do mundo lá fora.

Esconder.

Podíamos nos esconder.

Abandonei a ideia rapidamente, antes que me afeiçoasse a ela. Depois, examinei-a em busca de falhas. Teríamos que levar suprimentos. Não saberíamos quando seria seguro emergir. Mas, se escolhêssemos um bom lugar, talvez os doentes não nos encontrassem. Se aguentássemos por uma, duas semanas, talvez o mundo tivesse se reacomodado. Não tínhamos que sair voando pelas ruas, para o interior. Afinal, não dispúnhamos de transporte próprio, e se mais e mais pessoas continuassem abandonando a cidade, não conseguiríamos sequer um carrinho de mão.

Os repórteres continuavam martelando que o exército estava no comando da quarentena. E se estivessem certos? Só nos restava esperar.

Mas como conseguir que minha família me acompanhasse? Como iria explicar a eles.

As respostas para essas perguntas não iam surgir imediatamente.

Antes de voltar para a cama, desci as escadas em busca de uns goles de vinho de uma das garrafas de meu pai. Encostei-me no armário e desejei que o gosto ruim do álcool desaparecesse da minha boca. Envolvi-me com meus próprios braços, permitindo-me sentir por um momento o medo paralisante que ameaçava me dominar. Fiz isso porque estava se aproximando o momento em que eu teria que ignorá-lo, simplesmente.

Teria que esconder minha família, antes que ficássemos iguais aos Delgado.

25 Bram

Eu sequer havia pensado no Natal até que Nora o mencionou. Depois disso, a data era tudo em que conseguia pensar. Não tinha nada para dar de presente a ela. Não dava para organizar um grupo para ir patinar, ou fazer uma visita à cidade, ou algo assim. Estava me ressentindo da situação atual, que podia ser resumida assim: "sinto muita atração por você e gostaria de demonstrar isso te dando muita atenção e fazendo um uso muito criativo dos meus rendimentos disponíveis".

Finalmente tinha admitido. Gostava dela. Gostava muito. Ela era inteligente, corajosa, bonita e não olhava mais para mim como se eu fosse um demônio usando roupa de gente.

Dearly ia me cortar a garganta, se Wolfe não chegasse primeiro.

Quando deitei na cama naquela noite, o Fantasma dos Natais Passados me visitou. Os sonhos haviam mudado desde que eu morrera. Nunca cheguei a perguntar se isso havia acontecido com os outros. Meus sonhos eram coloridos, mas agora vinham em preto e branco. Parecem pedaços de diversos filmes cortados atabalhoadamente. De vez em quando passa correndo um trecho que não tem nada a ver com nada, como uma propaganda subliminar. *Tamancos de madeira. Avental florido da tia Edna. Homens morrendo em toda parte – sirva-se do bufê. Não quer?*

Nunca havíamos tido muito dinheiro, mas minha mãe gostava de comprar um presentinho para cada menina quando era possível. Em geral, um novo par de luvas feitas a mão, recheadas com balinhas de melado e com frutinhas. Colocava também uma moeda de prata, se o ano tivesse sido bom.

O tamanho não tinha a menor importância para elas. O fato de que haveria presentes as mantinha excitadas ao longo de todo o mês de dezembro. Na manhã de Natal, não aguentavam mais. Vinham para minha cama e pulavam até eu acordar, falando baixinho para que a Mamãe não as ouvisse, do quarto ao lado.

– Acorda! Acorda, Bram! Papai Noel estve aqui! Veio no seu trenó a vapor com seus cervos-robôs!

– Eu os ouvi de noite!

– Mentira!

– Ouvi, sim!

Lembro-me de balbuciar um "eu ouvi também", jogando o braço sobre os olhos.

– Ele veio sim, a Emily está certa.

– Viu, eu te disse!

– Que tal vocês irem desenhar o trenó a vapor? – sugeri, tentando dormir mais alguns minutos. Mas não era isso que queriam ouvir, e recomeçavam a pular sobre mim. A resposta certa era: "Vamos abrir os presentes, agoraaaaa!"

Meu cérebro falhou, meu sonho piscou e agora quem estava sobre mim era Nora, passando o rosto no meu braço. Abri os olhos. Ela sorria. Abri espaço para ela entrar na cama. Ela sorria.

Acordei de supetão, uma fração de segundo antes de meu despertador tocar. O som só piorou minha sensação de pânico. Arquivei a cena sob a classificação "nunca mais sonhar nada parecido se for humanamente possível", por causa da culpa. Não que meu corpo fosse se manifestar de alguma forma. Era preciso ter um coração batendo para que algo daquela categoria acontecesse.

Tomei uma chuveirada rápida antes que a coisa toda me deixasse muito deprimido, e voltei a me concentrar no problema do Natal. Ainda queria fazer algo para ela. Nada grandioso – ainda estava cercada de problemas por todos os lados, afinal de contas – mas algo gentil, talvez para lembrá-la do Natal em casa.

Enquanto escovava os dentes, abri o guarda-roupa.

Meu uniforme de cerimônia me deu uma ideia.

Engoli a pasta de dentes, me vesti e saí correndo pelo corredor, com uma ideia na cabeça e a escova no bolso de trás da calça. Ao chegar à ala médica, já a havia avaliado por todos os ângulos. Pronto. Era uma tradição, exigia se vestir bem, e tinha significado. Perfeito. Genial até.

De tão absorvido que estava no planejamento, quase não notei que a porta do escritório de Dearly estava entreaberta. A parte do meu cérebro que comanda o caçador sempre alerta acionou uma sirene interna.

Nora não teria deixado a porta aberta.

Meu treinamento assumiu o comando, e encostei-me à parede. Não me permiti o pensamento de que talvez estivesse com medo. Provavelmente não havia acontecido nada – alguém devia ter aberto a porta para falar com ela e esquecera de fechá-la completamente. Nada demais.

Aproximei-me lentamente, buscando captar sinais de vida. Nenhum.

O compartimento dos médicos estava vazio e à meia-luz. O único movimento que pude observar foi o de um autômato em forma de losango que limpava os azulejos fazendo um vai e vem.

Acionei meu faro, embora não goste de fazer isso com frequência, porque me faz sentir um animal. Relaxei imediatamente. Aspirei seu cheiro, uma combinação única de pele e cabelo limpos que era tão dela. Nada de sangue. Chegando à porta, empurrei-a um pouco mais.

Nora dormia apoiada na escrivaninha do pai. Respirava tranquilamente. Entrei sem fazer ruído. Exausta, havia adormecido no lugar em que estivera trabalhando. Ainda segurava a caneta tinteiro na mão e o rosto estava apoiado sobre uma pilha de papéis. Olhei por cima dela. A primeira folha continha uma lista de nomes e números, totalmente aleatórios para mim. Trabalhava na busca da senha. A tela do computador piscava pacientemente, esperando pela entrada dos dados.

Enfiei as mãos nos bolsos e observei-a por algum tempo. Sentia prazer simplesmente em olhar para ela. Mesmo sem que estivesse fazendo algo. Depois de alguns minutos, fui até o quarto de Dearly e peguei um cobertor. Coloquei-o sobre seus ombros e saí, fechando a porta completamente. Resolvi ir até o quarto da Cas.

Lá, podia fazer o barulho que quisesse.

– Cas, acorda! – Bati várias vezes na porta.

Ouvi coisas caindo e o Tom xingando. Ela abriu uma fresta na porta.

– Quem é?

Suspirei.

– Cas, são sete da manhã. Por que não está de pé ainda?

Ela me olhou como se eu tivesse falado em suahili.

– Certo... É que preciso de um vestido para Nora.

– Ela ficou sem roupa?

– Preciso de um vestido *bonito*. Assim... como se... – Fiz um sinal na altura dos ombros, para indicar o nível de enfeitado que queria. Sou um caipira, como poderia explicar?

Cas apertou os olhos, desconfiada, mas finalmente entendeu. Abriu a porta e me deixou entrar. Além da bagunça costumeira, havia uma coisa com forma de gente embaixo dos cobertores – Tom – mas achei melhor ignorar a descoberta. Era proibido, mas a única coisa que podiam fazer juntos era dar companhia um ao outro – e não podia negar-lhes isso.

– Tipo... um vestido de baile? – perguntou ela, abrindo o armário.

– Não, não para um baile. Mais para... ir à igreja?

– Hein? – Ela não estava entendendo nada.

– Não pergunta, só me arranja um vestido.

Tirou várias coisas do armário, examinou-as e colocou-as de volta. Cinco minutos depois, havia selecionado dois vestidos – um vermelho de chifon com flores nos ombros e um rosa claro de cetim com listras pretas.

– O rosa, acho. Mas... será que você tem algum que fica apertado em você?

Cas estava perdendo a paciência.

– Como assim, *apertado*?

– Sabe... aqui. – Virei os olhos, mas indiquei a altura do busto. – Ela é menor que você. Não que eu tenha olhado.

– Será que você está elogiando os peitos da minha namorada? – resmungou Tom de debaixo das cobertas.

Olhei para o monte de cobertores e respondi: – Estou.

O monte se mexeu, como se estivesse satisfeito.

– Muito obrigado, foi gentil da sua parte.

Cas apertou os dedos em torno dos cabides e me fuzilou com o olhar.

– Como se *ele* tivesse peitos.

– Vou ficar com o rosa. O que combina com ele?

Cas soltou um "argh!", mas voltou a cavoucar o guarda-roupa, tendo me dado um chute antes. Valeu a pena.

Esgueirei-me de volta ao alojamento do Dearly e coloquei as coisas para Nora sobre a cama. Pé ante pé, passei de novo por ela e voltei para meu quarto, onde comecei a me preparar. Por debaixo do uniforme de cerimônia vão uma camisa preta e um colete vermelho, e há abotoaduras decoradas com os Zs entrelaçados, e também uma corrente para o colete e cinco mil outras partes que fazem um cara se sentir uma mocinha por ter que se vestir com tando cuidado.

Uma hora depois, com o quepe sob o braço, saí do quarto em direção à ala médica. Àquela altura, engenheiros e médicos estavam chegando para trabalhar com cafés na mão. Senti seus olhares em mim. Bati elegantemente na porta do escritório do Dearly.

Nora abriu, envolta no cobertor. Olhou para mim e soltou um "oh!" de admiração.

Cumprimentei-a dobrando a cintura como um soldadinho de corda.

– Senhorita Dearly. Posso entrar?

Ela assentiu silenciosamente, e deu um passo atrás para eu poder passar. Fechei a porta e sorri para ela.

– Achou seu vestido?

– Hmm-hmm. – Ainda estava olhando para mim como se estivesse certa de que era eu mesmo ali.

– Então vá se vestir! É Natal e vamos à igreja.

Ela apoiou as duas mãos na borda da escrivaninha, recuando um pouco.

– Vamos? Onde há uma igreja?

– Há um capelão na base. Achei que devíamos fazer algo assim. Sei que seu pai não está aqui, e que tudo está meio louco, mas... espero que você tenha um feliz Natal, Nora.

Ela não disse nada, mas lentamente foi diminuindo a distância que havia colocado entre nós, mantendo uma mão na escrivaninha. Com a outra, tocou minhas condecorações. Mas, de repente, em um acesso de decoro, retirou-a como se estivessem incandescentes, e escondeu-a sob o cobertor.

– Uau.

Jurei que *nunca mais* ia tirar aquele uniforme.

Inclinei a cabeça, todo formal.

– Esperarei por você no pátio.

– Está bem.

Ao sair, encontrei Samedi, que me examinou de alto a baixo.

– Golpe baixo, seu trapaceiro.

Apontei o dedo para ele.

– Você queria é ter um destes.

– Não preciso de um! – gritou ele, em resposta. – Eu tenho maturidade, e força, e personalidade! E também... a habilidade em me esconder dentro de gavetas para ver se ela está me traindo!

A doutora Chase lhe entregou uma pasta ao passar por ele.

– Se você fizer isso de novo, vou te chutar até chegar a outro país.

Chegando lá fora, coloquei o quepe e esperei, imóvel – temia amassar o uniforme. Só o havia vestido uma vez antes. Quem diria que tinha tal poder? Todo esse tempo, guardado no armário...

Nora apareceu meia hora depois. O vestido rosa ficou perfeito nela e fazia um barulhinho convidativo quando andava. Usava luvas e tinha prendido os cabelos no alto da cabeça com uma fita. Parou quando me viu, e sorriu do mesmo jeito que havia sorrido no campo de capim alto. Corrigiu a postura e se aproximou.

– Você está muito elegante, capitão.

– E você está linda como sempre, senhorita Dearly. – Ofereci-lhe o braço.

Desta vez, ela o aceitou.

Conduzi-a até a pequena capela de madeira de Isley, que ela olhou com interesse. Logo os gatos chamaram sua atenção. Ela riu, pegando o mesmo gatinho que eu havia aconchegado, dias atrás.

Jacob Isley surgiu à porta, e sorriu. Seu rosto estava mais abatido que de costume.

– Bem-vinda, senhorita Dearly.

Ela se virou.

– Olá.

– Este é o padre Isley. Padre, o senhor se importaria de celebrar uma missa de Natal, ou algo assim?

– Certamente que não... Acho até que deveria!

Ele nos indicou para entrar, e sentamos juntos. Seus gatos o seguiram, mas o pequeno ficou nos braços de Nora. Ela o cobriu de carinhos. Senti um pouco de ciúmes.

– Peço que me desculpe – disse Isley, procurando as coisas de que precisava. Havia caixas de madeira sob o altar improvisado. – Nossas missas aqui são tão raras, que eu guardo tudo depois, para evitar que as coisas fiquem cobertas de pelos.

Nora fez um carinho nas orelhinhas do gato.

– São todos seus, estes gatos? Não tem medo que alguém os coma?

Ele ergueu a cabeça.

– Não. É verdade que os não vivos, se famintos, podem comer qualquer animal. Mas todos aqui sabem que se alguém aqui decidisse comer um dos meus gatos eu o caçaria e faria com que passassem daqui para a vida eterna com dor e medo. E com as bênçãos de Deus, vale dizer. Então, estão seguros.

Nora riu.

– Acho que gosto da religião dele. – Ela examinou a capela, os entalhes grosseiros dos ícones religiosos, o arco-íris pintado acima do altar. – Então geralmente o senhor não celebra missas?

– Não. – Encontrou o ostensório e colocou-o sobre a mesa. – Religião é um assunto difícil por aqui. Aqueles que vêm de regiões onde o Filho é adorado acham que a ressureição que viveram é semelhante à Dele, e que devem estar na Terra para cumprir algum destino divino – mas não têm ideia de qual possa ser, o que os deixa desorientados. Outros, depois que aceitam que voltaram à vida, perdem completamente a fé... afinal, não ganharam a vida eterna que lhes havia sido prometida, mas permanecem aqui, só que mortos.

Nora pensou um pouco.

– Mas o senhor ainda acredita que Deus existe.

– Eu? Sim. Como posso não acreditar? Minha prova está bem aqui. – Pegou dois gatos que haviam subido no altar – um era preto e branco e o outro, preto. – Estas criaturas. Animais sentem coisas que não sentimos... terremotos, tempestades que se aproximam, até doenças. Mesmo assim, posso me sentar do lado deles, à noite, e colocar minha mão na barriga deles, que sobe e desce... Sabem que estou aqui, e mesmo assim, dormem, completamente entregues. Se eu fosse um monstro, certamente fugiriam de mim. Essa é a mais profunda prova que tenho da misericórdia divina: o amor incondicional que estes animais têm por uma *coisa* como... eu. – Colocou os gatos no chão. – Então, como pode *não* existir Deus, e como posso eu não tentar ser um bom homem enquanto Ele existir?

Ela sorriu depois da explicação, e olhou para mim novamente.

– E você?

– Acho que estamos aqui por alguma razão, alguns por mais tempo que outros – respondi.

Ela concordou com a cabeça, e brincou com as patinhas do bichano.

– Estou com você.

Eu havia sido criado para ter fé nas forças do bem que existiam no universo, embora minha família não fosse muito religiosa. Era feliz por isso, porque me permitiu admirar como o vinho brilhou nos lábios de Nora, como sua garganta se mexeu quando engoliu o pão, e como era o som da voz dela ao murmurar as orações – sem me sentir culpado demais.

Já tinha culpa bastante por minhas próprias ações. Não precisava de nem mais um pouco vindo de Deus.

Nora e eu nos separamos depois da missa improvisada. Ela sorriu e me agradeceu – tudo o que eu precisava para fazer do dia um momento inesquecível.

A alegria durou até eu ir para o pátio supervisionar o treinamento, vestindo o uniforme comum de novo. Ouvi os caminhões cruzando o portão. Os outros soldados estavam de volta à base.

Corri na direção deles e agarrei o primeiro zumbi que encontrei, um homem simples, mas confiável chamado Amed.

– Ele está aqui? Vocês o encontraram?

Ele negou com a cabeça.

– Não. Encontramos o avião, mas nem sinal dele. Nada.

Deixei cair os braços.

Fui contar a Nora pessoalmente. Ela estava no escritório do pai, ainda tentando encontrar a senha. A tela indicava que havia feito 141 tentativas. Ficou pálida ao ouvir a notícia, mas aceitou o fato estoicamente.

– Continuarei a ter esperança – disse. – Padre Isley está certo. Enquanto você tem esperança, segue em frente. E sinto muito mais esperança hoje do que senti em muito tempo. Mesmo que nunca o encontremos, houve a chance de que *poderíamos* e... mesmo ainda brava com ele, terei sido feliz. Fui feliz de novo, quando já não acreditava que era possível.

– Provavelmente a outra metade da companhia será acionada amanhã, para fazer mais uma busca – contei a ela. Pareceu se animar um pouco, mas saí do escritório com a sensação de que a havia desapontado.

Acabei encontrando distração no trabalho com o Renfield pelo resto do dia. Ainda estava mexendo na *Black Alice*. Estava tão envolvido em meus próprios pensamentos que não questionei nenhuma ordem que me deu e, metade do tempo, sequer notei o que me mandava fazer. Estava empenhado em retirar partes da aeronave – para limpar ou restaurar, imaginei. Eu carreguei tudo que era pesado.

– Como está indo a coisa da autodefesa? – perguntou ele enquanto consertava uma peça com o maçarico.

– Avançando. Só tive tempo para umas poucas sessões com ela. Não vai se transformar em uma mestra das artes marciais em dois dias. E as mãos ainda estão cicatrizando. – Mas já estava aprendendo facilmente a se mover com a foice, e o que era promissor.

Ren assentiu.

– Bom, pelo menos é uma distração.

– Para nós dois.

Ele riu e veio se sentar do meu lado. Levantou o visor do capacete e comentou: – Você até que está levando bem a coisa.

– Levando bem o quê?

– Está bem claro que você gosta dela.

Por alguma razão, fiquei constrangido por ele ter notado.

– Sem querer ofender, Ren, mas o que você sabe sobre garotas?

Ele me mostrou três dedos.

– Você esqueceu que eu tive três irmãs, além de dois irmãos? Sei o suficiente. Sou bom observador.

– Sinto muito. – Girei a ferramenta que estava usando e pensei na minha família. – Sei que Wolfe esteve preocupado que você os contactasse. Sempre fiquei pensando se você fez isso.

– Não. – Ren olhou para a peça girando e perguntou: – E você?

– Não. Quando minha mãe me viu e gritou, provocou uma horrível espécie de... aceitação. Eu sei, porque gritei aquele mesmo grito. Sei que precisa de dinheiro, sei que me ama... ama quem eu era... mas, acho que, no fundo, está melhor achando que morri. Ponto final.

– Compreensível.

– O que não me impede de... Sei lá. Você, às vezes... não quero usar a palavra "pensa". Você, às vezes, fantasia sobre encontrar sua família de novo?

– Todo dia. – A expressão dele era melancólica. – Farei isso, um dia, antes de morrer. Se ficarem horrorizados com minha aparência... bem... pelo menos saberei que sentiram isso. Saberão o que me tornei. Não haverá mais perguntas. É isso que me incomoda sobre a coisa toda – não saberem.

Entendi exatamente o que ele queria dizer.

Tinha que contar a Nora o que estava acontecendo.

Comecei a procurá-la depois do jantar. O Natal era um dia duro para a maioria e o fato de que a companhia não tinha encontrado Dearly havia sido um golpe na moral do grupo. Por isso, para mostrar minha solidariedade, resolvi comer com eles. Os vivos, exceto Wolfe, pensaram o mesmo, de forma que o refeitório recebera o dobro de pessoas naquela noite, conversando baixinho e sem muito entusiasmo.

Ela não estava no escritório do pai. Forcei-me a não ficar preocupado e continuei a busca. Não estava no laboratório de Samedi, nem no meu quarto. Os corredores estavam bastante vazios. Onde estavam todos? Eu tinha sido um dos primeiros a sair do refeitório, mas vi que havia gente saindo atrás de mim.

Cerca de vinte minutos depois, quando já começava a entrar em pânico, ouvi música. Fechei os olhos e ouvi. Vinha do refeitório.

Saí dos alojamentos a oeste e atravessei o pátio correndo. Ainda havia luzes acesas lá dentro e ouvi aplausos e risadas, além da melodia que tocava. Havia uma zumbi do lado de fora, usando um vestido longo que arrastava no chão.

– O que está acontecendo? – perguntei, quando cheguei perto.

Quando ela se virou, vi que era a Cas. Olhou-me exasperada. Estava usando o vestido vermelho que selecionara no início daquele dia e bijuterias variadas de plástico.

– Não, não, isso não serve.

– Cas, o que você está fazendo?

Ela apontou para mim.

– Vai ficar sexy de novo e aí pode entrar para ver.

Tossi.

– *Como é que é?*

– Seguinte: você vestiu seu uniforme chique hoje cedo para impressionar a Nora, e funcionou superbem. Aí, muito boboca, você tirou. – Com um olhar furioso, ordenou: – Vista de novo.

– Por quê? Sério, Cas, o que você está...

Ela bateu o pé no chão, me interrompendo.

– Porque isso é idiota. Todo mundo está deprimido, é Natal, e é... idiota! Então eu esperei você sumir para arrumar a situação e fazê-la ficar des-idiota. Agora, vai! – Ela me empurrou na altura do ombro, forçando-me a dar uns passos para trás.

Encarei-a por uns segundos antes de sair para fazer o que ela tinha mandado. Voltei para o quarto e vesti o uniforme completo de novo, me perguntando o tempo todo por quê estava fazendo aquilo. Quando terminei, corri de volta para o refeitório. Desta vez, não havia ninguém do lado de fora. Abri as portas.

Gemi ao ver o que estava acontecendo. Não era possível Cas ter feito *aquilo*.

A vitrola digital estava tocando muito alto uma rag do deserto – um respeitado gênero de música punk que descendia de uma coisa chamada "gangstagrass", combinação de flautas folclóricas e banjos com batidas de rap ancestral.

"Está descendo
Como o Titanic nas últimas horas
Um jogo sujo de dinheiro e poder
Está descendo
Como uma prostituta trapaceando..."

Soldados empurravam mesas e bancos para perto das paredes. Cas esperava um grupo perto dela terminar e então subiu em uma das mesas.

– Ok, em quinze minutos vou convocar uma quadrilha, então achem um par! Vamos fazer duas filas. Meninos podem dançar com meninos, fiquem tranquilos, ninguém vai ficar fofocando sobre vocês – não muito. – Nora estava parada do lado dela, com cara de quem estava se divertindo.

Cheguei perto delas.

– Cas, o que você está fazendo?

Olhou para mim com um sorrisinho malicioso.

– Estou organizando um baile.

– E onde foi que você arranjou permissão? – perguntei, no mesmo tom de voz que usaria se uma das minhas irmãzinhas tivesse feito uma travessura. Nora, usando o vestido rosa, cobriu o rosto com as mãos enluvadas para disfarçar a risada.

– Foram vozes dentro da minha cabeça – respondeu a Cas. – Elas são sempre tão legais comigo.

– Você está ciente de que o pessoal médico vai espetar sua cabeça com uma lança por contribuir com a deterioração dos tecidos da tropa.

Ela se inclinou para baixo e bateu de leve no meu nariz, como se eu fosse um cachorro travesso.

– Você só não vive uma vez. E se vamos deteriorar mesmo, melhor que seja fazendo algo divertido. Nora não liga.

Nora balançou a cabeça.

– Não ligo mesmo. – Ela olhou para mim e sorriu docemente. – Eu te disse, esperança e alegria, duas coisas boas para mim. E todo mundo trabalhou tão duro.

O sorriso dela me lembrou por que havia ido resgatá-la, afinal. Meu Deus, não queria aborecê-la de jeito nenhum.

Não agora, pelo menos.

Então, dançamos. Quadrilhas e marchas e outras músicas típicas inglesas, em duas filas, com graça e fazendo movimentos conhecidos – bem, Nora era a única pessoa realmente graciosa ali... Ela era a luz do salão, uma menina viva deslumbrante que ria, dando braços e mãos aos mortos, sem medo. Dançamos uma valsa, um pouco desajeitados. Alguns dos rapazes fizeram uma demonstração impossível para caras vivos, deslocando as juntas de um jeito que provocaria dor neles. Não tinha ideia de que podiam fazer tais coisas, e muito menos ensaiá-las, como alguns deles obviamente fizeram.

Uma hora depois que a festa começara, Samedi e Charles entraram rolando um barril de madeira. Foram recepcionados como heróis.

– Já era tempo! – gritou Cas, desvencilhando-se do seu parceiro na dança e correndo para encontrá-los.

Seguindo-a, gritei: – Ok, não. Não, aqui.

– Não, *não* – disse Cas. – Negativo para não. Sim. – Ela pegou na borda do barril e se esgueirou para atrás de Samedi, para se esconder de mim.

– Vocês não conseguem ficar bêbados, esqueceram? – disse do doutor Evola, sorrindo. Abriu a mala que trouxera, exibindo as seringas que ia usar para injetar cerveja em qualquer não vivo que quisesse. – Só um golinho. Vai fazer mal a quem?

Eu estava perdendo em uma disputa boba. E não gostava nada de perder em uma dispouta boba.

Nora veio até mim e riu ao ver o barril.

– Sam! Então agora você é contrabandista da Companhia Z?

Samedi respondeu: – Minha querida, a pergunta certa é: quando é que eu *não fui* um contrabandista?

– É mesmo? A afirmação requer esclarecimentos.

Samedi a ignorou. Evola colocou as luvas.

Decidi falar. Era a única forma de eu revidar pelo que estava acontecendo.

– O doutor Samedi é um foragido. Obteve uma anistia do lado vitoriano... com a condição de que trabalhasse aqui.

Samedi me olhou feio. Nora puxou minha manga.

– Desembucha.

– Você esquece, meu jovem – disse Samedi, em tom ameaçador, enquanto se ocupava de abrir o barril –, que as moças que ficam sabendo da minha história se apaixonam perdidamente por mim.

– É? Como a doutora Chase? É um risco que estou disposto a correr.

– É, onde você a conheceu? – perguntou Nora, saindo do meio da fila que começou a se formar quando correu a notícia de que o bar estava aberto.

Samedi deu um chute de leve no barril e suspirou, dando um passo atrás.

– Muito tempo atrás prometi à doutora Chase nunca contar o lado dela da história. – Ressentido, olhou para mim. – Vocês dois deveriam ir dançar.

– Sam, desculpe. – De repente, me senti mal pelo que havia feito, mas ele já estava se afastando.

– Por que ele ficou aborrecido? – perguntou Nora.

– Não sei. Geralmente ele não leva a mal, mas às vezes fica um pouco sentimental.

Nora olhou para os pares que dançavam.

– Sabe, às vezes esqueço que alguns de vocês são punks, outros são vitorianos, e que estão aqui juntos... Nunca há brigas, ou coisas assim?

– Na verdade, realmente não há brigas desse tipo – respondi. – Essas coisas deixam de ser importantes diante da morte. Às vezes acontece alguma disputa boba, mas, quando você sente seu corpo apodrecer, ou sente que seu tempo está acabando, de que lado estava seu companheiro de quarto não tem muita importância. Temos uns poucos anos. Porque os gastaríamos sentindo ódio e dor?

Nora ergueu o rosto para me olhar melhor. Sua expressão manteve-se neutra, mas, por alguma razão, gostei do jeito dela. Percebi que a inspirava. Como se o que tivesse dito ali realmente fizesse sentido para ela.

Ofereci minha mão.

– Vamos dançar.

Ela sorriu.

Por algumas horas nos tocamos e giramos juntos, sem medo ou arrependimentos. No fim, Nora estava balançando em meus braços em meio a uma música lenta antiga, depois de se convencer que sim, era assim que dançávamos músicas lentas atrás das linhas punks, e que não, não estava dizendo aquilo para que ela aceitasse dançar daquele jeito comigo.

No entanto, havia algo estranho nela. Usei meu faro pela segunda vez naquele dia.

– O que foi? – perguntou ela.

– Você está com cheiro de... chocolate – percebi.

Ela abaixou a cabeça.

– A doutora Chase me deu um perfume.

Comecei a rir. Sabia que ela ia me odiar por dizer o que ia dizer, mas resolvi fazer a piada mesmo assim: – Carne viva com cobertura de chocolate?

Ela corou.

– Fique quieto!

– Não estou fazendo graça com você! – respondi, meio sem convicção, porque ainda estava gargalhando. – Acho um doce! Espere, espere, não quis dizer nesse sentido...

Ela me olhou, brava, e escondeu o rosto no meu peito.

– Pare.

Obedeci imediatamente.

Porque aquele estava sendo o melhor momento da minha vida.

E Wolfe o escolheu para irromper pela porta.

– Todo mundo, para fora! – a voz dele retumbou pelo refeitório como um trovão. Quem dançava parou e Coalhouse desligou a vitrola. Alguns zumbis se juntaram para esconder o barril. – Todo mundo para seus alojamentos, *imediatamente*. Menos Griswold.

Nora se afastou de mim. Olhei-a nos olhos, que estavam preocupados.

– Não queria te meter em mais problemas – disse baixinho.

– Você não fez nada. Vá. – Ela manteve seus olhos nos meus por mais alguns instantes, mas fez o que pedi e saiu, fazendo um barulhinho com os sapatos no piso do refeitório. Meus amigos me lançaram olhares pedindo desculpas, mas se apressaram para acompanhá-la.

Wolfe e eu ficamos parados como duas boias na água enquanto os outros passavam por nós em direção à porta. Quando o último zumbi saiu, ele me perguntou: – Que diabos há com você? – a voz dele ecoou em todas as superfícies sólidas.

Eu não ia delatar a Cas.

– Minhas desculpas, capitão. Pareceu-me adequado celebrar o Natal com uma pequena festa. A senhorita Dearly não se opôs.

– Obviamente que não. – Estava me olhando como se tivesse acabado de me encontrar grudado na sola do sapato. – Também não manifestou nenhuma objeção a dançar com você. Eu vi.

Preferi não responder.

– Você ficou excitado, fingindo ser humano, Griswold?

A sensação de Nora junto ao meu peito respondeu por mim: – Eu sou humano.

– A realidade é bem outra. – Ele riu. – Você é apenas o vetor de uma doença, Griswold. Você é um rato muito grande. Você é uma pulga muito grande.

– Não, senhor. – De repente, qualquer coisa que dissesse deixou de ter importância. Podia me fazer picadinho, me dar uma missão maluca, ou me mandar para o paredão. Eu iria assobiando. – Somos todos humanos. Estamos *mortos*, mas somos humanos. Sentimos, vemos e temos uma pequena chance – exatamente como qualquer pessoa que respira – de levarmos uma boa vida, de sermos amados. *Pois somos humanos*. – Sorri. – E eu estou conseguindo, sabe? Tenho uma ótima aparência e estava com uma garota nos braços, não humilhiei ninguém nem fui estraga-prazeres em uma noite especial.

– Cale-se, Griswold.

Não obedeci.

– Esta noite, aqui, não sou igual ao senhor – sou superior. Sendo assim, ordeno: volte para a droga da sua sala. – Ele avançou um passo em minha direção e eu ergui a mão. – Se não obedecer, vou *mordê-lo*.

Wolfe parou, flexionando os punhos. O cabelo dele eriçou-se, como o pelo de um animal na tentativa de parecer maior do que é. O homem era imenso e forte e vivo, mas com uma pequena mordida estaria liquidado. E sabia disso.

– Você vai para o Sul amanhã – respondeu Wolfe, com voz grave. – Todos vocês. Acabam de ser realocados. Os punks nos tomaram milhas de terras hoje. Estão apavorados, e avançando para o Norte.

Fiquei tenso.

– Não vou combater contra meu próprio povo de jeito nenhum.

– Vai sim – disse ele, mal contendo a ira. – Ou vou te fuzilar pessoalmente. Tenho sido paciente. Tenho sido amável. Até deixei que permanecesse aqui porque a filha do Dearly não tinha medo de você – ela é doente da cabeça como o pai. Mas você é meu *brinquedo*, Griswold. Você fará o que eu mandar.

Enfrentei-o mais uma vez: – Então, seu garotinho mimado, deixe-me dizer o que você deveria fazer com seus *brinquedos*. Deveria nos mandar para os Campos Elíseos.

Ele me deu as costas.

– Nossos homens já perderam os Campos Elíseos.

– O quê?

Ele não respondeu.

– Você disse que ia cuidar disso! – gritei. Sem responder, saiu furioso pela porta. Olhei-o partir, com o corpo tomado pelo horror e pela impotência. Haviam perdido os Campos Elíseos? A cidade de Nora estava perdida?

Tudo que ela amava havia desaparecido?

Tinha que lhe contar. Agora. Não haveria mais segredos entre nós.

Corri para fora do refeitório, e parei logo que me vi do lado de fora. Ela estava me esperando no pátio. Olhou-me, repleta de expectativa – e de vida.

Como poderia contar-lhe?

26 nora

– Você está encrencado? – perguntei.

– Sim – respondeu ele. Bram pegou minha mão e me puxou na direção do portão. – E estou prestes a me afundar ainda mais.

Soltei-me dele.

– Por que a pressa? Você está bem?

Ele parou e me olhou. Havia algo na sua expressão que eu não consegui ler, mas era urgente. Lembrei-me da sensação de ser arrancada do lado de meu pai quando ele morreu – todos os seus assistentes sabiam o que estava por vir, e eu não.

– Estou bem. Mas preciso te contar uma coisa. Não pode ser depois.

Senti um aperto no peito, como se alguém estivesse me abraçando com muita força. Concordei em segui-lo. Também tinha algo para contar, mas ainda não sabia como.

Eu gostava dele.

Gostava *muito* dele.

Segui-o até o portão, que continha uma porta embutida, para a passagem de pessoas. A noite estava escura e as árvores haviam assumido uma forma malévola contra o horizonte, formas sinistras de muitos braços contra o horizonte. Ele me levou por um caminho de terra até uma área aberta com muitos caminhões, tanques e outros equipamentos.

– O que estamos fazendo aqui? – perguntei.

– Precisamos de privacidade – respondeu ele, sem parar de andar.

Contornamos uma unidade de transporte grande, e todos os discursos que eu tinha ensaiado desapareceram da minha memória quando vi a aeronave.

– Oh! – exclamei, aproximando-me do dirigível. – Nunca tinha visto um destes ao vivo!

– Nunca? – O tom de voz do Bram era o de um incrédulo.

– Nunca! Temos zepelins, mas não como este. Este é do tipo piratas, uma *verdadeira* aeronave.

Ele riu, embora faltasse algo que eu sentira em seu riso pouco antes. Essa sutil diferença estava me incomodando.

– Nem todos os marinheiros do ar são piratas.

– Eu sei, é que... – Virei-me para olhá-lo e estendi a mão. Ele hesitou um instante antes de pegá-la, e não o fez com a firmeza de antes. Ocorreu-me de repente que ia me rejeitar, ou me abandonar, e, sem pensar, apertei sua mão, puxando-o para a rampa. Respirei fundo. – Precisamos conversar.

– Precisamos. – Ele parecia estar com medo, e aquilo estava me fazendo ficar nervosa também. – Nora...

– Sinto muito. – Pisei na cabine e me virei para pará-lo enquanto ainda estava na rampa. Queria que seus olhos ficassem no mesmo nível dos meus.

Ele me encarou de volta.

– Por quê?

– Sinto muito – sussurrei. – Por tudo aquilo, lá no refeitório. Não sei por que me comportei como me comportei.

Bram ficou parado com a mão apoiada no corrimão.

– Ah – foi o que murmurou, e meu estômago se contraiu. Tive a sensação de que havia arrancado seu coração e mostrado a ele. Mas não era isso que queria dizer.

– Quer dizer... – *Lá vai.* – Eu acho você... incrível. No lugar de onde venho, os rapazes só querem que as moças fiquem sentadas com cara de boazinhas. Mas você não é assim.... você me respeita. Você me reconhece. E eu tenho estado tão estressada, e você estava tão perto mim... De repente achei que, dançando ali com você, estava no melhor lugar do mundo.

– Nora...

– Sei que nos conhecemos somente há uma semana, e que há outras coisas, muito importantes, que nos preocupam neste momento. O que estou querendo é me desculpar por ter me apoiado em você, mas... mas... Eu quis muito, e... – Afundei as mãos no tecido da saia. – Desculpe. Você vai me achar esquisita. Vou ficar quieta.

Bram se aproximou de mim. Ergui a cabeça, embora sentisse que havia uma bigorna balançando no alto dela. Ele parou à minha frente, sem saber o que fazer com as mãos, pois as calças não tinham bolsos.

– Esquisita? Nora, você está me fazendo feliz por uma década, neste instante.

Senti asinhas batendo dentro do peito. Era esperança.

– Nunca achei que ia querer estar com um rapaz. É um pouco estranho.

Bram me olhou com doçura. Respirou fundo como se fosse encher os pulmões e, quando o ar saiu, disse: – Estou morto, Nora.

Eu sabia que esse assunto ia aparecer em algum momento, vindo dele ou de outra pessoa.

– É difícil pensar em você como morto quando você ri comigo, anda comigo, sorri para mim...

Ele balançou a cabeça tristemente, e um pouco de cabelo caiu sobre seus olhos. Ele não os tirou dali, e aquilo tornou seu rosto sombrio.

– Sou perigoso.

– E outros homens não são? – Senti um mau humor tomar conta da minha voz. – Você passou a semana tentando me convencer de que não é um monstro, e agora vai começar a falar comigo como se fosse? Nem tente. Há maridos que atacam suas esposas de vinte anos com machados... homens... homens que ficam loucos e matam seus filhos. Qualquer um pode se tornar perigoso, com a loucura. O que faria com que fosse diferente com você?

– Diferente? – Ele se aproximou mais ainda e pegou-me pelos pulsos antes que eu pudesse recuar. – Por acaso homens vivos sonham com gente morrendo? Por acaso se sentem impelidos, às vezes, a caçar? Por acaso têm no fundo da mente o pensamento de que a *carne* da companheira deve ser a melhor coisa do mundo para provar, ainda que o reprimam com veemência, e que normalmente se comportem bem?

Mantive-me firme.

– Provavelmente não. Mas *eu* sonho com pessoas morrendo. Tenho estado tão furiosa que não consigo pensar direito. Sei como é isso.

Ele me soltou, confuso. Ergui a mão e toquei seus lábios. Ele se retraiu, mas eu insisti.

– Vá em frente. Se está tão fora de controle, faça o que tem que fazer. Esta não é a mão com que atiro.

Bram cruzou os braços. Deixou que eu tocasse seus lábios, seu queixo, a parte superior de sua garganta. Porém, me conteve antes que eu descesse mais. Fiquei tensa, com os olhos fixos nos dele, e deixei que fizesse o que tinha vontade.

Ele beijou meu pulso, no lugar em que o botão deixava uma abertura, e depois deixou minha mão cair.

Naquele instante achei-o total e absolutamente atraente – a maneira sincera como me beijou, e seu jeito elegante de ocupar o espaço. Ele *era* tudo isso, quando, em sua condição, não deveria *ser*.

– Sonho com a morte do meu pai o tempo todo – disse a ele um pouco ofegante, por causa do que ele acabara de fazer comigo. – Eu o vi morrer. Teria sido uma crueldade não estar ali, pois ele tinha me visto nascer e tinha me acompanhado em toda a dor. Sei como é ter pensamentos que você não pode controlar. Logo antes de vir para cá minha tia Gene me revelou como tinha gerenciado mal o dinheiro da minha família... como tinha me levado à falência. Eu fiquei tão, tão furiosa, que não sabia o que fazer. Mas não fiz nada horrível.

E não farei. Aí está a diferença. Você deve se sentir assim incontáveis vezes todos os dias. Mas você é tão forte, Bram. Admiro tanto você.

Ele me tocou novamente, e eu aceitei o carinho. Tocou meu rosto, e senti que seus dedos, tão frios e secos como sempre, me despertavam.

– Nem vou durar muito tempo. Vou apodrecer na sua frente.

Estremeci. Como podia ser tão carinhoso comigo, e ainda conseguir me negar o que sentia?

– Por quanto tempo uma pessoa *tem* outra realmente? Eu tive minha mãe por nove anos, e meu pai por quinze. Não há nada garantido na vida.

Bram me deu as costas e se aproximou do timão da aeronave, deixando-se cair sobre ela com um suspiro exasperado. Olhou para céu. Olhei também, em busca de orientação, pois nossa situação era desesperadora.

Quase caí quando via as estrelas.

– Olhe para o céu! – Nunca havia visto tantas na minha vida.

Bram recuperou a firmeza na voz, e falou, baixo: – Há uma coisa que nos contam sobre os vitorianos – que as cidades brilham tanto à noite que não se pode ver as estrelas. Não entendo como podem negar a suas crianças um prazer tão singelo.

Retruquei: – Podemos ver algumas estrelas – não todas, mas algumas sim. As mais brilhantes. E, onde vivo, elas são refletidas nas telas do alto, de forma que mesmo nos subterrâneos não ficamos sem elas.

– Mas não são reais. – Ele ficou ereto e chegou-se a mim novamente. – Achei isso esquisitíssimo, quando fomos te buscar. Todas aquelas árvores, aquele céu, que não eram *reais*.

Senti meu sangue começar a ferver e abri a boca para retrucar com algo como "então, quantos sacrifícios humanos você já assistiu?", quando me dei conta da graça que havia na situação toda. Foi um desses momentos em que todas as coisas no minúsculo pedaço que você ocupa no universo fazem sentido, e que se fica totalmente em paz e um pouco presunçoso.

– Você tem razão. – E ri. – Acostumei-me, a vida toda, a esperar que as coisas da natureza aparecessem" na minha frente de maneira completamente artificial.

Bram olhou para mim como se eu tivesse ficado louca. Acho que foi o troco pela forma como olhei para ele na primeira vez que nos encontramos.

– Do que você está rindo?

– Disto! – Dei um giro. – De tudo! Sabe... – Minha saia ainda se movia, mas parei, e me apoiei nele. – Nunca teríamos nos encontrado se você não tivesse se tornado um zumbi. Você é punk, eu sou vitoriana... mas aqui estamos, unidos na morte.

Bram me segurou pelos ombros e me olhou. Desejei que me beijasse. Não seria de língua de jeito nenhum, mas queria que tentasse, só para eu poder mostrar o quanto queria beijá-lo também. Queria ter certeza de que não estivera matracando sem esperança.

Mas ele me afastou de si.

– Nora...

Pensava que tinha mais orgulho, mas pressionei-o: – Bram, por favor...

Ele balançou a cabeça, em negativa.

– Tenho que te contar uma coisa *agora*.

– Sei que você quer também. Bram, você disse que estava esperando pela garota certa... será que não podia ser eu? Quero dizer, talvez não agora, mas, com tempo... talvez? A gente não devia nem estar falando nisso, mas estamos, então já que estamos vamos terminar...

– *Você é a garota certa*! – rugiu ele de repente. Surpresa com a explosão dele, me encolhi. A voz dele vibrara quase como um som de animal. – Você é a garota certa, por dez mil razões! Nunca senti nada assim antes... – Bram passou as mãos pelo cabelo e começou a andar de um lado para outro. – Mas Wolfe está certo. Eu não sou o cara para você. Sei que nunca poderei ser... nunca poderei ser o que você *precisa*.

Meu corselete ficou apertado de repente, o metal revestido de tecido me perfurando entre as costelas. Bram abriu a jaqueta. Seu colete vermelho brilhou, como se tivesse sido apunhalado e estivesse sangrando, embora isso não fosse possível.

– Mas... tenho vivido os melhores momentos da minha vida, fingindo que podia ser seu. Obrigada por me permitir isso.

– Não, Bram, não foi...

– *Deixe-me dizer o que tenho que dizer, por favor?*

Prendi a respiração. Não queria ouvir. Queria sair correndo e me esconder no quarto do meu pai e chorar até esvaziar os pulmões e os olhos. Mas fiquei parada.

– Nora.. – o tom dele havia mudado completamente. Em trinta segundos, havia se transformado em um homem vencido. – Você estava certa. Há coisas que não contamos a você – coisas que *eu* não contei a você, por causa de ordens do Wolfe. Ele disse que, se contasse, me mandaria para longe e eu não queria deixá-la sozinha aqui. Droga, eu não queria *deixá-la*. No instante em que te vi naquela rua, me apaixonei. Teria feito qualquer coisa para ficar perto de você. Ele me disse que o exército estava cuidando de tudo, mas fracassou.

Ele gostava de mim, então. Mas naquele instante perdera a vontade de festejar.

– E o que foi que não me contaram? – perguntei.

– Por favor – disse ele, fechando os olhos. – Por favor, não me odeie. Não queria ter escondido nada de você. É tudo culpa minha, me desculpe...

Agora eu estava apavorada de verdade. Será que tinham encontrado meu pai? Morto?

– Bram, o que houve?

Ele movimentou os dedos minimamente, como se estivesse contando.

– Os não vivos tomaram os Campos Elíseos.

Eu não tinha fundamentos para entender essa declaração.

– Como?

Ele me olhou, e percebi quão sério estava.

– Os Cinzas. Quero dizer, têm que ter sido os Cinzas. Os Campos Elíseos foram interditados, mandaram soldados vivos para lutar contra eles, mas eles... venceram.

Ainda não compreendia.

– Zumbis em Nova Londres? – Mal podia ouvir minha própria voz.

Bram socou no corrimão e grunhiu: – Não sei quão grave é. Wolfe não me contou.

O som do golpe me transportou pelo tempo e pelo espaço até o presente. Meu cérebro levou dois segundos para entender a coisa toda, como em um filme. Caí de joelhos.

– Meu Deus – sussurrei, incapaz de pensar em outras palavras para dizer.

Bram chegou perto para me abraçar, mas eu o empurrei.

– Não me toque! – ouvi-me gritar, antes que lágrimas começassem a cair e meu peito a sacudir com os soluços. Meus olhos queimavam e, como batia as mãos no chão, farpas atravessavam minhas luvas. Pamela estava constantemente em meus pensamentos desde que fora trazida para a base, pois sabia que estaria sofrendo – mas agora a via, e a sua família, sendo caçados e comidos, e senti que ia morrer de dor.

Mas Bram não recuou. Apertou-me contra si, contendo meu corpo que tremia. Tentei me desvencilhar, mas ele era muito mais forte que eu e logo eu estava chorando em seu ombro, com os braços em torno dele também.

– Sinto muito, Nora, sinto muito – repetia ele, com os lábios perto da minha orelha, acariciando meus cabelos.

– Pam, minha amiga – solucei. – Ela está lá. Tenho que ajudá-la. Temos que ir, já.

Ele balancou a cabeça e seu nariz tocou o lóbulo da minha orelha.

– Não podemos, Nora, seria suicídio.

– Eu tenho que ir, *imediatamente*! – repeti.

– O exército não virá conosco, e não irá nos resgatar! – Se *ele* se sentia impotente, estávamos perdidos. – E se seu pai estiver vivo? E se sua amiga já tiver sido pega?

Tentei recuperar o controle. Bram colocou as mãos no meu pescoço e inclinou minha cabeça para que o encarasse, enquanto tentava respirar fundo. Meu pai? Não havia sinal dele. Mas a Pam – Pam estava viva e bem quando a deixei. Havia mais probabilidade de ela estar viva do que de meu pai ter sobrevivido à queda do avião.

– Ela tem um celular. Podemos tentar ligar. Deixe-me ligar para ela.

Bram se pusera de pé e estava me erguendo. Engoli as lágrimas.

Desta vez não me importei quando ele me puxou, porque não teria conseguido andar sozinha. Não me levou até a ala médica ou até a sala do Wolfe, onde achei que encontraríamos equipamentos de comunicação – mas sim para um dos alojamentos. Não o questionei. Parou em frente a uma porta e bateu.

Renfield abriu.

E fechou.

– Ren, isto não é um treinamento. *É urgente*! – gritou Bram.

Renfield abriu de novo e deu um passo para trás, meio trêmulo. Ainda estava vestindo a roupa marrom que usara no baile, embora agora tivesse luvas pretas nas mãos, que não usara antes.

– O que foi? – perguntou.

– Temos que conseguir acesso à Aethernet – respondeu Bram, batendo a porta depois que entramos. – Vá até o laboratório, pergunte ao doutor Samedi onde Wolfe guardou o seu equipamento e coloque-o para funcionar. Leve Sam com você. É urgente.

Renfield olhou para sua escrivaninha.

– O equipamento está... aqui.

Bram foi pego de surpresa.

– Você violou as ordens esse tempo todo?

– Sim – respondeu ele, preocupado.

– Que bom – Bram me conduziu até a cama.

O quarto de Renfield parecia ter sido construído com centenas de livros não digitais, cuidadosamente organizados, do piso ao teto, sobre todas as superfícies. Em torno da cama, formava um pequeno castelo. Bram afastou uma pilha para que eu me sentasse.

O dono dos livros passou as mãos sobre o rosto.

– Não estrague o Sanctum *Sanctorum*!

– Cara, isso é a sua *cama*, e ela vai desabar se não sentar – explicou Bram. Ele estava certo. Sentia-me fraca, meu coração batia a um milhão por minuto e minha visão estava embaçada. Mas conseguia ver a escrivaninha do Ren.

O quarto do sujeito era um *departamento* de comunicação.

Havia vários computadores. Alguns estavam abertos, com fios e componentes internos expostos. Outros eram feitos de partes de outras máquinas antigas. Mais interessante que tudo, porém, era o projetor holográfico. Se tivesse estado em melhores condições emocionais, já estaria examinando-o, mas, naquele momento, fiquei onde estava.

Os punks não queriam nossa tecnologia holográfica, mas haviam conseguido fazer algo parecido usando vapor. Ren tinha ali um modelo de mesa, constituído por uma coluna de latão com um espaço entre as placas superior e inferior. Jorravam vapor da parte de cima e ar comprimido da parte de baixo. Entre as duas, podia-se projetar imagens semissólidas. A interação com elas era propiciada por sensores.

Conseguia observar as imagens vaporosas que estavam passando ali naquele momento. Via-se uma mão feminina usando diversos anéis, incluindo um em forma de arco tradicionalmente usado por meninas vitorianas cujos maridos seriam escolhidos pela família. Ren estava jogando xadrez com uma moça via Aethernet.

– Eu sei, eu sei – disse Ren, digitando rapidamente no teclado de uma antiga máquina de escrever que ele havia adaptado para funcionar em seu sistema. – Sei que não devia me conectar. Mas não tenho chat neste sistema, juro, e estou usando nove mil proxies, então não conseguem detectar de onde vem a trasmissão. É só xadrez.

– Renfield, eu não vim aqui brigar com você, mas começo a achar que deveria – disse Bram, impaciente.

A menina que aparecia no vapor mexeu o bispo, e o movimento surgiu na tela de Ren. Ele sentou e digitou: "Tenho que parar agora, e peço desculpas. Salvar jogo?"

Um segundo depois, apareceu a resposta. "Claro. Boa noite. Fique bem."

Renfield fechou o programa e o tabuleiro de xadrez desapareceu na névoa. Em seguida, retirou as luvas.

– Então, o que posso fazer por vocês? – Olhou para mim e, arregalando os olhos, demonstrou que tinha percebido algo errado comigo. – O que aconteceu?

– Você está sabendo do ataque dos Cinzas aos Campos Elíseos?

Olhando para mim com um ar culpado, respondeu: – Sim. Salvez me contou.

– Wolfe diz que eles estão no comando lá.

Renfield deixou cair as mãos.

– Minha nossa.

– Temos que tentar fazer contato com a amiga de Nora que vive em Nova Londres. Se ela ainda estiver viva... – Bram olhou para mim. – O que você quer fazer?

Juntei as mãos. Não era hora de desabar. Se tinha aguentado durante toda a semana que se passara, por que me abater agora?

– Quero ir resgatá-la.

Bram concordou lentamente com um movimento de cabeça, e olhou para Ren.

– Se ela ainda estiver viva, vamos buscá-la voando na *Black Alice*.

Renfield ficou boquiaberto.

– Você sabe que isso pode significar seu fuzilamento, não sabe? – Olhou para mim, como que pedindo desculpas: – Não é minha intenção chocá-la, mas essa é a realidade.

– É verdade – respondeu Bram. – E vamos ter que lidar com ela.

Renfield pensou um instante, antes de pegar o chapéu coco que estava pendurado em uma lamparina. Colocou-o, inclinado sobre a cabeça e respondeu: – Ok, estou com vocês.

Bram levantou as mãos.

– Ops. Você não sai em missões.

Ren girou na cadeira.

– E você geralmente não usa minha aeronave nelas.

– *Sua* aeronave?

Renfield começou a bater no teclado novamente, ignorando a pergunta do Bram.

– Configurei este sistema para fazer chat de voz meses atrás, antes que a "Nada-de-Net" fosse bloqueada para mim – explicou ele. – Wolfe achou que eu ia procurar um ombro amigo e contar a história da minha vida, ou mandar coordenadas. – Virou os olhos. – Como sabia que uma senha não ia me impedir, confiscou tudo. Eu arrombei a fechadura do depósito onde colocou as coisas e recuperei tudo na noite seguinte.

– Devia ter pedido a você para telefonar – comentei, com pesar.

– Wolfe falou comigo sobre isso, acredite. Se eu te ajudasse, e fosse pego, minha cabeça estaria agora decorando uma árvore em algum lugar por aí. Lá vai. Agora as regras saíram voando pela janela e não se aplicam mais a nenhum de nós. Qual o número?

Consegui me levantar e ir até a cadeira de Ren. Apoiei-me nela e falei o número devagar. Ren digitou, mexeu em alguns interruptores e puxou de algum lugar uns fones de ouvido antigos de latão. Coloquei-os.

– Vamos lá – disse ele, clicando em um botão na tela onde se lia "Inicializar contato sem fio".

Prendi a respiração. O telefone tocou várias vezes. Ninguém atendeu. Os tons pararam uns trinta segundos depois e surgiu outra uma mensagem: "*Tele/fone/grafo fora de alcance.*"

Tive vontade de gritar. Bram sentou na borda da escrivaninha e disse:
– Tente de novo.

Renfield assentiu. Coloquei as mãos nos fones e repeti: – De novo.

Ficamos imóveis. Vamos aparelho. Funcione.

Por favor, Pam.

Atenda.

27

pamela

Deixei que trasncorresse o dia de Natal.

Já tinha ganhado (e estragado) meu presente e provocado o isolamento total de minha família, então não participei da celebração. Não tinha fome nem sede, nem sentia cansaço. Fiquei pensando se essa sensação iria durar. Achei que seria parecida com a de uma freira ao terminar uma jornada especialmente intensa de orações. Estava focada em um objetivo.

Esperei até depois do jantar, quando ouvi que estavam todos na sala, antes de dar uma última olhada nos meus prêmios e esgueirar-me até o quarto de Isambard.

A decoração era em cores mais masculinas, e suas coisas estavam meticulosamente organizadas. Baguncei tudo procurando o que buscava, jogando o conteúdo das gavetas no chão e tirando roupas do armário. Arrumaria tudo depois, se sobrevivesse até *depois*.

Vesti calças de linho, camisa e um dos coletes menores. Prendi o cabelo em um coque. Levei alguns segundos para me acostumar à sensação de usar calças em vez de saias, repetindo para mim mesma que não era hora para sentir constrangimento. Vesti o suporte com o arco e as flexas e respirei fundo.

Desci a escada.

– A energia já deveria ter voltado – reclamou Isambard. – Ou pelo menos os vigilantes urbanos já deveriam estar nas ruas.

– Talvez seja perigoso saírem – respondeu meu pai.

– Mas de que outra forma vamos conseguir informação?

– Vão achar uma maneira de fazer isso, se é que há algo para informar – comentou minha mãe.

Com a fala dela como estímulo, me apresentei na sala.

– Vamos falar sobre isso, mãe.

Ela ergueu os olhos do livro emprestado da biblioteca que estava lendo.

– O que significa isso? – Meu pai, que estava acendendo as velas da árvore de Natal, guardou o isqueiro e fez menção de se aproximar, mas pensou melhor e ficou onde estava.

Isambard arregalou os olhos: – Essas roupas são minhas?

– Ouçam. – Meu corpo estava tomado por uma energia nervosa e primitiva. Eram meus primeiros passos como líder. A cena toda estava saindo mais teatral do que eu imaginara – mas estava falando totalmente a sério.

– Pamela, o que está havendo?

– Muita coisa. – Olhei fixamente para cada membro da minha família, um por vez, até que desviaram o olhar. – Como vocês parecem ser incapazes de perceber o que está acontecendo, vou pressupor que fui abençoada com algum tipo de dom. Joana D'Arc foi considerada louca também.

Meu pai tentou me interromper: – Pamela...

Apontei para a janela atrás dele.

– Nossas ruas estão cheias de gente contaminada e de gente morrendo. A doença aparentemente faz com que algumas das vítimas ataquem outras pessoas e tentem *comê-las*. – Bati com o dedo indicador na minha cabeça. – Estão entendendo? Ou não estão percebendo? Ou vão esperar a energia voltar para ver na televisão algum apresentador lhes dar *permissão* para entrarem em pânico?

Meu pai tentou de novo: – Pamela, acalme-se. Não adianta nada entrar em pânico.

– Há canibais nas ruas, pai!

– Seu pai está certo! – exclamou minha mãe. – Além disso, para onde iríamos? Quem pode dizer se os que partiram estão seguros? Talvez haja mais contaminados no interior! Teriam nos dito o que fazer, se houvesse algo para fazer.

– Já pensei no que fazer. – Olhei para minhas mãos, que tremiam, fazendo pequenos movimentos descontrolados. – Temos que nos esconder. E acho que sei onde.

Meu pai se aproximou.

– Espere um minuto...

– Tem uma ideia melhor, senhor? – elevei a voz, um quase nada. – Adoraria ouvi-lo.

– Sim! – Ele fechou os punhos, e gesticulou em direção à janela, como eu havia feito. – Minha ideia, por mais louca que possa parecer, é deixar que a administração desta situação seja conduzida por quem está preparado para fazê-lo! Se todos se tornarem soldados, a cidade vai se desestruturar. O que está acontecendo *com você?*

– Não se trata de virar soldado. Trata-se de sobreviver – afirmei, com a voz embargada.

– Estamos bem, aqui! Mais seguros que a maioria das pessoas!

Não queria fazer isto. Estava com medo e estava desesperada, mas não queria ter que fazer o que ia fazer.

No entanto, não tive escolha.

– Vocês são minha família. Eu os amo. Mas permitam-me lembrá-los de que tenho uma arma às costas. Vamos sair daqui sob minha mira se for preciso, porque eu os amo. – Levei as mãos às costas, como se fosse soltar meu arco.

Foi naquele instante que minha família chegou à conclusão de que eu havia rompido com a realidade. Olhando para eles de onde estava falando, vi exatamente quando aconteceu. Havia me preparado para essa possibilidade. Mas não me importava que pensassem que estava louca.

Não me importava que me odiassem ou me velassem, desde que permanecessem vivos para fazê-lo.

– Pamela – disse minha mãe, com voz trêmula. Quase recuei, ao ouvi-la. Quase me joguei a seus pés e implorei por perdão. É horrível ver sua mãe parecendo uma criança assustada.

Quase recuei, mas fiquei firme.

Antes que pudesse dizer algo mais, a energia voltou. Estremeci um pouco. A tela da televisão na parede tremulou com estática até encontrar o sinal.

Apareceu um repórter conhecido, suado e com o cabelo escuro empastado na cabeça. Transmitia do portão dos Campos Elíseos. O cameraman tremia e era difícil ver o que estava acontecendo. Esquecemos a discussão naquele instante, compelidos a olhar o rosto amedrontado que surgira no meio da sala.

– Escaparam! Os contaminados estão por toda parte! O quê? Cara, para trás! Temos que recuar! Aqui é Marcus Maripose, transmitindo dos Campos Elíseos, onde...

A transmissão ficou sem som e ficamos vendo só a imagem – um mar de gente correndo pelos portões. O cameraman conseguiu fazer foco nas duas metades quebradas, e senti vontade de vomitar.

Havia tantos, tantos, tantos. Formavam literalmente uma onda de gente. Pareciam uma bola de formigas levadas pela correnteza, um emaranhado de membros e corpos.

– Meu Deus – sussurrou meu pai.

– Não creio que Ele esteja ouvindo agora – respondi, sem tirar os olhos da tela. – Temos que ir. *Já*.

– Para onde? – perguntou minha mãe, indefesa.

– Para a catedral – respondi, revelando a ideia que estivera nutrindo desde a noite anterior. – Era um banco no passado. Ainda há dois cofres lá – um atrás do altar e outro no porão, onde dão as aulas da escola dominical. Lembro-me de o padre ter nos contado que eram revestidos de quase um metro de metal sólido.

– De jeito nenhum vão deixar que nos escondamos lá – retrucou Isambard.

Minha mãe se levantou.

– Deve haver outra forma. Talvez nos orientem...

Apontei para a tela.

– Veja quantos deles há! Vejam o que nos esconderam! Vocês pretendem ficar esperando o governo fazer uma transmissão de emergência? Ou vão se levantar, pegar alguns suprimentos e vir comigo?

– Se nos trancarmos nos cofres, não saberemos quando sair – disse meu pai. Finalmente ele estava se alinhando mentalmente comigo.

– Não há outro lugar para ir – respondi. – Não consigo pensar em uma opção. Mesmo que houvesse, não conseguiríamos escapar deles, agora.

Meu pai passou a mão pela boca e assentiu.

– Malati, levante. Pegue água e comida, vamos. O máximo que conseguirmos carregar. Isambard, vá até a padaria e esvazie alguns sacos de farinha.

Satisfeita de ter conseguido convencê-los, comecei a andar em direção à porta dos fundos.

Meu pai gritou: – Pamela, aonde você está indo?

Abri a porta. Havia luz nas casas à nossa volta, mas não na da família Delgado. Talvez a energia não tivesse voltado em Halperin Street ainda.

– Você sabe onde, pai! – respondi, saindo e fechando a porta atrás de mim. Ele estivera comigo quando fiz minha promessa.

Atravessei o pátio correndo. Bati na porta de trás com força. Felizmente, o senhor Delgado abriu-a rapidamente, com uma vela na mão. Parecia ainda mais abatido que antes, com olheiras muito escuras em torno dos olhos.

– Senhorita Roe?

Sem tempo para perder, perguntei: – Já estão com energia de volta?

Ele negou com a cabeça.

– Não. Há notícias?

– A energia voltou. Os Campos Elíseos estão repletos de contaminados, e eles acabam de escapar. – Tentei pensar. – Tranquem-se aí dentro.

Acho que se saírem, serão atacados. Se tiverem que ir para outro lugar, vão para nossa casa. Estamos indo embora.

O senhor Delgado assentiu.

– Sua família está saudável?

– Sim.

– Boa sorte, então. – Parou por um momento e continuou: – Estamos todos doentes. Não estamos nada bem. Mas não somos do tipo sobre os quais se ouve por aí. Ouvi, no mercado, essas histórias... Nunca faria mal a alguém, juro. Jamais.

Dei um passo para trás.

– Fique pensando nisso e esconda-se. – Respirei fundo. – Boa sorte, senhor Delgado.

Quando voltei para minha casa, o som da transmissão havia voltado. Gritos, choros, repórteres tentando continuar seu trabalho. Minha mãe colocava suprimentos nos sacos de farinha e lágrimas escorriam pelo seu rosto. Senti remorso. Não queria tê-la feito chorar. Mas a situação não era responsabilidade minha, repetindo para mim mesma.

Não podia resolver a situação, mas podia tentar melhorá-la.

Com a colaboração de todos, estávamos prontos para partir em cinco minutos. Exatamente quando prendíamos o último saco em Isambard, que pela primeira vez na vida permanecia em silêncio, apareceu na televisão o brasão dos Territórios. Ouvimos um locutor dizer rápido: – Apresentamos agora o primeiro-ministro de Nova Victoria, Alyosius Ayles.

– Espere, espere – disse meu pai, ajeitando sua carga para poder passar de volta pela porta da sala.

– Pai, não temos tempo!

– Espere!

Suspirei. Voltamos para dentro.

O primeiro-ministro estava apavorado. Seus olhos ficavam olhando para trás da câmera o tempo todo e não conseguia falar direito.

– Damas e cavalheiros – começou, embora sua voz não tivesse o tom bombástico habitual. – Eu...

– Deixe-me subir aí! Seus idiotas, está tudo fora de controle! – disse uma voz fora do ângulo da câmera. Era vagamente familiar, mas não consegui identificá-la. Trocamos olhares. O que estava acontecendo?

Houve muita discussão, som de coisas caindo e se quebrando. Ficou claro que o primeiro-ministro estava vendo alguém se aproximar. Ainda assim, tentou continuar.

– Estou aqui para...

– Aloysius, diga às pessoas de bem a razão da sua renúncia. – A voz estava muito próxima agora.

Ayles engoliu em seco e gaguejou: – Dirigirei-me ao povo de Nova Londres em breve, mas agora... meu pai gostaria de lhes falar.

– Bom homem. Levante-se e saia daí.

– Como assim, "pai"? – perguntou o meu. Mesmo nesta situação, ele dissecava a transmissão. – Lorde Ayles não aparece em público há anos.

O primeiro-ministro, trêmulo, levantou-se da cadeira e saiu do enquadramento. Lorde Ayles não ocupou seu lugar imediatamente, mas disse: – Damas e cavalheiros, meu filho gosta de discursos longos e floreados. Não é momento para esse tipo de coisa. Já faz algum tempo que não me dirijo à nação, por razões que ficarão completamente claras assim que eu me sentar. Peço que não reajam com medo, embora eu esteja com uma aparência muito feia. Apenas ouçam o que tenho a dizer, porque estamos correndo contra o tempo.

– O que está acontecendo? – perguntou Isambard. Ele não fazia a menor ideia.

Passou outro instante interminável, e então lorde Ayles se sentou. Quase caí sentada. Minha mãe gritou.

Ele estava doente. Muito doente.

O homem não tinha nariz nem cabelos e sua cabeça havia encolhido de maneira horrível. Sua pele marrom e podre esticava-se sobre os ossos do crânio e seus olhos fundos brilhavam, pontos escuros no fundo da cavidade de seus olhos. Seu peito estava oco e havia uma espécie de máquina instalada ali, presa à coluna. A parte de trás da roupa era visível *através do corpo dele*. Usava calças e uma camisa aberta de seda com mangas bufantes, e eu pude ver suas costelas e os ossos da nuca sob uma camada fina de pele enegrecida e mofada.

Parecia um monstro de histórias de terror.

– Bonito, não é? – disse ele, apontando para si mesmo. – Estou assim há quase uma década. Desde que o doutor Victor Dearly salvou minha vida e, no processo, me contaminou com seu sangue. A doença que estamos enfrentando atualmente existe há algum tempo, meu povo. Não é uma arma de guerra. E foi errado ocultar esse fato da opinião pública – mas realmente pensamos que podíamos combatê-la, contê-la e não atrapalhar o sono dos cidadãos com a informação de que os mortos podem voltar à vida. Sim, estou morto. Meu coração não bate. Estou apodrecendo. Morto, morto, morto. Qualquer pessoa doente que encontrem também está morta ou o estará, em breve.

Soltei um soluço seco. Os Delgados – a pequena Jenny Delgado – estavam *mortos*?

– Atenção: não há tempo para explicar tudo. Vou abastecê-los com informações básicas. Os mortos reanimados são conhecidos como zumbis. Nem todos os zumbis que encontrarem, como podem notar pela amostra deste que vos fala, são maus ou dementes, mas não há tempo para separar o joio do trigo. Se alguém próximo a vocês está doente e seu comportamento permanece tão normal quanto possível dentro das circunstâncias, mantenham-no dentro de casa. Mas se se voltar contra qualquer um, matem-no. Matem qualquer descontrolado que virem nas ruas. Mirem na cabeça. A única maneira de abatê-los é destruir o cérebro. Se acharem que não podem se defender, escondam-se. Convocamos mais soldados com o único propósito de combater os mortos, mas vai levar algum tempo para controlarmos a situação. E, muito importante: se virem zumbis nas ruas usando uniformes com luzes vermelhas piscando, *não atirem neles*. Esses são os nossos soldados também, rapazes e moças. São... Explicarei isso futuramente. – Ele fez um aceno com a cabeça. – Boa sorte.

O brasão dos Territórios voltou à tela por um instante, antes que a emissora retomasse as transmissões. Minha família e eu ficamos parados ali, com a luz da tela iluminando nossos rostos.

– Nosso antigo primeiro-ministro é um... zumbi – disse eu.

– É o que vimos – comentou meu pai. Minha mãe concordou com a cabeça.

Ficamos ali processando a revelação, cada um à sua maneira. Permiti-me trinta segundos para gritar em silêncio e rezar fervorosamente, e eles passaram como raios.

Nenhuma das duas coisas, porém, nos tornava mais seguros.

Apertei as alças da minha mochila.

– Vamos.

As ruas estavam caóticas. Todo mundo fugia na mesma direção que nós, e tivemos dificuldade para caminhar. Isto, combinado com o medo de que alguém – na verdade qualquer um naquela multidão – pudesse começar a nos perseguir tornava a experiência aterrorizante e ainda mais cansativa. Tentávamos nos manter juntos, agarrando-nos uns aos outros com mãos frias e suadas. Diversas vezes me soltei de meu pai, ou soltei Isambard, e sofri instantes frenéticos tentando reencontrá-los, implorando a Deus por proteção. Felizmente, conseguimos nos reagrupar todas as vezes.

Alguns cidadãos haviam decidido atravessar para o outro lado da cidade dirigindo seus veículos, mas haviam ficado estancados. Um, de cor rosa pastel, bateu contra um hidrante na calçada. Uma mulher e seu filho choravam dentro dele, enquanto um homem usando cartola falava em um celular, tentando, ao mesmo tempo, empurrar a carruagem com um só braço. Vi outro veículo caído, e os atordoados ocupantes parados na calçada.

Alguns dos painéis de publicidade haviam voltado a funcionar e todos mostravam a mesma imagem – a figura apodrecida do antigo primeiro-ministro. Legendas instruíam: "*Mire na cabeça, a doença é transmitida pelos fluidos corporais.*"

A cerca de quatro quarteirões de casa percebi uma buzina constante atrás de nós. Olhei por sobre o ombro e vi a carruagem esmaltada de azul que pertencia a Michael Allister avançando em meio à multidão. Parei sem pensar.

– Venha, Pamela – chamou minha mãe.

– É o senhor Allister!

Ela me puxou.

– Deixe que ele nos alcance!

Entendi que era uma orientação de bom-senso. Avancei mais alguns passos com minha família, virando o pescoço a toda hora. Então percebi que o veículo não estava avançando. Havia ficado preso naquele mar de gente.

Não podia simplesmente abandoná-lo ali.

– Ele não sabe para onde estamos indo! Vou lá pegá-lo! – disse, soltando as mãos. – Vão para a igreja, entrem no cofre!

– Não vou te deixar para trás de jeito nenhum! – gritou minha mãe.

– Vão! Se eu não chegar, entrem! – Soltei uma das minhas mochilas e entreguei-a a meu pai. Abracei-o e à minha mãe, do jeito que pude. – Eu irei. Juro que vou conseguir. Vão!

Ouvi-os gritar meu nome enquanto avançava contra o fluxo da multidão. Ignorei-os. Quando me aproximei da carruagem, agarrei a maçaneta em forma de águia da porta e usei-a para ajudar a me mover entre as pessoas. A porta do condutor abriu-se e entrei.

– Senhorita Roe! – exclamou Michael quando ergui a cabeça. Sua expressão era de alívio. Estava vestindo apenas calças, camisa e paletó. Parecia um explorador ousado. Olhou para minhas roupas e perguntou: – Por que está vestida assim?

Apesar do horror da situação, corei. Michael Allister estava olhando para minhas pernas.

– Onde estão lorde e lady Allister? E a senhora Ortega? – perguntei, tentando manter a frieza.

Ele sinalizou que eu me sentasse, afastando as pernas para o lado para que eu passasse.

– Foram para o norte. Não os acompanhei. Fui buscá-la, mas não estava mais em casa. Entre, vamos para o outro lado da cidade. Seu pai e sua mãe estão vindo?

Neguei com um movimento de cabeça.

– Estão a pé, e avançando. Não vamos conseguir chegar a lugar algum neste veículo, senhor Allister.

Ele desligou o motor e pensou por uns instantes.

– Acha que podemos chegar ao outro lado da cidade a pé? – perguntou, com um tom de dúvida.

– Provavelmente – respondi. – Mas não estávamos indo para lá. O que há daquele lado, de qualquer forma, o porto? Estávamos indo para a Catedral de Nossa Senhora. – Ele me olhou com desconfiança. Informei-o: – Os cofres. Vai ser difícil os infectados morderem o metal.

Michael agarrou a bolsa que havia trazido consigo.

– Está bem, vale a pena tentar.

Era bobagem me sentir feliz, especialmente agora. Mas estendi o braço para lhe dar a mão.

– A força da multidão vai nos separar. Temos que ficar juntos.

Michael assentiu e entrelaçou os dedos nos meus. Sua pele estava quente.

Se eu ia morrer, pelo menos morreria feliz.

Ele fechou a porta da carrugaem e nos deixamos levar pelo fluxo. Tentei localizar minha família, mas já estavam muito adiante de nós.

– Por que não foi com seus pais? – gritei.

– Porque sabia que eles ficariam bem! – gritou ele de volta, com os olhos fixos nos meus. – Não estava tão certo sobre a senhorita. Não pude lhe telefonar depois da sua prisão. Tudo que pude fazer foi testemunhar a seu favor.

Pisquei.

– Testemunhou a meu favor? – neovitorianos que cometiam crimes podiam ser isentados de pagar fiança ou sair da prisão se alguém poderoso ou aristocrático testemunhasse a favor deles.

– Sim! Seus pais não lhe contaram? Encontrei-os na corte no dia que seu advogado os convocou.

Neguei com a cabeça, e fiz uma anotação mental: se meus pais sobreviverem, vou matá-los por isso.

Havia uma multidão agitada do lado de fora da catedral. Minha ideia não havia sido original. Os padres estavam do lado de fora, tentando acalmar as pessoas aos gritos, fazê-las formar filas ou uma combinação das duas coisas. Soltei-me de Michael e corri para padre Rodriguez, a quem eu conhecia melhor.

– Padre, o senhor viu minha família?

Virou-se para mim com o olhar alerta, e apontou para a porta. Repeti o gesto para Michael, e nós dois nos posicionamos para entrar. As pessoas gritavam conosco e tentavam nos impedir. Michael deu uma cotovelada no rosto de um homem que estava muito agitado e me agarrou pela cintura, gritando: – Fique parado, homem! A família da moça já está lá dentro! – O homem parou, e Michael me empurrou para dentro.

– Não sei em qual dos dois cofres estão – disse a ele. – Desde que estejam lá dentro, não me importo.

– Certo. Um é no porão, certo? Vá verificar lá, eu vou até o que fica atrás do altar.

Como combinado, corri o mais rápido que pude escadas abaixo. Já havia uma multidão aglomerada na escada, e tive que abrir caminho à força.

– Roe! Roe! – gritei. Ninguém respondeu, pois muitas pessoas estavam fazendo a mesma coisa. Alguns carregavam bolsas, outros tinham as mãos vazias.

– *Roe*! – Finalmente cheguei ao porão. Era úmido e manchado de água, com um teto baixo e um cheiro forte que limpadores industriais nunca haviam conseguido eliminar – uma combinação de café velho, tinta de caneta acre e spray barato para desodorizar ambientes. Era o cheiro que sentia na escola dominical. Grandes peças de mobiliário ocupavam espaço valioso e dificultavam o fluxo. Havia espaço apenas para ficar de pé.

Foi quando finalmente ouvi a voz de meu pai.

– *Pamela*!

Voltei-me, tentando encontrar de onde vinha o chamado. Levei alguns instantes para perceber que era do cofre aberto, alguns passos para o lado. Minha alegria foi tamanha que me permiti derramar umas lágrimas.

Meu pai começou a avançar em minha direção, cortando pela massa compacta de gente. Balancei a cabeça.

– Fique aí! Vamos nos juntar a vocês! – Mas antes que pudesse pensar em avançar na direção dele, ou na oposta, em busca de Michael, meu celular tocou, meu tom familiar: "*Princesa Gatinha, que aventuras vai você viver hoje?*"

Sim, ainda gostava daquela personagem infantil.

Afundei as mãos nas minhas coisas e achei o aparelho – um modelo pré-pago que parecia um gatinho aninhado, moldado em plástico cor-de-rosa. Abri-o. Ligação perdida, número desconhecido. Ligação perdida? Mas como, se sequer tive a chance de atender? Talvez tivesse tocado quando estava na escada.

Normalmente não teria dado maior atenção ao incidente, mas, dada a situação de catástrofe, fiquei pensando se alguém estaria tentando falar comigo porque se encontrava em perigo. Somente poucos amigos e familiares tinham o número. Algum deles poderia estar usando o telefone de outra pessoa.

Olhei para o aparelho sentindo um nó no estômago. A chance era remota. E boba. Eu não era uma heroína, era apenas a filha de um padeiro.

Meu pai ainda gritava em minha direção, mas dei meia-volta e corri escadas acima.

Antes de chegar ao alto o telefone tocou de novo. Espremida contra a parede pela multidão, atendi: – Alô?

– Alll? – alguém repetiu do outro lado. O sinal estava fraco, e a voz, entrecortada. – Vvv st bmmm? – perguntou a voz.

– O quê? – gritei. – Não consigo ouvir! Quem está falando? Você está em pergio?

– Pmla? – perguntou a voz novamente.

De repente, senti como se meu corpo inteiro tivesse despencado meio metro no vácuo e, como uma mola, tivesse voltado para o lugar. Era ela. Tinha certeza. Como não reconheceria sua voz?

Por trás da estática era a Nora falando.

Gritei o nome dela, mas a ligação caiu. Antes que pudesse chorar ou bater na parede, senti uma mão no meu ombro. Apontei para o telefone antes de ver quem era, cega de pânico e felicidade.

– Era ela! Era ela!

– Quem? – Michael estava parado à minha frente, me protegendo com seu corpo.

– Nora!

Michael olhou para mim fixamente por uns segundos, antes de dizer: – Precisa ir para o cofre, senhorita Roe. Ficarei mais tranquilo se souber que está segura. Dê-me o telefone. – Estendeu a mão.

Quase aceitei. Olhei dentro dos lindos olhos de Michael e vi alguém disposto a tirar aquele peso das minhas costas. Eu poderia ir para junto da minha família, ajudá-los a passar pelo que estava por vir...

– Não, não, não! – gritou outra voz, lá do fundo do porão. Era familiar, mas soava muito distante.

Meu pai.

Desci as escadas correndo, com Michael atrás de mim. Estavam fechando a porta do cofre. Lutei para cortar a multidão, chutando e pisando pés, tentando chegar a um lugar onde pudesse ver para dentro.

– Pai! – gritei. – Nora precisa de mim! – Levantei o telefone, torcendo para que ele o visse, e entendesse.

– Pamela, para cá! – gritou ele de lá. Vi-o lutar para ficar perto da porta mas fora do alcance dos muitos braços que, como polvos, tentavam entrar. Isambard estava ao lado dele, pálido e com os olhos arregalados.

– Senhorita Roe, vá! – insistiu Michael.

– Amo vocês! – respondi, mas indiquei que não ia entrar negando com a cabeça.

Meu pai entendeu finalmente, e deixou cair os braços ao lado do corpo. Olhou-me enquanto eu dava passos para trás, saindo de seu campo de visão, com o olhar tomado pela intensa emoção. Virei-me de costas, porque não tive coragem de ver a porta fechar – especialmente porque ele havia chamado e esperado por mim.

Ele ainda me amava. Ainda queria-me ao seu lado. Ainda acreditava que valia a pena me salvar.

Mas lá fora, em algum lugar, Nora precisava de mim. Talvez eu fosse sua única esperança.

Alguém colidiu comigo. O barulho feito pelas pessoas à nossa volta tornou-se ensurdecedor, pois tentavam atrasar o fechamento das portas, implorando para entrar. Quando me virei vi Isambard agarrado a meu colete.

– Vou com você!

– *Idiota*! Por que não ficou lá dentro?

Ele não respondeu, mas fixou seus olhos amedrontados nos meus. Agarrei sua mão o mais forte que pude, para que doesse, e puxei-o comigo através da massa de gente. Michael deixou cair o queixo de espanto quando viu meu irmão. Sacudiu-o pelo colarinho.

– *Imbecil*! Você já estava dentro!

– Estava – respondeu Isambard, soturnamente. – Mas vocês não podem ser os únicos corajosos.

– Eu mesmo vou te jogar para os contaminados – grunhiu Michael. Meu irmão quase chorou. *Ótimo*.

Comecei a avançar em direção à escada, erguendo o celular à minha frente. Continuava tocando, mas cada vez que atendia, a ligação era cortada.

– Para o telhado! – gritou Michael, quando chegamos à nave da igreja. Disparei pela escada principal, em direção ao segundo piso. A igreja estava lotada, e ouvimos o grito impressionante dos que não haviam conseguido entrar no outro cofre quando este foi fechado também.

Lutando para respirar, e com os músculos das pernas queimando, subi. Os rapazes me seguiam mas ficaram para trás. As chamadas continuavam e eu segurava o telefone no ar, como se dessa maneira pudesse capturar uma ligação, como se pega um floco de neve. Persegui o sinal por todo o segundo piso e pelo terceiro piso, até que cheguei à saída para o telhado.

O telefone tocou novamente.

Apertei o botão de resposta uma vez mais e segurei-o junto ao ouvido.

– Alô?

– Pamela?

O som da voz dela me congelou. Agarrei o aparelho com as duas mãos, como se tentasse trazê-la para junto de mim.

– Nora? – sussurrei.

– Diabos! – ouvi Michael dizer. Ele e Isambard haviam se juntado a mim, e estavam recuperando o fôlego perto da borda. – Senhorita Roe, venha ver isto.

– Pamela, você está bem? Foi mordida? Ainda está viva? Pam, diga alguma coisa, obrigada, obrigada...

Enquanto Nora falava, aproximei-me lentamente da borda do telhado. Michael e Isambard olhavam para a rua lá embaixo. A região da cidade onde nos encontrávamos tinha uma urbanização circular, com um monumento no centro.

Os mortos vinham de todas as direções, uma massa cinza enfurecida. Podíamos vê-los por toda a extensão de George Street, um rio sem fim de corpos famintos.

– Estou viva, Nora – disse, com a voz muito fina. – Mas provavelmente não por muito tempo.

28 • Bram

– Pam? Pam, o que está acontecendo?

Nora esfregava o rosto com a mão, limpando as lágrimas. Queria ajudar, mas sabia que era impossível naquele instante.

Renfield me olhou.

– Pamela é a amiga?

– Isso mesmo. – Enfiei os dedos nos bolsinhos inúteis que havia na frente do meu colete.

– O quê? – Nora arregalou os olhos. Sinalizou para que prestássemos atenção. – Há alguma maneira de amplificar o som, para que todos possamos ouvir?

– Sim, claro. – Ren ficou aliviado por receber uma tarefa. Bateu no teclado. – Tire os fones. – Desconectou o fio.

– Alô? – Uma voz feminina ecoou nos alto-falantes que havia de cada lado do computador. Era um pouco mais profunda que a de Nora, e parecia mais madura.

– Consegue me ouvir? – perguntou Nora.

– Sim. Oh, Nora... Vou deixar todo o "eu-pensei-que-você-tivesse-morrido" para depois, está bem? Porque... – Havia vozes masculinas no fundo. Pam disse sim, concordando com eles.

– Diga-nos o que está acontecendo. – Nora apertou os lábios, concentrada.

– Está bem. – A garota do outro lado da linha respirou fundo, e relatou: – Estou no alto da Catedral de Nossa Senhora com Michael Allister e com meu irmão. Meus pais estão abrigados em um dos cofres, dentro da igreja. Fomos informados que aqueles que atacaram os Campos Elíseos na noite em que você foi levada detonaram algum tipo de arma biológica. Então o lugar inteiro foi colocado em quarentena, e mandaram soldados, mas... acho que alguns dos soldados na verdade estão lá embaixo. A doença se propagou e... lorde Ayles também a contraiu, e ele parece um esqueleto...

– O que aconteceu nos Campos Elíseos? – perguntou Nora, tentando extrair mais informação.

– Os infectados escaparam. Todo mundo lá dentro deve ter sido contaminado, e agora escaparam. Estamos vendo uma multidão entrando na cidade, daqui do alto. Há centenas deles! Quantos habitantes havia nos Campos Elíseos?

– Trezentas famílias, um pouco mais, um pouco menos. – Nora olhou para mim como se não acreditasse no que ela própria diria a seguir: – Então, com os soldados, devem ser quase... mil pessoas.

– Mil – repeti, porque era preciso repetir para aquela informação assentar.

Mil. Que inferno!

– E eu matei um, Nora. – A voz de Pamela estava saindo de controle. – Matei um! Perfurei a cabeça com uma sombrinha.

Até Nora não conseguiu encontrar palavras para comentar aquilo. Renfield foi o primeiro a falar.

– Não sei dizer se é a coisa mais inspiradora que já ouvi na vida ou se é a mais horripilante.

– É, estou com você – concordei. Ponto para a criatividade.

– Quem são vocês? Nora, quem está aí?

Nora me olhou nos olhos e disse: – Pam, fique na linha. Já voltamos a falar com você.

– O quê? Não se atreva!

– Senhorita Roe, dê-me o telefone – disse uma voz masculina. Fosse quem fosse, não estava feliz.

Nora fez um sinal para Ren, que entendeu e colocou a chamada em mudo.

– Ok, o que digo a ela?

Levantei, retirando os dedos dos bolsos.

– O que quer dizer? Diga a ela o que quiser.

Nora pareceu incerta.

– Mas... e o segredo... sobre a Companhia Z?

Ela estava preocupada em revelar nossa existência? Meu cérebro tentou acompanhar a demonstração de lealdade dela, da causa à ilógica conclusão.

– Você não me odeia? – disparei. *Que classe.*

Nora negou com a cabeça.

– Não. Longe disso. Você fez o que achou certo. – Espetou um dedo no meio do meu peito, e fez o mesmo com Ren. – Mais tarde vou socar vocês dois até dois segundos antes de acabar com suas não vidas, mas não os odeio.

Teria sido inapropriado dançar naquela hora. Firmei os pés no chão para me segurar, e disse para o Ren: – Vamos falar de novo.

– Sim, senhor – respondeu ele, sarcástico, clicando no botão.

– Alô? Alô? – Era a Pamela.

– Estamos aqui – disse Nora.

– Ok. Então... com quem você está? Como sabia sobre as mordidas? Você está vendo as notícias? Por que o ex-primeiro-ministro, seja lá o que for que aconteceu com ele, apareceu e contou à nação sobre os... zumbis? É assim que ele os chamou? Disse que estão mortos!

Nora encostou-se na escrivaninha.

– Bem, estou com pessoas que combatem... os mortos maus. Eles me salvaram.

– *O quê?*

Nora olhou para nós.

– Quer falar com eles? Diz oi.

Como a outra voz demorou a falar, tomei a iniciativa.

– Oi.

Renfield me seguiu.

– Boa noite, senhorita.

– Vocês combatem... estas coisas? Então onde estão, afinal?

– Com quem você está falando? – era a voz masculina de novo. Dava para perceber que estava ficando cada vez mais bravo.

– Estamos ao sul de Nova Londres. – Olhei de lado para o Ren. Apesar da seriedade da situação, podia ver que ele, como eu, víamos uma certa graça nela. – Mas agora vamos nos concentrar em nos dirigir para o norte para tirá-la daí.

– Resgatar-me? Senhor Alister, Isambard... verdade, vocês virão?

Nora ficou ereta.

– Sim. Vamos. – Ela estendeu a mão e apoiou-a em um dos alto-falantes. – Pam, estou tão feliz que esteja bem. Estamos a caminho, Ok? Fique aí no telhado até que cheguemos.

– Estão vindo nos buscar! Sim! Ok, sim, estaremos aqui! Pode ficar tranquila, não vamos a lugar nenhum.

– Estaremos aí assim que pudermos. Mantenha o telefone ligado.

– Está bem! Oh, Nora, valeu a pena deixar meus pais lá embaixo só para ouvir sua voz.

Fiz sinal para que Renfield encerrasse a ligação, mantendo a atenção em Nora. Ela agarrou a saia e endireitou os ombros. Já a tinha decepcionado duas vezes. Não ia deixar que acontecesse de novo.

– Desculpe não ter te contado o que estava acontecendo. – Tirei o paletó do unforme. – Vou compensar você por isso.

– Como? – perguntou Nora. Fiquei aliviado ao sentir uma curiosidade sincera na fala dela, sem o menor sinal de derrota.

Joguei o paletó no ombro.

– Vou contar para um monte de outras pessoas.

Soou nesse exato instante uma mensagem pelos altofalantes da base. Nora ficou de pé, procurando institivamente a origem dela, antes de perceber que se tratava de uma espécie de sirene.

Renfield virou-se para mim.

– Convocação?

Quase grunhi.

– O que é isso? – perguntou Nora.

É um sinal para os soldados se aprontarem e irem para o pátio. Aposto cinco peças de ouro que vão nos mandar para Nova Londres de qualquer forma. Se tivessem tomado essa providência antes, não estaríamos nesta situação.

– Esperem. Você diz que eles os mantêm para combater os mortos maus...

– E Wolfe não fez isso, não quis nos mandar novamente para os Campos Elíseos – completei –, porque supostamente não confiava em nós. Não confiava em mim.

– Idiota – sussurrou ela.

– Pois é. – Hora de se mexer. – Prepare-se, Ren.

– Mas eu nunca...

– Prepare-se. Se vir os outros, diga o mesmo. No instante que nos mandarem para os veículos, dirija-se para a *Black Alice*.

A sirene era meu motor enquanto eu percorria a base em busca de meus amigos. Encontrei Coalhouse no arsenal em meio a seus brinquedões, e puxei-o para um canto, onde lhe disse: – Quando nos dispensarem, não vá para os transportes de sempre. Há uma aeronave lá atrás. Entre nela.

– Por quê?

– Porque você está em uma supermissão secreta organizada por este que vos fala? – arrisquei. – Porque isso significa cinco zumbis a menos do lado de Wolfe? Porque considero que tudo que puder fazer para ele ser sacrificado é em prol do interesse nacional, a esta altura.

Coalhouse pareceu aceitar a explicação, e bateu continência com um dedo: – Entendi.

Peguei um rifle na saída. Não consegui encontrar a Cas, mas agarrei Tom quando ele passou por mim no corredor. Ele se aproximou de mim e, antes que eu pudesse pronunciar palavra, soprou: – Aeronave.

Assenti com a cabeça e rumei para meu quarto. Vesti-me como de costume e coloquei a máscara preta para cobrir o rosto. Antes de me reunir com os outros, porém, parei na ala médica.

As sirenes haviam acordado a equipe de vivos também, e a maioria estava reunida ali. Alguns se preparavam para partir com os soldados. Vestido e mascarado, não chamei a atenção. Não demorei a encontrar Samedi, que usava um avental sobre o pijama de listras azuis.

Chamei-o com o dedo, indicando que deveria me seguir para um dos laboratórios vazios. Ele me seguiu, percebendo no meu olhar por quem eu estava procurando. Fechou a porta.

– O que está acontecendo, Bram?

– Há centenas de zumbis à solta em Nova Londres porque Wolfe é uma *ferramenta*. É isso o que está acontecendo.

Samedi xingou eloquentemente e se deixou cair sobre um dos bancos giratórios.

– Meu time e eu vamos seguir por... uma rota alternativa para o norte. Chegaremos antes dos demais. Temos alguém esperando uma carona.

Samedi elevou as sobrancelhas.

– E Nora?

– Vem junto.

O médico puxou a pele da testa com dois dedos.

– Suponho que você não tem dois minutos para eu despejar as muitas, muitas razões pelas quais levá-la é uma má ideia.

– Não, realmente não tenho. Mas... – Ok, não pude conter o comentário, com um certo orgulho. – Ela gosta de mim.

Samedi nem me olhou.

– Bem, é *claro*, você passou o dia usando aquele maldito uniforme. Eu mesmo estava quase me declarando para você.

– Deixa para lá – suspirei. – Preciso que você pegue uma unidade de comunicação e fique em contato conosco.

Samedi me olhou então, com uma expressão confusa.

– É porque Ren vem conosco, e então ficamos sem apoio aqui. Pode ser que precisemos de você para obter dados.

Samedi ficou de pé e concordou com a cabeça.

– Tudo bem. Canal oitenta e seis?

– Parece bom.

Com aquela tarefa concluída, dirigi-me para o pátio e entrei em uma das filas de soldados vestidos de preto que já estavam organizados ali. Wolfe usava uniforme completo, e latia por cima de todos. Permiti que o som ficasse em segundo plano e corri os olhos pelo entorno. Vi a forma inconfundível do Tom, e, perto dele, um soldado muito magro, o Ren. Não consegui identificar os outros, e murmurei uns palavrões para mim mesmo.

– Nossa missão principal é destruir todos os não vivos que puderem identificar visualmente. Não há tempo para classificar bonzinhos e malvadões – instruiu Wolfe, enquanto eu continuava minha busca. – Os relatórios da inteligência informam que a maioria está abandonando os Campos Elíseos, então vamos chegar pelo lado leste da cidade e nos moveremos em direção ao oeste. O porto proporciona uma defesa natural, mas assegurem-se de buscar não vivos na água também. Não queremos que apareçam molhados uns dias depois. Não entrem nos edifícios particulares. Busca e resgate serão tarefas das tropas de soldados vivos. Lembrem: quero que cada um funcione como se fosse uma máquina individual de matar. Se alguém se meter em problemas, deixem-no para trás. Agora, vão!

As filas se viraram simultaneamente e começaram a sair, uma por vez, pelos portões. Sabia que grandes unidades de transporte terrestre estariam esperando por eles na área onde ficavam os veículos. Já havia passado por tudo isto. Quando minha linha saiu, me separei dela e trotei até a *Alice*.

Nora já estava lá, usando sua roupa de treinamento. Pegou na minha mão quando percebeu que era eu. Apertei a dela desta vez.

– Encontrou os outros? Ren e eu encontramos a Cas.

Senti-me melhor ao ouvir aquilo.

– Encontrei os outros dois, então, ótimo.

Nora me soltou. Ergueu a cabeça para me olhar, como se estivesse observando outra coisa, mas depois baixou os olhos. Eu queria, mais que tudo, abraçá-la forte para ter certeza de que ela fora sincera ao dizer que não me odiava. Mas não me atrevi. Não era nem o lugar, nem o momento.

Os demais se juntaram a nós poucos minutos depois. Renfield tirou a máscara e ajeitou o cabelo, reclamando: – Argh, isto pinica. Como é que vocês aguentam?

– Menos reclamação, vamos voar – respondi, subindo a rampa.

– Isso aí nem é uma palavra... – retrucou Ren. – Vamos lá, todo mundo para baixo da cabine.

Nora olhou em volta.

– Não ficamos aqui durante o voo?

Ren tirou os óculos de dentro do bolso e os colocou.

– Não quando a aeronave está equipada com um motor como o punho carregado de raios de Zeus.

– Ainda não – alertou Coalhouse. – Esperem que os caminhões partam. Assim fazemos direito.

– Isto tudo é tão excitante – comentou a Cas, quase sussurrando.

Todos nos abaixamos para esperar. Em dez minutos, os outros soldados estavam todos embarcados e a caminho. Iriam até os navios e com eles para o norte, como da vez anterior. Não eram embarcações lentas. Com alguma sorte, chegariam a Nova Londres em pouco menos de duas horas.

Nós estaríamos lá em uma hora – se sobrevivêssemos ao voo.

Assim que os caminhões desapareceram, Ren ficou de pé e comandou: – Para dentro, para dentro. – Todos o seguimos. Ele se aproximou do motor e começou a mexer nele, apertando botões, puxando alavancas. Era quase como se estivesse dançando em torno da máquina – ele, o macho; ela, a fêmea; uma dança de acasalamento.

– Muito bem – disse, ligando um interruptor. – Tom, você abastece a fornalha de carvão. Deve haver um botão para ligar a ignição.

Tom olhou em torno e encontrou o tanque, além de diversos caixotes de carvão esperando para serem colocados no fogo. Ele gemeu.

– Por que é que eu sempre fico com esta droga de tarefa?

Ren o ignorou.

– Coalhouse, vá soltar o balão. Ele se enche sozinho, só precisa puxar uma alavanca. Consegue fazer isso?

Coalhouse apontou para si mesmo e respondeu: – Eu sou um punk, lembra?

– Bram, você controla a direção secundária. – Apontou para a frente da cabine. Havia outro timão perto de uma janela com persianas.

– O que eu faço? – perguntou Nora.

– E eu? – ecoou Cas.

Renfield apontou para outro caixote de madeira.

– Sentem-se ali e tentem não tocar em nada.

Cas pensou um pouco e informou: – Sabe, quando você fala assim me dá *mais* vontade de tocar nas coisas.

Nora pegou-a pelo braço.

– Vem. Normalmente eu concordaria com você, mas não agora. Vamos deixar a *Alice* subir.

Embora eu soubesse que Renfield estava certo – a aeronave não era completamente arcaica e não necessitava de uma tripulação completa – detestava a ideia de que Nora havia chegado ao ponto em que não queria mais lutar. Fiz sinal para ela.

– Vem me ajudar a segurar a direção. *Você*, Cas, senta e tenta não mexer em nada. Ok, vamos decolar!

Nora se aproximou e pegou dois dos bastões do timão, mas perguntou: – Você precisa mesmo de ajuda ou está sendo paternalista?

Abri as persianas.

– Acredite em mim, Nora... Eu realmente preciso de ajuda.

Ela me olhou com desdém por um instante, antes de fazer uma careta.

Foi o mais próximo de um sorriso que ela me concedeu em algum tempo, e eu estava precisando.

29

pamela

O gatinho de plástico se aninhou na minha mão mais uma vez. Eu o segurava como se fosse real, porque agora havia se tornado muito precioso.

A maré de não vivos não desacelerara. Fiquei pensando se seria tão ruim quanto parecia. Não vi muitos deles se movimentando como seres inteligentes – não forçavam portas, nem se dispersavam por ruas laterais, a menos que algum som ou movimento lhes chamasse a atenção. A maior parte avançava como se o espaço estivesse ali para eles, como um líquido caindo por uma fenda na terra. George Street era para eles apenas um funil gigante.

Ouvia gritos a leste. Engoli seco, tentando não pensar nos vivos que batiam em retirada. Os zumbis no início da coluna andavam mais depressa que os demais, impulsionados pela perspectiva da caçada.

Tentei pensar em Nora – que estava viva.

– A senhorita Dearly está bem? – perguntou Michael. Havia tensão na voz dele.

– Sim!

– Graças a Deus. – Ele pareceu tão feliz quanto eu ao ficar sabendo, e a entonação estranha despareceu. Logo voltou a atenção para a rua. – O que aconteceu com eles? – perguntou, sem entender.

– Não viu o noticiário?

– Não. Ouvi os alertas pelo rádio. Diziam que a cidade estava sitiada. Os adultos evacuaram e mantivemos uma carruagem à espera por alguns dias. Meu pai mandou empregados para a casa que temos perto de Morristown. – Fez uma pausa e me perguntou: – Ah! O que foi que comentou sobre o primeiro-ministro?

Isambard estava sentado perto da borda do telhado, com o queixo apoiado nos joelhos. Olhou-me como um cachorro, movendo apenas os olhos. Sentei do seu lado. Levei dez minutos para atualizar Michael e aquilo me surpreendeu. Eu tinha muito mais para contar que ele. Sentia-me como se estivesse *vestindo* mais que dez minutos de angústia.

Michael continuou de pé, observando os mortos.

– Então, estamos praticamente condenados.

– Não diga isso – protestei, veementemente. – Tudo que temos que fazer é ficar sentados aqui.

– Não só nós. Quero dizer... todo mundo. A humanidade.

Não sabia o que dizer diante daquele comentário – sobretudo porque não queria reconhecer que talvez fosse verdade. Quantos já haviam morrido? Quantos mais iriam morrer ainda?

– Tem certeza que a senhorita Dearly virá? Deveria ter me deixado falar com ela, senhorita Roe.

Acariciei o cabelo de Isambard. Mesmo sendo um idiota, era meu irmão caçula. Ele chegou mais perto de mim, embora, obviamente, tentasse fazer parecer que só estava mudando de posição.

– O que é aquilo?

Fiquei observando Michael olhar para baixo. Ele deu alguns passos pelo telhado e se agachou. Ainda havia energia e o lugar onde estávamos era um jardim de sombras provocado pelas antigas lâmpadas de filamentos que havia em torno da estátua.

– Há alguém naquela loja lá embaixo – disse Michael.

Levantei e me aproximei dele. Isambard ficou de quatro, mas permaneceu no ponto onde estava. Michael apontou. O edifício que sinalizava era o Empório das Cordas Mink, uma loja estreita com uma elegante fachada pintada em verde pistache. Era um andar mais baixa que os prédios que a ladeavam. Havia vários mortos aglomerados na entrada, mexendo na maçaneta e nas dobradiças da porta, como se estivessem diante de um quebra-cabeça gigante e complexo.

Sabiam que havia algo lá dentro.

– Você tem um binóculo, ou algo assim? – perguntou Michael.

– Não, apenas um pouco de comida e uma garrafa de água, e meu arco e flechas. Dei as outras coisas para meu pai. – Coloquei as mãos na lateral da cabeça na altura dos olhos para bloquear um pouco da luz, tentando em vão ver melhor do outro lado da rua. Tive a impressão de ver movimento nas janelas, mas não tinha certeza.

Micheal andou um passo para lá e outro para cá.

– O que fazemos?

– Poderia ser qualquer coisa – ponderei. – Algum animal? Talvez não seja nada, talvez um deles se interessou pela porta e os demais só o estão imitando. Quem pode saber como pensam?

Michael desabotoou o paletó.

– Mas se há alguém lá dentro...

– ...temos que ajudar, se pudermos – completei.

Michael esfregou os olhos.

– *Se* pudermos.

– Não temos não – retrucou Isambard, estragando aquele momento.

Olhei para ele.

– Ninguém te convidou, Isambard. Você não vota aqui. Principalmente porque é um idiota.

– Um completo idiota – concordou o próprio. – Olhem, neste momento, estou totalmente de acordo com vocês. Sou um idiota de proporções épicas. Mas sou um idiota que quer viver. Além disso, você disse à Nora que ia esperar aqui. E se ela não nos encontrar?

– O idiota tem razão – concedeu Michael.

Pressionei a testa com a base da mão.

– Isambard, você decidiu, repentinamente, que queria ser um herói, e agora está me dizendo que não faria tudo que estivesse ao seu alcance para ajudar alguém a salvar a vida?

Ele ficou de pé.

– Isso foi antes de você decidir salvar um João da Silva qualquer preso do outro lado de um rio de mortos vivos! Às vezes você é exasperante, Pamela!

– Acalme-se – disse Michael. – Não sabemos se há alguém lá. Poderia haver gente em todos eles. Não podemos ajudar todos. Talvez não consigamos ajudar *ninguém*.

Mordi os lábios. Talvez Micheal estivesse certo.

– *SOCORRO!*

O grito repentino me fez ir até a borda do telhado novamente. Michael estava do meu lado em um segundo. Havia alguém no telhado do Empório Mink – uma garota. Levava uma lanterna em cada mão, e as movia para cima e para baixo, sinalizando sua presença. As luzes da rua estavam acesas, então tive que apertar os olhos. De repente, a reconheci.

– Aquela é a... Vespertina Mink?

Michael se inclinou o quanto pôde.

– É uma loira... Sim, acho que é ela.

– Está vendo? – disse meu irmão, de trás de mim. – Todo esse entusiasmo e acontece que é uma pessoa que você odeia. Agora podemos nos acomodar e esperar por Nora.

Contei até dez.

– Isambard, eu não odeio ninguém. O fato de eu não gostar dela não significa que a deixaria morrer.

Michael estava confuso.

– Por que você não a aprecia?

– Porque ela é uma fresca petulante com um traço de maldade. Ela e Nora sempre se pegaram. – Olhei para Isambard. – Mas é um ser humano. – E, dizendo isso, subi na mureta de pedra do telhado.

Michael reagiu e me agarrou pela cintura.

– Cuidado!

Forcei-me a não reagir ao toque dele – principalmente porque estava certa que uma super-heroína responderia com uma fala sedutora ao ser tocada por seu amado, e eu não tinha a menor ideia de como fazer isso. Gritei para o outro lado da rua: – É você, Vespertina Mink?

A garota do outro lado abaixou as lanternas e gritou de volta: – Pamela Roe?

– Sou eu! Vamos deixar esse fato assentar um minuto, porque é bem bizarro! – gritei de volta. – Eles já entraram?

– Ainda não! – respondeu ela imediatamente. Ela estava alerta. Realmente, não tinha escolha. – Mas vão entrar! Estão tentando derrubar a porta e batendo nas janelas!

– Você consegue ir até o telhado do lado?

– É muito alto! – Os prédios ficavam a poucos metros um do outro, compondo um simpático centro comercial em torno da igreja.

– E na rua de trás? Há mortos lá?

– Como assim, *mortos*?!

Ela não estava informada.

– Doentes! Há doentes do lado de lá? Olhe!

Vespertina ergueu uma mão e foi inspecionar o outro lado. Voltou em alguns segundos.

– Alguns, mas não tantos. Mas de jeito nenhum vou sair daqui sozinha!

– Não há mais ninguém com você aí?

– Não, estou sozinha!

Voltei-me para meus companheiros: – Ok. O que vamos fazer? – Michael, que ainda me segurava, ajudou-me a descer.

– Podemos dizer que fique lá, e quando Nora vier, a resgatamos também – disse Michael.

– Pode ser que ela não tenha tanto tempo.

– Podemos ajudá-la a chegar até aqui.

– Exceto que todos teríamos que escalar a diferença de altura entre os telhados. Descer é fácil, mas subir... E não temos equipamento. Se formos até lá... – Passei os olhos pelo alto de todos os prédios. – Não conseguiremos voltar.

Isambard esticou o rosto em desespero.

– É uma má ideia, é uma tremenda má ideia...

– Eu diria o seguinte: iremos até lá se for preciso – raciocinou Michael. – Diga a ela para sentar e ficar calma, por enquanto.

– *PESSOAL!* – gritou a Vespertina.

Virei-me na direção dela. O zumbi que estava mexendo na maçaneta estava escalando um dos canos que havia por fora do prédio e estava a meio caminho do telhado. Outros tentavam fazer o mesmo, com menos sucesso – pelo menos até então.

Meu coração disparou.

– Minha nossa. Eles a ouviram. – A situação era muito ruim.

– Não vão parar – observou Michael. Isambard estava apavorado pela segunda vez naquela noite. Ia escrever a melhor página do "meu querido diário" da vida dele.

– Estamos indo, senhorita Mink! – gritei. – Volte para dentro!

– Estamos? – perguntou Michael.

Não respondi até que vi a Vespertina entrando por uma porta que havia no telhado.

– Sim. Temos que ajudá-la.

– Ok.

Agarrei a mão do meu irmão, puxando-o para o lado leste da catedral.

– Temos que atravessar os telhados. Tente rolar no chão depois dos saltos maiores. – Felizmente, o edifício imediatamente ao lado era só um pouco mais baixo. O maior desnível seria o último, que teríamos que vencer para chegar ao alto do Empório Mink. – Do mesmo jeito que um hologame, entendeu? Sabe, aquele do homenzinho que pula as plataformas?

– Acho que sei – respondeu ele, com voz trêmula.

– Tudo bem para você? – perguntei ao Michael.

Ele apertou as tiras da mochila e assentiu.

Olhei Isambard de frente.

– Estou apavorada também, viu? Mas temos que fazer isto. Gostaríamos de que alguém fizesse o mesmo por nós.

Ele levou uns instantes, mas assentiu, mexendo a cabeça somente uma vez.

– Ok. Vamos lá. – Dizendo isso, pulei. Caí de lado no telhado do lado, mas não foi tão difícil. Michael me seguiu, e aterrissou como um gato, de pé. Ajudou-me a amparar Isambard, que pulou como se sua vida dependesse daquilo e o desnível tivesse três metros.

Mais dez saltos pela frente.

Quando chegamos ao prédio vizinho do Empório Mink, eu me sentia um hematoma gigante cheio de adrenalina – mas havíamos conseguido chegar até ali. O próximo seria o salto mais difícil, como pular do telhado de um barracão para o chão. Caí de traseiro no chão, e imaginei que sentar ia ser difícil por um mês inteiro. Pelo menos não caíra de costas.

Ainda não havia zumbis no telhado. Michael e Isambard me ajudaram a levantar, e corremos para a porta. Encontramos um espaço baixo onde havia escadas de emergência que tivemos que desemperrar até que finalmente despencaram, batendo no cômodo que havia no andar de baixo.

Ouvi um grito, e imaginei que ela se assustara com o barulho.

– Somos nós! – gritei.

– Oh, graças a Deus! – disse ela, surgindo ao pé da escada que estávamos descendo.

O piso superior do Empório era a oficina, onde havia mesas longas repletas de blocos de madeira que um dia seriam transformados em instrumentos. Ao longo das paredes ficavam penduradas as ferramentas. Uma camada fina de serragem cobria o piso.

– Como foi que você ficou presa aqui? – perguntei a Vespertina, enquanto Michael recolocava as escadas no lugar. – Onde está sua família?

Ela olhou para minha roupa.

– Não faço ideia. Pergunto da mesma forma onde está sua saúde mental. Declaro agora, e oficialmente, ter visto tudo que desejava ver sobre você, Roe.

Senti o rosto esquentar de vergonha.

– Não fuja da pergunta, senhorita Mink.

Ela deu um passo atrás e alisou o vestido. Era uma peça fina – tudo nela era elaborado – confeccionada em tecido azul cobalto e enfeitada com uma renda dourada discreta. Em torno do pescoço ela usava uma gargantilha de ouro com um pingente de pérola da cor de pena de pavão. Peinetas enfeitadas também com pérolas prendiam seus cabelos loiros, e ela usava vários anéis nos dedos. Usava um corte de cabelo diferente desde que a vira no dia do discurso do primeiro-ministro. Agora tinha uma franja.

– Minha mãe e a senhorita Perez fugiram para o interior dias atrás – disse ela, diretamente. – Eu decidi ficar aqui.

Olhei boquiaberta para ela. Sua indumentária custava três vezes o ganho anual do meu pai, mas ela não tinha um cérebro dentro da cabeça.

– Por quê?

Ela apertou os olhos para me encarar.

– Não é da sua conta.

– É sim – retruquei, sentindo que minha estatura crescia a cada segundo –, dado que nos arriscamos para te ajudar quando podíamos ter ficado no telhado da igreja, seguros. Nora está vindo nos resgatar.

A declaração a chocou.

– A senhorita Dearly está viva? Você falou com ela?

– Está viva.

Vespertina olhou para Michael e Isambard, fazendo beicinho.

– Está bem. Vou acreditar. Agora, por favor, me deem uma luz. *O que* está acontecendo? Aquela *coisa* estava escalando o prédio na minha direção...

Michael passou a informação em cinco frases.

– Há uma doença transmissível pelos fluidos humanos que faz com que os mortos voltem à vida. Viram zumbis e gostam de atacar os vivos. Há centenas lá fora. A única forma de abatê-los é atingi-los com uma arma na cabeça. Vamos todos morrer.

Vespertina ficou quieta por um momento, antes de dizer, com sua frieza habitual: – Sua declaração será gravada em uma placa algum dia. O senhor tem meu voto como Poeta Oficial das Não Debutadas.

– É uma longa história. Explicamos depois. – Olhei em volta. – Acho que temos que sair pela porta dos fundos. Temos que achar outro telhado.

– Onde? – perguntou Michael.

Vespertina olhou para o arco que eu levava às costas e perguntou: – Você ainda sabe usar essa coisa? Lembro bem que me derrotou na última competição.

– Certamente sei.

– Quantas flechas você tem?

– Cinco.

Vespertina cruzou os braços.

– Opino que temos que ir para a loja de artigos esportivos, então. Também deve haver armas lá... espingardas de caça, por exemplo.

– Há algo aqui que possamos usar?

Ela assentiu, e apontou para uma das paredes. Havia, organizadas por tamanho, cordas de todo tipo. Pegou um par de peças de plástico de uma das prateleiras. Depois, removeu um rolo de cordas de piano de um suporte na parede e entrelaçou uma ponta em cada uma das peças plásticas. Apertou um botão que havia em cada uma e as cordas enrolaram sozinhas. Quando terminou, tinha nas mãos uma espécie de corda de pular. Esticou-a para testar.

– Um garrote – explicou ela, quando viu que eu a observava.

– Não se consegue matar um zumbi por estrangulamento.

Vespertina levantou uma sobrancelha perfeita e disse: – Talvez não. Mas, com um pouco de força, pode ser que eu consiga cortar a cabeça fora. – Ela se virou e pegou dois martelos da parede de ferramentas, jogando um para Michael e outro para meu irmão. – Peguem.

Isambard, que a olhava fixamente, quase levou uma martelada no rosto.

– Isso é bom – reconheci. – Agora vamos.

Começamos a descer. O térreo do Empório Mink estava decorado no estilo *Belle Époque*. O pé direito tinha mais de quatro metros e meio, e o piso era uma composição de azulejos decorados com um padrão intrincado. Nas paredes havia murais pintados com cenas campestres. Sobre plataformas giratórias estavam expostos pianos, violinos, celos e outros instrumentos de cordas. O enorme candelabro de cristal era abastecido por gás, e proporcionava ao ambiente uma luz tremulante e suave.

– Só para registrar... – disse Vespertina, com uma voz distante. – Este edifício *é* minha família. É a única coisa à qual sou leal. Meu pai adotivo, lorde Mink – única pessoa que me amou na vida – deixou claro que, em sua ausência, eu me tornaria responsável por seu negócio.

Fiquei chocada.

– Você é adotada? Nunca soube disso.

Vespertina continuou, como se eu não tivesse dito nada.

– Então, eu me dediquei a esta loja e ao legado de nossa família. Minha mãe me ama como me amaria uma estátua e aquela depravada com quem ela anda pode ir queimar no inferno. – Voltou-se para nós e apontou na direção da porta dos fundos. – Chega de falar sobre mim. Por aqui, damas e cavalheiros.

– Perfeitamente – comentou Isambard, agachando-se para passar em frente a uma das janelas.

Apuramos os ouvidos ao chegar à porta, mas não ouvimos nada. Michael a abriu e espiou pela fresta. Em dois segundos, a fechou novamente.

– Não vejo nada. Para que lado fica a loja?

– Vamos por aquela ruela – respondeu a Vespertina. – São apenas alguns quarteirões, naquela direção.

– Está bem. Parece que só agora estão começando a se dispersar – disse eu. – Estavam agrupados em um só bando, antes. São atraídos por sinais de vida. – Bati no ombro de Michael. – Talvez devêssemos ficar aqui até que consigam arrombar a loja.

– Não – disse Vespertina, com veemência. – Primeiro, porque quem pode garantir que as ruas permaneçam vazias até lá? E segundo, porque quanto mais rápido sairmos daqui, mais depressa essas criaturas nojentas irão para outro lugar, deixando a loja em paz.

– Senhorita Mink, sua loja pode arder no inferno, até onde me concerne. – Os olhos dela me fritaram, mas eu virei de costas. – Porém, sua primeira colocação é válida. Vamos lá, para fora.

– Você primeiro – disse Vespertina. Isambard apareceu atrás dela.

Michael assentiu e contou: – No três, então. Um, dois... três!

Abriu a porta e corremos a toda velocidade. Estava escuro, pois as luminárias de rua eram em menor número e mais afastadas umas das outras conforme mais distantes da avenida principal. Meu corpo doía a cada passo que eu dava, logo atrás de Michael. Vespertina e Isambard nos seguiam.

Pela primeira vez na minha vida, estava em algum lugar perto do topo. Enquanto pudesse evitar me tornar comida, me sentia bem assim.

30

wolfe

– Sim, major. Sim...

Estávamos navegando havia alguns minutos apenas. Os carne-morta ainda estavam se organizando nos esquadrões e os técnicos montavam as baias de atendimento médico, batendo os carrinhos de transporte e tropeçando em cabos.

No entanto, notei que algo estava errado.

Percorri o primeiro nível, espiando para dentro dos compartimentos ao longo do caminho. A voz do meu comandante zumbia dentro da minha cabeça como se fosse uma vespa furiosa.

– Que inferno. – A voz do major Sweeney foi sumindo. Podia ouvir gente falando atrás dele. Devia estar em uma sala de emergência em algum lugar.

– O que há? – perguntei a ele, abrindo outra porta de metal e olhando para dentro.

– Os mortos estão começando a se separar do bando principal – relatou o major. – Vai ser mais complicado do que pensamos. – Ele tinha uma voz profunda, e o ar que soltou a seguir soou como uma sirene de alerta no meio de uma neblina, mas meio fraca. – Malditos Ayles. Amaldiçoados sejam.

– Sempre disse que a postura pró-zumbis deles era um tiro pela culatra.

– Vai acabar esta noite.

Finalmente as pessoas estavam ficando inteligentes.

Mas onde diabos estava Griswold?

– Alguma atualização sobre nossa missão, major? – perguntei, passando a mão pelo cabelo. – Nossa sala de comunicação deve estar operante muito em breve.

– Não. Faço contato se houver necessidade. Major Sweeney, câmbio, desligo. – Tirei o chip do ouvido e parei um zumbi que passava.

– Onde está Griswold?

O sujeito deu de ombros. Xinguei entredentes e retomei a busca.

– Griswold? – perguntava a cada não vivo que passava. – Onde está Griswold?

Ninguém sabia. Não demorei a perceber que nenhum de seus amiguinhos estava por perto também. Levei um tempo para lembrar o nome deles. Meu cérebro estava inundado por uma enxurrada de informações.

– Todd?

– Estou procurando o soldado Gates. Não?

– Alguém viu Sweet?

Ben me olhou, confuso.

– Sweet? Não conheço esse soldado, capitão.

– É *uma* soldado. Sabe quem é? – Ele negou, balançando a cabeça em negativa. Bati na parede do corredor e rugi: – Castidade Sweet! Mulher! Zumbi! Sweet!

Ben fez uma careta.

– O sobrenome dela é Sweet? Castidade Sweet! – Atrás dele um dos homens do esquadrão riu baixinho.

Definitivamente, eles não estavam no navio.

Larguei o Ben ali, antes que acabasse cortando fora a cabeça dele. Cheguei em segundos à central de comunicações. A fúria fazia minhas têmporas pulsarem e não percebi o contexto imediatamente.

Mas, em seguida, senti medo.

O que Griswold estava fazendo? Será que sabia de alguma coisa? Será que havia contado à garota?

Quando entrei na sala, o mapa dos Territórios estava projetado em uma grande tela. A embarcação onde estávamos era um pequeno ponto vermelho que pulsava rumando em direção à Nicarágua. A massa de não vivos em Nova Londres estava marcada com flechas verdes. De cada lado da tela, técnicos não vivos instalavam mais equipamentos.

Sentei na cadeira de comando que haviam colocado ali para mim, e me forcei a respirar. Não, as coisas não estavam fora de controle. Ainda não. Griswold provavelmente tinha ficado na base com seu esquadrão, como forma de protesto. Cuidaria deles depois.

Mataria todos eles depois.

Senti o chip vibrar na minha mão.

– Capitão Wolfe?

Recoloquei-o para poder ouvir e olhei para tela.

– Estou na central de comunicações, major.

– O que vou dizer é somente para você – disse do outro lado o major.

– Mortos, fora.

Os técnicos bateram continência e saíram. Esperei até que estivesse sozinho.

– Pronto, major Sweeney.

– Atualização – informou ele. – Os comandantes punk com os quais temos trabalhado não estão mais do nosso lado. Vão atrás dos zumbis do lado deles, com grandes perdas. Já há fogo intenso em curso na região de Brunswick.

– Ótimo – respondi, autocongratulando-me.

– Mas há mais. Em resposta, o Parlamento autorizou o exército a combater a praga zumbi como considerar mais apropriado. Às 0600 horas iremos exterminar todos os contaminados, incluindo as tropas luz-vermelha. Até lá, varra o quanto puder.

Fiquei de pé devagar. Meu tórax parecia anestesiado.

– Pode repetir, por favor, major?

– Todos os não vivos devem ser exterminados, por ordem do general Patmore.

– E ele recebeu essa ordem de quem?

O silêncio que se seguiu deixou claro que Sweeney entendeu exatamente o que eu estava perguntando.

– O primeiro-ministro não tem nada a ver com isto. E não tem que ter. Está claro que ele se encontra em meio a um grande conflito de interesses, dada a divulgação da existência de seu pai. É esse o entendimento que prevalece aqui.

Retirei o chip do ouvido, com a mão trêmula.

– Capitão, responda! Está aí?

Finalmente o exército havia decidido exterminá-los, depois de tantos anos. Iam matar todos. Dearly não estava mais ali para defendê-los.

Estava *tudo* fora de controle, afinal.

Esmaguei o chip com a bota e cambaleei para fora da sala.

– Prepare um barco de fuga – grunhi para um dos mortos que esperavam do lado de fora.

Era uma zumbi, que me olhou, surpresa. Tinha um buraco no lugar do nariz e um cabelo liso elegante.

– Não compreendi, senhor.

– Você me ouviu. Preciso voltar para a Base Z. Prepare um barco. Agora, mulher!

Parecia que meu coração estava inchado até onde era possível. Para tentar me acalmar, agarrei um corrimão.

Precisava conseguir uma moeda de troca.

Tinha que encontrar a filha do Dearly.

31 nora

– Plano A? – perguntou Bram.

Atrás de nós, Renfield disparava ordens, com um recém-adquirido timbre de comando. Foi bom ter dado ao Tom um trabalho braçal, pois aquilo o mantinha quieto. Podia vê-lo olhar de soslaio para Renfield, balançando a cabeça como se não o estivesse levando a sério. A pele dele reluzia por causa da luz alaranjada que saía da fornalha.

Olhei pela janela. Estávamos subindo rápido. O chão se afastava do dirigível como uma pedra que cai na água se afasta da superfície. Minutos antes havíamos ouvido o barulho do gás comprimido saindo dos bujões para encher o balão. As cordas feitas de nanofibras que o uniam à cabine continham uma tubulação de plástico embutida por onde passava o gás – ou pelo menos havia sido essa a explanação que eu recebera. Bram parecia estar se esforçando para me abastecer de termos e explicações. Ele estava certo de que tinha que muito a compensar.

Mas eu havia aprendido a lição. Não ia fazer discurso de novo, reunindo um monte de palavras bonitas para fazê-lo sentir o mesmo que eu. Mas não o odiava. Sequer estava brava com ele. A situação era por demais avassaladora para comportar algo assim – porque, na realidade, mesmo que tivesse me contado antes o que havia acontecido nos Campos Elíseos, o que poderíamos ter feito?

Além disso, eu mesma já guardara um ou dois segredos antes.

– O plano A é sobrevoar a catedral e resgatá-los do telhado – respondi, voltando do universo dos meus pensamentos.

– Ok. – Ele se dirigiu ao grupo. – Alguma contingência?

– Você e suas contingências. – Está bem, talvez eu ainda estivesse aborrecida.

– É só precaução, Nora.

Suspirei.

– Eu sei. É que... pelo menos uma vez gostaria que tudo saísse bem, sem problemas.

– Probabilidades? – perguntou Bram, com os olhos fixos nos meus.

– De pouca a nenhuma.

Minha cabeça concordou com um movimento quase imperceptível, que poderia ser atribuído ao balanço natural da aeronave. Ele estava certo. E estava me dizendo como as coisas iam acontecer, e o apreciei por isso.

– Deveríamos entrar em contato antes de pousar, para ter certeza de que estão lá. Se não estiverem... Bem, conheco a cidade bastante bem. Provavelmente conseguiremos orientá-los para chegar a algum marco fácil de visualizar, pelo menos.

Bram desafiou meu raciocínio: – E se eles não puderem?

Olhei pela janela novamente. A cidade já estava visível à distância.

– Não podemos chegar perto do solo na cidade, a menos que seja em um parque. Só podemos aterrisar em um descampado, ou sobre um telhado bem amplo.

– Ok, então nossas possibilidades de entrada são parques e telhados. – Bram voltou-se para Renfield. – Telhados são melhor opção. Menos chance de contato.

– Combinado.

E foi assim que começou. Bram nos questionava. O que fazemos se houver zumbis nos telhados? O que fazemos se houver uma massa imensa deles nas ruas? O que fazemos se uma das pessoas que estamos indo resgatar estiver ferida? A princípio, não entendi o exercício, e mais observei que participei. Os demais, no entanto, disparavam respostas. Havia me acostumado a ver o grupo como tipos joviais, mas, pelo jeito, essa era a maneira como se sintonizavam em modo de operação militar. Bram era excelente nisso, apontando inconsistências nas respostas e desafiando os membros do time a buscar alternativas, sem nunca depreciá-los.

À parte as ideias de Tom ("Podemos aterrissar em cima deles! Dez pontos para cada zumbi esmagado! Vamos fazer purê de monstros!"), chegamos a um plano: manter contato com a Pam, localizá-la no alto da catedral ou em algum ponto alto perto dos limites da cidade, e decolar imediatamente.

– Ren... O que fazemos se o exército tiver homens no ar? Não temos permissão oficial para sobrevoar a cidade.

– Ah-há! Eu sei a resposta para essa! – Renfield sorriu abertamente e empurrou uma alavanca. – Deixamos que comam nossa poeira! – E acelerou.

A única razão pela qual consegui ficar onde me encontrava foi que já estava agarrada ao timão. Bram me deixara naquele posto para brincar de método socrático com a equipe, e ele e Cas voaram para o fundo da cabine. Tom conseguiu se segurar a tempo de evitar bater na fornalha. Não conseguia ouvir nada além do barulho ensurdecedor do vento e do motor, mas podia jurar que Renfield estava gargalhando.

– Cruzes! – gritei.

– Desacelere! – gritou Bram de onde estava.

– Jamais! – respondeu Renfield. – Tempo é tudo, não é? Estamos com um bom vento!

– É, mas temos que poder manobrar! – gritou a Cas.

O timão vibrava sob minhas mãos e meu corpo todo chacoalhava junto, inclusive os dentes.

– Precisa ser mais devagar! *Mais devagar*!

– É uma linha reta para noroeste. Não deve ser tão complicado!

– Desacelere, Renfield – rugiu Bram. Às vezes ele colocava a voz de um jeito que me dava arrepios.

Renfield levantou um nada a alavanca.

– Bando de desmancha-prazeres.

A aeronave desacelerou um pouco – apenas o suficiente para que os outros pudessem se levantar e reassumir suas posições na cabine. Bram voltou para o meu lado e retomou a direção. Ainda estava tremendo quando a soltei.

– Que diabos foi isso? – perguntou o Tom, ficando de pé.

– Isso não foi... normal – disse Bram, agarrando o timão.

– Eu fiz umas modificações no motor – confessou Renfield. Aquele sorriso maldoso estava voltando. – Tínhamos que chegar rápido, não?

– Modificações? – perguntou Bram, soltando as mãos lentamente e virando-se para o Ren. – Que modificações?

– Modificação – explicou ele, ressaltando o singular. – Retirei o governador de velocidade. Não te disse que algumas partes precisavam ser retiradas? Você estava junto quando fiz isso.

– Como é o nome da coisa? – perguntei.

Bram olhou incrédulo para o Renfield.

– Você fez o quê? Eu não percebi que você tinha... O que foi que você fez?

– O que é um governador de velocidade?

– Você não fez isso – declarou Tom, extremamente surpreso. – Não está nos dizendo que deixou um pedaço do motor lá na base, está?

Renfield respirou fundo e dirigiu-se a mim, gesticulando relaxadamente com a mão.

– Em uma aeronave, o governador regula a pressão máxima que o motor pode atingir. É essa pressão que faz com que ele funcione. Se há pressão demais, o governador libera essa pressão. Então, retirando o governador, eu fiz com que pudéssemos voar mais rápido.

– E então, explodimos! – gritou Bram. – Porque você removeu um dispositivo de segurança!

– Você transformou o balão em uma armadilha mortal – disse Tom, com uma expressão de assombro.

– Não é um componente crítico. Temos apenas que cuidar manualmente da pressão do motor. Confiem em mim, *Alice* aguenta!

– Por favor, por favor, não nos deixe explodir – implorei, desabando sobre o caixote que havia ao lado do timão.

– Não vamos explodir! – exclamou Ren, soltando ar pela boca. Ele se virou e ajustou alguns dos calibradores de pressão. – Confiem em mim.

Cas foi ver se Tom estava bem. Olhei para Bram, que estava de pé.

– É muito ruim?

Ele assentiu devagar, confirmando meu temor. O cabelo dele estava todo desalinhado. Olhou para mim e arregalou os olhos de repente.

– Nora...

– O quê?

Ele deu uma tossidinha e apontou para mim. Olhei de volta sem entender. Então gesticulou enfaticamente na direção da minha saia. Olhei para baixo. Havia subido até minha cintura, e se enrolava na anágua. Estava usando calçolas brancas por baixo, e elas ficaram à mostra para quem quisesse ver. Abaixei a saia desajeitadamente e corei. Bram riu, embora não houvesse crueldade alguma no som – aquela coisa assustadora que fazia com a voz havia desaparecido.

– Você está rindo.

Bram procurou as palavras antes de responder à minha pergunta anterior.

– É ruim, sim – afirmou. – Mas não muito, espero. Temos que vigiar o motor, como Ren disse, e, quando voltarmos, vamos lhe dar uma surra. O sujeito vai virar purê. Pode ser criativa.

– Eu ouvi – murmurou Ren.

Para distrair os dois da possibilidade "podemos morrer em pleno voo", perguntei: – Como funciona essa sessão de pergunta-e-resposta? – A pergunta era também um elogio.

Ele deu de ombros e passou uma mão nos cabelos, mantendo a outra no timão.

– É um jeito de por combustível neles. As perguntas nos obrigam a pensar. Não há chance para bobear lá fora.

– Você é bom nisso.

Ele deu uma risada.

– É assim que qualquer pobre punk é criado. É uma atitude, mas é também como se fosse um jogo chamado... "tudo-bem-mas-e-se...": "Tudo bem, mas e se a colheita não for boa?"; "Tudo bem, mas e se o empréstimo não for aprovado?"; "Tudo bem, mas e se o tio Bert não nos der trabalho ou não nos abrigar neste inverno?"

– Sua vida era dura assim?

– Sim, às vezes – respondeu ele, abrindo um compartimento perto da janela que continha diversos equipamentos de navegação, nenhum deles digital. Havia pequenos globos de latão com partes móveis que giravam em torno de eixos, astrolábios, bússolas. Foi uma bússola que ele pegou para olhar.

As pontas dos meus dedos estavam frias, de tanto apertá-los. Falar com Bram sempre me fazia sentir melhor, fosse qual fosse a situação. Mas agora tinha que me preocupar com a Pam e estava começando a me sentir culpada de ficar distraída com outro assunto.

Foquei minha atenção nela. Queria que estivesse segura, esperando exatamente onde combináramos. Imaginei o que estaria vendo e sentindo, em como estaria lidando com a situação toda.

Como será que teria ido parar no alto de uma igreja com Michael Allister?

Renfield discursava sobre as características da aeronave para quem quisesse ouvir. Cas havia feito uma pausa na ajuda que tinha prestado ao Tom, e tinha um olhar ausente.

– Ren, você parece uma tiete – disse Coalhouse.

– Sssssh – disse Ren alisando o motor. – Você por acaso tem quase um metro de capacidade? Acho que não, não é?

– Você parece isso mesmo, Ren – disse Bram, desviando a atenção dos equipamentos. Estivera alinhando a leitura da bússula com pontos que havia em um dos pequenos globos. – Eu achava que os nortistas eram aficcionados de cavalos.

Renfield enrolou as mangas da jaqueta de novo. Elas teimavam em descer pelos seus braços finos.

– Cavalos não voam. Quero dizer, é *óbvio* que não voam, mas... digamos que não são tão... *românticos*. Quando eu era menino, queria ser capitão de uma aeronave, sabem? – Todos gemeram, zombando dele. – Verdade!

– Qual a ocupação da sua família?

Ele sorriu discretamente.

– Meus pais trabalham na prefeitura da nossa cidade, Gladsbury. Minha mãe é do departamento de registro de teleautômatos, e meu pai atua no departamento de parques. É especialista em insetos. Gosto de insetos. São muito interessantes.

– Por que voam? – perguntou Coalhouse com sarcasmo.

Renfield fungou. Um momento depois ajustou seu colete e perguntou, em tom baixo e cheio de esperança: – A situação é séria demais para cantarmos uma canção de pirata?

– Meu Deus – murmurou a Cas, olhando para mim. – Não acredito nele.

Bram ainda tentava dominar o globo de localização. Franzia a testa – o instrumento estava lhe dando trabalho.

– Sim.

Renfield levantou as mãos como se estivesse se rendendo, embora tivesse ficado amuado.

– Perguntei só para ter certeza.

Bram não conseguia fazer o globo funcionar.

– Droga... de... pecinhas... miúdas! Se um pirata de verdade fosse usar esta coisa, ia morrer de fome antes!

Permaneci junto à janela. Meia hora depois já conseguia reconhecer certos lugares pelos mapas que havia visto na aula de geografia; em quarenta e cinco minutos sabia exatamente onde estávamos.

– É um pouco mais ao norte – comemorei, balançando na ponta dos pés. – Estamos quase lá!

Bram deixou cair a pequena caneta dourada com a qual estivera tentando ajustar as partes do globo e me deu seu comunicador.

– Ligue. Vou jogar esta coisa lá para baixo.

– Se jogar vai ter que ir buscar – retrucou Renfield.

Digitei o número da Pam no aparelho e coloquei-o junto ao ouvido, tapando o outro com a mão. Como antes, ouvi a discagem vez após vez, mas a ligação não se completava. Senti um frio no estômago. Liguei novamente. E mais uma vez. Sempre a mesma coisa.

– De novo não... – gemi, discando pela terceira vez.

Bram se aproximou de mim e olhou para a tela do comunicador.

– Ela não atende?

– Não! Deveria, se estivesse sentada ali.

A terceira discagem também não funcionou. Dava para ver a cidade abaixo de nós.

– Estamos aqui. A catedral é no lado oeste, na mesma rua principal que sai dos Campos Elíseos.

– Lindo – comentou o Tom. – Deixe-me adivinhar – Estação Central dos Zumbis?

– Vamos nos aproximar para ver – disse Bram.

Enquanto eles providenciavam a aproximação, continuei chamando. Na décima ou décima primeira tentativas desisiti, trincando os dentes.

– É aquele prédio grande, lá? – perguntou o Bram. Ren nos havia colocado em um nível mais baixo e agora era possível distinguir cada um dos telhados.

– Acho que sim – respondi, apontando para um edifício largo e branco. – Mas não tem ninguém ali em cima.

– Dá para descer mais um pouco? – perguntou Bram ao Renfield, que lidava com os controles. – Pronto, estamos mais devagar agora – pode ir lá para cima se quiser, Nora.

Subi correndo a pequena escada, usando os braços para me impulsionar. Cheguei à proa e me debrucei por cima da balaustrada de madeira à qual estava fixada a carranca da Alice negra.

– Dá para ver alguém? – gritou Bram lá de baixo.

– Não! – fui obrigada a responder.

Onde estava a Pamela?

32

pamela

Cada sombra continha a possibilidade de ser rasgada em pedaços.

O estranho era que já estava me acostumando à tensão. Como se fosse só mais um dia normal no bairro.

Como eu era a única pessoa do grupo que havia tido contato direto com um zumbi – apenas um, mas ainda assim, bem direto – fiquei impressionada como Michael estava disposto a nos liderar no percurso pelas ruas. Concedo que não era especialmente esperto, mas certamente se tratava de um cavalheiro. Nora podia guardar para si a opinião que tinha sobre ele.

O único que reclamava era Isambard. Ele se sobressaltava a cada mudança na luz, a cada ruído. Vespertina, que fora informada sobre os acontecimentos há pouco mais de dez minutos, estava mais inteira que ele. Ela deve ter se irritado, pois a certa altura virou-se para trás e pegou-o pelo colarinho, como Michael fizera na catedral. Sussurrou para mim: – Isso aqui é seu?

– É meu irmão, Isambard – contei a ela.

Ela o sacudiu.

– Faça-o fechar a boca. Vai acabar nos matando.

Isambard resistiu: – Pare!

– Isambard – adverti-o com o olhar. – Ssssssh. Solte-o por favor, senhorita Mink.

Vespertina assentiu graciosamente e o soltou. Ele veio rápido para perto de mim.

– Estamos chegando a um cruzamento – avisou Michael.

Tirei o arco e coloquei uma flecha em posição.

– Deixe-me ir na frente.

Michael olhou para trás e concordou quando viu o que eu estava fazendo. Encostou-se a uma parede do lado esquerdo, e eu o substituí à frente do grupo.

Parei quando cheguei à esquina e olhei em torno. Nada. Podia ver a loja de artigos esportivos bem na nossa frente.

– Temos que atravessar a rua. De novo no três, tudo bem?

– Ok – respondeu Michael.

– Um, dois...

Michael agarrou meu ombro e quase deixei cair o arco.

– Espere!

Dei alguns passos para trás e senti a respiração dele no meu ouvido:
– À direita.

Olhei. Nas sombras, do outro lado da rua, havia um zumbi remexendo nas latas de lixo que havia em uma ruela. Era um homem jovem de rabo de cavalo usando um casaco de salteador.

– O que fazemos?

– Voltamos – respondeu Michael, apertando mais ainda meu ombro.
– Vamos.

Senti que me puxava de leve, mas não me mexi, observando o zumbi. Não me ocorreu gritar com ele – embora a ideia tenha passado pela minha cabeça. Mesmo que fosse um do tipo "civilizado", mandava a prudência agir como se fosse perigoso. Porém, precisávamos chegar à loja de qualquer jeito. O prédio tinha dois andares – podíamos esperar pelo resgate no telhado. Que outro lugar poderia ser mais seguro que aquela loja? Era um pote de armas no final do arco-íris.

Não ia deixar um zumbi me impedir.

Armei o arco e a flecha.

– O vai fazer, senhorita Roe? – perguntou Michael.

– Temos que chegar à loja – respondi, mirando.

– Enlouqueceu?

A pergunta, incrédula, saiu em volume alto o suficiente para chamar a atenção do zumbi. Ele olhou e provou que era do tipo perigoso disparando em nossa direção, grunhindo como um animal e com o casaco balançando ao vento.

– Muito obrigada, senhor Allister – respondi, ragendo os dentes. Disparei a flecha.

Acertei-o na boca aberta, feito que provavelmente serei incapaz de repetir por mais que tente. O zumbi caiu instantaneamente, sem sangue. Contorceu-se um pouco e finalmente ficou imóvel.

Dois pontos. Rainha da caça ao zumbi. Quero isso escrito em uma placa.

Desequilibrei-me e caí sobre meus companheiros, com o coração disparado. Michael me sacudiu.

– Sua tola! Podia ter se ferido. Podíamos ter tentado sair daqui!

Desvencilhei-me dele, festejando intimamente o fato de que demonstrou se importar comigo.

– Pronto, está resolvido. Vamos!

Vespertina empurrou o covarde do meu irmão.

– Ela está certa. Vamos.

Demos alguns passos em direção à esquina. E vimos que o zumbi não estava sozinho.

Eram cinco ou seis, na rua para onde dava a ruela em que víramos o primeiro. Localizaram-nos imediatamente e começaram a farejar como lobos. Emitiram um uivo em uníssono e me ocorreu que poderiam inclusive estar alertando seus pares sobre a presença de presas.

Como a presa era eu, não estava com nenhuma vontade de ficar parada para descobrir.

– Rápido! – gritou Michael. Nem precisava. Saí correndo com ele.

Disparamos para longe de George Street, adentrando o labirinto de travessas e ruelas. Podia ouvir os zumbis correndo atrás de nós, com seus rugidos infernais. Tentava me localizar em relação aos marcos da cidade, para poder pensar em um novo esconderijo para nós. Meu cérebro era uma confusão de imagens e sensações – principalmente medo. Queimava como ácido e fazia meus músculos pesarem como chumbo.

Irrompemos por outra rua lateral, Wesker Street. Avistei as colunas holográficas do Museu Neovitoriano de História Natural.

Ficava a poucos quarteirões. Era grande e construído em pedra.

Podia ser nosso abrigo.

– Por aqui! – gritei.

Ouvia os passos dos outros no asfalto atrás de mim, mas senti necessidade de olhar para trás. Estava sem coragem, temendo que qualquer quebra de ritmo resultasse em uma mordida. Virei a cabeça só um pouco, e vi Michael bem perto. Vespertina levantara o vestido até a cintura, expondo os sapatos bordados de salto. Não era o melhor calçado do mundo para correr, mas mesmo assim *ela* estava à frente de Isambard. Ele não estava se desempenhando bem. Nunca fora muito atlético.

Gemi e parei, derrapando um pouco.

– O que está fazendo? – gritou Michael, quando me alcançou.

– Continue! Para o museu! Veja se encontra um jeito de entrar! – E disparei em direção aos zumbis. Eles tinham virado na Wesker Street também, e estavam a menos de cinco metros do meu irmão.

– Pam! – gritou ele. Estava fraquejando.

– Vamos! – gritei, puxando seu braço. – Vamos, você consegue!

– Não posso mais!

– Você tem que conseguir, ou eles vão te comer! – Aquilo devia servir de incentivo para qualquer um.

Corri como nunca havia corrido antes, puxando Isambard. Ele reagiu ao meu aviso, mas ainda assim poucos metros nos separavam da morte.

Chegamos à escadaria do museu, com os zumbis ainda no nosso encalço.

– Sobe! – gritei. Ele me acompanhou, tão rápido quanto podia. O martelo que Vespertina havia lhe dado caiu do bolso, mas não parou para pegá-lo. Eu corria ao lado dele, mas perto do topo, o ultrapassei.

Vi Vespertina e Michael. Ele estava tentando arrombar uma das portas que ladeavam a entrada principal do museu.

– Estão quase chegando! – gritou Vespertina, agarrando a saia.

– Dê-me mais um... minuto – respondeu Michael, ofegante, dando uns passos atrás. Ele se lançou contra a porta, e ela cedeu. Michael agarrou Vespertina pelo ombro e empurrou-a para dentro. Virou-se para me ajudar. Meu corpo queimava, e mal senti suas mãos.

Estava quase dentro quando ouvi meu irmão gritar. Tentei voltar para fora, mas Michael me empurrou para dentro.

– Isambard! – gritei.

– Fique aqui e descubra como bloquear a porta! – gritou Michael, tirando o martelo do cinto. Saiu correndo em direção à escadaria.

Não.

Dei um passo com a intenção de segui-lo.

Vespertina bateu a porta com um estrondo, quase me esmagando.

– Vamos, não estaremos seguros até conseguir bloquear a porta!

Não conseguia me mexer. O que havia acontecido? Podia ouvir meu irmão e Michael do lado de fora, tão longe dali...

– *Mexa-se*, Roe!

Não respondi. Não tinha ideia do que se passava. Será que os rapazes estavam bem? E se não estivessem?

Vespertina sacudiu o cadeado.

– Droga! Quebrado!

Por algum motivo a fala dela me trouxe de volta à realidade.

Olhei em volta. O hall de entrada do museu era imenso, com cenas importantes da história de Nova Victoria entalhadas nas paredes de pedra. Acima das portas, havia imagens das Primeiras Famílias, uma gente vestindo denim e camisetas na travessia do rio Grande. Do outro lado, encontrava-se um mural decorado com a Enchente do Gênesis, e outros entalhes haviam sido feitos em painéis octogonais – a fundação do Instituto Byron, o Massacre de Reed, cenas da vida de Nícaro. Havia vários objetos em exposição, como vasos e armaduras e grandes estátuas de mármore trazidas de cidades localizadas nas Terras Arrasadas. Eram os mais valiosos tesouros do museu. No meio da entrada, borbulhava uma fonte.

– Aquilo lá – exclamei, apontando para uma das estátuas. Vespertina virou-se, dando as costas para a porta. – Temos que empurrá-las para cá.

– Não vamos conseguir mover coisas tão grandes – protestou ela.

– Tem ideia melhor?

Antes que pudesse responder, foi atingida pela porta, que se abriu. O grito dela reverberou no espaço.

– É Michael! – gritei, olhando para ele e para Isambard, que cambalearam para dentro. Michael começou a empurrar a porta, e Vespertina logo se juntou a ele para ajudar a fechá-la. Mas os braços dos mortos, presos entre a porta e o batente, os impediam.

– Não pare de empurrar! – ordenou ele. – Atire neles, senhorita Roe!

Sobravam quatro flechas e acertá-los nos braços não ia adiantar. Corri até as armaduras. Uma delas segurava um machado duplo não muito grande. Retirei-o e gritei: – Saiam do caminho!

Michael arregalou os olhos quando entendeu o que eu ia fazer e gritou: – Todo mundo para trás da porta! Ponham todo o peso! – Isambard se juntou a eles, mas bem mais devagar.

Corri para a porta e começei a atacá-los com o machado.

Os golpes nos braços tinham um som nauseabundo, molhado e selvagem. Não era seco, como o que se ouve no açougue – era violento e mau. Os zumbis urravam de raiva. Fechei os olhos, tranquei o maxilar e bati, bati, bati neles, sem sequer respirar. Não parei até que ouvi a porta fechar, e senti o machado bater no piso de madeira.

– Vão pegar a mesa! Todos, rápido! – gritou Michael.

Abri os olhos e olhei para minha roupa. Estava coberta de sangue negro e havia uma pilha de pedaços de carne à minha frente.

Meu Deus.

Larguei o machado e corri para a fonte. Joguei água em mim, esfregando a pele. Tudo em volta parou de existir. Não ouvia nem via nada. Como se o mundo estivesse contido dentro de uma chaleira de água fervendo – quando se faz silêncio logo antes de começar a fervura e ela começar a apitar. Não foi assim que lorde Ayles se contaminou? Quando o sangue de Dearly espirrou nele? Não fora isso o que ele dissera na televisão? Não conseguia lembrar. Meu Deus, o que havia feito? Por que aquilo não saía?

Sequer notei que minha cabeça estava sob a água até que Michael me puxou pelo cabelo. Puxei o ar para respirar.

– Senhorita Roe? Senhorita Roe?

– Estou bem – respondi, tossindo.

Michael passou as mãos pelo meu rosto. Abri os olhos para olhar para ele.

– Tem certeza? – Estava aterrorizado.

Senti a água gelada escorrendo pelas costas.

– Tinha que limpar esse sangue.

Ele assentiu, e percebi que estava preocupado com a mesma coisa que eu. Toquei-o também, no peito, nos braços.

– Você está bem? Morderam você?

Michael negou com a cabeça

– Eu... estou bem.

Soube, pelo jeito que falou, que Isambard não estava.

Virei-me. Meu irmão ajudava a Vespertina a empilhar móveis na frente da porta. Nenhum dos dois era muito forte, então eles rolavam as coisas pelo chão, em vez de carregá-las juntos, como uma equipe faria.

Havia uma mancha de sangue na manga esquerda da camisa dele.

Corri até ele. Vespertina parou, passando a mão pela franja.

– Issy!

Ele olhou para mim, sem vida nos olhos.

– Um deles me mordeu, Pam.

Abracei-o, e ele começou a chorar. Acariciei seu cabelo e disse baixinho: – Está tudo bem. – Sabia que não estava, mas era tudo o que podia lhe dizer. – Nora virá logo... vamos tentar telefonar para ela, Ok? Vamos para o telhado. Não estamos longe da catedral. Nora vai saber o que fazer, vai nos encontrar.

– Está doendo, está doendo – soluçou ele.

– Como você sabe que ela virá? – perguntou Vespertina, deixando cair os braços, desanimada.

– Ela me disse que viria – respondi, sem querer soltar meu irmão caçula. Podíamos ouvir os zumbis – as coisas que haviam tentado comer Isambard – batendo na porta.

– Mas como você *sabe*? – insistiu ela. – Quero dizer, ela não tem uma Força Aérea pessoal, tem? Ou ela vem por terra? Ela lhe dise algo? Como você sabe?

Quase esmaguei Isambard, gritando: – Porque ela disse que viria! Talvez você não tenha ninguém com quem contar na vida, não tenha ninguém para amar, mas eu tenho! Nora disse que viria, e ela virá, nem que seja para morrer quando chegar! Eu sei!

– Senhoritas, acalmem-se! – disse Michael. Respirei fundo e me concentrei em acalentar meu irmão. – Não podemos ficar aqui. Ainda estão tentando entrar. Temos que chegar até o telhado. Também podemos nos armar no caminho.

Vespertina prestou atenção a esse comentário.

– Será que as armas antigas em exposição ainda funcionariam? Quero dizer, as de fogo.

Michael deu de ombros.

– Vale a pena tentar, certo?

Ela olhou para o hall.

– Muito bem. Sei que há mapas na recepção. – Sem dizer mais nada, rumou para o balcão de atendimento ao público.

Isambard conseguira controlar as lágrimas, mas mesmo assim fiquei agarrada nele. Olhei para Michael.

– Muito obrigada por ter resgatado meu irmão. Obrigada por tudo.

Michael tirou outro lenço do bolso.

– Este é para seu irmão – disse ele, estendendo a mão. Peguei-o, entendendo o que queria me dizer.

– Aqui, Issy, deixe-me ver seu braço. Vamos envolvê-lo com isto.

– Achei – gritou Vespertina. – "Armas através dos tempos", terceiro piso.

Peguei o machado para levar comigo, mas não para me defender. Usei-o para arrebentar vitrines ao longo do caminho. *Em caso de emergência, quebre o vidro.* Cada vez que quebrava uma, soava um alarme por um minuto, e depois silenciava. Fiquei imaginando se alguém estaria monitorando os alarmes. Decidi não apostar nisso.

No segundo piso passamos pela ala das vestimentas, e arrebentei uma vitrine para pegar roupas limpas – nada elegante, simplesmente peças de roupas militares que estavam em exposição ali. Calças, uma camisa, um colete de couro. Peguei uma camisa para Isambard também.

Troquei de roupa no banheiro e me esfreguei novamente, desta vez com o sabonete líquido com aroma de rosas que saiu da saboneteira. Não havia pingado sangue na minha boca, nem no meu nariz. Procurei cortes no meu corpo, sem encontrar. Torci para ficar bem. Não me sentia doente. Isambard suava, mas isso era de se esperar visto o que passara, então tentei ignorar o fato de que ele não estava com boa aparência.

Finalmente chegamos ao terceiro piso. No alto da escada estava exposto o Relógio Corpus, ou Cronófago, de quinhentos anos. Fora uma das poucas coisas que o povo bretão havia conseguido retirar de sua ilha antes que ela desaparecesse para sempre. Os segundos passavam rápido, medidos por uma luz azul que piscava nele. O gafanhoto gigante que decorava o topo da peça abria e fechava a boca à passagem dos segundos, como se os engolisse.

Matando tempo. Que apropriado.

– Era disso que estava falando – comentou Vespertina quando entramos na sala dos armamentos. Ela apontou para uma vitrine que continha uma arma com um cano pouco maior que o de um revólver grande, com alças de couro que deviam se ajustar ao corpo. Estava exposta, muito apropriadamente, ao lado de uma caixa de madeira com pólvora e bolas de chumbo que supostamente serviam para disparar.

– "Canhão pessoal de braço", leu na plaqueta informativa. – "Arma ofensiva em evidente estilo punk. Bom exemplo da esvanecente influência neovitoriana sobre o estilo punk do Último Período, demonstrado pela mínima decoração encontrada no cano", blá, blá, blá, me dá o machado.

Dei-o a ela, que quebrou o vidro. Michael foi o próximo, tendo encontrado alguns bacamartes com a respectiva munição no display ao lado.

– Pam – disse Isambard, apontando para outra vitrine. Era uma engenhoca ornamentada feita de latão e ouro. A estrutura, aberta, permitia ver no interior peças que lembravam as de um relógio – algo definitivamente punk.

– Arco automático – disse ele, lendo a plaqueta. Dispara cinco dardos por vez.

Não precisava ouvir mais nada. Afastei-o para um lado e peguei o machado no chão, onde Michael o tinha deixado. Quebrei o vidro e peguei-o, junto com a aljava repleta de flechas.

– Vou testar isto – disse Michael, mirando para a escada. Ficamos atrás dele. Não pude deixar de apreciar sua figura – camisa aberta no colarinho, paletó desabotoado, cabelo despenteado – enquanto ele mirava em um inimigo invisível.

Infelizmente, o bacamarte não funcionou.

– Droga! – praguejou. – Sua vez, senhorita Mink. Vou procurar outra arma.

– Certamente – disse Vespertina. Isambard ajudou-a a acomodar as alças e ela lidou com a arma por alguns instantes, até perceber que tinha que colocar uma bala por vez no tambor. A arma, porém, também não disparou. Irritada, acionou repetidas vezes o gatilho, sem sucesso.

Michael também não estava conseguindo. Jogou vários bacamartes de volta na vitrine.

– O que há? Danificam as armas antes de colocá-las em exposição? Por que fariam isso?

– Talvez seja por precaução. – Armei uma das antigas flechas no arco, depois de descobrir como fazer para abri-lo. Mirei na escada. Funcionou perfeitamente, e a flecha despareceu na escuridão. – Este funciona, senhorita Mink. Pegue-o. Eu tenho o meu arco.

Quando estendia o braço para entregar o artefato a ela, Isambard murmurou: – Ouço algo.

Vi que tinha os olhos fixos na escada. Apurei os ouvidos. Inicialmente, não captei nada estranho, mas em seguida notei que a luz que vinha do segundo piso tremulava, como se algo – ou alguém – estivesse passando na frente dela.

– Entraram – sussurrei. Isambard emitiu um som que denotava todo seu medo.

– Quietos – ordenou Michael. – Temos que ir.

Vespertina olhou para cima.

– Vá para a direita. O mapa diz que o edifício é simétrico. Podemos chegar à escada pelo outro lado, e subir por lá.

Avançamos juntos e cautelosamente em direção ao outro lado do piso.

É claro que meu telefone tinha que tocar exatamente naquele momento.

Os outros se encolheram. Vespertina mirou em mim, mas felizmente não disparou. Eu guardara o telefone dentro da bolsa, e não consegui encontrá-lo a tempo de atender a chamada.

– Vamos, vamos, vamos! – gritei. O telefone, que dava a impressão que não querer parar de soar nunca mais, silenciou no instante em que consegui tocá-lo.

Isambard exclamou, desesperado: – Pam! Estão vindo!

Olhei. As sombras dos nossos perseguidores dançavam na parede à nossa frente.

– Vamos!

Mais uma vez, corremos. O telefone continuava tocando, mas não podia atender agora. Sabia que era Nora. Quando chegamos à outra escada, parei por alguns instantes para pegá-lo na bolsa.

– Senhorita Roe, vamos! – gritou Michael.

– Um segundo! – Abri o telefone e olhei para a pequena tela. Dei o comando de ligar para o mesmo número e recomecei a correr, logo atrás dele.

Atendeu ao primeiro toque.

– Pam?

Agarrei-me ao corrimão.

– Nora! Tivemos que sair da igreja!

– Eu sei! Estamos em cima dela! Onde diabos você está?

23

victor

Esperava ser morto a qualquer instante. O fato de que Henry e eu havíamos sobrevivido alguns longos dias me parecia um imenso milagre.

Em todo caso, era a época do ano em que celebrávamos os milagres, não era? Mantiveram-nos na construção alongada. Deram-nos água somente no segundo dia. Consegui aplicar as injeções sem chamar muito a atenção – uma seringa inteira para cada um. *Feliz Natal, remedinhos para todos!*

Mas não tínhamos ocasião de falar, ou formular um plano. Eram apenas horas, uma após a outra, que Averne preenchia ininterruptamente com resmungos e ameaças de violência. A situação começava a ficar entediante. Mas também me dava esperança. Havia plantado uma semente de paranoia com as minhas perguntas e chacotas. Averne era um ser manipulável. E isso era auspicioso.

Observava-o com atenção. Consumia carne assada, sempre comendo de costas para nós. Bebia de garrafas que pegava em um caixote – certamente continha alguma bebida alcólica, pois sentia o cheiro. Sem um sistema circulatório não havia forma de ele desfrutar dos efeitos do álcool, a menos que tivesse uma válvula dentro do corpo capaz de mandar o líquido para o cérebro. Supus que o estivesse usando como um conservante – para pobres.

Mas, se tivesse que apostar, apostaria que era um ser ainda vivo.

Ele oscilava diariamente entre surtos de atividade frenética e períodos de prostração em que parecia morto. Sentava-se nas sombras com o rosto embrulhado em seu xale, e eu não conseguia saber se era quando dormia. Provavelmente usava aquele pano imundo para confundir seus soldados. Certamente *me* confundia.

Não nos atrevemos a atacá-lo. Eu era um zumbi, mas era também um homem velho com uma perna só. Henry havia morrido há pouco tempo e quase perdera um braço. Averne provavelmente nos abateria, a menos que usássemos os explosivos. Mas ambos sabíamos aonde essa ideia havia nos levado.

Quando não estava nos ameaçando, Averne se dedicava a estudar mapas. Podia ouvi-lo enquanto os analisava, especialmete o som de seus dedos tocando as bordas do papel. Dava a impressão de estar fazendo planos mirabolantes, ou decidindo aonde iria estacionar suas tropas durante a vacinação em massa que achava que aconteceria. Às vezes parecia se dedicar a contas, talvez para descobrir quanto tempo demoraria transformar em zumbis os habitantes de uma vila ou de uma cidade. Eu não tinha certeza se essas contas se destinavam a um plano de contenção ou de eclosão da epidemia.

Na véspera de Natal, o sujeito decidiu voltar a falar comigo.

– Sua filha foi contaminada? – perguntou, do nada. Sua silhueta estava escondida pelas costas da cadeira, e a luz que o iluminava vinha das lamparinas a óleo que ficavam atrás dele.

– Não que eu saiba – respondi, honestamente.

Riu, macabro.

– Melhor assim. – Tomou um gole de uma de suas garrafas. – Meu filho foi. E minha mulher também.

– Sinto muito.

– Não sente não. – Apoiou a garrafa na mesa. “Você planejou tudo isso. Vai ter que perceber, finalmente, que não foi um recurso honesto – sinto que essa coisa que você criou é como uma maldição pessoal. Quando reuni meus homens, abandonei o campo de batalha e finalmente cheguei em casa, descobri que precisava matar minha família. Foi aí que senti como se você, pessoalmente, tivesse transformado a minha vida em um inferno.

Não soube o que responder.

– Não é uma maneira muito racional de abordagem, major.

– Desisti de ser racional há muito tempo. – Escondeu as mãos na capa. – Agora, meu único desejo é sair disto vivo. Você viu o que aconteceu com meus homens. Foi você que os fez ficar assim.

Averne tossiu.

– Aconteceu tão rápido. Sim, no início agimos como garotos imprudentes... eu, especialmente. Era uma maneira de confrontar a coisa, cutucá-la como a uma poça de lama, para perder o medo dela. Nunca foi minha intenção que tudo isso acontecesse. Que todos meus homens morressem... e aqui estou, vivo, vulnerável, mas mesmo assim, não vulnerável... – Ajeitou o xale. – Quem foi que disse "Dê a um homem uma máscara, e ele lhe dirá a verdade"? Sente como se estivesse usando uma máscara agora, doutor? Aceita sua nova face? A face da morte?

Troquei olhares com Henry.

– Aceito – respondi. – O que eu lhe contei é a verdade.

– Não, não me contou a verdade. – Averne pegou a garrafa novamente. – Mas não importa, pois terei a prova de que preciso. Exatamente como Wolfe disse. Poderei voltar honrado ao meu povo. Talvez o espírito antivitoriano se reavive. – Encolheu os ombros. – Na pior das hipóteses, matarei você e sua filha. Acho que vou matá-la primeiro. Assim você assiste, exatamente como eu assisti meu filho morrer.

Esforcei-me ao máximo para não pensar na minha filha e nos meus amigos na base. Sabia que se deixasse minha mente tomar esse rumo o desespero acabaria com a determinação que me restara.

Averne continuou bebendo.

Na manhã de Natal, Henry resolveu se arriscar.

Fomos acordados por um imenso barulho de algo quebrando no meio da madrugada. Abri os olhos a tempo de ver Averne virar sua mesa, derrubando no chão de sal seus mapas antigos e suas plantas arquitetônicas. Acordei Henry para nos prepararmos para uma nova dose de loucura do sujeito.

Ele avançou em direção ao equipamento de rádio. Percebendo que ele ia usá-lo, juro que vi em torno do homem uma aura de luz. Pelo canto do olho reparei que Henry encolhera as pernas, e se preparava para sentar.

Averne retirou de dentro do xale um pedaço de papel dobrado, pequeno e estreito. Quando o abriu, aproximou uma lamparina para poder ler e começou a mexer nos controles do velho aparelho.

– Wolfe – disse Averne, virando o controle. Não se preocupou em colocar os fones. – Wolfe, é melhor estar na escuta. Preciso saber o que está acontecendo. Wolfe? Está na escuta, sua bolsa de pus! Fale comigo!

Henry ficou de pé e me ajudou a fazer o mesmo. Averne não percebeu.

– Vou cuidar dele – sussurrou. Havia uma chama nos olhos dele que eu não vira antes. Observei-o abrir os botões do meu casaco com sua única mão e retirar cuidadosamente um dos vidros. Então, lentamente, aproximou-se de Averne pelas costas.

– Wolfe! – Averne ajustou os fones à cabeça, tendo terminado de sintonizar. – Wolfe, entre na escuta! Espero que esteja fazendo sua parte! Preciso saber qual é a situação!

Foi então que Henry agarrou o xale de Averne e o puxou violentamente.

Por baixo do xale havia um homem de aparência doente, com barba e bigode falhos. Deve ter sido saudável um dia, mas agora sua pele não tinha tônus algum, seus dentes eram amarelos e a pele em torno do nariz estava infeccionada. Ele escancarou a boca para gritar, mas Henry acertou-o com um soco. Averne caiu da cadeira e, arranhando o chão de sal, tentou se reerguer.

– Monstros! – rugiu, com sangue escorrendo pelo canto da boca. – Demônios do *inferno*!

Antes que pudesse se levantar, Henry sentou sobre seu peito e enfiou o tubo de nitroglicerina na boca aberta.

– Se quebrar esse vidro está m-m-morto, como eu – disse Henry, segurando firmemente a outra ponta do tubo. Averne arregalou os olhos e ficou imóvel. Era um cabresto pouco convencional, mas funcionou.

Sentei-me à frente do rádio o mais rápido que pude. Coloquei o fone e aproximei-me do microfone.

– Aqui é o doutor Victor Dearly, transmitindo de coordenadas desconhecidas. Alguém copia? – Parei um instante, para me certificar de que minha voz estava sob controle, antes de continuar: – Capitão Wolfe, seu desgraçado, está ouvindo?

Com os dedos tremendo, forcei-me a soltar o botão de transmissão. Estivera praticamente socando-o.

Averne tentava se mexer, mas Henry o tinha sob controle, afundando o tubo até que começava a tossir. Então, soltava-o um pouco.

Não houve resposta, então tentei novamente.

– Aqui é o doutor Victor Dearly, transmitindo de coordenadas desconhecidas. Alguem copia? Wolfe?

Depois de mais algum tempo de estática, desisti. Ajustei os óculos e, aproximando-me do rádio, sintonizei uma das nossas frequências usuais de comunicação.

– Aqui é o doutor Victor Dearly, transmitindo de coordenadas desconhecidas. Alguém copia? Câmbio.

Por favor, alguém apareça.

– Dearly, sua voz soa em meus ouvidos como ar na boca de um afogado.

Ri descontroladamente e joguei os braços para cima, antes de apertar o botão novamente.

– Baldwin, seu velho monstro, digo o mesmo!

– Estava pronto para riscar você do meu caderninho. Sorte que estava perto... Salvez, venha!

Entendi naquele instante o que queria dizer a expressão "*feliz como uma criança*".

– Horácio!

– Victor! Você está bem? – A voz de Salvez dava a impressão de que ele ia desmaiar.

– Sim, estou relativamente bem. Podem rastrear este sinal? Estou em algum lugar na Bolívia.

– Já estou rastreando. Assim que os computadores fizerem as mágicas deles, estaremos ótimos – disse Samedi, um pouco mais para trás.

Acalmando-me um pouco, perguntei: – Wolfe está aí?

– Não, por quê?

Precisei de um instante para formular minha resposta.

– Não estou totalmente certo, mas pelo que apurei... Wolfe nos entregou. Foi ele quem me mandou para cá. Está trabalhando com os punks.

– O quê? – exclamou Salvez.

– Droga. – Samedi respirou fundo e disse: – A situação aqui é a seguinte: os mortos estão soltos em Nova Londres. Você está dizendo que Wolfe tem alguma coisa a ver com isso?

– Meu Deus. – Tive que me recostar na cadeira. – O comandante daqui ficava falando isso. Estava certo.

– Comandante?

– Há várias centenas de não vivos aqui sob o comando de um homem conhecido como major Dorian Averne. Vivo, punk e... – espiei na direção dele. Henry ainda estava no comando. – Não tem passado muito bem, ultimamente.

– Como é que você conseguiu transmitir? Ele está aí? – perguntou Salvez.

– Está sim. Um recente colaborador meu, senhor Macumba, está brincando de hóquei de língua com um tubo cheio de explosivo caseiro.

– Nossa, que inveja – comentou Samedi, sarcástico como sempre. – Ninguém me convida mais para as festas interessantes!

– Mas qual seu papel nisso, Victor? Não faz sentido – perguntou Salvez, inquieto.

– Tem algo a ver com uma vingança e com a vacina – contei a ele. – Eles queriam que eu trabalhasse na vacina aqui, para deter o controle sobre ela. – Fechei os olhos. – Não lhes contei que talvez tenha conseguido.

Ao ouvir isso, Averne tentou investir contra Henry, e levou outro soco.

– Conseguiu? – perguntou Samedi. – É sério?

– Sim. Verifique o último lote de simulações – número 77A, acho. Se você o submeter a alguns poucos ajustes matemáticos... tentem a série C... acho que essa serve. Eu diria que pelo menos terá uma taxa de mortalidade muito baixa. Comecem a aplicá-la nos ratos virtuais. Mesmo que não seja totalmente eficaz, ajudará a retomar alguma ordem, se as coisas estão tão graves quanto minha fértil imaginação está me alertando.

– Verdade? Oh, graças aos céus. – Salvez parecia exausto. – Vou buscar Elpinoy para começar imediatamente os testes. Vamos... O que foi doutor Samedi?

– Consegui! – gritou Samedi. – Ele está mesmo na Bolívia. Como foi parar *aí*?

– Teremos que perguntar a nosso amigo Wolfe mais adiante. – Antes, porém, tinha que perguntar sobre uma outra pessoa. Tentei me acalmar novamente e tomei coragem: – E... minha filha? Nora está bem?

Houve uma pausa, durante a qual contemplei mil formas de me suicidar. Sem ela, e com meu trabalho praticamente completo, não teria razão para continuar existindo.

– Ela está bem – respondeu Samedi. Está em boas mãos. Bram está cuidando dela. Ela se parece com você, fica bem entre nós.

Respirei aliviado.

– É a melhor notícia que tive em dias.

– Deve saber, porém, que está muito brava com você – completou Salvez.

– Não esperava nada diferente. – Abri os olhos. – Tenho que desligar agora. – Não queria, mas Henry e eu precisávamos lidar com um Averne muito furioso. – Ficarei esperando.

– Vamos te buscar – respondeu Samedi. – Aguente firme.

Larguei os controles do rádio.

Averne escolheu aquele instante para tentar se desvencilhar de Henry novamente. Este, por sua vez, conseguiu fazer o vidro tilintar contra os dentes do outro, e o empurrou para o chão novamente.

– Acalme-se, ou... bum!

– Parece que você está voltando ao seu normal – disse a ele, levantando. Henry sorriu de lado. – Que bom.

Ao chegar perto, equilibrei-me precariamente sobre minha única perna e chutei Averne nas costelas o mais forte que pude usando a muleta. Ele gemeu de dor, virando o ombro no lado atingido.

Ao recuperar o equilíbrio, grunhi para ele: – Isso foi pela minha perna. Deus sabe que você merece mais que isso, mas terei que esperar.

Henry colocou o braço na garganta de Averne, mantendo o tubo dentro da boca dele.

– Não vamos m-m-matá-lo? – Ele parecia aliviado.

– Não. Vamos entregá-lo às autoridades. – Bati os dentes, ameaçando-o. Averne ficou imóvel. Ele temia ser contaminado. Ao perceber, abri um sorriso, bem devagar.

– Não tão louco a ponto de perder o medo, posso notar, não é major? Qualquer um de nós dois aqui tem o poder de lhe conceder uma segunda e bem precária vida se assim o desejar. Ou se nos forçar a isso. – Dei um passo atrás. – Apague-o. Vamos amarrá-lo.

Henry retirou o tubo da boca de Averne e colocou-o com delicadeza sobre o sal. Deu uma cotovelada no queixo de Averne para desorientá-lo e a seguir, pegando sua cabeça, bateu-a contra o chão até que ele perdeu a consciência.

– Isso foi pelo meu braço – disse Henry, pegando o tubo novamente. Limpou-o nas calças e devolveu-o a mim. – Sua metade de provisões de defesa.

– Obrigado, senhor Macumba.

Soltamos as bandagens de Henry e fizemos cordas com elas para amarrar as mãos e os pés de Averne. Henry olhou para seus ferimentos, agora expostos. Perguntou, passando os dedos pela pele queimada que já se soltava dos músculos à vista.

– Tem j-j-jeito de c-c-consertar isso?

Assenti.

– Nunca vai fechar por si só, mas podemos costurar você sem dificuldade, quando voltarmos para base. Por favor, não se preocupe, senhor Macumba. O pior já passou. É só sobrevivência, daqui em diante.

– É isso que vamos d-d-dizer aos s-s-soldados também?

Ah. Tinha esquecido deles. Que chato.

– Nós... – Fixei os olhos no xale de Averne, agora uma mera estampa contra o sal branco. – Adotaremos a máxima "o que os olhos não veem, o coração não sente".

34 • Bram

Nora deu um salto escada abaixo e caiu. Corri para ajudá-la a levantar.

– Consegui contato – disse ela, brandindo o comunicador. – Dá para colocar nos alto-falantes?

Peguei o aparelho e apertei alguns botões. Ouvimos Pamela do outro lado, ofegando.

– Nora!

– Estamos aqui – respondi. – Onde você está?

– No Museu de História Natural! – gritou ela. – Resgatamos uma pessoa, e os mortos nos acharam! Estão bem atrás de nós!

Nora arrancou o comunicador da minha mão.

– Pam, consegue chegar até o telhado?

– Talvez! É um labirinto aqui, e estamos tentando fugir dos zumbis.

– Fique firme – comandou Nora. – Subam, custe o que custar. Estamos a caminho. Fica ao norte da catedral, não é?

– Sim! Estão vindo, subam! Não Issy, idiota, levante-se!

– Fique com o telefone à mão! – Nora correu para a janela e apoiou o comunicador sobre um caixote que havia perto. – Museu, para o norte. Tem um leão imenso no topo, não dá para não ver.

– Certo. – Virei para os outros. Quem não estiver no comando da aeronave, arme-se.

Percebi que as mãos de Nora tremiam ao colocar a tira do revólver dela no ombro. Havia pegado um coldre de perna para a pistola. Quando viu que eu a estava observando, colocou as mãos na cintura e perguntou: – Pronto para conhecer minha melhor amiga?

Fechei meu colete e sorri, tenso também.

– Levo uma garrafa de vinho? Algum tema delicado? Política, vida após a morte?

– Melhor evitar esse último.

Coalhouse olhava pela janela.

– Lá está o leão. Parece que está... tremeluzindo. Droga, cara, não vai me dizer que esse olho está acabando também.

– Como assim, tremeluzindo? – perguntou Tom.

– É holografia – explicou Nora.

Prendi o flash no ombro e a luz vermelha que nos identificava começou a piscar.

– Encontre um lugar para pousar.

Deixando os outros entretidos na manobra do *Alice*, subi com Nora para a parte superior da cabine. A aeronave acelerou um pouco quando começamos a descer, e as cordas rangeram. O cabelo dela voava.

– É ali – disse ela, correndo para a proa. O leão parecia feito de pedra cinza, mas Coalhouse estava certo – tinha uma certa transparência, como se fosse algo mágico. Pisquei várias vezes. Essa característica, combinada com a deficiência da minha visão, fazia com que a estátua parecesse uma alucinação induzida por drogas, e não uma pedra de verdade.

– Não tem ninguém no telhado – disse Nora, debruçando-se sobre a balaustrada. Agarrei-a pelo cinto. Ela se sentiu segura e debruçou-se um pouco mais.

– Talvez ainda estejam lá dentro – eu disse. – Se for preciso, entraremos.

– Só espero que estejam bem – comentou ela, voltando para o chão. Soltei-a e toquei-a no meio das costas. Ela não estremeceu. – Pamela é como uma irmã para mim. *Você sabe o que isso significa.*

Não respondi, porque sabia.

– Preparem-se para o impacto! – gritou Renfield.

Coloquei o braço ao redor dos ombros de Nora e fiz com que se ajoelhasse a meu lado. Seu rosto ficou perto do meu. Senti na pele o calor de sua respiração, e maravilhei-me com a sensação. Meus sentidos estavam em sintonia com os dela, mesmo naquela circunstância. Ao colidirmos com a lateral do edifício, ela agarrou meu joelho e eu aproveitei para abraçá-la mais forte, ainda que por um instante apenas.

– Tem certeza que quer descer? – perguntei.

Ela assentiu.

– Sim. Pamela sempre esteve ao meu lado – talvez não como agora, armada e tudo, mas sempre me deu apoio quando eu não estava bem. Não me importo se algo acontecer comigo, desde que ela fique bem.

Sabia o que ela estava sentindo, exatamente.

– Não se preocupe. Você está comigo. – Fosse o que fosse que me acontecesse, eu tiraria Nora dali. Era minha obrigação. Não morreria em paz se ela se ferisse.

Nora sorriu um pouco.

– Estou com você, sim. – Olhou nos meus olhos, e sua expressão se acalmou.

Assim que o balanço da aeronave diminuiu, fiquei de pé. Nora aceitou minha mão para se erguer também. O resto da equipe, menos Renfield, subiu a escada e se juntou a nós.

– Ren vai ficar aqui – disse Tom, ativando sua luz vermelha.

Tirei a máscara do bolso e vesti-a.

– Ok. Vamos.

No instante em que Tom e Coalhouse soltaram a rampa, o leão de pedra sumiu na nossa frente. O brilho das luzes da cidade em torno, embora fraco, dissipou-se. Tirei a espingarda, apontando-a para o céu.

– Acabou a eletricidade – disse Nora. – Só isso. Talvez tenham abandonado as estações.

Cas acendeu a lanterna que levava presa à cintura, e os outros fizeram o mesmo. A luz amarela pouco fez para diminuir a escuridão.

– Vamos nos apressar. Porque se ainda estão lá dentro, no escuro...

Nora desceu a rampa correndo. O resto da equipe seguiu-a, sacando as armas. Fiquei onde estava, horrorizado, olhando a cidade. Os hologramas se apagavam um após outro ao longo da rua abaixo, como se a luz estivesse derretendo. O que havia sido, do alto, uma cidade impressionante, formada por imensos edifícios ornados com colunatas e fachadas intrincadamente pintadas, agora estava reduzida a fileiras de cascos de concreto feios, corredores intermináveis de retângulos sem graça, como lápides sem dizeres. A visão era arrepiante, e me distraiu mais do que deveria.

– Bram? – chamou Tom.

Arquivei no fundo da minha memória a cena que acabara de ver e me juntei à equipe. Nora me olhou com preocupação, mas não parei de andar até chegar à porta que nos levaria ao interior do museu. Abrimos o cadeado com uns poucos tiros.

– Nora, para o fim da fila. Sem objeções agora.

– Não vou discutir com você desta vez. – Deixou que Cas passasse à frente dela e sacou o rifle.

Começamos a entrar, empunhando as armas, prontos para atirar. Descemos a escada devagar, quase em uníssono, mantendo-nos próximos uns dos outros.

Não havíamos dado dez passos quando ouvimos gritos.

– Ei! – ouvi Cas exclamar, e achei que Nora havia saído correndo e fora pega. – Gritando assim eles vão ser pegos!

– Posso ouvi-los também! – gritou Nora.

– Calma. Devem estar perto. – Elevei a voz para avisar: – Aqui é o capitão Abraham Griswold, Companhia Z! Estamos aqui com Nora Dearly, podem me ouvir?

Minha voz soou tão alto pelo corredor de pedra que achei que ia ouvir o eco de volta. Ia falar de novo, quando ouvi, baixinho: – Nora! É a Nora!

– Pam? – gritou Nora.

– Nora! Onde você está?

– Perto do telhado! – gritei de volta. – Estamos descendo! Continuem fazendo barulho para nos orientar! – Voltando ao tom normal, disse a Nora: – Não quero ser paternalista, e sei bem do que você é capaz. Mas fique atrás da Cas. Se você morrer, é para sempre, e pelas várias razões que já discutimos acaloradamente, não quero que isso aconteça.

– Está bem, está bem – bufou ela.

– Acaloradamente? – disse Cas. – O-oh! Quero detalhes depois!

– *Depois*. – Sinalizei para que avançássemos.

Continuamos descendo, agora mais rápido que antes. Pamela e seu grupo obedeceram as instruções precisamente, ou tinham boas razões para gritar, porque ouvimos muito barulho. Ao fim dos degraus chegamos a um sótão que parecia um depósito, repleto de estantes forradas de musselina. Localizamos o grupo pelo som do outro extremo do cômodo, atrás de uma porta que vibrava como um coração de madeira. Estavam tentando arrombá-la.

– Para trás! – gritei. – Vou atirar na fechadura!

Esperei um instante até se afastarem e disparei. Chutei a porta e vi quatro pessoas que não perderam tempo em juntar-se a nós. Uma garota de cabelos escuros usando calças disparou, ofegante: – Temos que correr. – Reconheci-a pela voz.

Na sequência, ouvi o inconfundível som dos mortos se aproximando.

– Grande ideia – respondi, esperando que passassem por mim para dar a ordem: – Ok, de volta para a aeronave! Quem chegar primeiro avise Ren para acionar o motor ao máximo!

Ninguém hesitou. Bem atrás de nós, os mortos começaram a entrar no depósito, derrubando as estantes repletas de objetos valiososo como se fossem peças de dominó. Tom surgiu do meu lado. Como eu, sabia que era melhor que os últimos da fila fossem não vivos.

Quando chegamos ao telhado e os da frente começaram a subir a rampa, Tom e eu começamos a atirar. Os primeiros a cair se tornaram obstáculos para a segunda leva, mas não paramos até ouvir os outros nos avisando que estávamos prontos para decolar. Corremos como loucos, com Tom mandando todo mundo descer para o compartimento inferior. Puxei a rampa de volta, e Renfield decolou.

No telhado abaixo, os zumbis enlouquecidos gritavam e saltavam, tentando, em vão, alcançar a aeronave. Um deles encontrou a morte definitiva ao cair do prédio, aterrissando com um barulho repugnante no asfalto.

– Para dentro. – Senti as mãos de Nora em mim. Ela puxava meu casaco. – Venha, Ren vai acelerar. Melhor explodir que virar comida.

Dentro da cabine, Renfield, de costas para os recém-chegados, lidava com botões e alavancas. Coalhouse assumiu meu lugar no timão perto da janela. O grupo de Pamela ainda tentava recuperar o fôlego depois da corrida, e respiravam alto.

Nora abriu caminho entre Tom e Cas e abraçou Pamela. Ela a abraçou de volta.

– Está tudo bem agora.

Pamela começou a chorar.

– Não, não, não. Meus pais estão trancados na catedral, sem a menor ideia de quando conseguirão sair. E Isambard foi mordido.

Olhei-a nos olhos.

– O quê?

Pamela se soltou do abraço de Nora e enxugou os olhos. Ajoelhou-se perto do garoto mais novo, que estava sentado no chão. A voz dela estava embargada.

– Mostre a eles, Issy.

O menino não parecia mesmo nada bem. A pele em torno das narinas estava esverdeada e os olhos, injetados. Ele mostrou o antebraço envolto em panos ensanguentados.

– Não consegui correr... rápido... o suficiente – disse, ofegando. – O senhor Allister... me salvou.

O outro rapaz estava olhando fixo para Nora, tentando se recuperar também.

– Não só ele. A senhorita Roe também.

– O *senhor* está ferido, senhor Allister? – perguntei.

– Não. Por pura sorte, consegui me desvencilhar deles. Eram muitos e cercaram-nos, não sei como consegui. Bati neles com força, e só parei quando o martelo ficou preso na cabeça de um deles. – Allister finalmente olhou para mim, e foi então que começaram as perguntas, formuladas em tom de desconfiança.

– Perdão, mas... permitam-me perguntar. A quem estou me dirigindo? Nunca soube que nossos soldados escondessem o rosto.

– Isso mesmo, quem são vocês? – perguntou uma moça loira diretamente. – Não que não estejamos agradecidos, e tudo o mais. – Nora olhou para ela, chocada, antes de se virar para mim, com expressão preocupada.

– Justo – respondi, principalmente por Nora. Hora da grande revelação.

Preparando-me para a reação deles, tirei a máscara. Os recém-chegados me encararam por um momento, mas não perceberam realmente até que Coalhouse tirou a dele, expondo o lado encovado do rosto.

A garota loira foi a primeira a gritar. Recuou até bater na parede atrás dela, e a vibração teria traumatizado um gato vira-lata. Allister fez o mesmo e parou na frente dela, estupefato diante de Cas e Tom, que haviam se descoberto também. Renfield finalmente se virou para ver o que estava acontecendo.

– São monstros também! – gritava a loira.

Pamela agarrou o irmão, aterrorizada.

– O que está acontecendo? – exclamou Allister, arregalando cada vez mais os olhos, que pulavam de zumbi para zumbi, sem entender.

– Vou explicar – afirmei, levantando uma mão espalmada. – Vamos levá-los para um lugar seguro, está bem?

– Cale a boca, Mink! Não são monstros! Foi você a quem Pamela resgatou? – Nora olhou furiosa para a moça, antes de voltar a atenção novamente para Pamela. – Eu te disse, Pam. – Deixou-se cair de joelhos na frente da amiga. – Eu te disse que estava com os bons da história. *Estes* são os bons da história. Eles me resgataram antes que os zumbis maus me levassem. É um longo relato.

– Fiquem longe de nós! – ordenou Allister. Olhava horrizado para Nora, sem acreditar no que ela dissera.

– Ninguém está querendo chegar perto de você – comentou a Cas. – Não me interesso por caras vivos. Pode me chamar de preconceituosa.

– Estão... estão... mortos, Nora... – a voz de Pamela saía entrecortada. – Ayles disse que estão mortos...

– Pamela. – Nora tomou o rosto da amiga nas mãos. – Você tem que acreditar em mim. Olhe só, cheguei até aqui com eles, e não me atacaram. Estou convivendo com eles há dias, e jamais me machucaram. Eu mentiria a você?

– Mas, mas...

Nora levantou uma mão e Pamela calou-se.

– Por enquanto tudo o que precisam saber é que eles não lhes farão mal algum. Pensem assim: "luz vermelha, sinal verde". – Todo mundo, vivos e zumbis, olharam para ela, que balbuciou, um pouco sem graça: – Bom, pelo menos é um conceito bem visual.

Na tentativa de ilustrar, Renfield ligou o flash dele, e a luz vermelha começou a piscar.

Ninguém falou por alguns instantes. Allister e Mink permaneceram colados à parede, olhando para todos com desconfiança. Eu dei um passo para trás, para sinalizar que o que Nora dissera era verdade. A expressão deles, porém, era de quem não estava nada confortável.

– Há algo que se possa fazer por Issy? – perguntou Pamela.

Era amiga de Nora, então concluí por associação que seria melhor ser direto com ela também. Neguei, balançando a cabeça.

– Infelizmente, não. A evolução da doença leva aproximadamente seis horas. Ele pode acordar bem... ou não. Não saberemos como será até que aconteça.

Pamela não disse nada. Por um minuto inteiro achei que tinha perdido a sanidade com minha resposta. Quando falou novamente, foi com profunda tristeza na voz.

– Há zumbis bons, não há? Nossos vizinhos... estão mortos... mas não eram violentos. Estavam confusos e eu não sabia o que dizer a eles. Quer dizer, como é que você conta para a pessoa uma coisa dessas?

Aliviado, disse a ela: – São essas pessoas as quais podemos prestar ajuda. Nós somos desse tipo. Nem todos os reanimados se tornam loucos.

Nora acariciou os cabelos de Pamela.

– Vai ficar tudo bem. Não é porque Isambard foi mordido que ele vai ficar igual aos que estavam perseguindo vocês.

– Mas ele vai ficar como eles! – disse ela, apontando para nós. Escondeu o rosto no ombro do irmão, e Nora a abraçou. Isambard começou a chorar.

Não consegui ficar olhando. Pareceu-me mais uma intromissão em um momento de dor profunda, por isso fui até Coalhouse que continuava no timão e reassumi a direção. A cidade havia desaparecido e voávamos acima de campos pontuados por mansões de campo. De acordo com a bússola, estávamos indo para oeste. Virei o timão para nos colocar na direção sul novamente. Renfield reduziu um pouco a velocidade para tornar a manobra mais suave.

Exatamente quando o motor soou um pouco menos alto, ouvi o comunicador.

– Deve ser o doutor Sam. Alguém responda por favor – disse.

Cas pegou o aparelho.

– Samedi? – perguntou ela.

– Não. – A voz de Wolfe retumbou na cabine. – Ligue a tela, sua idiota, e ouçam todos. Onde está Griswold? Quero ver a cara dele.

35 • nora

Bram entregou a direção a Coalhouse novamente e pegou o comunicador.

– O que está acontecendo? – perguntou a Pam.

– Ssssh – sinalizei, ficando de pé.

– Vai pedir desculpas à senhorita, cafajeste? – perguntou Bram, bravo.

– Cale a boca, carne morta. Ligue a tela.

Bram apertou um botão e a tela que havia no comunicador iluminou seu rosto de baixo para cima, dando-lhe uma aparência fantasmagórica. O que viu do outro lado fez com que semicerrasse os olhos e mostrasse os dentes, o que melhorou nada a impressão dos resgatados.

Cas arregalou os olhos.

– Meu Deus – disse ela, tropeçando para trás e desabando sobre um dos caixotes.

Quis ver também.

– O que foi?

Cas me conteve.

– Ele está com o Sam – disse, com medo na voz.

– O que está acontecendo? – demandou Bram. – Que diabos está fazendo, Wolfe?

Passei por cima das pernas da Cas e subi no caixote, olhando por cima do ombro dele.

Meu coração parou.

Wolfe estava no laboratório de Samedi, que, sentado em um banco na frente do outro, olhava para a câmera que usavam para se comunicar conosco. Ao fundo podíamos ouvir gritos e golpes. Wolfe provavelmente trancara os demais para fora.

E apontava um revólver para a cabeça de Samedi.

– Baldwin! – Era a voz da doutora Chase.

– Samedi! Wolfe, monstro, solte-o! – ouvi Salvez gritar.

– Ia te perguntar a mesma coisa – respondeu Wolfe. Estava despenteado e o olhar estava intensamente focado. – Onde você está, Griswold?

– Em uma aeronave – respondeu Bram. – Não a que você queria que eu estivesse, porém. Foi preciso resgatar algumas pessoas.

– Foi mesmo? – gargalhou Wolfe. – Por quê? Porque a cria do Dearly mandou? Você acha que ela vai te amar depois disso, é? Acha que ela vai te querer, se fizer as vontades dela? Você é um *morto*, Griswold.

– Fizemos o que fizemos porque era a coisa certa – respondeu Bram, tenso.

– Ela está aí? É bom que esteja.

Debrucei-me por sobre o ombro de Bram, para que me visse.

– Estou aqui.

Wolfe relaxou a expressão por um segundo.

– Bom. Bom. – Recolocou o dedo no gatilho. – Agora, Griswold, volte imediatamente com ela para a base, ou vou explodir o cérebro deste saco de carne. Fui claro?

– Não faça isso, Bram – disse Samedi. – O doutor Dearly está bem, ele... – Wolfe deu-lhe uma coronhada.

– Cale a boca! – Virou-se para os que estavam fora do alcance da câmera e disse: – Se alguém falar atiro nele. Entenderam?

– Por que você quer tanto que eu leve a Nora até aí? – perguntou Bram. Pegou minha mão. Agarrei a dele com toda minha força.

– O doutor Dearly está vivo? – perguntou Pamela.

– Não importa porque a quero – gritou Wolfe. – Mostre alguma lealdade com sua própria espécie, desgraçado! Até eu sei que este traste vale mais que a idiota da filha do Dearly!

– Então por que a quer? – repetiu Bram com a voz tomada por uma fúria precariamente contida. – Estamos voltando para a base. Diga-me por que a quer.

– Porque tudo saiu errado! – vociferou Wolfe, vermelho de ódio. Bateu com o revólver na têmpora de Samedi. – Tem ideia de quanto tempo esperei para eliminar sua laia? Tem ideia de quanto esperei para ver essa praga exterminada? Mas não acontecerá antes que eu possa mostrar meu valor.

– Do que você está falando? – perguntei. Bram apertou minha mão, para que eu ficasse quieta.

– Cale-se! Mande a garota fechar a boca, Griswold! – Wolfe fuzilou a câmera com o olhar. – Não vou admitir que tirem a glória de mim! Tem a mais remota ideia do que é isso?

– Mostrar seu valor? – perguntou Bram. – Você não está dizendo coisa com coisa. Tire o revóver da cabeça do Samedi e fale conosco, está bem?

O revólver ficou onde estava, mas, por alguma razão, Wolfe começou a falar.

– Lembro perfeitamente daquele dia – o dia em que o primeiro-ministro foi atacado. Minha companhia estava lá, responsável pela segurança dele. Nunca havíamos visto os mortos. Quem podia nos culpar por sentir curiosidade? Tínhamos que proteger o portão da frente – disse Wolfe, aquietando-se um pouco. – Mas fomos distraídos por uma zumbi. Uma menina, fresca. Só queríamos falar com ela, mas ela teve medo de nós. Tentou fugir, mas alguns dos soldados estavam determinados a pegá-la... – ele respirou fundo. – Sabia que correr atrás dela era algo imprudente, idiota. Mas antes que pudesse dar ordem para que voltassem, ouvi uma confusão, gritos, correria. Os punks haviam invandido a base e atirado no primeiro-ministro.

– Então os punks atacaram o primeiro-ministro que estava *sob sua responsabilidade*... e um homem contaminado foi quem o salvou – concluiu Bram, em voz alta.

A declaração enervou Wolfe novamente.

– Um rato contaminado leva a glória... Nesse meio tempo, a única razão pela qual não fui para a corte marcial é que tive contato com não vivos e nunca mais pude voltar para o mundo civil! – Wolfe jogou a cabeça para trás. – Quarenta e três anos e quase não consegui ser promovido a capitão. Quase.

– Então tudo isso é por causa de uma droga de promoção? – Bram estava chocado.

– Não! – gritou Wolfe novamente. – É sobre justiça! – Fez um arco com o outro braço. – Vivi uma época dura depois de ter falhado de maneira tão grave. Fui obrigado a combater zumbis em campo, a trabalhar com os punks. Não acreditaria se contasse o que vi, o que passei. Sabia que a única forma de conter os mortos era deflagrar guerra total contra eles, caçando-os sem piedade. Repetidas vezes manifestei minha opinião a instâncias superiores... Sabe o que aconteceu? Cada um deles concordava comigo. Mas continuavam ouvindo Dearly e Ayles, confiando neles, acreditando que conseguiriam formular uma vacina. – Wolfe colocou a mão no ombro de Samedi. – Tentei ficar calado. Tentei ser um bom soldado. Tentei até ajudar. Depois que me devolveram minhas condecorações, manobrei para me tornar o comandante do grupo de pesquisa de Dearly. Vou ser honesto aqui, que se dane. Pensei: "Bem, pelo menos serei eu a estar no comando quando conseguirem descobrir a cura". Foi assim que desfilei com a Companhia Z por anos a fio, limpando os desastres que os mortos criavam, contendo o avanço dos contágios. Tudo para que Dearly continuasse trabalhando no seu laboratório. E nada de vacina! O idiota perdia tempo remendando os mortos, em vez de se preocupar com os vivos!

– Você está interessado na vacina? – perguntou Bram, ainda sem entender.

– Todos queremos isso!

Mas eu entendi, finalmente.

– Ele quer o crédito, Bram. Ele quer se redimir.

Wolfe continuou, ignorando-nos.

– Então, Dearly morreu. Sabia que não podia mais confiar nele. E também não podia esperar mais. – Inspirou para continuar. – A certa altura, quando estávamos em campo, ouvi falar de um punk chamado Averne. Ele havia desertado e os rumores davam conta de que vagava com seu pequeno exército de não vivos. Então, em fevereiro passado, fui atrás do sujeito. Era completamente insano. E acreditou em cada uma das mentiras que lhe contei. Logo estava empenhado em conseguir se vingar pessoalmente do homem que ele acreditava, induzido por mim, ter dado início à doença.

– Os Cinzas – sussurrou Bram.

– Exatamente. Achei que usar o rádio seria extremamente arriscado. Tínhamos que nos encontrar em algum lugar calmo e fazer planos, enquanto nossos "meninos", sem saber de nada, se matavam. – Wolfe riu. – Foi até bonito, o jeito como armei o plano. Contei a Averne que queria meter medo em Dearly, para que ele trabalhasse mais rápido na tal vacina. Averne queria matar a família dele. Então, por que não sequestrar a filha? Foi a ideia que o sujeito teve. Vocês sabem, os loucos às vezes são as mentes mais brilhantes que pode haver. O que apavoraria Dearly mais do que ver a filha nas mãos de um louco? Então, fiz com que tudo isso acontecesse.

– Mas... Dearly pegou um avião...

– Claro – sorriu Wolfe. – Um avião sabotado. Eu havia trabalhado com o homem por anos. Sabia que era dado a agir impetuosamente, como quando tomou aquelas balas pelo primeiro-ministro. Outras vezes saía correndo para resgatar não vivos... Calculei que se desesperaria. O que ia ser bom... Preocupado com a filha, teria se desconcentrado demais se permanecesse na base. Nunca achei que se contentaria em ficar esperando, preocupado com o que a garota estaria passando. Eu queria que ele *trabalhasse*. Sozinho, isolado, com medo. Nora ia ser a garantia de que eu não seria passado para trás por Averne, a garantia de não se tornaria insolente demais. Combinamos que eu a entregaria em troca da vacina. Não era essa minha real intenção, claro – pois era muito arriscado. Decidi que a mataria quando tivesse a vacina nas mãos.

Deixei-me cair no caixote. Estivera a menos de um metro do sujeito e ele tinha planos para me matar – calma e friamente.

A expressão de Bram denunciava que queria devorar Wolfe centímetro por centímetro.

– Mas... por que os soldados de Averne estavam em Nova Londres também? Se tudo isso foi armação sua, por que não nos mandou simplesmente buscar Nora, em vez de colocar toda a cidade em risco?

Do lugar onde estava, não conseguia ver a tela. Por isso, só ouvia a voz de Wolfe. O tom dele era presunçoso.

– A menos que acreditasse que havia uma ameaça real a combater, você teria questionado cada passo, Griswold. Você teria me desafiado, e teria contado a Dearly – como sabemos, você não consegue manter a boca fechada.

O rosto de Bram ficou neutro, e Wolfe gargalhou.

– Além disso, você teve a oportunidade de matar todos eles! Nunca te neguei isso! Você não tem serventia alguma para os vivos, Griswold! Naturalmente, achei que se alguns poucos zumbis sobrevivessem, e se nosso povo tivesse uma amostra da doença que o governo escondia há tanto tempo, naturalmente ficariam ainda mais gratos quando eu surgisse com uma vacina, quando eu finalmente apresentasse a salvação.

Ele suspirou.

– As coisas saíram um pouco de controle, porém.

– "Um pouco" fora de controle? – gritou Bram. – As pessoas estão morrendo! Foi você quem provocou isso!

– O que você fez com meu pai? – perguntei. Senti uma lágrima escorrer pelo meu rosto.

– Não importa! – Wolfe brandiu o revóver. A doutora Chase gritou. – Não posso mais esperar. O exército finalmente entendeu. Está dada a ordem para o extermínio de todos os zumbis, o que significa que a vacina, agora, tornou-se inútil.

– Extermínio? – exclamou Renfield.

Pam abraçou Isambard ainda mais forte.

– Você é minha única chance, Nora. O melhor salvo-conduto que poderia haver. Vou fazer com que o mundo inteiro fique sabendo que foi o seu caso de amor com um morto o que causou a desgraça de seu próprio povo. Direi que ele foi buscá-la na calada da noite, como um Romeu putrefato. E não vou te entregar a eles até que eu tenha conseguido escapar.

– Por cima do meu cadáver – grunhiu Bram.

Wolfe começou a rir descontroladamente diante do comentário.

– Nora – disse Cas. Deixei que ela pegasse minha outra mão.

Não conseguia mais ver ou sentir nada. Olhei para a parede ouvindo a risada de Wolfe, percebendo que minha única alternativa era me entregar a ele. Seria um preço pequeno a pagar. Não me importava com o que acontecesse, desde que Bram, Samedi, Cas e os outros ganhassem algum tempo. Podiam fugir, se esconder. Se soubesse que estavam vivos, ficaria bem. Havia esperança.

Mas então tive outra ideia.

Tropecei ao passar por cima da Cas. Ela me ajudou a levantar.

– O que está acontecendo? – perguntou Pamela, um pouco histérica.

Sinalizei para para que ficasse quieta e passei para o outro lado do comunicador, de maneira que Wolfe não pudesse me ver. Bram me observava sem entender, fazendo perguntas com o olhar.

– Morda-me – disse a ele, movendo os lábios sem emitir som.

– O quê?

Wolfe perdeu o controle, pensando que Bram estava falando com ele.

– Você sabe perfeitamente o quê. Acabo de explicar. Você é a coisa mais imbecil que existe andando sobre duas pernas. Ainda não aprendeu a me ouvir? Ainda não aprendeu a obedecer às minhas ordens?

– Morda-me – repeti, de novo movendo apenas os lábios. Ele me olhava incrédulo, como se estivesse tentando convencê-lo de que sua existência inteira como homem morto era simplesmente um sonho bem realista.

Wolfe vociferava: – Claro que não. Ainda se acha inteligente. Ainda acha que é humano. Não sei por que ainda fico tentando me comunicar com você.

– Faça-me sua refém. Morda-me.

– Idiota!

Pareceu uma eternidade antes que Bram se movesse.

Vi-o sacudir o comunicador.

– Sou idiota, é? – A pergunta soou tão falsa. Deu o aparelho a Cas e disse a ela: – Faça com que veja tudo!

– Griswold? Griswold, o que está fazendo?

Os outros olharam Bram se aproximar e me tomar nos braços. Girou comigo de forma a me colocar bem de frente para a câmera. Cas arregalou os olhos e abriu a boca quando Bram rasgou a blusa, expondo meu ombro. Sua mão esquerda me agarrou pela cintura, escandalosamente.

– Você a quer, não é? – exclamou Bram, olhando fixo para o comunicador. – Parece esquecer que no momento Nora está no ar junto com um bando de gente faminta, Wolfe. Acho que temos uma vantagem, aqui.

– *Griswold*!

E foi assim que Bram me mordeu.

Não houve dor alguma, inicialmente. Senti sim seu cabelo roçando no meu rosto, sua respiração fresca no meu pescoço, seus dedos acariciando meu cabelo. Mas não senti a dor da mordida.

Fechei os olhos.

Sabia que havia feito uma bobagem. Sabia que havia o risco de que Bram não conseguisse se controlar. Logo, logo pedaços de mim poderiam ir parar no estômago dele junto com o tofu. Esperei por isso. Esperei para sentir a pele sendo rasgada. Esperei.

Mas o que senti foram os lábios dele se movendo sobre minha pele.

Ele estava me beijando.

Foi então que a dor surgiu, e, junto com ela, o mundo inteiro voltou a funcionar.

Abri os olhos. Na tela, Wolfe gritava, descontrolado. E afastou o revólver da cabeça de Samedi por apenas um instante.

E seu refém aproveitou a oportunidade.

O banco voou longe. Samedi agarrou Wolfe pelo uniforme. O revólver disparou, Salvez e a doutora Chase gritaram. Sam agiu rápido, atacando com mordidas agressivas como picadas de cobra, arrancando pedaços de carne. Wolfe caiu e Samedi o chutou, rugindo como um leão.

Wolfe tentou escapar rastejando pelo chão, mas suas mãos escorregavam por causa de seu próprio sangue. Em pânico, emitia gritos agudos e gritava: – Não! Não! Afaste-se de mim! Afaste-se de mim!

Samedi, com o avental manchado de sangue, foi atrás dele. Pegou o banco.

– *Afaste-se de mim!*

Bram me virou. Vi-o lamber meu sangue dos lábios. Quando percebeu que eu estava de olhos abertos, puxou-me contra seu peito, para que eu não visse a cena. A ferida no meu ombro já doía. Ele havia me dado o que eu pedira, mas de uma maneira que eu tivesse jamais imaginado.

Ouvi os gritos quando Samedi começou o espancamento.

– Meu Deus, meu Deus! – gritou Isambard.

– Ele está matando o cara! – gritou Tom. – Sam, Sam, cai na real! Pare, pare!

Os não vivos na aeronave tentavam desesperadamente chamar a atenção de Samedi pelo comunicador. Gritavam seu nome, batiam palmas. Deve ter funcionado, porque ouvimos algo cair e a voz de Wolfe silenciar. Ouvimos a doutora Chase gritar também.

– Abra a porta! Baldwin, abra a porta! Deixe-me entrar!

– Deixe-me ver – sussurrei para Bram. Ele me soltou devagar, e olhei, estupefata, junto com os demais.

Samedi estava imóvel diante do corpo inerte do capitão Wolfe, passando as mãos no rosto distraidamente. Com a voz embargada, disse: – Não posso abrir, Beryl.

– Abra! Baldwin, por favor!

– Não quero te machucar. Por favor, não me peça para abrir.

– Talvez não seja uma boa ideia, doutora Chase...

Ela ignorou o apelo de Salvez.

– Baldwin Anthony Samedi, abra esta porta imediatamente! – insistiu ela gritando ainda mais alto.

Samedi tirou o avental repentinamente, como se o sangue de Wolfe o tivesse contaminado. Colocou as mãos sobre o estômago.

– Está bem, está bem! Dê-me um minuto. Um minuto!

Ficamos todos quietos, eles do lado de lá e nós na aeronave. Samedi ficou imóvel como uma estátua por cinco minutos e depois se dirigiu à porta. Levou um segundo interminável para abri-la.

A doutora Chase se jogou nos braços dele.

– Oh! – exclamei, temendo por ela.

Mas ele não a atacou. Em vez disso, abraçou-a e afundou o rosto nos cabelos dela.

– Desculpe, Beryl. Desculpe.

– Tudo bem. – Ela parecia insegura, mas abraçou-o mesmo assim. Estava usando uma camisola comprida e os cabelos estavam despenteados.

– Sinto muito. Sou *eu* quem pede desculpas. Acalme-se. Está tudo bem. Você não é um animal, não é um assassino. Não tinha escolha. Vai ficar tudo bem. Acalme-se.

Bram conseguiu se recompor: – O que aconteceu? – Ainda estava abalado. – O que está acontecendo aí?

Salvez apareceu na frente da câmera.

– Wolfe voltou para a base há pouco, mas percebemos que era um agente duplo. Voltou-se contra nós quando o enfrentamos. Samedi tentou contê-lo e... vocês viram o que aconteceu a partir daí.

– Como descobriram? – perguntei.

– Porque seu pai fez contato conosco um pouco antes. – Salvez levou as mãos ao peito. Seu coração devia estar disparando. – Ele está vivo, senhorita Dearly. Ele está em uma base punk na Bolívia, prisioneiro desse homem chamado Averne. Mas está vivo... e temos suas coordenadas. Vocês podem ir resgatá-lo.

– Temos que buscar os outros integrantes da Companhia Z – raciocinou Bram. – Se foi dada uma ordem para matá-los...

– Somente às 0600 horas – disse Salvez. – Vá buscá-los. Vou mandar que voltem para o porto. E tem mais... o doutor Dearly conseguiu. – O homem sorria. – Temos uma vacina. Não sabemos se vai funcionar, pois nenhuma é cem por cento eficaz. Mas pelo menos deve ser segura. Vamos começar a testá-la aqui. Entrarei em contato com o exército. Talvez consigamos reverter a situação.

Na aeronave, eu e meus amigos zumbis celebramos com vivas. Abracei Bram, e ele me abraçou de volta, com mais força do que jamais fizera. Quase não podia respirar. Ele era tão forte.

Como gostava disso.

Atrás de Salvez, mas visível na tela, a doutora Chase se afastou de Samedi para examinar Wolfe. Procurou o pulso no pescoço e anunciou: – Está vivo! Temos que prendê-lo em algum lugar seguro antes que recupere a consciência!

– Acredito firmemente que isso é o que se chama justiça. Não acha? – disse Salvez, dirigindo-se a Samedi.

Este riu, antes de se deixar cair no chão ensanguentado. A doutora Chase correu para seu lado novamente, e envolveu-o com os braços. Ele descansou a cabeça o ombro dela.

– Sinto tanto que você tenha presenciado isso – disse, pesaroso. – Pode me desconectar, se quiser.

– Baldwin... – Ela levou a mão ao lugar onde faltava uma orelha e acariciou o buraco que havia ali. Seus dedos tremiam. – Quando você estava com ele... você acha que eu teria feito diferente, se pudesse por minhas mãos nele? Depois de tudo que passamos?

Samedi riu de novo.

– Sabia que havia uma boa razão para o amor que sinto por você. À parte seu corpo, quero dizer.

Ela deu-lhe um tapa carinhoso na cabeça, antes de encostar a testa no rosto dele.

Bram recolocou minha blusa no lugar. A ferida que cobrira era desproporcionalmente pequena em relação à dor que estava sentindo. Ainda sangrava, mas nada demais.

– Desculpe – sussurrou ele.

– Fui eu quem quis. – Coloquei minha mão sobre a dele, onde agarrava a camisa. – Quero te pedir uma última coisa...

– Não precisa – respondeu ele, antes de dar a ordem para sua equipe. – Ok, pessoal, para o porto.

36

pamela

Levantei do chão.

– Nora? – consegui balbuciar. A aeronave balançava, fazendo-me perder o equilíbrio.

Minha amiga se virou para mim. Não havia medo em seu olhar.

Se acabara de ser mordida por um zumbi, *por que não estava aterrorizada?*

– Você foi mordida! Você foi mordida por esse... por esse.. – Olhei para Bram, e depois para todos os outros zumbis. Parecia que estava no meio de um show de horrores, ou em um dos níveis mais baixos do inferno. No meu pânico, senti como se estivessem se aproximando – criaturas esburacadas, com pedaços do corpo faltando, cicatrizes como costuras em bonecas de pano, olhando-me com olhos que pareciam refletir uma lua doente.

O zumbi alto levantou uma mão, mas antes que ele pudesse falar corri para perto de Nora. Meus olhos começavam a arder por causa das lágrimas que já se acumulavam. Não podia perder os dois, não podia perder os dois e continuar sã...

Nora me agarrou pelos ombros.

– Pamela, fique calma. Eu sou imune. É uma longa história, mas não vou me tornar uma zumbi. Foi por isso que pedi que Bram me mordesse. Eu sabia que a ideia de eu ser *comida* ia apavorar o Wolfe. Acalme-se agora.

– Imune? – Sentia-me uma idiota, pois não compreendia. – Imune? A tudo isto? A... – *Espera aí!* – Disseram que havia uma vacina. – Desvencilhei-me de Nora e voltei para junto de Isambard, puxando-o para mim.

– Então podem curar o Issy!

Nora se emocionou.

– Não. É tarde para ele. Eu devia ter fugido e andado de volta para casa. Não me deixavam telefonar para ninguém, ou...

– E eu devia ter desafiado Wolfe – disse Bram. O zumbi com um olho só inclinou a cabeça na direção dele, o que o fez silenciar.

– É minha culpa – soltou Nora. Tinha a voz embargada. – Por favor, me desculpe.

Desculpá-la?

Fechei os olhos e contei a ela: – Matei uma mulher... Matei...

– Senhorita Roe, não é hora para isso – ouvi Michael dizer.

– Fui parar na cadeia, com prostitutas e bêbadas! E depois matei um homem com uma flecha... e os outros... Piquei os outros com um *machado*... e fiquei toda coberta de sangue. Meus pais estão trancados. Comecei a beber para dormir, eu, eu... Eu tentei tão intensamente ser como você! Eu estava tentando ser *você*!

Senti os braços dela em torno do meu pescoço.

– Pam, sinto tanto.

– Aí Issy foi mordido, e eu não pude fazer nada... não posso fazer nada para consertar isso. Mas ninguém me ouviu quando alertei! Ninguém!

Nora chorava também.

– Pam, por favor...

Deixei-me cair nos braços dela.

– E estou usando calças! – choraminguei, antes de colapsar por completo.

Ela me abraçou. Não sei por quanto tempo chorei, mas ela não se moveu. Senti Isambard me dar a mão, e percebi quer era ele quem deveria estar chorando, era ele quem deveria ser confortado. Mas ele não emitiu um som sequer.

Os zumbis se ocuparam em operar a nave. Falavam entre eles, mas não conseguia entender o que diziam. Bram olhava o tempo todo para Nora. Não conseguia ler a expressão dele. Os olhos dele não eram límpidos.

Zumbis. Havia diversos zumbis ali, a menos de dois metros de nós, os vivos. Precisava me recompor. Não importava o que Nora dissesse. Eles eram diferentes. Estavam mortos. Comiam gente. Certamente não eram seres confiáveis. Talvez tivessem feito lavagem cerebral nela, para fazê-la pensar que estava segura com eles.

Mas meu irmão caçula ia se tornar um deles em breve.

Virei a cabeça para examinar Isambard. Já havia manchas escuras na sua pele, e veias enegrecidas. Afaguei seus cabelos. Ele olhou para mim com olhos vermelhos e cansados.

– Como você está – sussurrei.

Isambard balançou a cabeça.

– Não me sinto bem.

Nora enxugou os olhos.

– Temos que conseguir ajuda para ele – disse, olhando para Michael e Vespertina.

– Está certa – respondeu Michael, endireitando-se. Os dois continuavam encostados na parede, sem intenção de se aproximar dos zumbis.

– Você vai? – perguntou Vespertina a ele, com uma expressão suspeita. Pareceu-me que compartilharam algum tipo de entendimento.

A mão de Michael desapareceu por trás dela, de uma maneira muito vulgar. Antes que pudesse questionar a estranheza da situação, ele armou o arco e a flecha.

– Tem certeza de que não está contaminada? – perguntou a Nora.

– Sim – respondeu ela, tão confusa quanto eu.

– Ok – disse ele. – Senhorita Roe, levante-se.

– Por quê?

– Não! – Bram estava junto de nós em dois segundos. Levantou Nora pela mão e protegeu-a com o corpo.

– Dê-me o arco, Allister.

Percebi o que ele estava se preparando para fazer.

– Não! – gritei.

– Pamela? – Isambard estava começando a entrar em pânico, e o agarrei novamente.

Michael apontou para nós.

– Sinto muito, senhorita Roe – disse ele, com uma voz oca. – Largue-o e venha para trás de mim.

– Ele vai virar um deles, Roe! – disse Vespertina. – Não pode deixar que viva! Pode se voltar contra nós!

– Ele é meu irmão! Ainda está vivo! Não é mau!

– Allister, deixe de ser idiota! – gritou Nora. – Pare de apontar para eles!

Bram agarrou Michael pelo casaco e deu-lhe um soco com o punho direito, quebrando-lhe o nariz. Ele desmaiou e Bram o jogou em um canto. O arco caiu no chão. Vespertina aproveitou a oportunidade. Correu para pegar a arma, mas as pernas longas de Bram permitiram que chegasse antes dela. Prendeu o arco no chão no exato instante em que ela se abaixava para pegá-lo.

– Não bato em mulheres, a menos que elas me agridam primeiro – advertiu Bram.

Ela ficou branca como papel. Recuou lentamente, com os olhos fixos no soldado alto – e morto. De repente, desequilibrou-se e Renfield, que era o zumbi mais próximo, amparou-a. Ela gritou e se afastou dele.

– Senhorita, acalme-se – disse ele. Pareceu magoado com a reação ela.

– Afaste-se de mim! – gritou ela, fechando os punhos como se fosse lutar.

Renfield abriu a boca para falar algo, mas ficou imóvel subitamente. Algo na mão dela chamou-lhe a atenção.

– Venha para cá, Ren – ordenou Bram, quebrando o encanto.

Renfield olhou para Vespertina.

– Harpista123?

Ela recuou até a parede, levando as mãos ao pescoço, horrorizada. Depois de alguns instantes olhando confusa para o zumbi à sua frente deixou escapar, muito baixo: – Zboy69?

– Eu sabia! – Ren virou-se, triunfante, para Bram. – Reconheci os anéis!

– Como? – exclamou Vespertina, com falta de ar.

Renfield sorriu, ajeitando os óculos.

– Viu? A morte não é tão ruim assim – uma pequena inconveniência, só isso. Jamais teria conseguido uma adversária tão linda para jogar xadrez quando estava vivo. Senhorita Mink, é uma honra conhecê-la pessoalmente. Sabe que sua estratégia com o bispo é extremamente engenhosa? Eu estava prestes a tentar uma nova maneira de bloqueá-lo quando formos rudemente interrompidos... pelo fim do mundo.

Vespertina olhava incrédula para ele, enquanto falava.

– Minha mãe estava certa. Só tipos esquisitos ficam vagando pela Aethernet.

– Pam – disse Nora. – Vamos encontrar outros soldados zumbis no porto. Você acha, Bram, que eles foram transportados em um dos navios grandes?

– Certamente – respondeu ele, partindo o arco em dois.

– Podemos descer no porto. Então pensaremos o que fazer por Isambard. Talvez possam levá-lo de volta para a Base Z?

– Ok – respondi, aliviada. – Issy, haverá um barco lá. Vai ficar tudo bem.

Ele assentiu, mas não me soltou.

Renfield desacelerou a aeronave quando chegamos à parte leste da cidade. Bram passou a direção para Coalhouse, e senti que perdíamos altura.

Nora foi para a parte superior da cabine.

– Venha ver, Pam – gritou, da janela.

– Fique aqui – disse a Isambard. Ele estava começando a se render à exaustão, e não protestou.

Aproximei-me da balaustrada. Lá embaixo, nas ruas da cidade, estava em curso uma guerra – zumbis se jogavam contra os soldados, mas eram recebidos com saraivadas de balas. Cidadãos que, como nós, haviam buscado refúgio nos telhados, acenavam para o dirigível. Estávamos perto o suficiente para ver alguns gravando as cenas com seus celulares de última geração. Mais a leste, no porto, uma coluna de soldados vestidos de preto estava se organizando em uma das docas. Uma onda maçiça de combatentes usando o vermelho de Nova Victoria marchava na direção oposta, para dentro da cidade – eram as tropas de vivos substituindo a companhia de não vivos. Nunca tinha visto tantos navios juntos – de carga, encouraçados, galeões.

– Uau – sussurrei.

– Acho que vamos ficar bem – disse Nora, sorrindo.

Desviei o olhar da cena que se desenrolava abaixo de nós para observar o rosto de minha melhor amiga. Decidi que estava tudo bem sim.

– Fiz o que tinha que... fazer. Como você.

Bram juntou-se a nós logo depois. O que chamou sua atenção não foram os soldados em ação, mas os navios ancorados na baía.

– Aquele é o *Christine*. Foi esse que usamos para te trazer para a base, Nora.

– Você vai ter que me contar mais sobre aquela noite qualquer dia – disse ela. – Foi um evento importante da minha vida, e não me lembro de nada.

Bram riu.

– O *Christine* está equipado com instalações médicas. Podemos levar Isambard para lá, senhorita Roe. Deve haver um médico a bordo. Nunca vamos longe sem nossos médicos.

– Verdade? – perguntei. – E posso ficar com ele?

– Não vejo por que não. – Bram continuou olhando para a baía, com o olhar distante. – Provavelmente será o lugar mais seguro para vocês – comentou.

Nora pegou a mão do Bram e me surpreendi com o gesto dela. Será que aquele homem horrível tinha dito a verdade?

A aeronave aterrissou em uma grande doca destinada a receber cargas de navios estrangeiros. Um oficial de bigode usando o uniforme vermelho de Nova Victoria saltou de um pequeno veículo elétrico aberto. Estava acompanhado de outros dois soldados. Os três sacaram seus rifles ao descer do carro.

– Capitão Griswold? – perguntou o oficial.

Bram armou a rampa e desceu, cumprimentando-o com uma continência ao chegar ao solo.

– Sou eu.

O oficial olhou surpreso para Bram por um segundo, antes de apontar a arma para a cabeça dele. Os soldados, cujas faces revelavam mais medo que a do líder, fizeram o mesmo. Bram parou e ergueu as mãos. Nora ia começar a descer a rampa quando a agarrei pela manga. A última coisa de que precisava era que se metesse em um fogo-cruzado.

Apesar de estar mirando para Bram, podia-se ver que o oficial era um homem fino e bem-educado.

– É apenas uma precaução, asseguro-lhe. Sou o coronel Edmund Lopez, exército de Nova Victoria. Meus homens e eu estamos aqui para garantir proteção aos soldados luz-vermelha.

– Certamente. – Bram mediu Lopez de alto a baixo. – Nossos homens entraram em contato com o exército, por acaso?

– Sim. Soubemos do episódio com o capitão Wolfe, e as informações sobre a vacina estão sendo baixadas de sua base para nossas instalações médicas.

– Graças a Deus. – Nora respirou aliviada, desvencilhou-se de mim e desceu a rampa correndo. Segui-a.

Bram assentiu.

– Suponho que ainda esteja em vigor a ordem para nos exterminar?

O coronel não hesitou.

– Sim. Os mortos violentos podem ser abatidos a qualquer tempo, uma vez que são claramente inimigos, mas você e seus companheiros estão seguros até as 0600 horas. Serei sincero: estamos aqui para assegurar que os soldados vivos não os ataquem antes da hora combinada. Considere-nos seus guarda-costas.

– Entendo. – Se Bram ficou decepcionado ou apavorado, não demonstrou. Em vez disso, apontou para o *Christine*. Fiquei perto dele. – Ainda é um navio da Base Z, ou vocês o tomaram de volta?

Lopez olhou na direção que Bram indicara.

– Ainda é comandado pela Base Z. A ordem é que fique no porto, para ser usado como hospital. O *Erika* está a caminho, com o mesmo propósito.

– Fantástico. – Bram fez um gesto para me incluir na coversa. – Temos a bordo um garoto que foi mordido recentemente. Não é hostil e está evoluindo bem, mas precisa de um médico. Esta é a irmã dele. Os pais estão trancados no porão da catedral, e eles querem ficar próximos da cidade.

Lopez franziu uma sobrancelha preta e olhou para mim.

– Ele não é um luz-vermelha?

– Não, mas espero que venha a ser.

Lopez pensou um pouco, e depois dirigiu-se a mim.

– A ordem está em vigor. Às 0600 horas, a menos que recebamos instruções suspendendo-a, seu irmão será exterminado. – Por um instante, sua expressão séria foi tomada pelo pesar. – Lamento comunicar isto tão secamente, senhorita. Mas tem que saber disso.

Bram olhou para mim.

– Ainda não são 0600 horas. Você quer arriscar ou quer ficar conosco? O único cuidado médico que podemos dar a seu irmão é uma bala na cabeça se ele não voltar bem depois que morrer.

Fosse qual fosse nossa opção, ficou claro que nossa única opção era a bala na cabeça. Mas eu ainda tinha munição comigo. Encolhi os ombros e disse: – Eu arriscarei, se Isambard estiver de acordo.

Lopez foi até o veículo e apertou um botão no painel, fazendo aparecer um banco. Ele voltara à postura formal.

– Vou acompanhá-los, então.

Soltei a respiração ruidosamente.

– Deixe-me perguntar. A escolha precisa ser dele.

Voltei para a aeronave. Isambard havia se levantado e observava da rampa a cena em curso na doca. Olhou para mim com a expressão de quem não esperava boas notícias.

– Issy, podem nos levar para aquele navio ali para te examinar, se você quiser. A decisão é sua.

– Podemos ficar lá? – perguntou ele. Parecia que ia vomitar a qualquer momento.

– Sim. – Decidi ser totalmente honesta com ele. – Pode ser que tentem te matar, dependendo do desenrolar dos acontecimentos. A ordem de extermínio dos zumbis não foi suspensa ainda. Mas eu vejo a situação da seguinte forma: ainda temos algumas horas e eu posso lutar. Não vou deixar que façam nada com você sem lutar, prometo. É o melhor cenário que temos neste momento. Podíamos fugir, mas, nesse caso, eu não sei o que pode te acontecer.

Isambard olhou ao longe.

– Eu não mereço sua lealdade – disse ele, muito triste. – Depois de tudo que fiz a você, de todas as coisas horríveis que falei...

– Merece sim – respondi com firmeza. – Você é meu irmão.

O zumbi caolho apareceu ao nosso lado, vindo da parte inferior da cabine. Mudou sua arma de lado e curvou-se, cumprimentando-nos.

– Meu nome é Coalhouse. Irei com vocês, se quiserem. Posso lutar também.

Por alguma razão, o oferecimento fez meus olhos se encherem de lágrimas novamente.

– Obrigada. Gostaríamos que viesse sim.

Isambard pegou um pedaço do colete com a ponta dos dedos, constrangido.

– Acho que não conseguiria ir longe se decidíssemos fugir. – Deixou a cabeça cair e limpou o suor da testa com a barra da camisa. Notei que seus movimentos estavam diferentes, como se os músculos estivessem parando de funcionar. – Vamos para o navio.

Acariciei seus cabelos úmidos, antes de pegá-lo pela mão para ajudá-lo a descer a rampa.

Ao chegar ao solo, Nora quase me derrubou com seu abraço forte.

– Boa sorte – sussurrou.

Abracei-a de volta com a mesma intensidade.

– O mesmo para você.

Coalhouse apertou a mão de Bram.

– Importa-se se for com eles, capitão?

Bram esboçou um sorriso.

– Não, de forma alguma. – De repente, lembrou-se de algo e acrescentou: – Levem os outros dois vivos.

– Não, obrigado. – Michael apareceu no alto da rampa. Segurava um lenço feminino sobre o nariz, e Vespertina estava a seu lado, ajudando-o a andar. Desceram cautelosamente. – Despedimo-nos aqui. Não quero ser atacado novamente.

– Cale a boca, Allister – disparou Nora. – Você era um perigo para si mesmo e todos os demais. Bram fez a coisa certa.

– Bram? – Michael parou antes de chegar ao fim da rampa, soltando-se do braço de Vespertina. – Estão se tratando pelo primeiro nome?

– Sim, estamos.

– Humpf. – Michael olhou para Bram com desdenho. – Fazer o quê? Creio que não terei que me preocupar com isso por muito tempo. – Voltou a olhar para Nora, e fez uma reverência. – Espero vê-la de novo, senhorita Dearly. Talvez possamos discutir os esforços que fiz para preservar seu nome.

– Preocupar com o quê? – quis saber Nora. – O que quis dizer? Que esforços?

Michael não respondeu, mas buscou por mim no grupo.

– Obrigada pelos momentos ... interessantes, senhorita Roe.

Olhei-o, desconfiada, colocando o braço em torno dos ombros de meu irmão. Ele havia tentado matá-lo.

– Não se atreva a falar comigo. Não significa mais nada para mim, entendeu? Morrerei feliz se nunca o vir novamente.

Michael esfregou o lenço no sangue seco sobre os lábios. O roxo do nariz era horrível.

– Digo o mesmo, senhorita Roe. – Deu uma risada seca e arrogante. – Não significo mais nada para a senhorita? Não me diga que pensou que poderia haver *algo* entre nós...

– Como assim? – perguntou Nora.

– Não tenho ideia – respondeu a Vespertina.

– Não é que me encontre do seu lado ou coisa parecida, mas você não tem tempo para este tipo de drama, tem?

Começei a entender que algo estava muito errado naquela cena.

– Como disse? – perguntei, debilmente.

– Certamente a senhorita estava ciente do meu interesse *de muitos anos* pela senhorita Dearly – disse Michael. – Não pensou seriamente que poderia me interessar por sua pessoa, pensou?

Isambard encolheu-se como um rato.

– Pam, você está me machucando.

Agarrei-o ainda mais forte, e raiva começou a tomar o lugar do medo e da tensão. O ar frio em torno de mim ficou quente.

– Mas... mas você me ajudou! Depôs a meu favor para que eu pudesse sair da prisão!

Michael deu de ombros.

– É a melhor amiga da senhorita Dearly. Naturalmente seria atencioso com sua pessoa para agradar a ela... Bem, de qualquer forma foi assim que tudo começou. Depois tive que consertar a confusão em que se meteu, para preservar a reputação *dela*. Sempre estive certo de que, depois que se tornasse minha, eu poderia convencê-la a terminar a amizade com... pessoas inconvenientes. Enquanto isso, não me importei de conviver com sua laia.

Meu maxilar se abriu, mas as palavras não saíram. Meu corpo ardia de humilhação. Havia me iludido, e meus pais também. Minha mãe o havia recebido em casa. Atormentara-me com suas preocupações sobre o futuro, quando não havia nada, nada, nada! Eu havia sido uma idiota. Uma derrotada da mais alta patente.

Então me lembrei de que não havia dormido nas últimas 24 horas, fugindo e me escondendo e matando zumbis. Deixara de ser uma idiota derrotada, pelo menos por algumas horas. Havia me transformado em Pamela Roe, A Destituída-E-Iludida-E-Envergonhada-Rainha-Caçadora-de-Zumbis-Com-Um-Irmão-Quase-Morto-e-Pais-Que-a-Consideram-Louca-Mas-Que-Merece-um-*Pouco*-de-Alegria-Pelo-Amor-de-Tudo-Que-É-Certo-e-Justo-na-Terra.

Soltei Isambard e empurrei Michael. Pego desprevenido, ele se desequilibrou e caiu na água.

– *Espero que esteja infestada de tubarões-zumbis e que você morra aí dentro!* – gritei.

– Mas que diabos está acontecendo? – perguntou Lopez, virando-se. Havia baixado o rifle e tirado o dedo do gatilho. Os outros membros da equipe de Bram apareceram na balaustrada, para ver quem se debatia na água.

Nora e Vespertina me olhavam, sem entender.

Virei-me e arrastei Isambard para o veículo.

– Entre aí e vamos embora! – gritei para Lopez, entrando no carro com meu irmão. Coalhouse me seguiu, espremendo-nos com seu corpanzil.

O coronel arregalou os olhos e trocou olhares confusos com os outros dois soldados, mas os três se acomodaram também e partimos. Deixamos para trás Michael ainda tentando sair da água, formando uma poça cinza na doca.

– Pam – murmurou Isambard, com medo incontido na voz. – Posso te dizer, com certeza, vendo as coisas do meu lado da cerca... Você precisa se acalmar.

– Vou atirar no meio da sua cara se me dirigir mais uma palavra sequer – sibilei.

– Anotado.

– Fico tão feliz de ser filho único – comentou Coalhouse, com serenidade.

37 • Bram

Arranquei Allister da água e conduzi-o, junto com Mink, na direção dos soldados vivos. Havíamos dado uns poucos passos quando os dois começaram a correr.

Dei meia volta para cuidar do que interessava.

Estava apavorado, mas tinha que me manter calmo. Lopez não havia dado o menor sinal de que hesitaria para cumprir a ordem de extermínio. Por outro lado, demonstrara que era um cavalheiro neovitoriano muito correto, mas do tipo que não revela muito de suas emoções. Fiquei feliz que Nora não fosse assim.

Meu Deus, Nora.

Não sabia aonde ir buscar ajuda, o que significava que tinha que procurar respostas dentro de mim mesmo. Era o líder do grupo no momento, e tinha que fazer o que fosse melhor para todos os envolvidos. Tínhamos que chegar até o doutor Dearly. Tínhamos que ajudar a colocar Nova Londres sob controle. Tínhamos que entrar em ação e esperar que fosse quem fosse que estivesse no comando, começasse a receber mensagens a favor dos zumbis de uma autoridade superior – viva ou divina. Não importava qual a fonte, a esta altura.

– Qual nosso próximo passo? – perguntou Nora.

Olhei para os seis esquadrões de zumbis reunidos do outro lado das docas, e me dei conta de que não conseguiríamos levar todos na *Black Alice*.

Perguntei ao Renfield, que se juntara a nós na base da rampa: – Quantos podemos levar conosco?

Ren olhou em torno e fez uns cálculos, usando os dedos.

– Talvez quarenta. – Em seguida, balançou a cabeça. – Espere. Não... Sem o governador, e em uma viagem longa, não dá para arriscar mais de... trinta. O peso aumenta o... Droga, sinto muito...

– Deixe as desculpas para depois – disse a ele. – Provavelmente é por minha causa. Parece que meu destino é nunca ter homens suficientes nas missões.

Nora estava insegura.

– Somente trinta?

– É o que temos. Estamos correndo contra o tempo. Tom, Cas, vão dizer àqueles gentis soldados de vermelho que precisamos de mais carvão. Se o *Christine* vai ficar ancorado aqui, podemos usar o suprimento dele. Tentem não assustá-los demais. – Os dois bateram continência e se foram. – Renfield, prepare a *Black Alice*. Nora, fique com ele. Vou convocar os soldados.

– E os demais? – perguntou Renfield. – Não podemos deixá-los aqui para...

– ...morrer. Eu sei. – E começei a andar em direção à Companhia Z.

Quando os soldados me viram, enfileiraram-se e bateram continência. Senti um aperto no peito. Não trazia boas notícias.

Ben cumprimentou-me: – Capitão Griswold! – Abaixou a mão. – Há rumores de que existe uma ordem para nos exterminar!

– É isso mesmo – respondi. Andei até o meio dos meus companheiros zumbis, para que todos pudessem me ouvir. – Temos até as 0600 horas. Sou idiota o suficiente para ter esperança de que tal ordem seja cancelada, mas os que são mais desconfiados que eu, podem tirar suas próprias conclusões.

Ouvi à minha volta palavrões e ameaças contra quem atentasse contra o grupo – e algumas manifestações de medo. Deixei-os expressar suas emoções por alguns instantes, e prossegui.

– Ainda temos trabalho a fazer. Preciso de trinta homens para uma missão na Bolívia. O doutor Dearly foi localizado, e pede uma carona para casa.

A notícia os entusiasmou. Não foi problema recrutar os trinta soldados. Ben foi o primeiro a levantar a mão. Selecionei depois dele zumbis que sabia serem fortes e relativamente saudáveis.

– E nós, o que fazemos? – perguntou uma mulher de sobrenome Hagens, quando terminei. Era alta e tinha traços angulosos. Os ossos da maçã do rosto se destacavam sob a pele do rosto.

Era uma pergunta das mais difícieis.

– Eu levaria cada um de vocês, se pudesse. Infelizmente, não é possível.

– Ficamos aqui, parados? À espera de ser fuzilados? – retrucou ela. – É isso que você está nos dizendo?

– Tenho observado os uniformes-vermelhos. Podíamos abatê-los – sugeriu outro zumbi.

– Estão aqui para proteger vocês, Franco – respondi. – Para proteger vocês do exército deles.

– Dá um tempo, Griswold. Você é inteligente. Não acreditou nessa, acreditou?

Se eu era tão inteligente, por que não encontrei uma resposta? Olhei para meus colegas zumbis e entendi o que Wolfe tinha dito quando se referiu à "lealdade em relação a minha espécie". Era exatamente o que sentia. A ideia de que poderiam ser caçados e abatidos sem ter chance de se defender, fez ferver o pouco sangue que me restava no corpo.

– Capitão Griswold?

Virei-me para ver quem me chamava. Era Lopez, que estacionara seu veículo perto do grupo que eu selecionara para embarcar comigo. Estava sozinho desta vez. Desceu e juntou as mãos atrás do corpo em uma postura tão ereta que eu acreditaria se alguém me dissesse que engolira seu rifle. Meus homens, para crédito deles, não fizeram nada que pudesse fazê-lo se sentir ameaçado.

– Sim, coronel?

Lopez avançou em minha direção, com expressão muito séria.

– Queria apenas lhe informar, capitão Griswold, que recebi ordens de não deixar mais nenhum de seus homens embarcar nos navios. O *Erika* estará aqui brevemente.

– Está bem – respondi, por falta do que dizer.

Lopez continuou parado no lugar.

– Achei que deveria saber – continuou, falando pausadamente – que nenhuma outra restrição a respeito da movimentação deles foi-me informada. Quis que isso ficasse absolutamente claro, capitão.

Franco finalmente grunhiu: – Está dizendo que nosso capitão é burro?

Confuso, olhei nos olhos de Lopez. *E daí?*

Levei mais um segundo para entender o que ele *realmente* estava informando, e por que viera sozinho.

Aproximei-me lentamente do coronel, com meus homens abrindo caminho.

– E se estes soldados quisessem voltar para a cidade? – perguntei, diretamente.

Minha pergunta suscitou entre eles palavrões e promessas de que não ergueriam um dedo sequer para ajudar os vivos.

– Bem, como nossas instruções foram proteger os luz-vermelha, mas não restringir excessivamente seus movimentos... Exceto embarcar nos navios... Creio que entraríamos juntos na cidade.

O falatório à volta parou. Foi Hagens quem falou.

– Capitão, por que faríamos isso, uma vez que os vivos querem nos eliminar, como se fôssemos uma matilha de cães raivosos?

– Porque isso ainda não aconteceu – respondi, com os olhos fixos em Lopez. – Porque vocês ainda têm tempo. Porque podem ser mortos, mas ainda são humanos.

– E porque qualquer coisa é melhor do que ficar aqui parados, olhando os minutos passarem – completou Lopez, determinado. – Dito isso, devo dizer claramente que é nossa obrigação encontrá-los se tentarem se esconder, ou impedi-los se tentarem fugir. Enfatizo os dois pontos porque ouvi dizer que vocês são... um grupo de soldados inteligentes.

Esbocei um sorriso e Lopez também. Ele fez um cumprimento elaborado, que nunca havia visto ser executado com tanta propriedade, nem mesmo por Renfield. O homem devia vir de uma família aristocrática.

– Damas e cavalheiros, devo preparar meus homens?

Olhei para o grupo. A decisão tinha que ser deles.

– Tenho familiares na cidade – disse outra soldado mulher. Falava devagar por causa de um ferimento que havia sofrido na boca. – Quero ter certeza de que estão bem. Não me viram nesta condição ainda, mas... devo isso a eles.

– Há campo em torno da cidade... Abatemos uns quantos zumbis maus no caminho e... buscamos um lugar para nos defender... – raciocinou Franco, reavaliando a situação.

Hagens me olhou friamente e confirmou: – É nossa única opção.

– É – respondi.

Ela tirou o rifle do ombro.

– Vamos lá então.

Os zumbis do grupo concordaram em uníssono. Olhei para Lopez.

– Obrigado.

Lopez assentiu lentamente.

– Meu entendimento é que vocês são, tecnicamente, parte do exército. Sendo assim, e apesar de nossas diferenças, é minha obrigação tratá-lo, e a seus homens, com tanta dignidade e respeito quanto possível. Se tentarem escapar, meus homens os impedirão. – Olhou para os navios ancorados. – Mas pelo menos morrerão de pé.

Entendi perfeitamente a conduta pela qual se pautava.

– Não sei por que está nos ajudando, mas uma possibilidade é tudo o que estamos pedindo. – Estendi a mão. Lopez hesitou por um momento, mas cumprimentou-me. – Se sobrevivermos, fico em débito com o senhor.

– Porto – respondeu ele, com uma risada nervosa. – Sempre posso ser pago com uma garrafa de Porto. Vamos precisar muito, depois desta noite.

Decolamos novamente, com os soldados acomodados na parte inferior da cabine e depois de ter recebido um carregamento de carvão para a *Black Alice*, trazido do *Christine* por um rebocador.

Meus homens me cercaram, ávidos por informação. Perdi Nora de vista. Também me deram um pouco mais de dados, mas não muitos. Até onde pude entender, seria uma missão do tipo tiro ao alvo: muitos Cinzas, muitos alvos. Em tese, nem todos seriam tão saudáveis quanto os que foram enviados para sequestrar Nora, o que era positivo. Ninguém queria ficar muito otimista, especialmente com uma equipe tão pequena, mas era difícil evitar esse sentimento.

Claro que, a possibilidade do extermínio pendia sobre nossas cabeças. Os homens que haviam feito parte do primeiro batalhão a entrar na cidade reportaram que tinham conseguido limpar alguns quarteirões antes de serem chamados de volta, o que considerei auspicioso também. Talvez o exército levasse isso em consideração quando chegasse a hora de acabar conosco.

Quando já estávamos voando há algumas horas, localizei Nora pela voz. Estava sentada ao lado de Cas, com um comunicador colado à orelha. Pelo que pude captar, era a amiga novamente.

– Não, não, não estou nem um pouco interessada nele! Irk!

Era de mim que estava falando? Será que eu tinha feito algo para aborrecê-la? Eu tentara incluí-la em tudo, tentara evitar o paternalismo, tentara...

– Eu sequer gosto de rapazes de cabelo claro, para começar! Sem falar que ele me põe em coma cada vez que abre a boca para falar. E que é um imbecil odioso e violento. Isso mesmo: não serve como pretendente em potencial de jeito nenhum.

Não era sobre mim. *Viva*!

Espera aí. Estava falando do tal Allister?

Sentei do lado dela, que olhou para mim e me estendeu o comunicador.

– Bram, diz à Pamela que eu não ia querer esse tal de Michael Allister jamais.

Traduzi o que ela me pediu usando meu "tradutor de conversa de mocinhas" e afirmei: – Posso comer o sujeito, se qualquer uma de vocês pedir.

– Por favor, faça isso quando o encontrar de novo – ouvi Pamela responder.

Nora virou os olhos, exasperada, e pegou o comunicador de volta.

– Esqueça o Allister. Como está o Issy? Ainda vivo? Não, não fique aflita. Instalar uma válvula é normal, acho. – Ela se encolheu, afastando o comunicador da orelha. Dava para ouvir a voz da Pamela do outro lado. – É o seguinte: você precisa começar a pensar em redefinir completamente o conceito de "normal". Tudo vai ficar melhor se conseguir, prometo.

Fechei os olhos e me encostei à parede da aeronave. A alguns passos de nós podia ouvir Renfield reclamando com Tom de que a Mink não havia se despedido dele, e imaginando qual seria o significado dessa descortesia.

– O significado oculto e secreto disso é que... ela não se despediu. Pelo amor de tudo o que é mais sagrado, entenda: a maioria das garotas não fala em código. A maioria é do tipo que se convencionou chamar de "sã" – discursou o Tom.

– Ele tem experiência – observou Cas, que estava sentada sobre um caixote, de pernas cruzadas, mexendo no seu revólver.

– Pam, é sério. Vai ficar tudo bem. Issy tem ainda algumas horas. Ligo para você de novo quando dermos conta do doido que prendeu meu pai.

De olhos fechados, senti que ela estava olhando para mim.

– Ah, não, ele é totalmente uma aberração. Pode chamá-lo disso.

– Eu te amo também. Ok, até logo. – Ouvi-a apertar o botão. – Quanto falta?

– Algumas horas – respondi. Ela não comentou mais nada. Abri os olhos. Estava examinando a mordida. Constrangido, sentei-me reto de novo. – Nora, de verdade, eu...

Ela me interrompeu: – Está com boa aparência. Quando tudo isto acabar vou fazer um curativo, mas parece bem normal. Acho que a doutora Chase está certa, sua boca é mais limpa que a da maioria das pessoas vivas.

Respirei fundo e disse: – Nunca havia mordido ninguém. Você foi... minha primeira vez. De verdade mesmo, desculpe. Deixe-me reter pelo menos esse pouquinho de humanidade... Deixe-me pedir desculpas à primeira pessoa que mordi e que morderei na vida. E aceite, por favor. Sim?

Nora sorriu.

– Ok. Aceito suas desculpas.

Percebi, naquele instante, que ela não estava nem a metade enojada do que deveria estar.

– Tem certeza... que está tudo bem sobre isso?

Ela recolocou a blusa no lugar e encolheu os ombros. Ficou em silêncio por um minuto, antes de perguntar: – Você gostou?

Decidi dizer a verdade.

– Sim. Você não imagina como seu gosto é bom. Não consigo nem começar a descrever.

Ela riu.

– Bom? Bom como filé-mignon, ou como um doce?

Eu a amava.

– Você deveria dormir um pouco, se conseguir. – Temi que o cansaço fosse o responsável pela calma dela em aceitar meu teste de gosto humano. Esperava que não, mas era provável que fosse essa a explicação.

Ela aceitou o conselho e apoiou a cabeça no meu ombro. Busquei a mão dela, e percebi que ela fez o mesmo. Desta vez me permiti desfrutar completamente do fato de que eu havia começado a gostar dela, e ela de mim. De que podia tocá-la, e que ela não se recolhia. E de que ela me procurava também. Era a coisa mais simples e pura que eu jamais havia experimentado, e muito mais gratificante do que o jogo “mas e se...”.

Se nunca mais na vida encontrasse algo fácil, já tinha *isso*. Realmente, não podia pedir nada mais.

Acordei com a desaceleração da aeronave. Nora continuava adormecida, aninhada ao meu lado. Renfield tinha os óculos na ponta do nariz, e olhava com atenção para os equipamentos relacionados ao motor.

– Tudo bem, tudo bem... – Abriu o relógio de bolso. – ETA, quinze minutos.

Virei-me e toquei o rosto de Nora. Ela acordou lentamente, suas pálpebras ainda pesadas de sono.

– Estamos quase chegando – sussurrei. Ela se sentou, esfregando as bochechas com os nós dos dedos. Fiquei de pé e andei até ficar no meio do grupo: – Ok, soldados, atenção.

Ficaram em silêncio, olhando para mim. Por um instante, senti que o desastre era iminente. Na sequência, mandei que a sensação desaparecesse.

– As coisas estão muito confusas neste momento – falei. – O que começou como uma aberração, algo muito raro, está se tornando rapidamente uma coisa que podemos chamar carinhosamente de "O Apocalipse". Mas há esperança. Para quem ainda não sabe, foi divulgada, horas atrás, a descoberta de uma possível vacina. Estamos todos em débito com o homem que a desenvolveu, e é por isso que vamos resgatá-lo daqui a pouco.

O grupo concordou efusivamente. Esperei que se aquietassem para prosseguir.

– Ele é o homem que nos resgatou em um momento realmente difícil na vida de cada um, e que nos assegurou que, depois disso, tudo ficaria bem. Não posso falar por vocês, mas digo que, pelo que o doutor Dearly fez por mim, estou disposto a morrer definitivamente por ele. Vi sinais de concordância em todo o grupo. E vi os olhos de Nora começarem a brilhar.

– Então, vamos lá. Atirem em tudo e qualquer coisa que não for o Dearly. Tragam-no de volta para a aeronave. Quando ele estiver aqui, é hora de fazer faxina. Vocês já sabem como é isso. E, finalmente, depois disso, se não tivermos notícia de que a ordem de extermínio foi suspensa, vamos fugir. E nos esconder. Não nos deixaremos abater sem lutar. Porque somos boas pessoas, e merecemos viver. – O grupo gritou em uníssono, em uma manifestação de triunfo. Renfield sorriu para mim, me aprovando do outro lado da cabine.

Podia ter continuado o discurso por horas a fio. Mas era desnecessário. Coloquei a jaqueta, e ajustei as armas ao corpo. Os soldados à minha volta fizeram o mesmo. Nora abriu caminho entre eles para chegar até onde eu estava. Nenhum de nós disse nada, mas tenho certeza de que pensamos a mesma coisa. Se, por sorte, decidíssemos tentar ficar juntos, estaríamos sempre pensando naquilo. Os olhos dela brilhavam, mas estavam focados.

– Vou começar a descer – disse Renfield. – Vai ser um pouco complicado. Pode haver alguma turbulência.

– Podemos ir para a parte de cima? – perguntou Nora.

– Hum, não recomendo – advertiu Renfield.

Nora começou a subir os degraus mesmo assim. Segui-a. Levamos alguns instantes para nos adaptar à passagem abrupta da meia-luz que havia na parte inferior da cabine, para a luminosidade da manhã que se refletia do chão de sal do deserto lá embaixo.

– Olhe – disse Nora.

Minha vista havia se ajustado, e notei, surpreso, o que ela apontava: uma base caindo aos pedaços e a população de mortos espalhada, como manchas de líquen sobre uma casca de árvore.

– São centenas – comentei. Talvez não conseguíssemos sair desta encrenca, desta vez.

– Imagino que devo ficar na aeronave. – A voz de Nora estava tensa. Ela se agarrou à balaustrada quando a aeronave balançou.

– Com certeza. – Soltei as pistolas dos coldres. – Se necessário, decolem. – Vou deixar mais um homem aqui para ajudar.

Ela assentiu, e pegou minha mão novamente. Virei-me para olhá-la de frente. Não queria dizer o que ia dizer, mas senti que devia. Nunca havia dito a minhas irmãs, nem a minha mãe, e me arrependi depois.

– Só para o caso de... – sussurrei, abaixando a cabeça.

Desta vez, o Laz foi respeitoso. A doença não a queria.

Era eu quem a desejava.

Agarrando seus cachos, beijei-a na testa. E prounciei uma única palavra: – Até logo.

Nora ergueu as mãos, apoiou-se nos meus ombros, e me beijou no rosto. Seus lábios estavam quentes como ferro em brasa. Desejei que fossem.

– Não – respondeu ela, teimosa como sempre, embora sua voz estivesse embargada. – Boa sorte. E obrigada.

Afastei-me e sorri. Ela sorriu de volta, mas uma lágrima escorreu pelo rosto, devagar.

Foi assim que a deixei. Uma silhueta delicada, imóvel contra a luz do sol.

Renfield aterrissou violentamente sobre o deserto de sal. Nora caiu de joelhos e eu me agarrei à balaustrada. Aquele choque, porém, foi exatamente o que precisávamos. Os zumbis ficaram excitados, e eu chutei a rampa para fora. Os soldados começaram a descer da aeronave como uma explosão de formigas venenosas e irritadas. Agarrei Ben pela manga e lhe disse: – Fique com a senhorita Dearly, caso seja preciso decolar sem o resto de nós!

Vi seu desapontamento, mas ele bateu continência e disse: – Sim senhor!

Sai correndo com o resto do grupo.

Os inimigos perceberam nossa presença. Havia, talvez, dez vezes mais homens que nós. A primeira onda foi de zumbis fortes e saudáveis. Poucos tinham armas, porém. A maioria parecia disposta a combater com dentes e unhas. Atrás deles, havia um mar de seres rastejantes e doentes.

Tom e Cas me alcançaram. Gritei, por cima do barulho dos tiros: – Encontrem Dearly! Provavelmente está em uma das construções!

– Certo! – respondeu Cas.

À medida que nos embrenhávamos no combate, dois aspectos chamaram a minha atenção. A primeira foi que zumbis fortes fugiam para o leste – desertando. A segunda, que alguns estavam fugindo de nós em direção à construção maior erguida bem no meio da base. Estariam indo se armar? Parei para abater alguns. Tom fez o mesmo.

– Pode haver armas lá dentro! Temos que explodir tudo! – gritei para meus companheiros.

– Esperem. – Cas havia erguido sua pistola para atirar também quando viu algo ao longe. – Esperem. Estão correndo em direção ao Dearly!

Parei de atirar para me fazer foco onde ela apontara. Meus músculos ficaram rígidos de medo. Cas estava certa. Na porta da construção dava para ver o Dearly ao lado de um homem vestido com um uniforme cinza embrulhado em um xale estampado. Devia ser Averne.

– Está na mira – disse, com o dedo no gatilho.

Dearly gritou e quis agarrar Averne, mas este se virou e entrou na construção, fugindo como o covarde que era – Dearly não era forte o suficiente para segurá-lo e notei que havia perdido uma perna.

Um zumbi cambaleante bloqueou minha linha de visão. Praguejei alto, e comecei a correr em direção à construção. De jeito nenhum Averne ia capturar Dearly de novo. De jeito nenhum ia permitir que o ferisse mais uma vez.

A posição em que Tom estava permitiu-lhe atirar. Ouvi o som do tiro, e o grito comemorando o êxito. A bala pegou Averne na base do crânio, e ele caiu como um autômato que fica sem bateria no meio de um movimento. Dearly gritou algo, e desapareceu para dentro da construção.

Tom e Cas correram até lá comigo. Abatemos os mortos que vinham em direção a Dearly, e com isso bloqueamos a entrada. Podia ouvi-lo gritando, mas não entendi o que dizia até que entrei. Tom e Cas continuavam atirando. Tudo acontecia muito rápido, embora ao mesmo tempo a cena passasse em câmera lenta.

– Não era Averne! – gritava Dearly, batendo com a muleta no chão. – Não era Averne! Era *Henry*! *Henry*!

– O quê? – Não estava entendendo.

Dearly apontou para um homem vivo, amarrado em um canto.

– Capturamos Averne! Henry vestiu as roupas dele para que seus soldados não percebessem!

Olhei para o homem morto caído no sal e removi, devagar, o xale. Era um zumbi com a pele queimada e os olhos parados.

– Maldição – murmurei.

Tom olhou para trás e vi em seu rosto um desfile de emoções: entendimento, culpa e resignação.

– Bram, assuma! – gritou. Ele deixou sua posição na porta, antes que eu pudesse entender o que ia fazer. – Vamos, doutor. Vou levá-lo até sua filha.

– Nora? Nora está aqui? – perguntou Dearly. Ele tremia, com os olhos tomados pela tristeza.

– Sim, senhor, linda como uma rosa e esperando para vê-lo – grunhiu Tom. Sem pedir permissão, colocou Dearly sobre os ombros. Equilibrou-se e perguntou: – Prontos para me cobrir?

– Tudo bem – respondi. Olhei mais uma vez para o homem inocente caído perto da porta. O que tínhamos feito?

– Ok, vamos lá. – Tom parou um instante, beijou Cas e disse: – Te vejo em casa.

– Vai indo – disse ela, forçando entusiasmo ao mesmo tempo que colocava mais um pente na pistola.

Quando viu uma abertura, Tom saiu correndo com Dearly às costas. O combate estava em pleno curso, e nossos homens eram atacados de várias direções ao mesmo tempo. Tom correu o mais rápido que seu corpo maciço permitia, e Cas e eu retomamos nossas posições, atirando nos zumbis que tentavam derrubá-lo no caminho.

Ele não podia correr mais que as balas, porém.

Quando estava a quinze metros da aeronave vi suas pernas se dobrarem e o corpo dele colapsar, ainda carregando Dearly. Não sei quem o atingiu. Algum dos nossos, por acidente? Ou um dos homens de Averne que ainda tinham balas e capacidade de atirar? Cas gritou por ele e tive que contê-la para que não saísse correndo.

– *Tom! Tom!*

– Se você for para lá será atingida também! – gritei. – Pense! Ajude-me a atirar. Mas ela estava histérica e eu não podia soltá-la. Impotente, fiquei olhando Renfield e Ben descerem a rampa correndo para ajudar Dearly a subir a bordo. Nora o esperava no alto da rampa. Tive vontade de disparar para lá também. Ela tinha que se abaixar, tinha que sair dali...

Ben voltou depois de ter colocado Dearly na aeronave, e ajudou Tom a se levantar. Cambalearam juntos rampa acima. Voltei ter alguma sensação ao longo dos braços. Sacudi Cas para que prestasse atenção.

– Tom está bem! Não o atingiram na cabeça! Olha, Cas, ele está bem.

Quando ela conseguiu olhar, quase desmaiou nos meus braços.

– Graças a Deus, graças a Deus...

Olhamos a aeronave decolar. Podia ter cantado de tanta alegria. Cas recuperou parte das forças e olhou para mim, rindo um pouco de tão aliviada.

– Aí vai um... – De repente sua expressão mudou e ela gritou: – Atrás de você!

Antes que pudesse me defender, Averne me golpeou, mandando meu rifle para o chão. Ele havia se soltado e estava à nossa frente com o corpo torcido pela fúria, como se sua pele fosse se rasgar com a força da ira que vinha de sua alma.

Com um grito bárbaro, jogou-se em mim. Não consegui sacar as pistolas a tempo e acabamos nos atracando corpo a corpo. Golpeei-o várias vezes e ele consegiu abrir meu lábio com um soco.

– Monstro! – gritava, cuspindo. – Vou te matar! Vou matar cada um de vocês! Vocês vão todos arder no inferno em que esta terra se transformou!

– Eu sou um punk! – gritei. – Eu sou um punk! Ouça! Não foi a realeza que fez isso conosco!

– Wolfe me disse que foi! – e partiu para cima de mim novamente. – Foram eles que te transformaram na monstruosidade que você é agora!

– Eles têm a vacina – eu gritava, desviando dos golpes dele. – Wolfe mentiu para você – ele só queria glória para si mesmo! Mas existe uma vacina agora, e tudo vai ficar bem! – Olhei para a porta. – Cas, você podia vir me ajudar, não?

Ela olhava pela porta.

– Ouço aviões.

Averne me agarrou pela garganta, e eu lutei para me desvencilhar.

– Transporte!

– Transporte? – Ela deu um passo e saiu para a luz do dia.

– Cas! – gritei.

Uma explosão lá fora fez minha voz sumir.

Cas perdeu o equilíbrio e se agarrrou ao batente.

– Estão nos bombardeando! Não vieram nos buscar! Estão nos atacando! Estão cumprindo a ordem!

Averne me sacudiu.

– Você é um idiota!

Inspirado pelo jeito de Tom lutar, dei um golpe no meio do peito de Averne, que voou para o outro lado do cômodo. Caiu sobre uma pilha de trapos. Ouvi-o gritar mais obscenidades. Ouvi também o tilintar de vidro e algo parecido com um tubo de ensaio rolou em direção ao meu pé.

E o mundo virou fogo, exatamente como a maldição de Averne.

38 • nora

Apesar dos avisos de Renfield, voltei para a parte de cima depois que acomodei meu pai no compartimento inferior.

Não estava pronta para falar com ele. Ainda não.

Mal podia ver lá fora por causa da claridade do sol e do vento que jogava os meus cabelos diante dos olhos. O combate continuava intenso, e não conseguia identificar Bram entre os demais. Subíamos depressa e tudo no chão estava se tornando microscópico.

Podia ouvir algo, porém.

Virando-me na direção do ruído, e progendo os olhos com uma mão, enquanto me segurava na balaustrada com a outra, vi diversos pontos no horizonte – aviões. Provavelmente haviam vindo buscar a Companhia Z depois do que haviam conseguido – ou pelo menos esperava que sim. Rezei para que fosse essa a missão deles.

Quando se aproximaram, percebi que eram pequenos demais para transportar soldados.

Eram bombardeiros.

– Não! – gritei. – Pare! Pare!

– O que está acontecendo? – vociferou Tom lá de baixo.

Bolas de fogo começaram a explodir no deserto. Eu batia na balaustrada e gritava em desespero.

O zumbi Ben logo estava ao meu lado. Quando entendeu o que se passava, puxou-me pela saia para dentro da cabine. Lutei contra ele, mas não era páreo para sua força.

– Vieram matá-los! – gritei.

– Não, não... – murmurou meu pai, sentando-se.

Ben correu para um comunicador.

– Ben Maza para Companhia Z. Alguém responda, por favor!

– Não, não... – repetia meu pai, olhando para a parede da cabine como se pudesse enxergar através dela.

– Alguém responda, por favor! – gritou Ben novamente.

– Senhor Maza – respondeu Salvez, em pânico.

Corri até Ben para olhar a tela também. Podíamos ver técnicos guardando equipamentos atrás de Salvez.

– Quem está com você? – perguntou ele.

– Doutor Salvez, eles estão sendo bombardeados, estão sendo bombardeados! – Eu batia no braço de Ben. Ele parecia não sentir.

Salvez balançava o corpo, mas sua expressão não mudou.

– A ordem entrou em vigor às 0600 – disse ele. – Entramos em contato com o próprio general Patmore há uma hora, e imploramos, mas... ele não a suspendeu. Mandaram aviões para as coordenadas que seu pai informou para eliminar o exército de Averne.

– Mas os nossos ainda estão lá embaixo!

Salvez olhou para mim, impotente.

– Eles sabem.

– O que está acontecendo? – Tom não aceitava o que via acontecer. – O que está *acontecendo*?

Eu não entendi, inicialmente. Quero dizer que, literalmente, não entendi. Fiquei parada olhando para a tela do comunicador, na expectativa e com paciência, mesmo depois que Ben o desligou. Se ficasse parada ali o tempo necessário alguém apareceria para me dizer que não era verdade. Ben pegou-me pelo braço e eu o segui, sem protestar – certamente ele ia me dizer que não era verdade o que eu vira lá fora.

Mas ele não pôde fazer isso.

Comecei a tremer. Ben me levou até perto do meu pai. Ele quis me tocar, mas eu o ignorei. Minha consciência o via agora como se estivesse incompleto, incorreto. Era absurdo, porque ele fora tudo o que eu desejara e sonhara. Mas agora algo faltava. A foto ainda não estava inteira.

Meus joelhos cederam.

– Nora! – gritou meu pai.

– Capitão Griswold... Cas... Eles estão perdidos – balbuciou Renfield, tentando explicar minha reação a Salvez. Ele mesmo parecia não acreditar, e por um segundo eterno, permiti-me sentir melhor. Está vendo? Nenhum de nós aceita o que está acontecendo, então não deve ser verdade.

Senti meu nariz bater contra o piso da cabine, quando perdi completamente o controle.

Escondemos a aeronave na mata.

Não sabíamos o que mais fazer.

Quando chegamos à base Z Beta, os demais estavam nos esperando. Embarcaram rapidamente, com metade do equipamento da base. Quando decolamos novamente, Samedi foi ver meu pai e a doutora Chase se aproximou de mim.

Não senti seu abraço nem entendi uma palavra sequer do que ela disse. Naquela noite, quando pousamos, quase não conseguia lembrar que estivera do meu lado o dia todo.

Nos dias que se seguiram, debatemos constantemente sobre para onde ir, como obter informação sem sermos vistos, como mandar mensagens que não pudessem ser rastreadas.

Eu não me importava mais com nada.

Pensava em Bram, e em Pamela e no irmão. Estariam a salvo? Será que algum dia eu saberia?

Passaram-se três dias até que eu conseguisse abordar meu pai.

Na frente de Samedi, do padre Isley, da mãe de Cas e dos demais zumbis sobreviventes, gritei com ele tudo que tinha para gritar. Ele abaixou a cabeça e aguentou firme.

– Você matou minha mãe! – vociferei, jogando sua muleta contra a parede. – Mentiu para mim! Deixou que pensasse que morrera, que se fora, que eu estava órfã. E agora, por causa de tudo que você fez, passarei o resto dos meus dias me escondendo no fim do mundo, chorando a morte de um homem que já estava morto quando o conheci!

– Desculpe-me. – A voz dele era tão pequena.

E disse, finalmente: – Eu te odeio!

– Não mereço mais que isso. – Ele olhou para Samedi, que não conseguia encará-lo de volta. – Sinto muito. Fiz o que precisava para... Agora, se você quiser me deixar... Nora, se quiser me *matar*... é seu direito. É seu direito, e eu não o negaria a você por nada no mundo.

– Não quero te matar! – Sentei no chão, abraçando as pernas e escondendo o rosto. – Você é tudo que me restou!

– Eu te amo, Nora – disse ele, com a voz embargada. – Eu te amo. Não queria que fosse tocada por esse horror. Por que outra razão acha que fizemos o que fizemos... todos nós? Por que alguém deveria ser tocado por todo esse horror?

Eu havia sido fisicamente tocada pelo horror. A mordida de Bram doía toda vez que pensava nele.

– Eu te amo também – solucei, com a cabeça escondida na saia. – Não posso perder mais ninguém. Não posso perder mais ninguém.

Daí em diante, meu pai passou quase cada segundo dos dias seguintes ao meu lado. Acariciava meu cabelo, me beijava, prometia-me o mundo.

Mas eu não conseguia me comover, ou registrar nada. Não conseguia me importar com a reaparição de seu amor – não completamente.

Eu havia sentido tanto a falta dele, e agora eu o recebera de volta, mas tudo o que conseguia fazer era ignorá-lo – como uma criança que, depois de ganhar o brinquedo pelo qual tanto implorara, o abandona em um canto do armário.

– Precisamos de notícias – decidiu Samedi, no quinto dia. – Temos que saber o que está acontecendo, ou vamos enlouquecer.

– Vamos piratear um sinal – disse a doutora Chase. – Simples assim. Se conseguirem rastrear o sinal até aqui, é que realmente se importam conosco. E se nos encontrarem, realmente merecem nos matar.

E foi assim que ficamos sabendo que nem tudo estava perdido.

Aloysius Ayles sofreu *impeachment* como primeiro-ministro. Nossos soldados estavam exterminando todos os mortos que encontravam, quando ele foi pego tentando tirar seu pai decrépito da cidade às escondidas. Ambos escaparam, e ainda não haviam sido localizados. O vice-primeiro-ministro morrera.

De acordo com a lei, o homem que deveria assumir a posição era o lorde porta-voz das Casas do Parlamento. Esteban Alba era um homem elegante, de cabelos prateados. Quando apareceu no noticiário para se dirigir à população, o fez tendo ao lado a esposa morta. Era uma mulher bonita com um rosto anguloso, sem feridas aparentes. Porém, as rugas em seu rosto eram profundas e muito secas.

Vimos quando disse: – Ainda estamos tentando entender os detalhes. Embora esteja claro que houve um imenso acobertamento de informação, alguns fatos são encorajadores. Um deles está sentado bem aqui. Alguns dos mortos ainda estão... vivos.

O homem não era um orador eloquente. Não memorizara nada do que estava falando. Gesticulava muito, fazendo esforço para encontrar as palavras que expressassem o que queria dizer.

– Ainda são... eles mesmos. Têm desafios à frente, certamente, mas... todas as pessoas os têm. Por que deveríamos punir os contaminados que não demonstram sinais de comportamento violento? Por isso, peço ao Parlamento que decrete que todos os zumbis que podem ser considerados sãos e capazes tenham permissão para continuar existindo. Sabemos, com certeza, que muitos estão escondidos. Até este momento, minha esposa era um deles. Meu filho ainda é. – Acariciou a mão macilenta dela. – E eu mataria um exército inteiro para viver mais um segundo com ela. Admito isso sem rodeios. Se, por isso, o povo quiser pedir meu *impeachment* também, que assim seja.

Percebi que não estava sozinha.

Samedi sentara-se ao meu lado. Tocou de leve no meu ombro.

– Podemos entrar em contato com ele – disse meu pai. – Mesmo impedido, seria um aliado.

– Sim – disse a mãe de Cas. Ela se chamava Silvia e era miúda e gordinha, com a pele cor de noz-moscada. A morte havia colocado em seus olhos uma fome ameaçadora, mas ela parecia ter uma boa natureza. Andava em uma cadeira de rodas e raramente falava, aparentemente satisfeita com a companhia de seus próprios pensamentos.

Mais tarde naquele mesmo dia, vi os zumbis exterminados por toda Nova Londres arderem em imensas piras, cuja fumaça era tal que esmaecia a luz do sol. Não houve velórios nem funerais para eles.

– Quero ir para a Base Z – disse eu, sem tirar os olhos da tela. – Quero ver o lugar de novo.

– Eu a levo – ofereceu-se a doutora Chase.

Desta vez, ninguém se opôs.

Fomos no dia seguinte, em um carrinho motorizado que os técnicos haviam usado para transportar equipamentos. Nós duas estávamos armadas.

A base não parecia ter sido saqueada e certamente não havia sido bombardeada. O silêncio dominava o lugar. Deixamos o carro no portão e percorremos bem devagar, quase reverencialmente, as instalações médicas, o refeitório e o arsenal.

Mas tanto Beryl quanto eu sabíamos aonde eu queria ir.

– Vou buscar algumas coisas no meu quarto – disse ela, finalmente. – Encontro você no carro em alguns minutos, está bem?

Assenti, e me dirigi ao quarto de Bram.

Inicialmente não quis tocar nada, como se o cômodo fosse uma cena de crime, ou um túmulo repleto de oferendas. Depois de alguns minutos me senti compelida a pegar nas coisas, ou ficaria louca. Aconcheguei-me no guarda-roupa dele, sentindo seu cheiro, da mesma forma como havia me escondido na minha casa de boneca, anos atrás. Passei os dedos sobre seus livros, cujas capas de couro me lembravam tanto da sua pele fresca. Peguei seu diário e seu relógio para levá-los comigo.

Ele havia se trocado muito rápido da última vez, e seu uniforme de gala estava sobre a cama. Encontrei uma das abotoaduras no chão. Como o brasão com os Z entrelaçados estavam meio de lado, pareciam formar um NB – de "note bem". Olhei para aquilo por uns dois minutos antes de decidir pegá-la também.

Naquela noite, de volta à aeronave, cortei uma das fitas que Beryl havia me dado e prendi a ela a abotoadura. Depois, atei-a ao pescoço.

Os símbolos são poderosos.

Quando viu aquilo, meu pai finalmente decidiu me perguntar o alcance da minha dor.

– Sinto como se tivesse perdido um filho – disse ele, olhando fixamente para as gotas de chuva no vidro da janela da cabine. Seus dedos tremiam um pouco, como sempre que expressava emoções intensas. – Percebo que você nutria grande afeto por ele também. Estou certo? Era um rapaz tão nobre.

– Algo assim – confessei, e comecei a chorar.

Papai estava ao meu lado em um instante, aninhando minha cabeça em seu ombro. Não me julgou. Não perguntou. Deixou-me desabafar.

Ele precisara confirmar, mas não os outros. Respeitaram meu espaço, e até Samedi vigiou as palavras. Ocupava-se com dois projetos: uma parte de perna para Tom e uma perna inteira para meu pai. Às vezes eu ia me sentar do lado de fora da aeronave para vê-lo trabalhar, e ficávamos os dois em silêncio. Eu tentava me hipnotizar olhando o vai e vem do maquinário que ele operava, e as faíscas da soldadeira. Qualquer coisa que fizem passar alguns minutos.

Renfield e Tom também estavam de luto – e como não tomavam nenhuma atitude concreta, entendi que, como eu, pensavam que o pior havia acontecido. Ainda assim, falavam.

– Se houver alguma chance, vou até lá buscá-los. Bram é meu amigo e a Cas é minha namorada. Nem que tenha que rastejar.

– Vou junto – disse Renfield. E, para mim, colocando sua mão sobre a minha: – Não desista.

Eu me lembrei do vídeo que meu pai havia gravado para mim, e assenti.

"Não desista, não morreram": essa frase se tornou nosso mantra. Mesmo que nenhum de nós acreditasse nela, pois tínhamos visto as bombas explodirem.

Não desista, não morreram.

Alguns dias depois, finalmente consegui descobrir a senha para o diário digital de Bram. "Adelaide-Emily".

Fiquei acordada noite adentro lendo, com lágrimas escorrendo pelo meu rosto sem cessar. Ele havia começado a escrever quando se alistou, e soube como foi que amadurecera e se adaptara à vida militar. Tivera que aprender rapidamente a lutar e a pensar estrategicamente, e deixar de ser um menino preocupado com o sustento da família para se tornar um soldado. Soube como sentia falta da mãe, como atentava ao brilho do sol, à saúde das árvores e ao cheiro da terra, e como nascera o respeito e o apreço que nutria por meu pai. Li que às vezes pensara em desistir, sair pelo portão e dar um tiro na cabeça, embora soubesse que não conseguiria e que tinha que seguir adiante.

Na última página, Bram escrevera, simplesmente: "Ela é tão linda."

Fechei o diário e beijei-o. Comecei a carregá-lo comigo, como um cobertorzinho de bebê. Dormia com ele, fingindo que estava aninhada nos braços dele.

Depois de três semanas de exílio, soubemos que podíamos voltar para casa.

O assunto do *impeachment* de Alba foi silenciado por amigos e familiares dos mortos sãos, e o exército foi incumbido de conduzir os não vivos para o *Christine* e o *Erika* para quarentena e tratamento. Alguns enlouqueceram lá, e foram mortos. Uma dessas mortes aconteceu quando uma repórter relatava os procedimentos dentro do navio, e quase desmaiou quando ouviu o tiro. Eu assisti à mesma cena sem sentir nada.

Quando tivemos certeza de que era seguro, fiz contato com Pamela. Solucei como criança quando ouvi a voz dela. Estava bem. Chorei mais ainda quando ouvi Coalhouse e Isambard gritando meu nome ao fundo.

Pam contou que o doutor Charles Evola estava no *Christine* naquela noite, e acabou responsável pelo atendimento a Issy. Quando a ordem de extermínio entrou em vigor, ele escondeu Pam, o irmão e Coalhouse no depósito de carvão que acabara de ser esvaziado, e, quando anoiteceu, retirou-os do navio em segredo. Permaneceram escondidos no sótão da padaria. Os pais dela também haviam sobrevivido, e voltaram para casa. Não se falou mais de mandá-la viver com parentes no interior.

– Acho que ainda não sabem o que fazer comigo – disse ela. – Agora estão focados em Isambard. Minha mãe continua tentando cozinhar para ele. Ah! E sabe aqueles vizinhos que mencionei, a família Delgado? Estão bem. O senhor Delgado veio nos contar que estavam indo para os navios, e pediu-nos para cuidar de sua casa. Isambard quer ajudar a cuidar de Jenny, quando voltarem. Nunca teria pensado em algo assim antes.

Não pude deixar de sorrir.

– Ele ganhou bom-senso, então?

– Sim, exatamente. Diz que renasceu de dentro de um caixote de carvão, então agora não pode olhar para ninguém com desprezo.

Acariciei o digidiário de Bram.

– Sabe as pessoas que realmente ficam bem depois da reanimação? Não as que só sobrevivem, mas as que realmente crescem? Acho que são as mais fortes da face da Terra. São tão mais fortes que nós. Tão melhores, na verdade.

Pamela ficou quieta por um instante, antes de dizer, suavemente: – Concordo com você.

– Estou tentando ser forte assim. Vou pedir a meu pai que me mande para aí logo. Provavelmente iremos todos, brevemente. – Suspirei antes de me despedir. – Tenho que desligar.

– Tem certeza? Não quero que pense que está só, Nora. Estarei sempre aqui. Sempre amarei você, e sempre estarei a seu lado. Haja o que houver.

Senti lágrimas nos olhos.

– Eu sei, Pam.

Ouvi a porta acima de mim bater. Samedi apareceu.

– Nora? Nora, venha comigo!

Olhei para cima.

– O que foi?

– É aquele médico de novo? – perguntou a Pam, do outro lado da linha.

Samedi deu um salto e pegou o comunicador.

– Nora precisa desligar agora. Ela telefona de volta daqui a pouco. – Ele desconectou e eu me levantei, um pouco aborrecida. Estava prestes a abrir a boca para reclamar quando ele começou a me puxar.

– O que está havendo? – perguntei.

– Venha ver uma coisa. – Havia urgência na sua voz, sem um traço sequer do sarcasmo habitual.

A luz que havia àquela hora na parte superior da cabine me cegou.

– Claro, como se eu pudesse ver alguma coisa daqui com essa luz...

– Nora, cale a boca e olhe. – Ele me pegou pelos ombros e me virou. Eu apertei os olhos.

Havia uma fila de pessoas vindo pela mata em nossa direção. Pela lentidão da marcha e pela dificuldade com que se movimentavam, soube que eram zumbis.

– Zumbis sobreviventes? – perguntei, animada. – Dos arredores?

Samedi não disse nada, apenas continuou me segurando. Ergueu uma mão para me proteger do sol. Eram uns vinte, rostos que nunca havia visto antes, exceto por...

Teria desabado se ele não estivesse ali para me amparar.

No início da fila vi Bram. Atrás dele, a Cas. Ela levava um doberman magro preso a uma corrente.

Desvencilhei-me de Samedi e corri rampa abaixo, gritando o nome dele. Bram virou-se e, ao me ver, começou a mancar na minha direção.

Corria tanto que achei que me espatifaria no chão. Meus dedos chegaram a tocar o chão a certa altura. Abri caminho entre galhos retorcidos de árvores novas, esperando não bater a cabeça antes de chegar a ele.

– Nora! – ouvi-o gritar.

Ele me encontrou a meio caminho. Levantou-me do chão com um braço e me apertou contra si. Beijou-me avidamente, e eu correspondi, procurando seus lábios ressecados com os meus, inexperientes e necessitados.

Depois, simplesmente apoiou o queixo na minha cabeça e, abraçando-me, me deixou chorar, até sua camiseta suja se encharcar com minhas lágrimas.

– Achei que você tinha morrido – consegui balbuciar. – Achei que você tinha morrido de verdade...

– Também achei – disse ele, rindo quase sem forças. – Mas eu nunca te deixaria, se pudesse escolher. Eu ia voltar para você *de qualquer jeito*, ou me transformar em pó tentando...

Ouvimos gritos à nossa volta. Alguém achou Tom, que vinha correndo pelo mato com sua perna nova rangendo. Cas o derrubou com seu abraço. Enquanto isso, o doberman avistou meu pai e correu para ele também, latindo alegremente.

– Amigão? – perguntou meu pai, acariciando a cabeça dele. –Minha nossa! Por onde você andou, hein?

– Como é que é? – perguntou Samedi. – Você conhece esse cachorro?

– Este sujeito aqui foi encarregado de me vigiar – respondeu meu pai, rindo e coçando as orelhas do animal. – Fugiu na noite da explosão. Fico feliz em te ver bem, amigão. Eu... – Com o rosto escondido no peito de Bram, ouvi a voz do meu pai sumir.

– Ah... eu devia ter te contado sobre isso – disse Samedi, um pouco constrangido. Bram me afastou suavemente e se inclinou para me beijar os lábios, mais suavemente desta vez. Derreti com a sensação.

– Você entende que isso entre nós é equivocado? – brincou Bram, quando abri os olhos e dei com ele me observando, como se quisesse memorizar meu rosto de novo.

– Muito, muito equivocado – concordei, acariciando com o dedo uma nova cicatriz na base do cabelo. A pele do lado direito de seu rosto estava ligeiramente chamuscada. Ainda era o homem mais bonito que vira na vida.

– Não se preocupe, Samedi – disse meu pai, rindo. – Está tudo bem.

Embora o consenso do grupo fosse que devíamos comemorar imediatamente, a celebração teve que esperar. A garganta de Cas havia sido destruída por uma viga que caíra sobre ela na explosão, e ela havia perdido completamente a voz. Bram havia sido queimado, e parte de sua pele estava enegrecida e pronta para cair. Os médicos concordavam que podiam consertá-los sem grandes problemas, mas era preciso fazer uma nova viagem à Base Z. Resolvemos ir naquela mesma tarde.

Eu fiquei ao lado de Bram o quanto me permitiram. Sobre a pele queimada colocaram um composto sintético desenvolvido anos antes para recuperar queimados, fixando-o no lugar com potentes substâncias adesivas. Expulsaram-me quando o abriram para reparar danos internos. Ele acenou para mim quando me conduziam para a porta. Não era necessário anestesiá-lo.

Samedi ia criar uma caixa de voz artificial para a Cas. Até lá, ela tinha que se comunicar escrevendo com uma caneta sobre uma tela. Ela nos contou sobre a explosão, sobre como descobriram que eram os únicos sobreviventes quando recuperaram os sentidos. Passaram meio dia escavando entulho até encontrar Averne e ter certeza de que estava morto. Então fizeram uma ligação direta em um dos tanques e tomaram o rumo leste, na mesma direção dos homens que haviam visto desertar.

"Bram diss q ñ vai fzer msmo erro duaz veses", escreveu Cas lentamente. Aparentemente, parte de sua criação mimada incluíra não lhe exigir muito como estudante, embora fosse muito inteligente. "Que ia acabar com cadda um delez. Passamo doiz diaz caçando eles na mata, depoiz que saímos do dezerto e achamoz água e nos remendamoz. Encontramoz outros zumbiz que sobrviveram. Aí andamoz até achr outra baze e dissemoz que eramos os bonz, para que não atirassem na gente. Essa parte foi difíciu."

– E o cachorro? – perguntou meu pai. Havíamos começado a chamá-lo de Totó – um nome superoriginal – e naquele momento ele estava no meio de um banquete de tofu. Não havia carne na base, mas ele não parecia niquento.

"Encontramoz ele com a corrente preza a umas raízs", escreveu ela, que olhava para nós para ter certeza de que estávamos acompanhando seu raciocínio antes de continuar escrevendo. "Achamoz q estva morto, mas Bram soltou ele e deu água, e ele ficou bem."

Inclinei-me para a frente com as mãos apoiadas na mesa, e beijei-a na testa. Ela fez um som de gargarejo, que interpretei como uma gargalhada.

– Estou tão feliz que você está aqui, Cas. Assim que recuperar sua voz, vamos dar uma bela festa. Rag do deserto e tudo o mais.

– Eles te convenceram a ouvir aquela coisa horrível? – perguntou meu pai.

"Nãããão!" – escreveu ela, fazendo bico. "Festa *agora*! Não precizo falar para me divertir em festa!"

– Antes, porém, o capitão Griswold, você e eu temos que ter uma conversinha – disse meu pai, me olhando severamente.

Fiz charme para ele pestanejando como uma garotinha mimada, mesmo sentindo o rosto ficar vermelho. Cas engasgou-se, e rabiscou: "Ainda quero sber detalhez! *Detalhez*!!!"

Esperamos até que tivessem terminado as várias cirurgias e ajustes em Bram. Apareceu vestindo com uma camisa preta com as mangas enroladas, e calças emprestadas por Samedi. Sentamos na cabine da *Black Alice* para esperar por meu pai. O colega havia lhe dado naquela manhã a notícia de que sua perna nova estava pronta para ser colocada no lugar, e ele havia passado a manhã toda em cirurgia na parte inferior da cabine.

Eu apreciara a roupa civil de Bram, e disse isso a ele. Ele confessou: – Não quero mais brincar de soldado.

– Estou totalmente de acordo – respondi.

Ele sorriu, e enrolou um cacho do meu cabelo no dedo. Virei-me um pouco, mas seus lábios tocaram meu rosto antes que pudesse olhá-lo de frente. Depois, tocando meu queixo de leve, virou-me para si, e colou sua testa à minha. Adorei o gesto. Queria que ficar para sempre perto dele.

– Eu ficava olhando para você e pensando "que incrível, ela não está mais com medo, ela me quer tanto quanto eu, talvez a gente dê certo". Aí acontecia alguma coisa e eu batia de frente com a verdade, com as muitas coisas horríveis que podiam acontecer a qualquer um de nós dois.

Beijei seu lábio recém-costurado e respondi: – Eu também. Mas ainda acredito que são coisas que podem acontecer a qualquer um. E quando pensei que você tinha morrido... Não quero nem lembrar.

– Ainda assim haverá obstáculos.

– Não quero falar sobre eles agora.

– Temos que falar. Temos que falar deles todos os dias. Não importa como nos sintamos um em relação ao outro, isto não é uma relação normal.

Suspirei.

– Está bem. O que não é normal é o fato de que sou uma refeição andante para você?

Ele riu.

– Ou o fato de que eu sou um cadáver que anda?

– Não, essa não conta pontos, não é nada original. Já sei, já sei! O estigma social!

– E o fato de que nunca poderemos dizer... felizes para sempre?

Toquei delicadamente o rosto dele.

– Não quero "para sempre". Quero *agora*.

Ele sorriu.

– Você puxou a seu pai.

– Com licença? – Era meu pai. Afastamo-nos abruptamente e coloquei as mãos sobre o colo, adotando a melhor postura "de princesa inocente e intocável" que consegui fazer. Bram ficou de pé e inclinou-se para cumprimentá-lo. Meu pai fez um gesto para que se sentasse de novo: – Pare com isso, Bram.

– Ei, a perna ficou bem no senhor – disse Bram.

Meu pai subiu um pouco a calça para mostrar o aparelho. O mecanismo que controlava o membro cibernético ficava escondido por um envoltório de latão. Muito bonito. Samedi era um mago.

– O que você acha? – perguntou-me meu pai.

Pensei um pouco na resposta, antes de emitir: – Você é um zumbi cyborg, pai. Comecei a rir e tive que me sentar, porque não conseguia parar.

Ele deu de ombros.

– Já me chamaram de coisas piores. – Sentou-se na balaustrada. Bram me cutucou entre os ombros para que parasse de rir. – Muito bem. Bram, você é um bom amigo e um homem notável, mas temo informar que manda tradição eu tentar te assustar mortalmente neste momento – ou tão mortalmente quanto possível na sua sabida condição.

– Entendido – respondeu Bram, recolhendo o braço quando finalmente consegui me controlar.

Meu pai é um homem de aparência gentil. O que explica por que comecei a rir de novo de sua tentativa de parecer severo.

– Quais são suas intenções sobre minha filha?

Bram olhou para mim sorrindo também, antes de pigarrear, esforçando-se ao máximo para parecer apavorado.

– Bem, pretendo cuidá-la e protegê-la até que eu apodreça, senhor.

Eu tossi um pouquinho e declarei: – Acabamos de nos conhecer. Matamos, combatemos e sobrevivemos, o que faz com que tudo pareça um pouco precipitado, mas... – Deixei a frase inconcluída. Não sabia mais o que dizer.

Meu pai assentiu.

– Fico feliz que tenha essa noção. – Ele olhou na direção das árvores. – Vocês dois são jovens e inteligentes, e tenho certeza que já imaginaram todas as maneiras pelas quais o relacionamento pode dar errado.

Os dois assentimos. Era verdade.

– E agora estão prontos a aceitar que nada, jamais, vai mudar o que sentem?

– Sim – disse eu.

– Totalmente – concordou Bram.

Meu pai olhou para Bram e riu, jogando a cabeça para trás.

– Então não direi nada do tipo "uma coisa que deve saber sobre minha filha é que ela gosta de resolver as coisas sozinha" – Sorriu carinhosamente para mim. – Confio em você.

Amei o som daquelas palavras.

– Obrigada.

Meu pai sentou-se novamente.

– E agora?

Bram olhou para mim.

– Eu gostaria de tratar da minha baixa do exército, se possível. Tive minha dose. O fato de que quiseram nos exterminar... A morte daquele homem inocente na base de Averne... – Peguei na mão dele.

Meu pai franziu a testa.

– Eu só o conhecia há alguns dias, mas Henry Macumba era um bom homem. Não me perdoarei jamais pelo ocorrido. Há tantas coisas pelas quais nunca me perdoarei. Talvez devessem ter exterminado todos os zumbis anos trás. Talvez estivessem certos. Mas olho para você e para minha filha e vejo que estavam errados, mas... talvez estivessem certos. – Ele suspirou, e voltou a se focar em Bram. – O que você pretende fazer, então?

– Bem, eu gostaria de continuar estudando sob sua orientação – ele admitiu. – Mas entendo que isso pode vir a ser impossível se eu der baixa do exército. Não posso voltar para casa. Talvez possa ir para Nova Londres. Pelo que Samedi me contou, estão dando permissão para não vivos saudáveis voltarem para suas famílias lá. – Ele riu.

– Nunca teria imaginado, há poucas semanas, que vivos e não vivos pudessem coexistir.

– E eu só quero ficar perto de Bram – respondi, dando-me conta que aquilo era tudo o que eu queria. Uma das dez coisas principais, pelo menos.

– Você ainda está na escola, senhorita, e vai terminá-la. Não tem escolha nisso. – Fixou os olhos na copa das árvores, acima de nós. – Mas talvez eu tenha minha propria ideia.

– E o que seria? – perguntei.

Um sorriso formou-se em seu rosto.

– Ah, deixe-me fazer surpresa.

Fuzilei-o com o olhar.

– Não. Não mais surpresas, nada de segredos. Ou, que Deus me ajude, vou arrancar a perna que sobrou e espancá-lo com ela.

O peito de Bram começou a chacoalhar com sua gargalhada.

– Acho que estamos de volta ao modo normal.

– Tão normal quanto possível para nós – respondi, cruzando os braços e encarando meu pai. Que começou a rir também.

Humpf.

EPÍLOGO • nora

Velhos hábitos são difíceis de mudar.

Em meio a nosso idílico refúgio na mata, onde éramos todos diminutos sob as árvores imensas e antigas, ousei imaginar que estávamos às vésperas de viver algo grandioso. Eu tinha meu pai de volta. E tinha também Bram de volta. Éramos um grupo de recém-reunidos soldados, inventores e adolescentes ousados, equipados com uma aeronave e muitas armas. Podíamos, em tese, partir para lugares desconhecidos. Colonizar alguma ilha esquecida, e continuar nossas aventuras. Viver generosamente e morrer gloriosamente.

Eu sabia que isso não iria acontecer. Ainda assim, sonhava.

O que fizemos foi voltar cautelosamente para Nova Londres no fim de fevereiro, pouco depois de o governo anunciar que a vacina era segura o suficiente para ser aplicada na população. Meu pai, Salvez e Elpinoy estavam muito tensos. Embora os cientisas empregados pelo governo tivessem submetido incontáveis gerações de mamíferos computadorizados à vacina – os dias de testes em animais de verdade eram coisa do passado remoto – ainda havia dúvidas. O mundo seria a pista de teste da droga. Para quem tinha noção do que se tratava, a ideia era simplesmente apavorante.

Ainda assim, dados os acontecimentos em curso em Nova Londres, não tínhamos escolha.

A cidade estava desorganizada. Nova Londres enfrentava uma incessante onda de imigrantes não vivos desde que a quarentena terminara, com zumbis em busca de cuidados médicos em grandes números. Os militares eram uma presença constante. Ainda se debatia a existência continuada dos não vivos. O contaminados e seus aliados argumentavam que não representavam ameaça, desde que conservassem a consciência; seus oponentes queriam que fossem exterminados, presos ou removidos para algum outro lugar.

Como acontecia com os punks.

Era perigoso para não vivos andarem sozinhos à noite. Isso, porém, não era nada comparado ao que enfrentavam nos territórios punk. Ouvíramos histórias de linchamentos, execuções públicas e queima de corpos no Sul.

Todos esperávamos que, uma vez imunizados contra o Laz, ou pelo menos convencidos de que estavam imunes, os vivos se acalmassem.

Mas eu comecei a duvidar de minhas próprias avaliações.

Foi um milagre que nossa casa ainda estivesse de pé. De cada lado dela, as residências haviam sido derrubadas. Carruagens queimadas ainda precisavam ser removidas das ruas. Ainda assim, em meio à devastação, meu lar ficara praticamente intocado. Quando chegamos, vaguei pelos corredores rindo, maravilhada de que quase tudo estava exatamente no lugar onde estivera quando eu partira, incluindo Alencar e Matilda. Foi por eles que ficamos sabendo que tia Gene estava desaparecida.

Meu pai se concentrou em buscar informações sobre o paradeiro dela. Eu assumi a administração da casa. Acomodamos a todos. Equipamentos médicos e cientistas ocuparam a sala celestial. Os homens foram acomodados em camas de campanha no estúdio de meu pai. Cas e sua mãe ficaram no quarto da tia Gene, cujo luxo, creio, as fez lembrar de suas raízes. Não poderiam estar mais felizes.

Até que a vacina fosse testada e não restassem mais incertezas, implementamos Protocolo D na casa, e os pertences dos vivos e não vivos eram tratados separadamente. Beryl, descobrimos, apreciava caligrafia, e passava o tempo criando cartazes elaborados em que escrevia as regras da casa. "*Não vivos, usem plástico!*", "*Na dúvida, jogue fora!*", "*Por favor use o banheiro adequado a seu sexo e mortalidade.*"

Amava aqueles cartazes, mesmo sendo bobos. Eles me diziam que eu tinha uma família de novo. Uma imensa, estranha e incrível família.

Não queria mais ficar sozinha.

O dia vinte e nove de março amanheceu chuvoso e horrível, mas isso não impediu que se formasse uma multidão para testemunhar a execução do capitão James Wolfe.

De todo nosso círculo social, somente a família Roe declinou o convite para nos acompanhar. Eu havia conversado com Pamela pelo telefone naquela manhã e quando o doutor Evola se juntou a nós no gramado ondulado do Parque Dália, confirmou que a família Roe estava em casa. Ele hospedara-se com eles desde o Cerco, auxiliando zumbis da vizinhança e enfrentando longas jornadas de trabalho nos navios-hospital.

– Disseram-me que acompanhariam as notícias pela televisão, pois preferiam não ver – disse Charles, acomodando-se sob o guarda-chuva de Samedi. – Quando saí estavam revendo o julgamento.

– Não os culpo – comentei. Cruzei os braços na tentativa de me aquecer. Estava usando um vestido novo feito de cetim vermelho e verde. Não era muito quente, mesmo sob meu casaco preto e o guarda-chuva de Bram. Ele, percebendo, tirou o cachecol e colocou-o em torno do meu pescoço. Sorriu para mim e tocou brevemente minha cabeça com o queixo. Eu amava seu toque, e odiei o fato de que não me senti melhor naquele momento.

Uma armação de aço havia sido instalada vários metros à nossa frente. Normalmente servia para enforcamentos – a forma legal de execução nos Territórios – mas como zumbis não precisavam respirar, foram instaladas três paredes de vidro à prova de bala para permitir o fuzilamento. Havia barricadas com policiais em volta do parque, e havia diversos protestos em curso atrás delas. O maior grupo era o de vivos protestando contra os mortos ou o governo por este ter sonegado informação por tanto tempo, embora eventualmente um grupo de zumbis marchasse para reivindicar tratamento igual em áreas como habitação ou saúde, ou para protestar contra violência antizumbis. Cas havia comparecido a uma dessas, e voltara desapontada porque ainda não conseguira gritar as palavras de ordem. Samedi ainda estava trabalhando no aparelho de voz para ela.

Eu não queria estar ali.

Ainda assim, sentia que tinha que ver a execução de Wolfe. Não queria ver outra pessoa morrer – longe disso. A vida definitivamente não era um holodocumentário.

Mas o homem que encontraria hoje seu destino final havia feito mal a meu pai, ameaçado matar a mim e ao Bram, e colocado a cidade inteira em perigo. Era o responsável por todo o horror que vivêramos. Até agora, a vacina parecia estar funcionando bem, o que dava mais segurança aos vivos. Não havia registro de mais ataques de zumbis. Os punks, apesar de seus métodos loucos, haviam exterminado muitos dos grupos violentos. E o exército havia entregado, julgado e condenado Wolfe, como um pedido de desculpas por tudo o que havia feito.

Assim, convenci-me de que a execução era o fim de um ciclo. Quando aquele homem estivesse morto, minha vida poderia retomar seu curso com *alguma* normalidade.

Olhei para trás. Meu pai estava apoiado em sua bengala, olhando a cena que se desenrolava a sua frente sem emoção alguma – embora seus olhos estivessem vigilantes. Em que estaria pensando? Eu sabia que Bram sentia-se mais ou menos como eu. Sua mão ainda estava pousada sobre meu ombro, e eu levei a minha até ele. Queria estar junto dele nesse momento. Ele convivera com o sujeito por muito mais tempo que eu, e havia suportado muito mais de suas maldades.

– Você está bem? – perguntei a ele.

– Sim.

As pessoas nos olhavam com desprezo. Não podia chamá-los diretamente de mortalistas – para falar a verdade, mesmo que Bram estivesse vivo, ele não deveria me tocar em público. Ainda assim me encolhi contra seu corpo, ainda que imperceptivelmente para os outros.

– Você acha que é doentio, depois de tudo que aconteceu, eu querer ver um homem morrer? – perguntei, calmamente.

– Não. Depois do que ele fez a você e a seu pai? Estaria mais preocupado se não quisesse ver. – Bram acariciou meu cabelo. – Além do mais, se você é doente, eu estou usando suporte à vida, por mais negra que seja a piada.

Quando deu a hora anunciada no relógio da Catedral de Nossa Senhora, a multidão silenciou. Os protestos continuaram, e poucas vozes se faziam ouvir – zumbis defendendo que Wolfe deveria ser solto, gritando que os mortos mereciam misericórdia. Um locutor à frente gritou algo que não entendi, por causa dos murmúrios à nossa volta e do barulho dos pingos nos guarda-chuvas.

Quatro soldados usando máscaras pretas conduziram Wolfe através da multidão. Ele não estava usando seu uniforme, pelo contrário: vestia calças simples e camisa branca. Sua barba e cabelo estavam descuidados, e parecia que um fogo espontâneo queimava sua face. Estava morto. Não havia recorrido ao tratamento médico convencional no pós-morte, e sua pele apodrecia sobre os ossos. Quando passou em frente à multidão, mulheres usando gorros gritaram. Eu não podia vê-lo bem de onde me encontrava, mas de perto devia ser uma visão horrível.

Wolfe foi levado até o cadafalso, e colocado com as costas contra o vidro. Suas mãos e pés já estavam acorrentados, e as correntes, presas à base. Os quatro soldados se posicionaram à sua frente, cada um portando um rifle.

Ouvi outra declaração do locutor, e soube que estava lhe perguntando se queria dizer suas últimas palavras.

– Não – respondeu Wolfe. Sua voz soou como um trovão acima da multidão.

Os dedos de Bram apertaram meu ombro ao ouvir isso. Prendi a respiração, para não dizer nada. Depois de tudo o que havia feito, não conseguia sequer fazer uma declaração final? Pedir desculpas? Embarcar em outro grande discurso maldoso?

– Acabem logo com isso – ouvi Samedi dizer. Beryl fez um sinal para que ficasse quieto.

Os soldados ergueram os rifles e miraram. Os gritos dos manifestantes soaram mais alto.

– Misericórdia! – gritou uma mulher morta. – Misericórdia! Ele já sofreu o suficiente!

Soaram os disparos. O corpo caiu.

Estava acabado.

As mulheres usando gorros começaram a chorar alto, abraçando-se diante do cadafalso. Os uivos delas se misturaram aos gritos dos manifestantes. Em meio à confusão de ruídos pude distinguir seus gritos: – Papai!

Percebi, com surpresa, que eram a mulher e as filhas de Wolfe, aquelas a quem havia mencionado em sua sala.

Senti pena delas, a ponto de quase engasgar. Aquela única palavra me indicou que elas se encontravam na exata posição que eu considerava meu maior medo, um pesadelo que, caso se tornasse realidade, me arrasaria para sempre – pois *quase* havia acabado comigo antes. Eram mulheres que haviam sido obrigadas a ver morrer o homem que amavam.

Senti enjoo.

– Acabou – sussurrei para Bram. – Quero ir embora. Agora.

Antes que ele pudesse responder, ouvimos tiros vindos do grupo que protestava.

Bram me protegeu com seu corpo. Ouvi mais gritos à nossa volta.

– Temos que sair daqui! – alertou Charles. – Os manifestantes estão se enfrentando!

Atrás das barricadas, vivos e mortos se atracavam. Ambos lados exibiam cartazes, e um deles exibia dentes também. Repórteres tentavam escapar dali, contribuindo para engrossar a multidão que tentava sair pelos portões do parque. Nunca ouvira dizer que os protestos tivessem se transformado em revolta, mas aqui estávamos, vendo o desenrolar dessa exata situação bem na nossa frente.

– Estamos todos aqui? – gritou Bram por cima da minha cabeça. – Vamos, vamos para o portão oeste!

Deixei-me conduzir, e não vi muito do confronto. Assisti, porém, um homem vivo bater em um zumbi com seu cartaz, onde se lia "Nada de direitos especiais para os podres!" Vi também um soldado neovitoriano atirar para o alto na tentativa de fazer a multidão se dispersar. Rezei para que aquela tivesse sido a fonte do primeiro disparo.

Havíamos parado em uma rua próxima, que estava atravancada de gente por causa da fuga de manifestantes e de curiosos do centro do confronto. Quando chegamos até a carruagem, eu havia me recuperado, e, com Bram, ajudei todos a embarcar. Vi meu pai andar com dificuldade até uma dos veículos do nosso grupo, com Salvez e Evola. Sabia que se dirigiriam para os navios-hospital, para ajudar no que fosse preciso.

– Cas, vem na frente comigo – disse a ela, pegando-a pelo braço. Ela assentiu, com o rosto contraído de preocupação.

– O que foi aquilo? – perguntou Coalhouse, já sentado no banco de trás.

– Raiva – respondeu Bram, assumindo a direção. Olhou para mim, antes de dar a partida. – Raiva mal-direcionada.

– Wolfe foi condenado à morte não pelo que é – argumentei, com a voz trêmula –, mas pelo que fez. Só que eles não veem isso e... meu Deus, sua família estava lá. Nunca pensei que comparecessem para presenciar a execução.

– Vai ficar tudo bem. – Bram parecia estar convencendo a sim mesmo. – Vai ficar tudo bem. Isso ia acontecer alguma hora. Vamos para casa.

Sabia em que estava pensando. Sabia o que ele temia. Era a mesma coisa que eu temia.

Uma nova onda de ódio contra os mortos.

Talvez Wolfe tivesse conseguido o que queria, afinal de contas.

Não consegui dormir naquela noite.

Acomodei-me em minha cama, tocando o algodão fresco com os dedos. Beryl ressoava do meu lado. Não conseguia tirar da cabeça os eventos do dia, ou me livrar da ansiedade que me atormentava. Era um sentimento potente a ponto de me fazer temer que tornasse realidade a exata situação que tanto me apavorava. Que a revolta daquela manhã conduzisse a uma nova onda de sentimento antizumbi na população viva. A ideia de que os vivos pudessem decidir exterminar os mortos de uma vez por todas fez meu corpo todo doer como se estivesse com cãibras.

Entendia, agora, o que Bram havia tentado me dizer naquele dia na cabine da aeronave. Nunca seríamos normais. Teríamos que viver sempre com esse fato. Era algo que não mudaria nunca.

O confronto não havia acabado.

Havíamos visto os protestos nos telejornais. Haviam se consumido rapidamente. Os manifestantes haviam sido separados e os culpados, presos em tempo recorde. Umas poucas pessoas, apenas, haviam sido mordidas. Os zumbis não haviam atacado, pelo menos não em massa. Mesmo assim, soube que alguns interpretaram o corrido como tal.

Fiquei imaginando como aconteceria. Uma batida na porta à meia-noite? Uma carta informando que Bram deveria se apresentar em algum lugar para receber uma bala na cabeça? Estremeci.

Minha porta se abriu devagar. Era Matilda, segurando uma vela.

– Nora? – chamou ela, baixinho.

Sentei na cama.

– Matilda? O que houve? – Beryl se mexeu.

– Seu pai a chama – quer todos os vivos lá embaixo, na cozinha. – Ela parecia assustada.

Ao ouvir, Beryl levantou-se e vestiu um robe. Quando percebeu que eu ainda estava sentada na cama, imóvel, creio que entendeu quão assustada eu estava. Tive certeza que meus temores haviam se materializado.

– Senhorita Dearly, vista seu robe... Vamos descer, vamos ver o que seu pai quer. – Tentou fazer uma voz alegre, mas soou forçada.

Obedeci, e descemos em silêncio até a cozinha. Evola, Salvez e meu pai estavam nos esperando. Ele me olhou com pesar, antes de sussurrar algo para Elpinoy, que entrava naquele instante, cambaleando de sono. Ao ouvi-lo, ficou alerta imediatamente.

– O que foi? – perguntei.

– Nora...

– O que foi? – Antes que pudesse responder, comecei a implorar: – Por favor, por favor, não me diga que estão atacando zumbis, que os estão punindo por causa da manifestação. Por que se estiverem, tenho que sair daqui com Bram e escondê-lo. Esta noite! Não posso viver sem ele, não posso...

– Não, não são os zumbis. – Meu pai se aproximou e me abraçou. Tremia. – Não são os zumbis. São os vivos.

– Como assim?

Ele me abraçou mais forte.

– Sinto muito, Nora. Sinto muito.

Fiquei mais tensa ainda.

– O que você quer dizer com "sinto muito"? Sente muito por quê?

Evola falou. Estava exausto.

– Três pessoas foram mordidas no confilto. – Apoiou-se na pia e retirou o monóculo com uma mão trêmula. – Dois se reanimaram.

Senti meu corpo gelar.

– Haviam tomado a vacina?

Meu pai começou a chorar. Não podia produzir lágrimas, mas chorou mesmo assim.

– Não sabemos ainda se foi a vacina, Victor. Acalme-se – disse Salvez. Ele se aproximou e tentou separar meu pai de mim. – Venha, sente-se.

– Pode ser que o príon esteja em mutação – sussurrou Elpinoy. – Ele pode evoluir, mesmo não sendo um ser vivo. Ele é tão rápido... talvez as mutações sejam rápidas também.

– É tudo especulação, nesta altura.

– A coisa quer viver. – Elpinoy puxou a manga de seu pijama apertado, e riu, um pouco descontrolado. – Sequer é uma coisa viva, e quer *viver*. Quer *sobreviver*.

Soltei-me de meu pai e olhei para ele, horrorizada. Ele se apoiou em Salvez, que o conduziu para uma cadeira.

– Então... não estamos seguros. Os vivos. E se ninguém se sentir seguro, vão descontar nos mortos!

– Sinto muito – repetiu meu pai. Ele parecia uma criança de dois anos olhando para brinquedos quebrados – como se tivesse construído um império todo seu e, depois de destruí-lo, não se lembrasse qual o motivo. – Sinto muito por ter dado a todos falsa esperança. Por ter deixado que isto fosse tão longe. Deviam ter me fuzilado hoje, deviam ter atirado em *mim*.

– Não diga isso! – gritou Salvez. Nunca o vira tão bravo até então. – Vamos começar a trabalhar de manhã. Descobriremos o que está por trás das falhas. Não sabemos nada ainda, então vamos nos acalmar.

Saí correndo da cozinha. Corri para o quarto de hóspedes, onde Bram dormia com os outros rapazes. Conhecia bem o caminho, mesmo no escuro. A voz de meu pai me seguia, como uma sirene ameaçadora.

Encontrei Bram dormindo em paz na cama de campanha. Não respirava, nem se movia. Seu corpo estava exposto para mim, tão morto quanto qualquer morto em um velório. Todo velório, não importa quanto se deseje o contrário, eventualmente acaba. Não havia como impedir que Bram escapasse por entre meus dedos desta vez. Não havia.

Mas Bram não estava morto. Estava vivo, em tantos sentidos, e muito antes que eu o conhecesse, que era impossível descrevê-los. Meu coração e meu corpo gritaram por ele.

Não deixaria que se fosse. Ainda não.

Como ele – com ele – eu tinha que seguir em frente.

AGRADECIMENTOS

Este livro é a conquista da minha vida. Nunca esperei que uma história que começou como piada me trouxesse tão longe.

Em primeiro lugar, gostaria de agradecer a minha mãe, que sempre acreditou em mim – mesmo quando eu me recusava a acreditar em mim mesma. Também quero agradecer a meu pai, por me ajudar, e por me criar como uma boa carnívora.

Obrigada a meu melhor amigo Josh, por todo seu apoio. Vivas para Desmond e Iason, por sempre estarem por perto para mim. Vocês sabem o que quero dizer com cada palavra.

Um enorme obrigada a meu fantástico agente, Christopher Lotts, que tem a paciência de um santo. Estou disposta a perdoá-lo por todas as coisas horríveis que disse a respeito de meu hábito de beber Mountain Dew, uma vez que provou ser valoroso e dedicado em todos os outros aspectos. Sinceramente, é impossível agradecer o suficiente por toda sua ajuda.

Da mesma forma, agradeço a meu editor norte-americano, Christopher Schluep, cuja crença em mim me torna humilde e me surpreende. De vez em quando ainda tenho que dizer a mim mesma: "Ele não está mentindo para você. Ele realmente acha que você é boa”. O mesmo para minha editora inglesa, Lauren Buckland.

Um obrigada muito grande a todos os professores que me ajudaram ao longo dos anos a aperfeiçoar minha escrita – principalmente David Schmid, James Holstun e Howard Wolf, entre outros. E devo um viva aos gerentes do cinema da minha cidade – Steve e Jim, vocês são demais. Falo sério. Muito obrigada por todos os ingressos que me deram “para fazer pesquisa”.

Finalmente, agradeço a todo mundo que me fez amar zumbis ou pensar seriamente nas lições que os mortos ou os esquisitos nos ensinam – Halperin, Romero, Raimi, Fulci, Lynch, Hill e até Russo e O’Bannon. Quando parecia que todo mundo estava viciado no conceito de beleza congelada no tempo, essas pessoas me ensinaram sobre a beleza maior a ser descoberta em uma decomposição trágica. (<3 você, Bub.)